Folgende Titel der Reihe „Frost & Payne" sind bisher erschienen:

E-Books
Band 1: Die Schlüsselmacherin
Band 2: Die mechanischen Kinder
Band 3: Die Bibliothek des Apothekers
Band 4: Staub und Kohle
Band 5: Das Protokoll
Band 6: Chop Suey
Band 7: Pinkerton

Informationen zur Serie und der Autorin
www.greenlight-press.de
www.luziapfyl.ch

www.facebook.com/luziapfyl
www.facebook.com/FrostPayne.Books
www.facebook.com/GreenlightPressDE

Frost & Payne

Die mechanischen Kinder 1:

Die Jagd beginnt

Luzia Pfyl

1. Auflage Mai 2017

Autorin: Luziy Pfyl
Cover: Zoe Shtorm
Lektorat: Andreas Böhm
Satz: Jürgen Straub

Bibliografische Information der Deutschen Nationalbibliothek Die Deutsche Nationalbibliothek verzeichnet diese Publikation in der Deutschen Nationalbibliografie; detaillierte bibliografische Daten sind im Internet über http://dnb.dnb.de abrufbar.

Herstellung und Verlag:
Greenlight Press
Gartenstr. 44b
76133 Karlsruhe
E-Mail-Kontakt: info@greenlight-press.de

ISBN: 978-3958342415

Web http://www.greenlight-press.de
Facebook www.facebook.com/GreenlightPressDE

Die Schlüsselmacherin

1.

Nebel umhüllte die Ufer der Themse wie ein Leichentuch, als Big Ben die volle Stunde schlug. Seine Glocken hallten gespenstisch über die schlafende Stadt. Es war weit nach Mitternacht und bitterkalt. Eisiger Wind aus Norden kündigte einen Schneesturm an.

Ein Boot trieb auf dem schwarzen Fluss. Der Ruderer mühte sich gegen die Strömung ab, sein Ziel, die Mitte des Wassers, hatte er schon fast erreicht. Von einem kleinen Landungssteg oberhalb der London Bridge aus schipperte er den Fluss hinauf; Blackfriars, Temple, Charing Cross. Wenn es nach ihm ginge, hätte er seine Arbeit auch gleich hinter der Brücke ausgeführt, doch sein Auftraggeber war sehr »speziell« gewesen. Sie sollten noch ein wenig frei sein und schwimmen dürfen, nur für kurze Zeit, bevor man sie fand, hatte er gesagt.

Eine einzelne Aetherlaterne wies ihm den Weg, doch selbst ihr helles Licht vermochte den Nebel kaum zu durchdringen. Der Ruderer zog unermüdlich die Riemen durch das Wasser. Er kannte den Fluss, *Old Father Thames*, und die Häuser und Fabriken an dessen Ufer, wie er sein schäbiges Zimmer im Dunkeln kannte. Er brauchte die Häuser nicht zu sehen, um zu wissen, wo er sich befand.

Er hatte die Stunde gut gewählt. Die letzten Arbeiter der Fabriken in Southwark waren längst nach Hause gegangen, und die früh aufstehenden Seemänner und Dockarbeiter schliefen noch. Bei diesem Nebel und dieser Kälte verließ sowieso niemand freiwillig sein warmes Heim.

Ein stetes Dröhnen drang an seine Ohren. Tagsüber, im Lärm der Stadt, war es kaum wahrnehmbar, doch in der Stille der Nacht umso lauter. Er schaute nach oben. Über ihm schwebten zwei Scheinwerferstrahlen durch den Dunst. Ein Luftschiff. Der Größe nach musste es aus Übersee kommen.

Er kümmerte sich nicht weiter darum, denn von dort oben konnte man ihn genauso wenig sehen wie vom Ufer aus. Niemand beachtete ein einsames Boot auf dem Wasser.

Er hatte die richtige Stelle erreicht und zog die Ruder ins Innere des Bootes. Dann wandte er sich seiner Fracht zu. Zwei längliche Bündel lagen gut verschnürt und fest verpackt im Heck. Vorsichtig, um das Boot nicht allzu sehr ins Schwanken zu bringen, stand er auf und stemmte das erste nach oben. Es war schwer, aber nicht ganz so schwer wie ein Kohlesack. Er hievte es hoch und warf es in den Fluss. Er widmete sich dem zweiten, stutzte jedoch. Glitzerte da etwas? Er nahm die Laterne zur Hand und leuchtete das Heck aus.

Eine der Schnüre hatte sich gelöst und gab den Inhalt des Bündels preis. Metall blitzte im Licht der Aetherlaterne. Es sah aus wie eine Hand. Er fluchte und spuckte seinen Rest Kautabak über Bord. Sein Auftraggeber hatte ihm gesagt, dass die Bündel gut verzurrt sein mussten. Man hatte ihn sehr gut bezahlt bisher, und dies war nicht das erste Mal, dass er in die Mitte des Flusses gerudert war. Er durfte seinen Auftraggeber nicht enttäuschen. Dieser würde es sofort bemerken, falls er seine Arbeit nicht erledigte.

Mit wenigen Handgriffen hatte er die Sackleinen zurechtgezurrt und die Schnur neu verknotet. Nun sah alles ordentlich aus. Er hob das Bündel hoch und warf es ebenfalls ins Wasser. Das laute Klatschen, als es die Oberfläche durchbrach, störte die Stille. Aber er war zufrieden.

Er setzte sich wieder, nahm die Ruder zur Hand und machte sich auf den Weg zurück an Land. Für heute Nacht war seine Arbeit getan.

2.

Der Himmel über der Garnet Street explodierte in tausend Farben.

Lydia Frost kämpfte sich durch die Menge. Laute Musik und das Knallen der Feuerwerke donnerten in ihren Ohren. Ein Feuerspucker erhellte die Straße vor ihr. Die Menschen um sie herum begannen zu applaudieren.

»Entschuldigung, dürfte ich durch?«

Sie schlängelte sich weiter durch die Zuschauer, deren Gesichter abwechslungsweise rot, orange, grün und blau erstrahlten. Der Rauch der Feuerwerke kratzte in ihrer Kehle, und es roch stechend nach Schwefel. Frost bog um eine Ecke und nickte den beiden Türstehern, die vor einem mit Fackeln erhellten Eingang standen, zu. Sie ließen sie wortlos ein.

Die Stille, die sie umfing, war beinahe ebenso laut wie die Feuerwerke draußen vor der Tür. Mit fahrigen Bewegungen rückte sie ihren Wollmantel zurecht und klemmte eine lose gewordene Strähne ihrer braunen Haare hinter das Ohr. Ihr Blick fiel auf ihre Stiefel, und so unauffällig wie möglich versuchte sie, den daran haftenden Dreck abzuschütteln. Das musste reichen.

Frost nahm das Geschenk aus ihrer Umhängetasche und hielt es wie einen Schutzschild vor ihren Körper.

Es hatte sie einiges an Überwindung gekostet, heute Abend hierherzukommen. Vor drei Monaten hatte sie sich dazu entschieden, ihrer Ziehfamilie den Rücken zu kehren, um auf eigenen Füßen zu stehen. Sie hatte es sattgehabt, ein Werkzeug für das Imperium der Organisation zu sein. Die Möglichkeit, sich ein Leben außerhalb der Familie aufzubauen, würde so schnell nicht wiederkommen. Sie hatte dafür kämpfen müssen, dass sie sie gehen ließen, obwohl sie von Anfang an nie richtig dazugehört hatte, weil sie anders war. Sie war keine Chinesin. Madame Yueh hatte sie als Kind von der Straße aufgelesen, und *ihr* stellte sich niemand in den Weg. Aber die Fähigkeit, jede Tür öffnen zu können, hatte sie zum perfekten Hilfsmittel gemacht.

Frost atmete tief durch und zwang sich zur Ruhe. Trotz allem fühlte sie sich ihrer Familie immer noch verpflichtet. Wenigstens soweit, dass sie sie zum chinesischen Neujahr besuchte. Es wäre unhöflich gewesen, hätte sie es nicht getan, und sie wollte das sonst schon schwierige Verhältnis nicht noch stärker belasten.

»Ich möchte bitte Madame Yueh sprechen«, sagte sie zu dem Chinesen, der soeben hinter einem Perlenvorhang hervortrat. Er trug traditionelle Kleidung und war der Hausvorsteher.

»Ah, Miss Lydia«, begrüßte der Mann sie mit einem freundlichen Nicken. »Ein glückseliges neues Jahr wünsche ich Ihnen.«

Frost machte eine leichte Verbeugung. »Das wünsche ich Ihnen ebenfalls, Mr. Lee.« Sie wartete, bis auch er sich der Höflichkeit entsprechend verbeugt hatte, dann erkundigte sie sich erneut nach ihrer Ziehmutter. »Ich würde ihr gerne ein Neujahrsgeschenk überreichen.«

»Das ist sehr freundlich von Ihnen, Miss Lydia. Bedauerlicherweise muss ich Ihnen mitteilen, dass Madame Yueh ausgegangen ist.«

Das war nicht gut. Sie hätte ihr das Geschenk gerne persönlich gegeben und die Sache so schnell wie möglich hinter sich gebracht. Sie hatte bereits die Einladung abgelehnt, mit ihr und der Familie das Neujahrsfest zu verbringen, und sie damit beleidigt. Aber sie wollte Michael nicht länger warten lassen.

»Mr. Lee, bitte richten Sie ihr aus, dass ich hier war und ihr mit diesem kleinen Geschenk alle nur erdenklichen Wünsche für das neue Jahr überbringe.« Frost kämpfte mit den Höflichkeitsfloskeln. Sie hatte nie viel dafür übrig gehabt, auch wenn

Madame Yueh sich alle Mühe gegeben hatte, sie die chinesischen Traditionen zu lehren.

So schnell es der Anstand erlaubte, verabschiedete Frost sich von Mr. Lee und eilte zurück hinaus auf die Straße. Die Kakophonie aus Flöten, Zimbeln und Feuerwerk hatte sie sogleich wieder umfangen. Vorne auf der Garnet Street zog ein feuerroter Drache vorbei. Frost holte ihre Taschenuhr aus dem Mantel und murmelte einen Fluch. Die vollgestopften Straßen hatten sie eine Menge Zeit gekostet. Michael wartete bestimmt schon.

Statt sich erneut durch die Menschen zu drängen, ging Frost in die entgegengesetzte Richtung und bog in die Parallelstraße ein. Auch hier waren viele Menschen unterwegs, vor allem zu den Opiumhöhlen, die weiter unten an den Docks lagen. Ganz London schien sich an diesem Abend in Chinatown aufzuhalten, um das chinesische Neujahr zu feiern. Den meisten war es jedoch egal, *was* sie feierten, wie Frost wusste, so lange sie eine weitere Gelegenheit hatten, sich zu betrinken und den harten Alltag wenigstens für einen Moment zu vergessen.

Es war Mitte Februar 1885, und London war das Zentrum eines weltweiten Imperiums. Nach dem Bau der ersten Dampfmaschine und – vor allem – nach der Entdeckung des Aethers vor ungefähr fünfzig Jahren, hatten sich die Technologien sprunghaft entwickelt. Fabriken waren überall aus dem Boden geschossen. Bald gab es in jedem Lebensbereich Maschinen, die Straßen Londons wurden von Aether beleuchtet, und über dem Smog, der die Stadt mittlerweile das ganze Jahr einhüllte, schwebten Luftschiffe jeder nur erdenklichen Größe.

London war das von Kohle geschwärzte mechanische Herz des Empires. Die größte Stadt der Welt.

Frost war ganz in Gedanken versunken und bemerkte nicht,

wie sich ihr jemand in den Weg stellte. Erst, als eine kräftige Hand sich um ihren Oberarm schloss und sie mitten im Schritt gestoppt wurde, schaute sie auf und ging instinktiv in Abwehrhaltung. Unter ihrem Korsett trug sie wie immer ein verborgenes Messer.

»Jetzt wärst du beinahe an mir vorbeigelaufen.«

»Michael!« Frost lachte erleichtert auf. »Ich dachte, wir treffen uns beim *Blauen Affen*?«

»Da habe ich auch über eine halbe Stunde auf dich gewartet.« Michael Cho verzog das Gesicht in gespielter Enttäuschung, worauf Frost ihm sanft auf den Oberarm boxte. Für einen Moment strahlten seine schwarzen schmalen Augen grün und golden auf, als über ihnen Feuerwerk explodierte.

»Es hat einfach zu viele Menschen hier. Oben an der Garnet Street ist kein Durchkommen mehr.« Frost stieß den Atem aus und schaute zu ihm auf. »Ich war bei Madame Yueh.«

»Sie wird sich gefreut haben, dich zu sehen. Wir vermissen dich alle.« Michael bot ihr den Arm an, und gemeinsam schlenderten sie den Weg zurück, den Frost gekommen war. Gefrorener Schnee knirschte unter ihren Stiefeln, die ersten Flocken eines erneuten Schauers fielen aus dem schwarzen Himmel.

»Sie war nicht da.« Frost merkte, wie sich eine Spur Enttäuschung in ihre Stimme schlich. Ja, die Entscheidung, Madame Yueh und damit die Organisation zu verlassen, war allein ihre gewesen. Dennoch fühlte es sich an, als hätte sie ihre Familie im Stich gelassen. Die vergangenen drei Monate hatte sie sich gefühlt, als säße sie auf zwei Stühlen, die sich immer weiter voneinander entfernten. Auf dem einen Stuhl ihre Familie, auf dem anderen ihre Freiheit.

Michael legte den Arm um sie und drückte ihr einen Kuss auf die Schläfe. »Madame Yueh ist nicht nachtragend. Sie wird dir verzeihen, und dann kommst du zurück.« Die Geste war so vertraulich, dass Frost kurz zusammenzuckte. *Das* war neu.

»Ich werde aber nicht zurückkommen«, sagte sie mit Nachdruck und löste sich von ihm. »Die Agentur läuft gut.« Die Agentur lief überhaupt nicht. Aber das brauchte Michael nicht zu wissen. »Ich kann mich vor Aufträgen kaum retten. Du glaubst gar nicht, was die Leute alles verlieren.« Sie hatte gehofft, ihr Talent im Beschaffen von Dingen in den Dienst der Londoner zu stellen. Das Yard war vollkommen überfordert. Also warum nicht eine Art Detektei gründen, hatte sie sich gedacht. Jeden Tag verschwanden Menschen spurlos, wurden Gegenstände gestohlen. Frost hatte geglaubt, dass die Leute, die nicht zu Scotland Yard gehen wollten, ihr die Tür einrennen würden. Bisher saß sie jedoch mehr oder weniger untätig in ihrem Büro herum.

Michael lachte versöhnlich. »Wie du meinst. Darf ich dich wenigstens besuchen kommen?«

»Natürlich. Ich würde mich freuen.«

Sie hatten die Garnet Street erreicht und tauchten ins Getümmel ein. Jemand zündete Böller. Die Zuschauer wichen respektvoll zurück. Frost hielt Michaels Hand, damit sie ihn in der Menge nicht verlor, und ließ sich von ihm führen.

»Jetzt mach nicht so ein angesäuertes Gesicht, Lydia«, rief Michael über den Lärm hinweg. »Es ist Neujahr! Komm, wir gehen zu den anderen. Die haben bereits ohne uns angefangen zu feiern.«

Frost lächelte und konnte sich sogar mit dem Gedanken anfreunden, ein oder zwei Pints mit den Jungs zu trinken. So wie früher.

Sie hatte den übelsten Kater seit Langem.

Frost stöhnte und hielt sich den Kopf, als sie sich zurück auf das Bett hievte. Die Zunge klebte ihr am Gaumen, und ihre Glieder fühlten sich an wie tonnenschwerer Stahl, der sich langsam in Kautschuk verwandelte.

»Ich hasse dich, Michael«, ächzte sie, als sie sich dazu zwang, aufzustehen. Sie schlurfte ins Bad und stolperte auf dem Weg dahin über ihre Kleidung. Stiefel, Lederhose, Korsett, Bluse, Mantel. Wenigstens hatte sie es noch fertiggebracht, sich halbwegs anständig auszuziehen und nicht gleich in voller Montur ins Bett zu fallen, wie es ebenfalls schon geschehen war.

Im Badezimmer zündete sie die Aetherlampe an und blinzelte in ihr Spiegelbild. »Meine Güte …«, murmelte sie und rubbelte sich mehrmals mit den Händen über das Gesicht, um die Durchblutung anzuregen. Vielleicht würde sie so weniger wie ein Zombie aussehen. Sie brauchte ein langes heißes Bad und danach einen sehr starken Kaffee.

Das Bad tat gut und weckte Frosts Lebensgeister wenigstens so weit, dass sie sich nicht mehr ganz so zerdrückt fühlte. Sie zog sich frische Kleidung an und ging hinunter in ihr Büro. Eigentlich war es ein ehemaliges Ladengeschäft, inklusive Küche und Waschraum zum Hinterhof hinaus. Dazu gehörte die winzige Wohnung im Obergeschoss. Frost hatte in den vergangenen Monaten alles Mobiliar des Vorbesitzers entfernen lassen. Nichts erinnerte mehr an die Schneiderei, die hier gewesen war. Stattdessen hatte sie die kleine Wohnung und das Büro nach ihrem Geschmack eingerichtet. Vor allem das grünbezogene Sofa im Wohnzimmer oben liebte sie. Ein Wandschirm aus Bambus und bemaltem Papier trennte ihren Schlafbereich vom Rest des Wohnzimmers ab und sorgte für Privatsphäre. Über dem Kamin hing, wie in so ziemlich jedem Wohnzimmer des Empires, ein Portrait von Königin Victoria, die Wandtapete war dezent gemustert. In einem chinesischen Kabinett, welches eingeklemmt zwischen Kamin und Ecke stand, befanden sich eine Musikbox sowie Frosts Sammlung an Whiskys.

Ihren Schreibtisch aus massiver Eiche hatte sie unten im Laden etwas versetzt zum Schaufenster gestellt. Zwei Stühle für die Klienten standen davor. Hinter dem Schreibtisch und an der linken Wand fortführend befanden sich deckenhohe Bücherregale, ein Teppich sorgte für etwas Gemütlichkeit. An einer Wand hing auch hier ein Portrait von Königin Victoria. Frost hatte ansonsten nur spärlich dekoriert. Ein paar chinesische Tuscheskizzen hier, eine Blumenvase dort.

Nur das Schaufenster war noch leer. Vielleicht lag es am fehlenden Schriftzug auf der Scheibe, dass Klienten ausblieben. Sie brauchte dringend einen Namen für ihre Agentur.

»Guten Morgen, Helen«, rief Frost, als sie Geräusche aus der Küche hörte.

»Wohl eher guten Mittag, Miss Frost«, antwortete Helen. Die junge Frau mit den erdbeerblonden Haaren stand lächelnd in der Tür und wischte sich die Hände an ihrer Schürze ab. Helen war Frosts Hausmädchen, frisch und voller Elan. Sie erledigte die Hausarbeiten mit einem Enthusiasmus, für den Frost sie immer wieder bewunderte. Ohne Helen würden das Büro und die Wohnung innerhalb weniger Tage in vollkommenem Chaos versinken. »Die Zeitung und die Post liegen auf Ihrem Schreibtisch. Ich habe eben frischen Kaffee und ein paar Sandwiches gemacht. Ich dachte mir, Sie werden hungrig sein, wenn sie aufwachen.«

Frost hätte Helen küssen mögen. »Was würde ich nur ohne dich machen?« Sie nahm eine Tasse dampfenden Kaffees entgegen – schwarz und ohne alles, so, wie sie es mochte – und ging zu ihrem Schreibtisch hinüber. Mit einem wohligen Seufzer ließ sie sich in den Sessel dahinter fallen und griff nach der *Times*.

»Ach ja, Mr. Cho war hier«, sagte Helen, als sie kurz darauf mit einem Teller vollbeladen mit den versprochenen Sandwiches aus der Küche kam und ihn neben die Kaffeetasse auf den Tisch stellte.

»Michael?«, fragte Frost verwundert und griff nach einem der Sandwiches. Helen machte die besten der Stadt, da würde sie jede Wette eingehen.

Helen nickte. »Ich habe angeboten, Sie zu wecken, Miss, aber Mr. Cho hielt es für besser, Sie schlafen zu lassen. Er wollte warten, also habe ich weiter geputzt. Aber als ich das nächste Mal ins Büro schaute, war er bereits gegangen.«

»Hat er gesagt, was er wollte?«

»Nein, Miss.« Sie schüttelte den Kopf. »Noch mehr Kaffee?«

Frost reichte ihr dankend die bereits leere Tasse und vertiefte sich wieder in die Zeitung. Die Titelseite war voll mit Bildern vom gestrigen Neujahrsfest. Aber sie war nicht bei der Sache und schweifte gedanklich immer wieder ab.

Was hatte Michael so früh von ihr gewollt? Frost konnte sich kaum daran erinnern, wie sie nach Hause gekommen, geschweige denn, welche Uhrzeit es gewesen war. Aber Michael hatte noch nie viel Schlaf gebraucht. Schon als sie noch Kinder gewesen waren, war er selten erst nach Sonnenaufgang auf den Beinen gewesen. Im Gegensatz zu Frost, die man des Öfteren hatte zwingen müssen, das warme Bett überhaupt zu verlassen.

Helen kam mit dem Kaffee zurück. »Ich mache als Nächstes oben weiter, Miss Frost. Brauchen Sie noch etwas?«

Frost schüttelte den Kopf und bedankte sich bei ihr. Sie konnte sich glücklich schätzen, in Helen eine so gute und obendrein liebenswürdige Haushälterin gefunden zu haben. Frost legte die Zeitung beiseite und sah die Post durch.

»Rechnung. Rechnung. Werbung. Rechnung …« Sie seufzte und warf die Briefe auf den Tisch. Im Kopf überschlug sie die Zahlen. Wenn sie alle Forderungen beglich (sie erinnerte sich vage an zwei weitere Briefe von ihrem Schneider, der sie ermahnte, endlich ihre bei ihm offenen Beträge zu bezahlen), dann hatte sie kein Geld mehr für die Miete. Helens Lohn stand diese Woche ebenfalls an, und etwas essen musste sie auch.

»Das neue Jahr fängt ja gut an«, brummte sie und biss herzhaft in das Lachsbrötchen. Nur machte, außer den chinesischen Einwohnern, niemand in dieser Stadt eine Woche Urlaub über das chinesische Neujahr hinweg. Sie konnte es sich nicht leisten, die Bezahlung der offenen Rechnungen weiter zu verschieben. Im Tresor hinter ihr im Bücherregal herrschte jedoch gähnende Leere. Sie brauchte dringend Arbeit.

Kauend zog Frost ihr Notizbuch heran und blätterte darin bis zum letzten Eintrag. Den jüngsten Fall hatte sie vor zwei Wochen abgeschlossen. Die verlegte Brosche zu finden, war vergleichsweise einfach gewesen. Seither hatte kein neuer Klient ihre Dienste in Anspruch nehmen wollen. Sie hatte gehofft, dass Mrs. Dunnborow sie an ihre Freundinnen empfehlen würde.

Sie brauchte Geld. Schnell. Vielleicht konnte sie den Schneider weiter vertrösten – allerdings, da war sie sich sicher, würde sie sich wohl oder übel bald einen neuen suchen müssen. Oder er hetzte ihr die Schuldeneintreiber auf den Hals.

»Alles in Ordnung, Miss?«

Frost zuckte leicht zusammen und schaute auf. Sie hatte nicht gehört, wie Helen eingetreten war. »Du kennst nicht zufälligerweise ein paar reiche Leute, die etwas verloren haben?« Verzweifelte Zeiten verlangten nach verzweifelten Mitteln.

Helen schüttelte amüsiert den Kopf. »Nein, Miss, leider nicht. Aber vielleicht kennt Mr. Cho welche.« Sie deutete zum Schaufenster hinaus auf die verschneite Straße.

Frost beugte sich nach rechts aus dem Sessel, um auf die Straße sehen zu können. Tatsächlich, da kam Michael, dick eingepackt in einen dunklen Mantel und den Hut tief in die Stirn gezogen, auf ihren Laden zu. Unter dem Arm trug er ein in loses Zeitungspapier gewickeltes Paket. Frost warf Helen ein vielsagendes Lächeln zu, worauf diese einen Knicks andeutete und wieder hinauf in die Wohnung ging.

Das Glöckchen über der Tür klingelte, als Michael eintrat. Er brachte einen Schwall eisige Luft und ein paar Schneeflocken mit herein. Seit gestern Nacht schneite es ununterbrochen. Bald schon würde London unter einer dicken Schneedecke begraben liegen.

»Bringst du mir mein Neujahrsgeschenk?«, fragte Frost forsch und lehnte sich im Sessel zurück.

Michael hielt inne und schaute dann auf das Paket unter seinem Arm. »Ach, das, nein, das ist… etwas anderes«, wich er aus. Frost hakte nicht nach, auch wenn sie wusste, dass er etwas verbarg. »Ich dachte schon, du wachst gar nicht mehr auf.« Ein breites Grinsen zierte sein schönes Gesicht.

»Bist du nur hergekommen, um dich über mich lustig zu machen?« Sie legte den Kopf schief und musterte ihren Kindheitsfreund. Er hatte dunkle Ringe unter den Augen und wirkte angespannt. Der Schlafmangel und exzessive Alkoholkonsum von letzter Nacht machten sich also auch bei ihm bemerkbar.

Michael nahm den Hut ab und setzte sich auf den Stuhl vor ihrem Schreibtisch. Das Paket legte er sich auf den Schoss und hielt es fest, als dürfte er es nicht aus den Augen lassen.

»Nein«, beantwortete er ihre Frage und zog mit der freien

Hand einen Umschlag aus dem Mantel. »Ich habe einen Auftrag für dich.«

Frost wurde hellhörig und neigte sich vor. Sie nahm den Umschlag entgegen – keine Adresse, kein Siegel. Falsch, auf der Vorderseite befand sich in der linken Ecke eine Art Stempel. Sie kannte dieses Zeichen.

»Von Madame Yueh?« Michael nickte. Frosts Miene verhärtete sich. Sie schob den Umschlag zurück zu Michael. »Nein. Du weißt, dass ich keine solchen Aufträge mehr mache.« Sie hatte hart genug dafür gekämpft, dass Madame Yueh und die Organisation sie hatten gehen lassen. »Ich bin draußen.«

»Ja, ich weiß.« Michael sah sie eindringlich an. »Aber wir wissen auch, dass du Geld brauchst. Sie möchte sich erkenntlich zeigen und will dich unterstützen.«

Frost schnaubte und verschränkte die Arme. Unterstützen, dass sie nicht lachte. Sie wusste genau, was ihre Ziehmutter mit diesem Auftrag bezweckte. Frost würde in ihrer Schuld stehen. »Ich *habe* Klienten. Die Agentur läuft gut«, sagte sie nicht sehr überzeugend, worauf Michael lächelte.

»Sieh es doch mal so, Lydia: Du gehörst immer noch zur Familie, und Familienmitglieder lässt man nicht einfach im Stich.« Seine Stimme wurde weich. »Wir vermissen dich. Mutter fragt ständig nach dir und hat mir schon mit der Bratpfanne gedroht, sollte ich dich nicht bald wieder zum Essen einladen.«

Frost musste bei der Vorstellung unweigerlich grinsen. Sie musste zugeben, dass sie Michael, seine Familie und all ihre Freunde in der Organisation ebenfalls vermisste. Aber sie hatte sich nun mal dazu entschlossen, ihre eigenen Wege zu gehen. Sie wollte nicht wieder zurück. Sie wollte nicht wieder das Werkzeug der *Dragons* sein.

»Was ist das für ein Auftrag?«, fragte sie dann doch noch. Sie war neugierig, mit was Madame Yueh sie ködern wollte.

Michael zuckte mit den Achseln und schob ihr den Umschlag wieder hin. »Lies selbst.«

Sie zögerte einen Moment, dann nahm sie den Umschlag an sich und riss ihn auf. Auf der Karte darin prangten chinesische Schriftzeichen in pechschwarzer Tusche. Frost brauchte eine Weile, bis sie alle Zeichen entziffern konnte. »Wer ist dieser Nelson Bingham?«

»Ein sehr einflussreicher Geschäftsmann, handelt hauptsächlich mit Seide und Kunst.«

»Hier steht, ich soll ihm ein wertvolles Buch oder Manuskript entwenden.«

Michael nickte erneut. »Einen Folianten, um genau zu sein. Das Buch war seit Generationen im Besitz der Yueh-Familie, doch es wurde gestohlen. Mr. Bingham hat es vor ein paar Tagen auf dem Schwarzmarkt ersteigert. Wir wollen, dass du es ihm abnimmst.« Er zog ein Lichtbild aus der Innentasche seines Mantels und reichte es Frost. Es zeigte den Folianten. »Möglichst bald. Es ist noch mindestens eine weitere Partei an dem Folianten interessiert, soweit wir wissen. Ein Unbekannter versucht seit Jahren vergeblich, ihn den Yuehs abzukaufen. Jetzt, wo das Buch außerhalb unseres Einflussbereichs ist, müssen wir schnell handeln.«

»Was springt dabei für mich raus? Warum sollte ich den Auftrag deiner Meinung nach annehmen?«, fragte sie, während sie das Bild betrachtete, herausfordernd. Michael setzte sein gewinnendstes Lächeln auf, dann nannte er ihr eine Summe. Frost hob die Augenbrauen. »100 Pfund?« Das war sehr viel Geld. Damit wären ihre Sorgen für die nächsten zwei Monate aus der Welt geschafft. Bis dahin hätte sie bestimmt auch wieder Klienten.

Nein, sie hatte hart für ihre Agentur und ihre Selbstständigkeit gekämpft. Sie war nicht käuflich.

»Miss Frost?«

Frost und Michael schauten gleichzeitig auf. Helen stand etwas schüchtern im Türeingang und zog soeben ihren Mantel an. »Kann ich noch etwas tun, Miss? Ich würde sonst nach Hause gehen.«

»Nein, alles bestens. Danke, Helen. Geh nach Hause, bevor wir noch eingeschneit werden. Bis morgen dann?«

Helen nickte. Frost lächelte und schaute ihr hinterher, als sie die Agentur verließ und im Schneegestöber hinter dem Schaufenster verschwand.

Sie würde es nicht übers Herz bringen, sie zu entlassen, weil sie sich keine Haushälterin mehr leisten konnte. Helen konnte nichts dafür, dass sie die Agentur nicht auf die Reihe brachte.

Frost starrte die Karte an und seufzte dann. »Na schön, ich mach es. Aber nur dieses eine Mal. Richte das Madame Yueh aus.«

3.

Als Michael gegangen war, legte sich Stille über Frosts Büro. Nur das regelmäßige Schlagen der Pendeluhr in der Ecke und das Rattern der Straßenbahn draußen vor dem Schaufenster waren zu hören.

Frost rieb sich die Nasenwurzel. Sie bekam Kopfschmerzen. Sie hatte kein gutes Gefühl bei dem Auftrag, auch wenn es lukrativ für sie war und sie die Agentur behalten konnte.

Sie musste das Orakel befragen. Frost stand auf, ging zum hintersten Bücherregal und nahm das *I Ging* aus den Reihen. Es war ein großes, uraltes Buch. Sie hatte das *I Ging* von ihrer Ziehmutter bekommen, als sie alt genug gewesen war, um es zu verstehen und selbst anzuwenden. Das Orakel wurde seit über zweitausend Jahren verwendet und galt als einer der ältesten chinesischen Texte. Frost konnte zwar die Feinheiten der Sprache nicht vollständig verstehen, doch seit sie eine englische Übersetzung des Textes gefunden hatte, benutzte sie es regelmäßiger.

Sie atmete tief durch und konzentrierte sich auf die Frage, die ihr immer wieder durch den Kopf ging. *Was soll ich tun?* Sie wollte nicht zurück in die Organisation, aber sie konnte Michaels Auftrag unmöglich ablehnen. Sie hatte ihm ihre Zustimmung gegeben.

Sie nahm drei chinesische Münzen und warf sie so lange, bis sie alle Striche des Hexagramms beisammenhatte. Dann schlug sie das *I Ging* auf.

»Hm, interessant«, murmelte sie, als sie bei den richtigen Linien angelangt war und die Übersetzung konsultiert hatte. Sie hatte keine Ahnung, wie sie die Antworten, die das Orakel ihr gegeben hatte, deuten sollte. Es sagte ihr, das eine zu tun, wobei sie eigentlich auch das andere tun könnte. Zukunft ungewiss.

»Das hilft heute also auch nicht.« Frost schlug das Buch wieder zu und legte es zurück an seinen Platz im Regal. Manchmal blieben die Antworten, die das *I Ging* einem gab, kryptisch. Vielleicht hätte ihr ein Gelehrter, der sich seit Jahren mit dem Text auseinandersetzte, mehr dazu sagen können, doch der Aufwand war ihr stets zu groß erschienen. Sie hatte sich nie tiefer mit dem Buch befassen wollen. Das Ritual allein, es zu befragen, genügte ihr. Auch wenn es oft frustrierend endete.

Die Pendeluhr schlug zweimal. Frost starrte hinaus in das Schneegestöber, das London immer mehr in eine weiße Decke hüllte. Sie musste beginnen.

Michael Cho wartete vor den privaten Räumlichkeiten von Madame Yueh darauf, dass man ihn einließ. Er hatte um eine Audienz gebeten, nachdem er den Auftrag an Lydia überreicht hatte. Ihm waren Zweifel an der Richtigkeit der Sache gekommen.

Die rotlackierte Flügeltür wurde von innen lautlos geöffnet. Cho trat in den von Lampions und Kerzen erhellten Raum. Das Wandbild zu seiner Rechten stach ihm sofort ins Auge. Ein Meisterwerk. Als Lydia und er noch Kinder gewesen waren, hatten sie stundenlang davorgesessen und versucht, alle Details zu erkennen.

Madame Yueh saß auf ihrem Stuhl vor dem Paravent auf dem Podest, den Gehstock zwischen die Knie geklemmt, und schaute Cho aus scharfen Augen an. Sofort senkte er den Kopf und verbeugte sich respektvoll. Der Geruch der Räucherstäbchen vom Altar in der Ecke stach ihm in die Nase.

»Du wolltest mich sprechen, Michael Cho?« Die Stimme der Matriarchin hörte sich an wie trockenes Laub, doch ihre Worte waren klar wie ein Bergbach.

»Ich habe Zweifel, Mutter«, sagte Cho und benutzte dabei die förmliche Anrede für Mutter. Madame Yueh war die Mutter der Organisation. Er trat näher. »Die Sache mit Lydia ...«

Der Blick der Greisin schien ihn zu durchdringen, sie sagte kein Wort. Cho presste die Lippen aufeinander. Er wollte Lydia verteidigen und Madame Yueh bitten, sie zu verschonen, doch die Worte blieben ihm in der Kehle stecken. Lydia war nun eine Außenseiterin, weil sie die Organisation verlassen hatte. Niemand hatte sie gehen lassen wollen, doch Lydia hatte schon immer ihren eigenen Kopf gehabt.

Cho befürchtete nur, dass Lydia diesmal zu weit gegangen war. Außenseiter wurden nicht geduldet, schon gar nicht, wenn sie so viel wussten wie Lydia.

»Willst du das Erbe deines Vaters antreten, Michael?«

Er schaute auf. Ein harter Kloß steckte in seiner Kehle. »Ja, Mutter.«

»Dann tu, was ich dir aufgetragen habe. Lydia hat sich entschieden. Sie muss nun mit den Konsequenzen leben.«

Er nickte schweren Herzens. Er hatte keine andere Wahl. Im Hintergrund war die Sache schon angelaufen. Was nun geschah, lag allein in Lydias Händen.

Eine gute Stunde später entstieg Frost der ratternden Straßenbahn. Sie hatte ihre einfache Lederkluft gegen ein ordentliches Wollkostüm mit drei Schichten Röcken und passender Jacke eingetauscht. Statt ihrer derben Stiefel trug sie damenhafte Schnürstiefel, die ihr bis über die Waden reichten. Ihre dunklen Locken hatte sie zu einem Knoten gesteckt und einen schicken Hut darüber drapiert. Sie trug Lederhandschuhe und als zusätzlichen Schutz gegen die Kälte einen Muff aus Fuchsfell. Etwas zu viel für ihren Geschmack, und richtig frei bewegen konnte sie sich auch nicht, aber sie hätte schwerlich in diese feine Gegend gehen können, ohne entsprechend angezogen zu sein.

Sie befand sich in Belgravia, einem der nobelsten Stadtviertel Londons. Als die Straßenbahn anfuhr, sprühten Funken von der Oberleitung. Frost wäre zwar mit der Tube schneller hier gewesen, doch seit dem großen Streik der Gewerkschaften war man entweder leichtsinnig, lebensmüde oder nicht ganz abgeneigt, für ein paar Tage dort unten festzusitzen, wenn man die Untergrundbahn benutzte.

Sie bog in die Straße ein, die sie sich notiert hatte, und hörte durch den dichten Schneefall das leise Dröhnen eines Zeppelins über sich. Als sie hinaufschaute, sah sie geisterhafte Lichtstrahlen und einen dunklen, ovalen Schemen in den tiefliegenden Wolken über die Häuser hinwegziehen.

Sie fröstelte und schlug den Kragen ihres Mantels hoch. Jemand war dabei, den Schnee vom Gehweg zu räumen – in ihrem Viertel gab man sich nicht mal die Mühe –, und sie dankte dem Mann im Stillen, dass sie nun nicht mehr durch knöcheltiefen Schnee stapfen musste. Diese Schuhe waren wahrlich nicht für derartige Wetterverhältnisse geeignet.

Frost steuerte auf das Haus mit der Nummer zehn zu. Die Straße machte hier einen eleganten Bogen und umschloss einen winzigen Park. Die Häuser sahen alle gleich aus und standen wie ein cremefarbenes Bollwerk Schulter an Schulter. Auf der Treppe, die zur Eingangstür hinaufführte, schüttelte Frost den Schnee von den Schultern und vom Hut. Sie klingelte.

Ihr Blick fiel auf das Türschloss, und ein leises Lächeln huschte über ihr Gesicht. Rasch zog sie den rechten Handschuh aus und legte die Hand auf das Schlüsselloch. Sofort spürte sie, wie das Schloss ihr antwortete. Eine angenehme Wärme durchflutete kribbelnd ihre steifgefrorenen Finger.

Die Tür flog auf, und ein großer Mann in Butler-Livree schaute hochnäsig auf sie herab. »Sie wünschen, Madam?«

Frost richtete sich auf. »Guten Tag«, sagte sie gedehnt und mit übertrieben hoher Stimme. Sie ließ ihre Wimpern klimpern und setzte das freundlichste Lächeln auf, das sie sich ausmalen konnte. »Julia Armstrong, sehr erfreut. Ich bin Ihre neue Nachbarin. Ist vielleicht der Herr des Hauses zu sprechen? Garstiges Wetter, nicht?«

Ohne auf die abwehrende Haltung des Butlers zu achten, schlüpfte sie frech durch die Tür. »Ich bin beeindruckt«, kreischte sie los und drehte sich bewundernd im Kreis. »Was für ein ausgezeichneter Geschmack. Ich muss James, das ist mein Ehemann, unbedingt sagen, dass wir solche Tapeten brauchen.« Eine verschlossene Tür links, Treppe hinauf in den ersten Stock, Salon zur Rechten. Flur mit dickem Teppichboden, führte wahrscheinlich in den hinteren Bereich des Hauses, wo sich die Küche und die Räumlichkeiten des Personals befanden.

Der Butler räusperte sich. »Mr. Bingham ist im Augenblick nicht zuhause, Madam.« Sein Ton machte es unüberhörbar, dass er sie am liebsten so schnell wie möglich wieder loswurde. »Ich werde ihm ausrichten, dass Sie hier waren.«

Frost musterte den Butler. Intelligente Augen und militärische Haltung. Breite Schultern. Unter dem maßgeschneiderten Stoff seiner Livree zeichneten sich muskulöse Arme ab. Etwa Mitte vierzig. Dieser Butler würde ihr Probleme bereiten, sollte er sie erwischen. »Bitte, seien Sie ein Schatz und tun Sie das. Mein Mann und ich werden zu einem anderen Zeitpunkt wiederkommen. Wann wird Mr. Bingham denn zurückerwartet?«

Die Miene des Butlers regte sich keinen Millimeter. »Erst sehr spät, fürchte ich.«

Das war gut. Es war Freitag, Mr. Bingham verbrachte den Abend in seinem Club. Dennoch hätte sie den Hausherrn sehen mögen, um ihn einschätzen zu können. »Ach, das macht nichts. Ich würde Ihnen gerne meine Karte hierlassen, aber ich fürchte, ich Dummerchen habe sie zuhause liegen gelassen.« Sie lachte gekünstelt. »Vielen Dank für Ihre Mühen.« Sie hatte fürs Erste genug gesehen.

Die Kälte umfing sie und drang durch die Schichten ihrer Kleidung, als die schwere Eingangstür hinter ihr ins Schloss fiel. Den stechenden Blick des Butlers konnte sie regelrecht am Hinterkopf spüren. Garantiert würde er sie beobachten, bis sie außer Sicht war.

Sie ging den Weg zurück, den sie gekommen war, bog jedoch nach links ab, statt zur Station der Straßenbahn zu gehen. Hier war eine Lücke zwischen den Häusern, und eine schmale Gasse führte in eine Straße, die auf der Rückseite der Stadtvillen entlanglief. Hier befanden sich die privaten Stallungen. Frost zählte die Häuser, bis sie bei Nummer zehn angelangt war.

Ein Blick in den leeren Kutschunterstand sagte ihr, dass Mr. Bingham tatsächlich außer Haus war. Sie betrachtete die Fassade. Im Gegensatz zur Vorderseite bestand die Rückseite aus einfachem Backstein. Die Fenster waren kleiner, die Gardinen nicht halb so teuer und sehr schlicht gehalten. Frost schaute sich um. Beim gegenüberliegenden Haus leerte ein Hausmädchen gerade einen Eimer Schmutzwasser aus.

Mit wenigen Schritten war Frost um den Kutschunterstand herumgegangen und entdeckte den Hintereingang. Ein schmales Vordach befand sich über der einfachen Holztür, gleich darüber ein Fenster. Frost vermutete, dass sich hinter der Tür die Küche befand. Nach einem weiteren Blick über die Schulter – das Hausmädchen von gegenüber war wieder im Gebäude verschwunden – huschte sie zur Tür und ging in die Hocke. Ein mechanisches Schloss wie an der Vordertür. Wunderbar.

Frost lächelte, als sie zurück zur Straßenbahn ging. Heute Nacht würde sie zurückkommen und sich den Folianten holen. Doch wo bewahrte Bingham ihn auf? In der Bibliothek? Oder in seinem Arbeitszimmer? Sie würde schnell vorgehen müssen, denn sie wollte verhindern, dass der Butler oder ein spät zu Bett gehendes Dienstmädchen sie erwischte.

Ein Knistern in der Luft kündigte die nächste Straßenbahn an. Die dicken Kabel, die kreuz und quer zwischen den Häusern gespannt waren und parallel zur Straße verliefen, begannen zu summen. Durch den Schneefall sah Frost den Wagen herannahen. Als er nur noch wenige Meter von der Station entfernt war, zuckten bläuliche Funken über die Kabel, und winzige Blitze sprangen in die Schienen.

Frost fürchtete stets, eines Tages von einem dieser Stromschläge getroffen zu werden. Es hatte schon Zwischenfälle gegeben, aber seit dem Streik blieb den Londonern, die sich keine der teuren Kutschen leisten konnten, kaum etwas anderes übrig, als das Tram zu benutzen.

Als sie endlich wieder in ihrer Straße in Holborn war, hörte es auf zu schneien. Das drückende Grau lüftete sich ein wenig. Frost ertappte sich dabei, wie sie vor sich hinsummte. Konnte es sein, dass dieser Auftrag von Madame Yueh ihr Spaß machte? War sie nun schon so tief gesunken, dass ihr die Arbeit, die sich ganz klar weit außerhalb des Legalen bewegte und die sie ihr halbes Leben lang gemacht hatte, Freude bereitete? Oder, anders gefragt: Hatte es ihr schon immer Spaß gemacht, und sie hatte es in den drei Monaten einfach vergessen?

»Verfluchte Scheiße«, murmelte sie, als ihr die Schlüssel aus den eingefrorenen Fingern in den Schnee vor der Ladentür fielen.

»Verzeihen Sie, bitte«, hörte sie eine Stimme neben sich. Frost richtete sich auf und erblickte eine Frau etwa in ihrem Alter. Sie trug einen dunklen Wollmantel und hatte ein schönes, aber unscheinbares Gesicht. Ihre rotbraunen Haare waren zu einem adretten Knoten gesteckt, auf dem sie einen schlichten Hut drapiert hatte. Sie hatte vor Kälte die Schultern hochgezogen und schaute Frost mit hellen, beinahe forschen Augen an. »Können Sie mir sagen, wann die Agentur wieder öffnet?«

»Kommen Sie rein, drinnen können Sie sich aufwärmen«, antwortete Frost und öffnete die Tür. Das Glöckchen klingelte, und ein Schwall eisiger Luft strömte in ihr Büro. »Mein Name ist Lydia Frost, die Agentur gehört mir. Bitte, setzen Sie sich.« Sie entledigte sich rasch des Hutes und des Mantels und ging hinüber in die kleine Küche, um Wasser für Tee aufzusetzen. »Milch oder Zitrone?«

»Nur etwas Milch«, kam es unsicher aus dem Büro.

Frost lehnte am Türrahmen, während sie darauf wartete, dass das Wasser kochte, und beobachtete die Frau, als diese die Handschuhe auszog und ihren Schal löste. Sie sah angespannt aus, was nicht unbedingt auf die Kälte zurückzuführen war. Ihre Bewegungen waren fahrig, ihre Augen huschten unruhig durch den Raum. Schlichte, aber gut geschneiderte Kleidung. Tinte an den Fingern, als schriebe sie sehr viel. Bis auf den Ehering kein Schmuck.

»Nun, wie kann ich Ihnen helfen, Mrs ...?« Frost stellte zwei Teetassen auf den Schreibtisch und bedeutete der Frau, die immer noch unsicher herumstand, sich zu setzen. Auch wenn sie eigentlich den Diebstahl des Folianten vorbereiten musste, wollte sie diese potenzielle Klientin nicht ablehnen. Auftrag war Auftrag.

»Payne, Cecilia Payne.« Die Frau hielt die Tasse wärmend

in beiden Händen. »Ich bin Wissenschaftlerin und arbeite im Observatorium in Greenwich.«

Frost pfiff durch die Zähne. »Sie sind eine der Sterngucker? Durften Sie schon einen Kometen nach sich benennen?« Sie war in der Tat schwer beeindruckt.

Cecilia Payne lächelte verlegen. »Nein, das nicht. Meine männlichen Kollegen fänden das bestimmt unangebracht, auch wenn ich das für kompletten Unsinn halte. Aber als einzige Frau am Institut ist es oft nicht einfach.« Sie nahm einen Schluck Tee und klammerte sich weiterhin an die Tasse. »Ich vermisse meinen Mann, Miss Frost. Seit mehr als zwei Wochen war er anscheinend nicht mehr zuhause. Ich mache mir Sorgen um ihn, und mir wurde gesagt, dass Sie mir helfen können.«

Frost hob die Augenbrauen. »Anscheinend?«

»Nun, sehen Sie, Miss Frost, meine Arbeit verlangt oft, dass ich die Nacht über im Observatorium bleibe. Es vergehen manchmal Tage, bis ich mein eigenes Bett wiedersehe. Unser Hausmädchen hat auf mein Nachfragen gesagt, dass sie Mr. Payne schon länger nicht mehr gesehen hätte.«

»Waren Sie schon bei Scotland Yard?«

Mrs. Payne verneinte. »Ich möchte, wenn möglich, die Polizei vermeiden.«

Frost wusste, dass sie nun die unangenehmen Fragen stellen musste, doch sie brauchte jede Information, die ihr Mrs. Payne geben konnte. »Ist es das erste Mal, dass Ihr Mann verschwunden ist?« Sie holte ihr Notizbuch aus der Schublade.

»Ohne Nachricht? Ja.«

»Haben Sie sich schon bei seinem Arbeitsort nach ihm erkundigt?«

Mrs. Payne schüttelte den Kopf. »Jackson hat zurzeit keine Arbeit.«

Frost machte sich ein paar Notizen und schaute dann auf. »Hat Ihr Mann vielleicht eine Affäre? Kann es sein, dass er bei einer anderen Frau ist?«

Mrs. Payne schüttelte erneut den Kopf, sah dann aber unsicher auf ihre Hände. »Ich glaube nicht. Jedenfalls hoffe ich es nicht.«

»Hat Ihr Mann Freunde in der Stadt? Einen Club, den er regelmäßig besucht?«

Sie seufzte leise. »Jackson ist erst vor ein paar Monaten nach London gekommen. Ich habe ihn in New York kennengelernt, als ich an der dortigen Universität studiert habe. Er ist ein Pinkerton, müssen Sie wissen. Und nicht gerade jemand, der schnell Freundschaften schließt.« Ein liebevolles Lächeln schlich sich in ihr Gesicht.

Pinkerton? Die Sache wurde interessant. »Sie kamen aber vor ihm nach London.«

Mrs. Payne nickte. »Ich bekam vor zwei Jahren die Stelle im Observatorium. London ist meine Heimatstadt, ich wurde hier geboren, deswegen konnte ich das Angebot unmöglich ablehnen. New York hat seine Vorzüge, doch wenn Sie von der führenden Forschungsstätte des Empires ein Angebot erhalten, dann sagen Sie nicht Nein. Vor allem nicht als Frau. Die Forschungsarbeit, die wir in Greenwich betreiben, ist von bedeutender Wichtigkeit.«

Frost musste lächeln, als sie das Strahlen in Mrs. Paynes Augen bemerkte. Diese Frau lebte für ihre Arbeit. Aber das bedeutete auch, dass sie wohl nicht viel Zeit für ihren Mann hatte, der neu in der Stadt war und den sie vermutlich zwei Jahre lang nicht gesehen hatte.

»Mrs. Payne, ich bin ehrlich«, fing Frost an und verschränkte die Hände. »Ich kann Ihnen nicht versprechen, dass ich Ihren

Mann finde. London ist sehr groß, wie Sie wissen. Aber ich werde mein Mögliches tun.« Als Mrs. Payne nickte und sich damit einverstanden erklärte, zog Frost zwei Blätter Papier aus der Schublade des Schreibtischs. Das eine war ein Vertrag, den sie Mrs. Payne zum Durchlesen und Unterzeichnen reichte. Das andere war ein standardisiertes Formular, das sie von Scotland Yard abgekupfert hatte.

»Wenn Sie mit meinen Konditionen einverstanden sind, bitte ich Sie, den Vertrag zu unterschreiben. Danach möchte ich Sie bitten, hier ein paar Sachen auszufüllen. Vollständiger Name Ihres Mannes, Alter, Größe, Haarfarbe, Lieblingspub, sie wissen schon. Je mehr ich über Ihren Mann weiß, desto eher werde ich ihn finden können.«

Sie reichte Mrs. Payne einen Füller und lehnte sich zurück in den Sessel. Sie schlürfte ihren mittlerweile abgekühlten Tee, während sie Mrs. Payne dabei zusah, wie diese das Formular ausfüllte.

Zwei Aufträge an einem Tag. Das neue Jahr versprach wahrlich interessant zu werden.

4.

Frost betrachtete die Kleider, die ausgelegt auf ihrem Bett lagen. Was zog man an, wenn man gleich in das Haus eines reichen Mannes einbrach? Sie nahm eine chinesisch geschnittene Bluse in die Hände und runzelte die Stirn. Auf dem Rükken prangte das gestickte Zeichen der Organisation. Nein, das konnte sie nicht anziehen. Diese Kleider hatte sie immer dann getragen, wenn sie einen Auftrag für die Organisation oder für Madame Yueh ausgeführt hatte – was im Endeffekt das Gleiche war. Sie wusste noch sehr gut, wie es sich angefühlt hatte, diese Kleider zu tragen. Es hatte Zeiten gegeben, da hatte es sie mit Stolz erfüllt, diese Zeichen auf ihrem Rücken zu haben. Die Menschen auf der Straße waren ihr ehrfürchtig aus dem Weg gegangen. In gewissen Vierteln Londons stellte sich niemand freiwillig in den Weg der Organisation. Außerdem sah sie mit diesen Kleidern wie eine Ninja aus. Viel zu auffällig.

Am Ende entschied sie sich für schlichte dunkle Stücke. Ein paar Wollhosen, ein schnörkelloses Korsett, eine Bluse und den langen Wollmantel. Damit würde sie in einer Menschenmenge kaum auffallen, und die Sachen waren nicht allzu sperrig, so dass sie im Notfall klettern und rennen konnte.

Frost war gerade dabei, die Stiefel zu schnüren, als ihre Sicht verschwamm. Sie schüttelte den Kopf und schloss kurz die Augen, doch die unklare Sicht blieb. Lichtpunkte tanzten nun zusätzlich vor ihren Augen. Ihre Ohren begannen zu klingeln, und sie bekam kaum noch Luft. Es fühlte sich an, als wäre ihr Brustkorb in einen Schraubstock gepresst.

Oh nein, oh nein, dachte sie noch, dann verlor sie das Gleichgewicht und sackte neben dem Bett zusammen. Durch das Klingeln und das Rauschen in ihren Ohren fühlte sie sich wie in

Watte gepackt. Ihre Lungen schrien nach Luft. Mit klammen Händen tastete Frost nach der Kette, die sie immer um den Hals trug. Ächzend stemmte sie sich hoch und stützte sich an der Wand ab.

Spiegel, sie brauchte den Spiegel.

Ihre Lungen rebellierten, ihr Brustkorb drohte zu zerspringen. Ihr Hirn reagierte mit blanker Panik. Mit letzter Kraft klammerte sie sich im Badezimmer ans Waschbecken und zog an der Kette. Ein Schlüssel aus reinem Silber hing an ihr. Sie bugsierte die Kette über den Kopf. Mit quälend langsamen Bewegungen zog sie Korsett, Bluse und das Unterhemd aus, wobei sie keuchend nach Luft schnappte. Ihre Lungen verweigerten den Dienst. Sie drehte sich mit dem Rücken zum Spiegel und schaute über die Schulter. Zwischen den Schulterblättern befand sich eine Metallplatte, gerade so groß wie ein Handteller, dicht verwachsen mit Frosts Haut. In der Mitte dieser Platte war ein Schlüsselloch. Wenn sie sich fest genug streckte, konnte sie das Schlüsselloch gerade so erreichen. Es genügte, um den Schlüssel einzuführen und ihr Herz wieder aufzuziehen.

Als sich ihr Puls normalisierte und sich der Schraubstock von ihrem Brustkorb löste, ließ Frost sich verschwitzt und erschöpft vor dem Waschbecken zu Boden sinken. Den Schlüssel hielt sie fest umklammert.

»Verdammt, das war knapp«, murmelte sie und strich sich die feuchten Haare aus dem Gesicht. Es war ihr seit sehr langer Zeit nicht mehr passiert, dass sie vergessen hatte, ihr Herz aufzuziehen. Solch ein dummer Fehler durfte ihr nicht mehr unterlaufen.

Nach ein paar Minuten fühlte sie sich kräftig genug, um sich fertig anzuziehen. Als sie sich im Spiegel betrachtete, um ihre Haare neu zu stecken, sah sie, dass der Anfall nicht ganz spurlos an ihr vorbeigegangen war. Ihre Haut war bleich und ein wenig wächsern, ihre Augen waren rot umrandet. Ihre Hände bebten immer noch, und sie fühlte sich, als hätte sie eben einen Marathon absolviert und wäre anschließend von einer Dampfwalze überrollt worden.

Unten auf der Straße schlug sie den Kragen ihres Mantels hoch und steckte die Hände tief in die Taschen. Es hatte wieder angefangen zu schneien. Ihre weiten Wollhosen waren nach wenigen Metern am Saum vollgesogen mit eiskaltem Schnee. Als Frost um die Ecke bog, hörte sie auch schon das Bimmeln der Straßenbahn. Sie musste rennen, um das Tram zu erwischen, was sie wegen des Anfalls mehr anstrengte, als ihr lieb war.

Im West End wechselte sie zwischen hell erleuchteten Theatern und Restaurants die Linie. In Belgravia war es stiller. Es war kurz vor zehn Uhr abends, und die meisten Bewohner waren entweder im West End, in ihren Clubs oder bereits zuhause. Niemand war auf der Straße zu sehen. Frost stampfte durch den Schnee, der unter ihren Stiefeln leicht knirschte. Vor dem Haus mit der Nummer zehn blieb sie stehen und schaute zu den dunklen Fenstern hinauf. Ihr Atem bildete neblige Wölkchen.

Der Butler war bestimmt noch auf und wartete auf die Rückkehr seines Herrn. Er würde sich in der Küche aufhalten, Tee trinken und Zeitung lesen. Die Hintertür fiel demnach aus. Also die Vordertür.

Mit raschen Schritten überquerte Frost die Straße und stieg die Treppe hinauf. Sie warf einen Blick auf ihre Taschenuhr. Fünf Minuten, länger durfte sie sich nicht im Haus aufhalten.

Als sie den Handschuh auszog, war sie vollkommen konzentriert. Kaum hatte sie die Handfläche auf das Schloss gelegt, spürte sie das warme Kribbeln, das durch ihre Hand schoss, sie konnte regelrecht sehen, wie sich die filigranen Einzelteile des

Schlosses bewegten, bis ein leises Klicken ertönte. Ein zufriedenes Lächeln huschte über ihr Gesicht.

Frost zog den Handschuh wieder an und drückte die schwere Eichentür auf. So leise sie konnte, schloss sie die Tür hinter sich und blieb lauschend im Foyer stehen. Nur das Aetherlicht der Straßenlaternen fiel durch die hohen Fenster, und rechts von ihr flackerte der orange Schimmer eines Feuers. Es roch nach Holzpolitur und nasser Wolle. Irgendwo zu ihrer Rechten tickte eine Pendeluhr, vermutlich im Salon, dessen Flügeltür weit offenstand.

Fünf Minuten, ermahnte sie sich und spähte in den Salon. Das Feuer im Kamin war beinahe ganz heruntergebrannt und bestand fast nur noch aus glühenden Kohlen. Vermutlich würde der Butler oder eines der Hausmädchen es frisch in Gang bringen, sobald der Hausherr zurück war. Der Salon war völlig uninteressant, also wandte Frost sich der geschwungenen Treppe zu, die in die oberen Stockwerke führte.

Ein dicker Teppich schluckte ihre Schritte. Sie ging an einer Reihe verschlossener Türen entlang. Hinter welcher lag die Bibliothek? Und hinter welcher Mr. Binghams Arbeitszimmer? Vielleicht hätte sie sich doch noch in der Stadtverwaltung eine Kopie der Blaupause des Hauses holen sollen, auch wenn sie dafür Bestechungsgeld hätte bezahlen müssen; Geld, das sie momentan nicht hatte.

Wahllos öffnete sie eine der Türen und spähte hinein. Ein Schlafzimmer, feminin eingerichtet, aber das Bett war leer. Es roch nach abgestandener Luft, Staub kitzelte in Frosts Nase. Entweder war Bingham Witwer, oder dieses Zimmer hatte seiner Tochter gehört, die nun verheiratet war. Jedenfalls hatte schon lange niemand mehr in diesem Bett geschlafen.

Bei der zweiten Tür hatte Frost mehr Glück. Es war das

Arbeitszimmer. Hastig, aber so leise wie möglich schloss sie die Tür hinter sich und machte sich an die Arbeit. Die Aetherlampe auf dem massiven Schreibtisch drehte sie gerade so viel auf, dass sie besser sehen konnte. In rascher Abfolge öffnete und schloss sie Schubladen, Kabinette und Aktenschränke, doch nichts weckte ihr Interesse.

Frost schnaubte und stemmte die Fäuste in die Taille. Nichts, hier fand sie rein gar nichts. Dann fiel ihr Blick auf das großformatige Portrait von Königin Victoria, das hinter dem Schreibtisch an der Wand hing. Vorsichtig linste sie dahinter und hätte beinahe einen freudigen Ausruf gemacht. Hinter dem Bild war ein Tresor verborgen.

Drei Minuten.

Frost nahm das schwere Bild von der Wand und lehnte es vorsichtig gegen den Schreibtisch. Wieder zog sie den rechten Handschuh aus und legte die Handfläche auf die kalte Stahlplatte. Das komplizierte Zahlenschloss antwortete ihr beinahe sofort, und sie spürte, wie die Teilchen und Zahnräder sich in Bewegung setzten. Die runde Zahlenkonsole neben ihrer Hand drehte sich nach rechts, klick, nach links, klick, bis das Schloss arretierte. Frost entfernte die Hand und zog am Griff.

Die Enttäuschung stand ihr ins Gesicht geschrieben. »Verdammt«, murmelte sie und wühlte durch die wenigen Papiere, die sich im Tresor befanden. Ein Bündel Briefe, Aktien, eine Geburtsurkunde. Nichts. Frustriert schloss sie den Tresor ab und hängte Ihre Majestät wieder an ihren Platz.

Zwei Türen weiter befand sich die Bibliothek. Bewundernd ließ Frost ihre Finger über die alten Buchrücken gleiten. Aristoteles, Homer, Kopernikus, Voltaire. Sie liebte Bibliotheken. Der Geruch von Büchern und die wohlige Stille weckten ihn ihr jedes Mal ein Gefühl von Nachhausekommen.

Aber für Sentimentalitäten hatte sie keine Zeit. Vor einem der hohen Fenster befand sich eine gläserne Vitrine. »Na bitte, geht doch.«

Der Foliant lag geschlossen auf einer Stütze aus Holz. Die geschwungenen Linien des tibetischen Skripts leuchteten in Schwarz und Rot, selbst bei dem spärlichen Licht, das durch das Fenster fiel. Auch ohne das Lichtbild, das Michael ihr als Referenz gegeben hatte, zu konsultieren, war sie sich sicher, dass sie das richtige Buch vor sich hatte.

Ohne Zeit zu verschwenden, öffnete sie die Vitrine, wickelte den Folianten zum Schutz in das mitgebrachte Tuch und legte ihn in ihre Umhängetasche. Irgendwo im Haus schlug eine Tür zu, und Schritte gingen über den Marmorboden des Foyers.

Eine Minute.

Frost schloss leise die Tür der Bibliothek hinter sich und eilte geduckt an der Galerie entlang zurück zur Treppe. Das Foyer war dunkel, doch im Salon brannte Licht. Sie hörte undeutliche Stimmen. Bingham war zurück, der Butler war bei ihm. Verdammt, das war früher, als sie gedacht hatte.

So schnell und so leise sie konnte – warum mussten Kleider immer so rascheln, wenn sie nicht rascheln sollten? – schlich sie die Treppe hinab. Den Blick starr auf den weit geöffneten Durchgang zum Salon gerichtet, eilte sie durch das Foyer auf die Eingangstür zu. Der Butler stand mit dem Rücken zu ihr vor dem Kamin und sprach mit Bingham, der offensichtlich im Ohrensessel saß.

Auf einmal spürte sie einen sperrigen Gegenstand gegen ihre Schulter stoßen. Beinahe wäre sie gestolpert. Etwas Längliches fiel um und zerschellte auf dem Boden. Der Lärm durchbrach die Stille wie eine Explosion. Frost gefror das Blut in den

Adern, eiskalter Schweiß brach auf ihrer Stirn aus. Woher war diese verdammte Stehlampe gekommen?

»Was war das? Mr. Archer, schauen Sie bitte nach.«

»Ich glaube, das war eine der Lampen im Foyer, Sir.«

Mist, Mist, Mist. Frost tappte durch die Scherben, die bei jedem ihrer Schritte laut unter den Sohlen knirschten, und rannte den Flur hinab.

»Jemand ist im Haus, Sir«, hörte sie den Butler rufen. Gleich darauf eilten schwere Schritte über die Galerie. Türen flogen auf und wieder zu.

»Das Buch ist verschwunden!« Das war Mr. Bingham.

Frost hielt sich nicht länger auf und rannte durch die kleiner werdenden Räumlichkeiten der Dienerschaft. Beinahe wäre sie in der Dunkelheit über Stufen gefallen, die in die Küche führten. Da war die Hintertür. Hinter ihr kamen Schritte den Flur entlanggerannt.

All ihre Sinne arbeiteten auf Hochleistung, als sie die Hand auf das Türschloss legte. Doch nichts passierte, kein warmes Kribbeln stellte sich ein. Das Schloss blieb stumm. Wie war das möglich? Sie hatte das Schloss doch extra inspiziert! Es war aus Metall, wieso konnte sie es nicht öffnen?

Bevor Frost sich über die Gründe Gedanken machen konnte, tauchten Bingham und der Butler hinter ihr im Eingang der Küche auf. Der Butler lud soeben ein Gewehr durch und zielte auf sie. Bingham hatte eine Pistole in der Hand.

»Die Polizei ist bereits auf dem Weg. Es gibt kein Entkommen«, knurrte Bingham. »Geben Sie mir mein Buch zurück.«

Frosts Augen huschten durch die Küche. Mit dem Rücken zur Hintertür probierte sie es erneut mit dem Schloss, doch wieder funktionierte es nicht. Sie saß in der Falle.

Innerhalb von Sekunden hatte sie alle möglichen Auswege

durchdacht. Ihr blieb nur einer übrig: Sie musste zurück ins Foyer und zum Haupteingang raus. Aber dafür musste sie erst einmal an Bingham und dem Butler vorbei.

Langsam und mit erhobenen Händen bewegte sie sich Schritt für Schritt an der Wand entlang und brachte den Arbeitstisch zwischen sich und die beiden Männer. Der Butler bewegte sich Richtung Hintertür, Bingham blieb im Kücheneingang stehen.

»Sie sitzen in der Falle, Missy«, schnarrte Bingham. Sein grauer Schnurrbart zuckte. »Mein Buch, wenn ich bitten darf.«

Frost schwieg. Auf dem Tresen hinter ihr lagen mehrere Messer.

»Ah, ah, an Ihrer Stelle würde ich das nicht tun«, sagte Bingham, der ihren Blick bemerkt hatte. »Mr. Archer, erschießen Sie sie, sobald sie das Messer nimmt.«

Frost fluchte innerlich und machte einen weiteren Schritt zur Tür. Der Butler hatte mittlerweile fast die Hintertür erreicht und schnitt ihr auch diesen Weg ab. Selbst wenn das Schloss sich nicht öffnen ließ, hätte sie immerhin die Tür eintreten können. Aber natürlich fielen ihr solche Sachen immer im Nachhinein ein.

Bingham fühlte sich anscheinend auf der Siegerseite, denn er senkte die Pistole. Frost war nur noch wenige Schritte von ihm entfernt. Jetzt!

Sie packte eine der schweren Pfannen, die über dem Herd hingen, sprang hinter dem Arbeitstisch hervor und schwang die Pfanne mit aller Kraft gegen Binghams Kopf. Der Mann ging mit einem überraschten Seufzer zu Boden. Der Butler ließ Frost kaum Zeit, über Bingham zu steigen. Ein Schuss löste sich, Frost fuhr herum. Ihre Ohren klingelten vom lauten Knall. Ohne sich noch einmal umzuschauen, rannte sie den engen, dunklen Flur entlang, brach durch eine Tür und fand sich im Foyer wieder. Der Butler rannte hinter ihr her.

»Stehen bleiben!«, brüllte er.

Frost zuckte zusammen, als die nächste Kugel dicht an ihrer Schläfe vorbeizischte. Sie hatte die Haustür erreicht und riss sich den Handschuh herunter.

»Bitte, bitte, funktionier diesmal«, murmelte sie, als sie die Hand auf das Schloss legte. Sie atmete erleichtert auf, als sie die vertraute Wärme spürte und die Mechanismen sich in Bewegung setzten.

Sie prallte in die Wand aus Kälte und Schnee, als sie die Treppe hinunterrannte und gleich darauf über den hüfthohen Zaun des Parks gegenüber stieg. Sie warf sich hinter das nächstbeste Gebüsch und rang nach Atem. Hundegebell und Rufe drangen an ihre Ohren, sie sah die wackligen Lichtkegel von Handlaternen. Jemand stieß in eine Trillerpfeife.

Sie musste von hier verschwinden. Ächzend stemmte Frost sich hoch und rannte geduckt auf die andere Seite des kleinen Parks. Schneeflocken blieben an ihren Wimpern kleben. Hastig vergewisserte sie sich, dass die Luft rein war, und suchte Schutz hinter der nächsten Häuserzeile.

Drei Straßen weiter hielt Frost einen Moment inne, um zu Atem zu kommen. Das war verdammt knapp gewesen, dachte sie, viel zu knapp. Warum hatte sie das Schloss der Hintertür nicht öffnen können? Ein paar Stunden zuvor hatte es doch noch reagiert. Irgendetwas an der Sache stank gewaltig, schoss es ihr wieder durch den Kopf.

Sie vergewisserte sich, dass das Buch immer noch sicher in ihrer Tasche war. Das Leder schützte es vor der Nässe, gut. Dann machte sie sich auf den Heimweg.

5.

Das Haus, vor dem Jackson Payne stand, sah aus wie jedes andere in der Gegend um Whitechapel. Backsteinmauern, vergilbte Vorhänge hinter schmutzigen Fensterscheiben, und neben der Eingangstür stapelten sich Unrat und Schmutz. Payne wartete, bis ein mit Säcken beladener Karren an ihm vorbeigerattert war, und überquerte die Straße. Die Haustür stand offen – hatte er etwas anderes erwartet? Das Treppenhaus roch nach altem Tabak und Pisse. Aus einer Wohnung im Erdgeschoss drang das Weinen eines Kleinkindes.

Payne stieg die knarrende Treppe hinauf in den ersten Stock. Vor der Tür mit der Nummer vier blieb er stehen und drehte den Knauf. Abgeschlossen. Er zog ein schmales Etui aus dem Mantel und zwei metallene Stifte daraus hervor. Ohne sich um das Geschrei aus der Erdgeschosswohnung zu kümmern, ging er in die Hocke. Das billige Schloss gab sehr schnell auf.

In der kleinen Wohnung herrschte diffuses Dämmerlicht. Payne schloss die Tür hinter sich und blieb reglos stehen. Der Lärm der Straße drang dumpf durch die Fenster. Irgendwo tropfte Wasser. Es roch nach verbrannter Kohle und abgestandener Luft.

»Na, dann wollen wir mal sehen, wo du sie versteckt hast, Granger.« Er schmunzelte und streifte lederne Handschuhe über.

Er durchwühlte die Papiere auf dem überladenen Schreibtisch, zog Schubladen heraus und leerte sie auf dem Boden aus. Mit der Kommode neben dem armseligen Kamin verfuhr er ebenso. Dann wandte er sich dem Schlafzimmer zu. Im Schrank fand er nur ein paar Kleidungsstücke, die fürchterlich nach Mottenkugeln müffelten. Dann fiel sein Blick auf das Bett und die Matratze. Mit einer Hand stemmte er die Matratze hoch, in der anderen hielt er ein Klappmesser. Der Inhalt der Matratze quoll ihm stinkend entgegen, als er die Hülle aufschlitzte. Doch auch hier fand er nichts.

Payne unterdrückte einen Fluch und ging zurück in den größten Raum. Seine Arbeit hatte ein mächtiges Durcheinander hinterlassen. In einer Ecke stand ein niedriger Tisch mit Flaschen darauf. Er schenkte sich ein Glas Single Malt ein und schwenkte das Glas nachdenklich. Das war ein teurer Whisky. Wie konnte sich Granger den leisten?

Payne räumte den Sessel frei, drehte ihn so, dass er die Wohnungstür direkt im Blick hatte, und setzte sich hin. Irgendwann musste Granger nach Hause kommen. Payne hatte Zeit.

Lange musste er nicht warten. Sein Glas war noch nicht ganz leer, als er Schritte auf der Treppe hörte. Gleich darauf klirrten Schlüssel, der Türknauf drehte sich.

»Was zur Hölle …?!«

Ein schlaksiger Mann blieb mit offenem Mund in der Tür stehen und starrte auf das Chaos in seiner Wohnung.

»Hallo, Granger.«

Der Mann zuckte zusammen und machte einen leichten Satz. Entsetzen schlich sich in seine grauen Augen, als er Payne erblickte und erkannte.

»Sind das neue Schuhe?« Payne leerte gemächlich das Glas.

»Mr. Payne, was soll das? Ich verlange eine Erklärung, auf der Stelle!« Granger plusterte sich auf, als er den ersten Schreck verdaut hatte. Sein Gesicht lief rot an. Die Farbe biss sich mit dem Rot seiner Haare. Mit einer Handbewegung deutete er auf die Unordnung in der Wohnung.

Payne stand auf und reckte sich. Granger wich einen halben Schritt vor ihm zurück. »Wo sind die Pläne?«, fragte Payne gelassen und stellte das leere Glas auf den Schreibtisch.

»Pläne? Welche Pläne? Ich habe keine Ahnung, wovon Sie sprechen.« Er hob die Hände. Payne bemerkte zufrieden, dass der Mann zu schwitzen begann.

»Die Pläne, die du aus Mr. Greysons Büro gestohlen hast, natürlich. Als sein Assistent müsstest du das eigentlich wissen.«

Er wich erneut einen Schritt zurück. Payne bemerkte, wie er seinen Körper anspannte. Mit der linken Hand tastete der Mann beinahe unauffällig nach dem Brieföffner, der auf dem Schreibtisch unter Papieren begraben lag. Paynes Mundwinkel zuckte. Es war beinahe lächerlich.

Mit einer blitzschnellen Bewegung packte er Grangers Hinterkopf. Der Rothaarige krachte mit dem Gesicht voran auf die Schreibtischplatte und jaulte auf. Payne hörte das unmissverständliche Knirschen einer brechenden Nase. »Wo sind die Pläne, Granger?«, fragte er noch einmal und presste den Assistenten auf den Tisch.

»Ich … Ich habe sie verkauft!«, heulte er und versuchte, das Blut zurück in die Nase zu schniefen.

»An wen?« Als er nur die Augen zusammenkniff, aber nicht antwortete, seufzte Payne auf. »Du hast drei Sekunden.« Das Klicken eines Revolvers war zu hören. Granger bebte am ganzen Körper und wimmerte. »Drei …«

»Die werden mich umbringen, wenn ich es Ihnen sage!«

»Zwei.«

»Payne, bitte!«

»Eins.«

»Okay, okay, warten Sie!« Der Körper des Assistenten entspannte sich ein wenig. »Der Russe. Ich habe sie an den Russen verkauft.«

Payne ächzte auf. Damit hätte er rechnen müssen. »Ich will den Namen und die Adresse. Wie hast du ihn kontaktiert?«

»Ich kenne keine Namen. Ich bekam jeweils ein Telegramm mit einem wechselnden Treffpunkt, wo ich das Geld vorfand und meine Ware hinterlegen sollte. Ich habe den Mann nie persönlich getroffen!«

Dieses Schema war ihm bekannt. Der Russe war zu vorsichtig. Aus dem Assistenten würde er nichts Informatives mehr herausbekommen.

»Lassen Sie mich gehen, Payne, ich bitte Sie!«

»Hm …« Payne lockerte den Griff ein wenig. Dann drückte er den Revolver an Grangers Schläfe, worauf dieser sofort wieder zu wimmern begann. »Mr. Newman lässt dir ausrichten, dass du gefeuert bist, Granger.«

Der Schuss knallte laut in der engen Wohnung. Payne ließ vom leblosen Körper auf dem Schreibtisch ab und steckte den Revolver zurück in das Holster unter seinem Mantel. Mit der Flasche Whisky in der Hand verließ er die Wohnung.

Der Russe war ein Problem.

Payne stand im opulenten Flur des Henley Gentlemen Clubs in der Oxford Street und wartete darauf, dass sein Kontaktmann ihn empfing. Ein dicker roter Teppich schluckte alle Geräusche. An den getäfelten Wänden hingen Portraits der Königsfamilie, und vergoldete Leuchter hüllten alles in warmes Aetherlicht. Aus der geschlossenen Flügeltür zu seiner Rechten drangen gedämpft Gespräche und Gläserklirren. Es war Freitagabend und der Club vollbesetzt. Die Gentlemen kamen gewöhnlich bereits zum Tee und blieben bis weit nach Mitternacht. Sie nahmen ihre Mahlzeiten hier zu sich, sie lasen Zeitung, rauchten Zigarren, tätigten nebenbei ihre Geschäfte, tranken teuren Brandy und sprachen mit ihren Freunden.

Der Mann hinter dem Tresen beäugte ihn argwöhnisch. Payne bedachte ihn mit einem unbeteiligten Blick, während er eine Zigarette drehte. Er war sich bewusst, dass seine Kleidung und sein Auftreten nicht den Gepflogenheiten eines Gentlemenclubs entsprachen. Er konnte sich glücklich schätzen, hatte man ihn überhaupt bis ins Foyer eingelassen. Sie hätten ihn draußen in der Kälte warten lassen können. Aber es war ihm herzlich egal. Das Wichtigste im Augenblick war, dass er mit seinem Kontaktmann sprechen konnte.

Payne steckte die Zigarette hinters Ohr und holte ein zerknittertes Lichtbild aus der Innentasche seines Jacketts. Das Mädchen darauf lachte ihm entgegen. Annabella. Payne strich mit dem Finger über ihr fröhliches Gesicht und steckte das Bild zurück in die Tasche.

»Payne, was zum Teufel suchen Sie hier?«

Payne schaute auf. Mr. Newman, Sicherheitschef bei *Greyson Industries* und sein Kontaktmann, kam energisch auf ihn zu und war sichtlich nicht amüsiert, ihn zu sehen. »Ich dachte, ich vergleiche das lokale Establishment mit dem New Yorks. Scheint mir genauso versnobt zu sein.«

»Ihre Scherze sind wie immer unangemessen.« Newman, ganz elegant in einen Smoking gekleidet, warf einen Blick auf den naseweisen Empfangsmann hinter dem Tresen. Er nahm Payne am Arm und führte ihn ein paar Schritte weg. »Was ist so dringend, dass Sie nicht wie jeder andere morgen früh in mein Büro kommen konnten?«

Payne verkniff sich eine sarkastische Bemerkung und kam stattdessen gleich auf den Punkt. Je eher er die Sache hinter sich brachte und diesen Schuppen verlassen konnte, desto besser. »Granger war der Maulwurf.«

Newman hielt inne und hob die buschigen Augenbrauen. »Granger, sagen Sie? Der Assistent?« Payne nickte. »Das ist unglücklich. Der Mann war gut, wir waren nie unzufrieden mit seiner Arbeit. Wer hätte das gedacht?«

»Und trotzdem hat er Sie und Ihre Leute hintergangen, und Sie haben nichts davon bemerkt«, erwiderte Payne. »Haben Sie ihn derart schlecht bezahlt?« Er dachte an die schäbige Wohnung und Grangers einfache Kleidung. Die neuen Schuhe und den teuren Whisky hatte er sich garantiert nicht von seinem Gehalt gekauft.

Newman warf ihm einen scharfen Blick zu. »Sie sollten sich nicht zu sehr aus dem Fenster lehnen, Payne. Was ist mit den Plänen?«

»Er hat sie verkauft.«

»Ich will Ihnen nicht alles aus der Nase ziehen müssen, Mann. Reden Sie.«

»Granger hat die Pläne an den Russen verkauft. Für wie viel, weiß ich nicht. Aber er wird keine Probleme mehr machen.«

Newman nickte und schien zufrieden. »Sie bleiben an der Sache dran, nehme ich an.«

Payne zog die Zigarette hinter dem Ohr hervor und zündete sie mit einem Streichholz an. »Sie wissen anscheinend nicht, mit wem Sie es zu tun bekommen haben. Der Russe wird auch der Sammler genannt. Niemand weiß, wer er ist, und niemand stellt sich zwischen ihn und etwas, das er haben will.«

»Ich habe die Geschichten über ihn gehört, Mr. Payne. Angeblich hat er ein halbes Jahr lang New York terrorisiert, weil er ein ganz bestimmtes Bild wollte.«

Es war *Die Anatomie des Dr. Tulp* von Rembrandt gewesen, erinnerte sich Payne. Erst war das Kunstmuseum beinahe gesprengt worden beim Versuch, es zu stehlen, dann hatte man die Witwe, der das Gemälde gehörte, entführt, um ihre Familie zu erpressen. Payne war mit seinem Partner auf den Fall angesetzt worden, doch sie hatten weder die Entführer noch den Mann hinter den Kulissen zu fassen bekommen. Auch das Bild hatten sie nicht zurückbringen können. Die Sache war ein gefundenes Fressen für die Presse gewesen, um die Pinkertons schlecht dastehen zu lassen.

»Lord Greyson täte gut daran, die Pläne zu vergessen und neue zu machen«, meinte Payne. »Glauben Sie mir, ich weiß, wovon ich rede. Hat uns drüben ziemliche Probleme bereitet. Aber wenn Sie wollen, dass ich an der Sache dranbleibe …« Er stieß den Rauch durch die Nase aus und musterte sein Gegenüber. Falls Newman ihn nun vom Fall abzog, wäre die Möglichkeit dahin, mehr über den Russen zu erfahren. Dann wären die letzten Monate völlig umsonst gewesen.

»Das möchte ich, in der Tat. Lord Greyson duldet keine Spinner wie diesen Russen, die sich in seine Geschäfte einmischen.«

Payne nickte und setzte sich den Hut auf. Der Sammler war garantiert kein Spinner, so viel wusste er, aber das brauchte er Newman nicht auf die Nase zu binden. Er tat dies alles hier nur, um Annabella zu finden.

Er wandte sich gerade zum Gehen, als Newman ihn zurückhielt. Der Empfangsmann überreichte dem Sicherheitschef ein Telegramm, welches er hastig überflog. »Ich hoffe, Sie haben heute nichts mehr vor.«

Payne legte den Kopf schräg. »Nur eine Verabredung mit einer Flasche Whisky.«

Newman schnaubte und zerknüllte dabei das Stück Papier in

seiner Hand. »Sparen Sie sich die dummen Scherze. Der Russe hat soeben erneut zugeschlagen.«

»Sind Sie sicher, dass er es ist?« Payne trat näher. Ob das die heiße Spur war, nach der er schon so lange suchte?

»Dies ist ein Telegramm von Mr. Nelson Bingham, einem sehr guten Freund von Lord Greyson.« Newman wedelte mit dem zerknüllten Papier. »Vor einer halben Stunde wurde ein wertvoller Foliant aus seinem Haus gestohlen. Angeblich ist das Buch einzigartig – etwas, das der Russe mit Sicherheit haben will.«

»Aber das ist kein Beweis, dass es der Russe war.«

»Mr. Bingham identifizierte die Diebin. Sie ist im Untergrund als die ›Schlüsselmacherin‹ bekannt. Sie arbeitet nur auf Auftrag und gehört zu den Besten ihres Fachs.« Newman musste als Sicherheitschef von Lord Greysons Stahlimperium über alle wichtigen Personen des Londoner Untergrunds Bescheid wissen. Das war auch der Grund gewesen, dass Payne sich von ihm hatte anheuern lassen.

Payne runzelte die Stirn. »Klingt, als wäre sie jemand, den der Sammler anwerben würde. Ich sehe mir die Sache mal an. Was ist mit Scotland Yard?«

»Sind bereits vor Ort, doch Mr. Bingham wünscht, dass wir uns darum kümmern. Wir haben die besseren Ressourcen, wie Sie bestimmt wissen.« Newman machte eine kurze Pause und sah Payne dabei scharf an. »Sehen Sie sich die Sache an, Payne. Und seien Sie vorsichtig.«

Payne nickte und tippte sich zum Gruß an den Hutrand. Die Sache wurde interessant. Endlich schien der Russe in greifbare Nähe zu kommen. Aber nur beinahe. Er musste sich beeilen.

Draußen auf der Straße schlug ihm die Kälte entgegen. Dichter Schneefall hüllte die Stadt ein. Die Straßenlaternen vermochten die Dunkelheit kaum zu verdrängen. In der Nähe knisterte und blitzte das blaue Licht einer vorbeifahrenden Straßenbahn.

Mit dem Hut tief in die Stirn gezogen, eilte Payne an den wenigen Passanten, die bei dem Wetter noch unterwegs waren, vorbei zur Station. Belgravia lag von hier nur einen Katzensprung entfernt. Er würde sich das Haus ansehen und diesem Bingham ein paar Fragen stellen. Und dann konnte er sich hoffentlich der Flasche Whisky widmen, die in seiner Bleibe auf ihn wartete.

Im *White Stag* war es rappelvoll. In einer Ecke spielte eine Truppe Musiker Seemannsweisen, und jeder einzelne Gast im Pub schien lauthals mitzusingen. Payne saß in der hintersten Ecke am Fenster und starrte hinaus auf die verschneite Straße. Die Musik und der Gesang prallten an ihm ab, als befände er sich in einem abgeschotteten Raum. Das Lichtbild des Mädchens lag neben dem halb leeren Bierglas auf dem Tisch.

Im Haus von Mr. Bingham hatte er kaum verwertbare Spuren gefunden. Eine umgestoßene Lampe, eine leere Vitrine und Mr. Binghams riesige Beule, mehr nicht. Allerdings hatte Bingham ihm ein paar interessante Dinge über die Diebin erzählt. Sie wurde Schlüsselmacherin genannt, weil sie angeblich jede Tür öffnen konnte. Wie sie das machte, hatte er ihm nicht sagen können. Doch weil sein Butler ihn darauf aufmerksam gemacht hatte, dass sie wenige Stunden zuvor um das Haus geschlichen war und sogar unter falschem Vorwand hatte eindringen wollen, hatte er das Schloss an der Hintertür auswechseln lassen.

Das hatte ihr den Fluchtweg abgeschnitten. Trotzdem hatte sie mit dem Buch fliehen können, wie Binghams Beule bewies. Payne hatte gehofft, mehr zu erfahren. Doch eine im Untergrund bekannte Diebin sollte nicht so schwer zu finden sein. Er würde morgen einigen Leuten ein paar Fragen stellen müssen. Für heute hatte er allerdings die Nase voll, und er wollte sich nur noch betrinken.

Auf der gegenüberliegenden Straßenseite rannte ein kleines Mädchen durch den Schnee. Die Kapuze fiel ihm in den Nacken und enthüllte braune Locken. Payne richtete sich auf, und sein Herz machte einen Sprung. Annabella?

Doch als das Mädchen sich umdrehte und auf seine Eltern wartete, die soeben in Paynes Blickfeld erschienen, sackte er zurück in den Stuhl. Dummkopf, schalt er sich und nahm einen kräftigen Schluck Bier. Jetzt sah er schon in jedem Mädchen mit braunen Haaren seine Tochter. Wieder starrte er auf das Lichtbild. Es war zerknittert und abgegriffen, doch Annabellas Gesicht strahlte noch immer genauso wie an dem Tag, als sie das Bild gemacht hatten. Payne war gerade frisch aus New York eingetroffen, und Cecilia hatte darauf bestanden, dass sie zum Lichtgraphen gingen. Er hatte seine Familie zwei Jahre lang nicht gesehen. Das war vor einem halben Jahr gewesen – bevor Annabella spurlos verschwand und er auf eigene Faust nach ihr zu suchen begann.

Payne wünschte sich, dass Cecilia niemals die Stelle in London angenommen hätte. Sie hätte New York nicht verlassen sollen, dann wäre Annabella heute noch hier. Er hätte früher nach London reisen sollen, dann hätte er sie beschützen können.

Er seufzte und schaute abermals aus dem Fenster. Die Stimme in seinem Kopf machte ihm bittere Vorwürfe. Als hätte er die Sache in den letzten zwei Monaten nicht schon hundert Mal hin- und hergedreht. Er war vor sechs Monaten in London eingetroffen und hatte seine Familie endlich wiedergesehen. Und dann war Annabella eines Tages wie vom Erdboden verschluckt. Ihr Bett war an jenem Morgen leer gewesen, doch niemand hatte gesehen, wie sie das Haus verlassen hatte. Sie hatten die ganze Nachbarschaft und die umliegenden Parks, in denen sie oft spazieren gegangen waren, abgesucht. Selbst die Polizei hatte ihnen nicht helfen können. Von Annabella fehlte jede Spur. Cecilia hatte sich in die Arbeit gestürzt und Payne mit seiner Verzweiflung alleine gelassen.

Dieses verdammte London, fluchte Payne innerlich. Aber er würde nicht aufgeben, bis er Annabella gefunden hatte. Er war zwar kein Pinkerton mehr, doch seine Arbeit hatte er deswegen nicht verlernt.

Er steckte das Lichtbild nach einem letzten liebevollen Blick zurück in die Innentasche seiner Weste und leerte das Glas. Dann winkte er der Kellnerin.

»Noch ein Bier, *love*?«, fragte diese, als sie Paynes Glas an sich nahm.

»Ich könnte etwas Stärkeres vertragen.«

»Harter Tag?« In ihrer Stimme schwang ein Hauch Mitleid mit. Sie bedachte ihn mit einem Lächeln.

»Kann man so sagen«, gab Payne zurück und legte einen Geldschein auf den klebrigen Tisch. »Bring am besten die ganze Flasche.« Für das Geld bekam er fast genauso guten Whisky wie den, den er Granger entwendet hatte. Die Flasche stand oben in seinem Zimmer.

Die Kellnerin spitzte die Lippen und nahm wortlos den Schein entgegen. Sie schlängelte sich zwischen den vollbesetzten Tischen hindurch. Eine Gruppe Männer drängte sich in der Mitte des Schankraumes zusammen. Jemand grölte etwas, und gleich darauf wurde der ganze Raum von einem hellen Blitz erleuchtet. Payne kniff geblendet die Augen zusammen und fluchte.

»Vielen Dank, meine Herren! Wunderbar!«, rief ein Mann,

der soeben unter dem schwarzen Tuch eines transportablen Lichtbildapparats hervorkam. Die Gruppe löste sich auf, und die Musik fing wieder an zu spielen.

Die Kellnerin kam zurück und stellte ein frisches Glas sowie eine Flasche Scotch vor Payne auf den Tisch.

»Was war das eben?«, fragte er und deutete mit dem Kinn auf den Lichtbildgraphen, der dabei war, seine Sachen zusammenzupacken.

»Ach, die Dartstruppe hat anscheinend ein Turnier gewonnen. Der Reporter ist vom *Evening Standard.*«

Payne murrte und schenkte sich den Whisky ein. Zeit, sein schlechtes Gewissen zu betäuben. Zum Glück hatte er es nicht weit bis zu seiner Wohnung. Sie lag genau über dem Pub.

Als er die stockdunkle Treppe hinaufwankte, war es längst nach Mitternacht. Er war, wie so oft, der letzte Gast gewesen. Er brauchte eine Weile, bis er das Schlüsselloch zu seiner Wohnung fand. In der Flasche, die er in der Hand hielt, befand sich ein kleiner Rest Whisky. Er schaffte es gerade noch bis zum Bett, dann sackte er zusammen.

In den frühen Morgenstunden wurde die Old Castle Street in Whitechapel unsanft aus dem Schlaf gerissen. Im Haus des *White Stag*-Pubs ereignete sich eine heftige Explosion. Alle Fenster barsten. Scherben und die Reste des ersten Stockwerkes regneten auf die Straße vor dem Pub.

6.

Als Payne zu sich kam, hatte er das Gefühl, als pressten mehrere Tonnen auf seinen Körper. Alles tat ihm weh. Ein stechendes Pfeifen lag in seinen Ohren. Er blinzelte und wollte sich auf die Seite drehen, doch das Gewicht drückte ihn nieder. Rauch drang in seine Lungen, und er bekam einen Hustenanfall.

»Was zum …« Wieder musste er husten, und ein scharfer Schmerz durchfuhr seinen Leib. Um ihn herum lagen verkohlter Schutt, umgestürzte Möbel und zerbröselter Putz. Ein helles, loderndes Licht und Hitze umhüllten ihn. Dann erkannte er, warum er sich nicht bewegen konnte. Er lag unter einem Holzbalken und haufenweise Geröll begraben.

Ächzend stemmte er sich auf den Ellbogen und versuchte, den Balken von sich zu schieben. Ein stechender Schmerz fuhr ihm in die Rippen. Er schrie auf. Schwer atmend ließ er sich zurück auf den Boden fallen, starrte an die verkohlte Decke hinauf.

Was war passiert? Warum lag er unter Schutt begraben? Wieder musste er husten. Feuer. Das Haus brannte. Durch das Klingeln in seinen Ohren konnte er nun das Bimmeln und Heulen der Feuerwehr hören. Hinter ihm stürzte irgendetwas ein und fegte einen Schwall Staub und Asche auf ihn.

Er musste hier raus, und zwar schnell.

Wieder stemmte er sich gegen den Balken. Der Schmerz durchfuhr seine linke Seite. Payne brüllte auf, doch er schob weiter. Der Balken bewegte sich endlich. Keuchend kroch er rückwärts darunter hervor. Als er an sich hinunter schaute, sog er scharf die Luft ein. Ein Stück Holz des Balkens steckte wie ein Spieß in seinem Körper, knapp unterhalb der Rippen. *Shit.*

So vorsichtig er konnte, schob er sich an die nächste Wand und lehnte sich mit dem Rücken daran. Mit bebenden Händen betastete er den Splitter und die Wunde. Er musste ihn rausziehen. Falls er Glück hatte, steckte er nicht allzu tief, und er würde nicht gleich verbluten. Falls er Pech hatte, blieben kleinere Splitter in der Wunde und er würde qualvoll sterben.

Payne atmete schnell ein und aus und biss die Zähne zusammen. Er packte das Holzstück und zog es mit aller Kraft, die seine zitternden Arme aufbringen konnten, aus seinem Körper. Der heiße Schmerz raubte ihm beinahe die Sinne. Er bebte am ganzen Leib und schwitzte stark. Der Splitter rollte aus seiner blutigen Hand. Payne schloss für einen Moment die Augen.

Wie lange er so dasaß, konnte er nicht sagen. Als er sich stark genug fühlte, stemmte er sich nach oben. Er musste raus. Das Feuer breitete sich rasend schnell aus.

Vorsichtig machte er einen Schritt nach dem anderen und tastete sich an der Wand entlang. Dann entdeckte er das klaffende Loch in der Wand, die seine Wohnung von der daneben trennte. Von der anderen Wohnung war nichts mehr übrig, und ein riesiger Schlund befand sich nun dort, wo einmal die Fensterfront zur Straße gewesen war. Eisiger Wind und ein paar Schneeflocken drangen herein.

Payne suchte sich einen Weg durch die Trümmer und fand sich endlich auf dem Flur vor seiner Wohnung wieder. Das Treppenhaus war halb eingestürzt, doch er hoffte, dass die Stufen sein Gewicht tragen würden.

Die Minuten schienen sich ewig hinzuziehen, bis er endlich das Erdgeschoss erreicht hatte. Ihm war schwindelig, und die Wunde pochte heiß. Die Hand, die er darauf gepresst hatte, war schon lange klebrig und nass vom Blut, das er verlor.

Am unteren Ende der Treppe kamen ihm mehrere Männer

entgegen, die ihn sogleich stützend zwischen sich nahmen und auf die Straße hinausführten. Payne hörte, wie sie auf ihn einredeten, doch er verstand nicht, was sie sagten. Dann wurde ihm schwarz vor Augen.

»Hey, Mister, leben Sie noch?«

Jemand tätschelte seine Wange. Payne ächzte und schlug die Augen auf. Drei besorgte Gesichter, von Ruß geschwärzt, sahen auf ihn herab. Payne richtete sich auf, und sofort durchzuckte ihn der Schmerz. Stöhnend presste er die Hand auf die linke Seite und fühlte frisches Verbandszeug.

»Fiese Wunde, die Sie da haben, Mann«, sagte einer der Männer, die sich über ihn beugten. »Sie sollten in ein Hospital.«

Payne schüttelte den Kopf und richtete sich vollends auf. Schwer atmend starrte er auf die Szenerie, die sich ihm bot. Die Straße war vom Feuer hell erleuchtet. Schaulustige hatten sich um die Absperrungen der Feuerwehr herum versammelt. Vor dem *White Stag* lagen Trümmer und verkohlte Holzbalken. Die Fassade des alten Fachwerkhauses war vollkommen zerstört.

»Ein Glück, dass Sie da heil rausgekommen sind«, hörte Payne jemanden sagen. »Der andere ist so verkohlt, dass man ihn nicht mehr erkennen kann.« Der Mann deutete auf eine Bahre, die einige Meter entfernt neben einem der Feuerwehrwagen im Schnee lag. Jemand hatte ein weißes Tuch über die Leiche gelegt, doch Payne konnte den Arm sehen, der darunter hervorschaute.

Ihm wurde schlecht. Das hätte genauso gut er sein können. Er hatte verdammt viel Glück gehabt.

Durch den lodernden Feuerschein hindurch erkannte er die Gesichter der Kellnerin und des Wirtes des Pubs. Die Kellnerin weinte hemmungslos, doch der Wirt starrte nur auf das Feuer, das sein Haus verschlang. Payne fühlte Erleichterung in sich aufsteigen, als er sah, dass beide anscheinend unverletzt waren. In den paar Wochen, seit er in die Wohnung über dem Pub eingezogen war, hatte er die beiden als nette Menschen kennengelernt.

Sein Blick wanderte wie von selbst weiter. Er erkannte einige Nachbarn unter den Schaulustigen. Ein Mann, der sich im Hintergrund hielt, erregte seine Aufmerksamkeit. Payne rappelte sich auf und sog die Luft ein, als der Schmerz ihn durchfuhr.

Dieser Mann. Er beobachtete *ihn*, nicht das brennende Haus wie die anderen Schaulustigen. Wer war er?

Er musste hier weg. Alarmsignale gingen in seinem Kopf los und rieten ihm, so rasch wie möglich von hier zu verschwinden.

Keuchend wandte Payne sich von seinen Rettern ab und ging, so schnell es sein Zustand erlaubte, an der Häuserzeile entlang, bis er eine winzige Abzweigung erreichte. Hinter der Ecke presste er sich an die kalte Hausmauer und rang nach Atem.

Das war nicht einfach eine unglückliche Aethergasexplosion gewesen, wurde ihm klar. Das Bild des Mannes, der zwischen den Schaulustigen gestanden hatte, flimmerte vor seinem inneren Auge auf. Sie hatten die falsche Wohnung erwischt. Der Tote auf der Bahre hätte eigentlich er sein sollen.

»Verdammt, die hätten mich beinahe in die Luft gesprengt«, murmelte er. War das der Russe gewesen? Hatte man bereits erfahren, dass er ihm auf der Spur war? Er versuchte seit zwei Monaten, an den Mann heranzukommen. Nun sah es so aus, als hätten sie ihn zuerst gefunden. Das hieß umgekehrt aber auch, dass er auf der richtigen Fährte war.

Er musste diese Schlüsselmacherin finden.

Payne blickte an sich hinunter. Jemand hatte tatsächlich seine Wunde verbunden. Doch seine Kleidung war dreckig und blutig.

Ein Gedanke schoss ihm durch den Kopf, und hastig griff er in sein Jackett. Als er das Lichtbild herauszog, lachte er erleichtert auf. Es war unbeschädigt. Mit neuer Entschlossenheit steckte er es zurück und humpelte die schmale Gasse entlang, weg vom Pub und vor allem weg von dem Fremden.

Auf einem Hinterhof hinter der Aldgate Tubestation fand er zwischen Unrat und Müll einen alten Wollmantel. Payne fror fürchterlich und streifte ihn sich ohne zu zögern über, auch wenn der Mantel schrecklich stank. Mit hochgeschlagenem Kragen zweigte er in die Hauptstraße ab und tauchte zwischen den ersten Passanten des Tages unter.

Immer wieder schaute er über die Schultern, doch er sah das Gesicht des Fremden nicht mehr. Dennoch wurde er das ungute Gefühl nicht los, dass er verfolgt wurde. Wo sollte er hin? Seine Wohnung und all seine Habseligkeiten waren zerstört und verbrannt. Der Gedanke an Cecilia und ihr Haus, sein Haus, schoss ihm durch den Kopf, doch er verwarf ihn sogleich wieder. Wenn er dort Zuflucht suchte, würde er Cecilia nur in Gefahr bringen.

Eine Straßenbahn ratterte an ihm vorbei und holte ihn aus den Gedanken. An einer Laterne hielt er inne, um sich zu orientieren und um eine kurze Pause einzulegen. Die Wunde schmerzte höllisch, und er spürte, dass der Verband bereits mit Blut durchtränkt war.

Über den Häusern wurde der Himmel langsam heller. Um seine Hände zu wärmen, steckte er sie in die Hosentaschen – und hielt inne. Verwundert zog er einen Geldschein heraus. Er hatte gestern Nacht also doch nicht all sein Geld versoffen. Damit konnte er sich für ein paar Nächte in einer der billigen Absteigen in Covent Garden einquartieren. Das Viertel war weit genug weg von Whitechapel, so dass er für ein paar Tage untertauchen und weiter seiner Arbeit nachgehen konnte.

7.

Frost saß nachdenklich an ihrem Schreibtisch. Die Füße hatte sie auf den Tisch gelegt, der Bleistift in ihrer Hand wippte nervös auf und ab. Der Foliant lag vor ihr auf dem Tisch. Bei Tageslicht konnte man deutlich sehen, wie alt er war. Die zusammengehefteten Seiten waren lose, auf dem Rücken schauten Fäden heraus, der Einband aus Leder war abgewetzt. Auf der Vorderseite war ein Buddha abgebildet.

Es war ein merkwürdiges Gefühl, mit dem Folianten ein Stück Familiengeschichte vor sich auf dem Tisch zu haben. Natürlich war es nicht ihre leibliche Familie, doch für Frost war Madame Yueh die Frau, die sie von der Straße geholt und in ihre Familie integriert hatte, als wäre sie ihre leibliche Tochter.

Madame Yueh würde sehr viel tun, um den Folianten wiederzubekommen. Deswegen hatte sie auch sie, Frost, darum gebeten, ihn Bingham zu stehlen. Michael hatte davon gesprochen, dass es noch eine andere Partei gab, die an dem Buch interessiert war. Aber wer? Bisher war ihr niemand in die Quere gekommen oder hatte sich bei ihr nach dem Buch erkundigt.

Und dann war da noch die Sache mit dem Türschloss. Nachdenklich betrachtete Frost ihre rechte Hand. Normalerweise konnte sie jedes mechanische Schloss aus Metall öffnen. Noch nie hatte sich eines gewehrt. Sie hatte deutlich gesehen, dass es nicht aus Holz gewesen war, sondern aus gewöhnlichem Metall. Oder?

Frost ächzte genervt auf und schwang die Beine vom Tisch. Sie musste sich beschäftigen. Alles Grübeln half ihr nicht weiter, wenn ihre Gedanken in einer Sackgasse steckten.

Kurz entschlossen ging sie in die Küche, wo sie sofort von einer Dampfwolke eingenebelt wurde. »Helen?«, rief sie und wedelte mit der Hand vor dem Gesicht. Es roch nach Kernseife und Rosenwasser.

»Ich bin hier, Miss«, kam es aus dem hinteren Teil des Raumes.

Frost umrundete den Arbeitstisch. »Ich dachte, ich helfe dir mit der Wäsche.« Es war Waschtag, und Helen war bereits den ganzen Morgen damit beschäftigt, Frosts Kleider in einem riesigen Zeuber heißen Wassers zu schrubben. »Ich muss meine Hände beschäftigen.«

»Das ist nicht nötig, Miss, ich komme schon zurecht.« Helen lächelte unbeholfen, die Arme bis zum Ellbogen im Wasser. Ihre blonden Locken klebten nass an ihrem Gesicht, ihre Wangen waren gerötet, und vom vielen Wasserdampf war ihre Kleidung klamm.

»Keine falsche Bescheidenheit. Sag mir, was ich tun soll.«

Helen richtete sich auf und wischte sich mit dem Handrükken über die Stirn. Sie schaute Frost prüfend an, dann lächelte sie wieder. »Also gut. Die Wäsche dort drüben ist fertig gewaschen, aber sie muss noch ausgewrungen und aufgehängt werden.«

Frost nickte und zog einen zweiten Holzzuber zu sich heran. Über dem Zuber hing eine Winde mit zwei Holzwalzen. Dann ging sie zum Wäscheberg und zog wahllos ein Kleidungsstück daraus hervor. Sie hatte noch nie selbst Wäsche auswringen müssen, denn bei Madame Yueh gab es für alles ein Dienstmädchen. Na, das konnte wohl nicht so schwer sein.

Eine halbe Stunde später glühte ihr Gesicht, und die Haare klebten an ihrer Stirn. »Warum, zur Hölle, hat man nicht ein Gerät entwickelt, dass das alles von selbst macht?«, murmelte sie fluchend vor sich hin. »Ständig stehen neue Erfindungen in der Zeitung, Aether-Transmitter, Aether-Kommunikatoren, neue

Antriebe für Luftschiffe und was weiß ich noch, aber keiner erfindet eine Maschine, die Wäsche wäscht.«

»Die Männer machen die Erfindungen, Miss«, kam es schüchtern, aber mit fester Stimme von Helen, die soeben ein Fläschchen Rosenwasser in den Zuber leerte. »Männer wissen nicht, wie man Wäsche wäscht. Das ist Frauenarbeit.«

Frost schaute auf und hielt verwundert inne. Sie sah Helen zu, wie sie eines von Frosts Nachthemden auf dem Waschbrett schrubbte. Ihre Hände waren rot und aufgeweicht. Eine Welle aus Zuneigung überkam sie. »Danke, Helen«, sagte sie.

»Wofür, Miss?«

»Dass meine Nachthemden immer nach einem Potpourri riechen.«

Helen hörte auf zu schrubben und sah Frost irritiert an. Dann registrierte sie Frosts Grinsen und fing an zu lachen.

Nachdem endlich alle Wäsche auf den Leinen in der Küche hing – draußen im Hinterhof wären ihre Kleider innerhalb von Minuten eingefroren –, setzte sich Frost zurück an den Schreibtisch. Die harte Arbeit hatte ihre Lebensgeister geweckt.

Sie wollte gerade den Folianten aufschlagen, um ihn sich genauer anzusehen, als sie eine vertraute Gestalt über die Straße kommen sah.

»Scheiße«, brummte sie. Michael. Ein Teil von ihr freute sich zwar, ihn zu sehen, der andere, bei Weitem dominantere Teil jedoch riet ihr, das Buch zu verstecken. Was sie auch tat. Hastig wickelte sie es in ein paar Lappen und legte es gerade in eine der Schubladen des Schreibtischs, als das Glöckchen über der Tür klingelte und mit Michael ein Schwall eisiger Luft ins Büro strömte.

»Störe ich?«, fragte er, ohne Frost zu grüßen, und schaute sie fragend an. Hatte er etwa ihre hastigen Bewegungen bemerkt?

»Dir auch einen guten Tag«, gab Frost gespielt beleidigt zurück und grinste ihn dann an. »Dich so schnell wieder in meinem Büro zu sehen, hätte ich nicht gedacht. Ist es diesmal ein Freundschaftsbesuch?«

Michael nahm den Hut ab und setzte sich Frost gegenüber. Er gab sich nonchalant, doch Frost konnte die innere Anspannung, unter der er stand, deutlich sehen. Er konnte ihr kaum etwas verbergen, dafür kannten sie sich schon viel zu lange.

»Nicht direkt«, antwortete er ihr und kam ohne Vorwarnung zum Punkt. »Konntest du das Buch bereits an dich bringen?«

Frost blinzelte überrascht. In ihrer Brust brannte ein heißer Knoten, und ihre Hand berührte unbewusst die Ecke der Schublade, in der das Buch lag. Sie hatte es seit zwei Tagen in ihrem Besitz. »Nein, noch nicht. Ich habe noch anderes zu tun, weißt du?« Sie betonte den letzten Satz vorwurfsvoll. Sie hatte Michael noch nie gut anlügen können. »Warum die Eile?«

Michael zuckte mit den Schultern und gab sich unbekümmert. »Madame Yueh möchte wohl wissen, ob du immer noch so gut bist wie vor einem halben Jahr. Wann hast du geplant, es dir zu holen?«

»Bald.« Frost runzelte die Stirn. Michael schaute sie lange prüfend an, doch Frost hielt seinem Blick stand. »Ich habe meine Arbeit bisher noch immer zu Madame Yuehs Zufriedenheit ausgeführt. Warum sollte es diesmal anders sein?«

»Ich führe nur aus, was mir aufgetragen worden ist. Kein Grund, mich anzufahren.«

Frost verschränkte die Arme. »Sie bekommt das Buch, sobald ich es habe. Eine Frage, Michael: Was ist so wertvoll an diesem Folianten?«

»Ich habe dir doch gesagt, dass er seit Generationen im Besitz der Yuehs ist«, antwortete Michael ausweichend. »Für

Madame Yueh ist das Buch wertvoll, Lydia. Das sollte dir als Antwort reichen.« Er setzte den Hut wieder auf. Als er in der Tür stand, drehte er sich noch einmal um und schaute Frost lange an. Etwas, das sie nicht klar deuten konnte, hatte sich in seine Augen geschlichen. »Du weißt, wo du mich findest. Und es wäre besser, wenn du das Buch bald lieferst.«

War das ein gut gemeinter Ratschlag oder eine versteckte Drohung? Als Michael gegangen war, nahm Frost das Buch aus der Schublade und betrachtete es nachdenklich. Eine Idee breitete sich in ihrem Hinterkopf aus. Aber dafür brauchte sie professionelle Hilfe von einem Experten.

»Helen, ich gehe noch einmal aus«, rief sie durch die Wohnung und griff nach ihrem Mantel. Das Buch lag gut geschützt in ihrer Umhängetasche. »Sollte wider Erwarten jemand meine Dienste in Anspruch nehmen wollen, sag ihnen, sie sollen morgen wiederkommen.«

Helen streckte den Kopf aus der Küche. »Und wenn es wichtig ist, Miss?«

»Dann sollen sie warten, wenn sie warten wollen. Ich bin bald zurück.« Helen nickte, und Frost schloss die Tür hinter sich.

Sie musste wissen, *wie* wertvoll dieses Buch wirklich war. Vielleicht war es der Schlüssel dazu, dass sie sich endgültig von Madame Yueh und der Organisation lösen konnte. Sie wusste, wie sehr ihre Ziehmutter Druckmittel verachtete, doch Frost hatte während all der Jahre in der Organisation genug gelernt, um nun etwas gegen die Matriarchin in der Hand zu halten.

Und Frost wusste genau, wer ihr dabei helfen konnte. Zum Glück war das Britische Museum nicht weit.

»Miss Frost?«

Frost hielt inne und drehte sich um. Cecilia Payne kam auf sie zu. »Mrs. Payne, wie geht es Ihnen? Ich habe Sie nicht erkannt, bitte entschuldigen Sie.« Sie war tatsächlich so in Gedanken gewesen, dass sie an der Frau vorbeigegangen war.

Mrs. Payne lächelte kurz. »Konnten Sie schon etwas herausfinden?«

Frost hätte sich beinahe mit der Hand an die Stirn geklatscht. Verdammt, den Pinkerton hatte sie vollkommen vergessen. Den musste sie ja auch noch finden. »Noch nicht, Mrs. Payne«, erwiderte sie. »Aber seien Sie versichert, dass ich mich sofort bei Ihnen melde, sollte ich Ihren Mann finden.« Sie hoffte, dass sie zuversichtlich genug klang.

Mrs. Payne nickte wieder. »Ich will Sie nicht aufhalten, Miss Frost.«

»Oh, keineswegs.« Sie verabschiedeten sich, und Frost machte sich etwas zerknirschter als noch vor einigen Minuten wieder auf den Weg. Sie dachte an das Lichtbild des Pinkertons, das auf ihrem Schreibtisch lag. Wie sollte sie diesen Mann unter all den Männern in dieser Stadt nur finden? Aber sie hatte den Auftrag angenommen. Sie brauchte das Geld.

Eines nach dem anderen, ermahnte sie sich, als sie eine belebte Kreuzung überquerte. Erst musste sie zu Jonah, damit er sich das Buch anschaute.

Die eisige Winterluft drückte den Smog und die Asche von Hunderten von Kohleöfen und rauchenden Kaminen hinunter in die Häuserschluchten. Die Menschen umwickelten ihre Gesichter mit Schals und Tüchern, um sich vor dem Smog zu schützen. Frost tat es ihnen gleich und zog ihren Schal über Mund und Nase. Als sie um eine Ecke bog, hielt sie erschrokken inne. Vor ihr türmte sich ein mechanisches Ungeheuer aus Metall in die Höhe. Seine dicken Arme bogen sich laut quietschend, und aus zwei Abgasrohren, die sich auf seinem Rücken befanden, schoss schwarzer Rauch in die Luft. Der Boden unter Frosts Füßen bebte, als das Ungetüm sich durch die aufgerissene Straße wühlte.

Bauarbeiten, schoss es Frost durch den Kopf, als sie die gewaltige Maschine anstarrte. Die Straße, die sie eigentlich auf direktem Weg zum Museum geführt hätte, war abgesperrt. Ein Konstrukt aus wackelig aussehenden Treppen und Metallplanken schraubte sich hinter Frost in die Höhe und weit hinter der Baustelle wieder hinunter. Eine schnellere Option für Passanten, die nicht den langen Umweg nehmen wollten.

Frost stieg die Treppen hinauf und ging sicheren Schrittes über die instabilen Metallplanken. Das Geländer stellte sich als noch instabiler heraus – Frost wollte sich nicht darauf verlassen, dass dieses im Ernstfall halten würde. Unter ihr wühlte sich die gewaltige Maschine dröhnend durch das halb gefrorene Erdreich und beförderte mit ihren enormen Schaufelhänden Tonnen von Dreck und Schutt ans Tageslicht. Der dichte Rauch raubte Frost beinahe den Atem, der Lärm betäubte ihre Sinne. Die Arbeiter, die sich weit unter der erhöhten Passage befanden, waren so sehr mit Ruß und Erde bedeckt, dass man sie kaum als Menschen erkennen konnte.

Frost war froh, als sie endlich wieder sicheres Pflaster unter sich hatte, und eilte die Straße weiter. Bald darauf konnte sie in der Ferne die hoch aufragende Fassade des Museums sehen. Über der gläsernen Kuppel schwebten zwei kleine Zeppeline. Durch den Smog erkannte Frost die Wappen der beiden Adelshäuser, die auf die Hüllen gemalt waren. Das Museum hatte also hohen Besuch.

Eine Straßenbahn entlud an der Station vor dem Museum eine Ladung Besucher. Frost mischte sich unter sie und betrat zwischen einem jungen Ehepaar und einer Schar Schulkinder den Säulengang. In der riesigen Eingangshalle musste sie, wie jedes Mal, kurz innehalten und zur Glaskuppel hinaufschauen. Das Licht fiel durch die Scheiben zwischen den feinen Stahlträgern.

Im Museum war es warm, und Frost löste den Schal von ihrem Gesicht. Die Schulkinder kreischten aufgeregt durcheinander, doch als der Lehrer sie laut ermahnte, stellten sie sich in zwei Reihen artig vor ihm auf. Sie musste schmunzeln. Sie konnte sich noch gut daran erinnern, dass sie damals ebenso aufgeregt gewesen war, als sie das Museum zum ersten Mal in Begleitung von Madame Yueh besucht hatte.

»Guten Tag, Madam, und herzlich willkommen im Britischen Museum. Wie kann ich Ihnen zu Diensten sein?«

Frost wandte sich von den Schulkindern ab und sah sich einem der Servicedroiden gegenüber. Er war gänzlich mit Messing verkleidet und ähnelte einem Bierfass, dem man einen halbwegs menschlichen Kopf aufgesetzt hatte. Er hatte runde Augen, die einer Fliegerbrille ähnelten, und senkrechte Schlitze im Metall, die einen Mund ersetzten. Unter seinen vier Stummelbeinen befanden sich Rollen, mit denen er sich fortbewegte. Seine Bewegungen waren ungelenk und steif.

Frost mochte diese Servicedroiden nicht sonderlich. Man hatte versucht, ihnen ein menschliches Aussehen zu verleihen, doch Frost waren sie nur unheimlich. Selbst die Stimme, die man den Droiden gegeben hatte, war blechern und abgehackt.

»Ich möchte zu Dr. Jonah Neville«, sagte sie und betrachtete die kleinen Blinklichter, die nun hinter den Fliegergläsern, die Augen darstellen sollten, aufleuchteten, während der Droide ihre Worte verarbeitete.

»Werden Sie erwartet, Madam?«, blechte er ihr entgegen.

»Nein. Dr. Neville ist ein Freund.« Frost hatte eine vage

Ahnung, dass dem Droiden die Bedeutung des Wortes Freund unbekannt war. Hinter ihr marschierten die Schulkinder los in Richtung ägyptische Abteilung.

»Bitte folgen Sie mir, Madam«, antwortete der Droide nach einer halben Ewigkeit. Frost verdrehte die Augen, als er sich ruckelnd um die eigene Achse drehte und sich dann quälend langsam in Bewegung setzte.

»Vielen Dank, aber ich kenne den Weg. Außerdem bin ich ohne dich schneller.«

»Vielen Dank für Ihren Besuch im Britischen Museum. Neben dem Eingang finden Sie eine Kollekte für die Ausgrabung in Mesopotamien. Wir freuen uns auf Ihren nächsten Besuch.«

Frost ächzte leise auf, als sie den Servicedroiden stehen ließ und durch die Halle ging. Fortschritt und Technik schön und gut, aber diese Droiden gefielen ihr wirklich nicht. Sie zog die Kommunikation zwischen zwei menschlichen Wesen definitiv vor.

Mit weiten Schritten ging sie an den Informationstresen und am Souvenirladen vorbei nach rechts in die King's Library. Die Bibliothek versetzte sie immer wieder in Staunen. Die meterhohen Wände waren mit langen Reihen von Regalen bedeckt, die wiederum lange Reihen von alten und uralten Büchern enthielten. Hohe Leitern lehnten an ihnen. Hoch über Frost befand sich die mit reichem Stuck und Blattgold verzierte Decke, ausladende Kronleuchter an eisernen Ketten hüllten die Halle in ein warmes Aetherlicht.

Frosts Absätze klackten auf dem Marmorboden, als sie die Mitte der Halle durchschritt. Zu beiden Seiten befanden sich Schreibpulte und Lesetische, an denen Gelehrte und Studenten saßen. Mehrere Servicedroiden rollten zwischen den Tischen und Regalen umher, die mechanischen Arme beladen mit dikken Büchern.

An einem der Tische fand sie den Mann, den sie suchte. »Jonah!«

Der etwas dickliche Mann schaute auf. Als er Frost auf sich zukommen sah, zuckte er zusammen und machte ein Geräusch, das sich wie das Quieken einer Maus anhörte. Hastig fing er an, seine Papiere zusammenzupacken und sah dabei aus, als wäre er am liebsten geflohen.

»Hallo, Jonah«, sagte Frost noch einmal, diesmal lächelnd, und stellte sich dem Mann in den Weg. Er hatte mausgraue Haare und trug eine runde Brille auf der Nase, die ihm ständig herunterrutschte. »Ich wusste doch, dass ich Sie hier finde.«

»Miss Frost!«, rief Jonah Neville aus und presste das Buch, das er soeben an sich genommen hatte, fest an seine Brust, als wollte er sich damit schützen. »Was für eine Überraschung, Sie hier zu sehen.« Seine Stimme bebte leicht.

»In der Tat.« Frost legte den Kopf schief und musste schmunzeln. Jonah hatte immer noch Angst vor ihr. Sie musste die Sache behutsam angehen. »Viel zu tun?« Frost deutete mit dem Kinn auf die Papiere auf dem Tisch.

Neville nickte nervös. »Äh, ja, ja, neue Schriftstücke von Königin Elisabeth I. wurden entdeckt. Ich prüfe sie auf ihre Echtheit.« Er warf Frost einen schnellen Blick zu. »Darf ich fragen, was Sie hier machen, Miss Frost?«

»Ich glaube, ich habe etwas, das Sie sehr interessieren dürfte.«

Neville wich einen Schritt zurück und schüttelte den Kopf. »Ich habe sehr viel zu tun, Miss Frost. Ich habe leider keine Zeit für Ihre …«

»Es ist ein altes Manuskript aus Tibet.« Frost ließ die Worte kurz wirken. Neville hielt inne und senkte das Buch ein kleines bisschen. Sie hatte ihn an der Angel.

»Wie alt?«

»Sehr alt, glaube ich. Aber ich bin keine Expertin, was solche Sachen angeht.«

Neville befeuchtete sich die Lippen. »Darf ich es sehen?«

Innerlich triumphierend holte Frost den Folianten aus ihrer Umhängetasche, legte ihn auf den Tisch und löste behutsam die Stofflappen, in die sie ihn gewickelt hatte. Neville pfiff leise durch die Zähne und legte sein Buch beiseite. Er rückte seine Brille zurecht und beugte sich über den Folianten.

»Tibetisch, in der Tat. Jedenfalls die Zeichnung auf dem Umschlag. Darf ich?«, fragte Neville und schlug das Buch mit den Fingerspitzen vorsichtig auf, als Frost nickte. »Oh«, sagte er nach einer Weile und mehrmaligem Umblättern.

»Was, oh?«

»Dies ist keineswegs ein tibetisches Manuskript, Miss Frost«, sagte Neville und richtete sich auf. »Dieses Buch stammt aus der Song-Dynastie, wenn ich mich nicht irre.«

Frost hob überrascht die Augenbrauen. Damit hätte sie nicht gerechnet. Auf dem Umschlag befanden sich eindeutig tibetische Kaligraphie und eine Zeichnung nach tibetischer Art. Die Song-Dynastie, 960 bis 1279, Blütezeit der chinesischen Klassik. Abgelöst von der Yuan-Dynastie mit Kubilay Khan. Frosts Gedanken begannen zu kreisen.

»Und ich habe mich schon gewundert, warum Madame Yueh ein tibetisches Buch besitzt«, murmelte sie und starrte auf die kunstvoll bedruckten Seiten. Die Yueh-Familie waren Han-Chinesen durch und durch. »Aber warum hat es einen tibetischen Einband?«

Neville zuckte zusammen und gab wieder ein Mäusequieken

von sich. »Haben Sie gerade Madame Yueh gesagt? *Die* Madame Yueh? Die *Seven Dragons*?«, zischte er ängstlich und starrte Frost mit weit aufgerissenen Augen an. Frost nickte, worauf Neville wieder in hastige Eile verfiel. »Damit will ich nichts zu tun haben, Miss Frost! Warum haben Sie dieses Buch zu mir gebracht? Ich will wahrlich nichts damit zu tun haben!«

»Jonah, so beruhigen Sie sich doch«, versuchte es Frost, doch er schien ihr nicht zuzuhören. Sie stemmte die Hände in die Hüften. »Muss ich Sie daran erinnern, dass Sie mir einen Gefallen schulden? Ich habe Ihren Arsch gerettet«, sagte sie eindringlich.

Einige andere Besucher und Gelehrte in der Bibliothek hoben die Köpfe und schauten missbilligend zu Frost und Neville. Dieser ließ nervös den Blick schweifen. »Das sagen Sie jedes Mal, wenn Sie etwas von mir verlangen, Miss Frost!«

Das stimmte. Frost verzog den Mundwinkel zu einem schiefen Schmunzeln, während sie Neville musterte. Vor ein paar Jahren hatte sie dafür gesorgt, dass er von Scotland Yard als Zeuge gegen die Organisation fallen gelassen wurde. Neville war zur dümmsten Zeit am für ihn unglücklichsten Ort gewesen und hatte gesehen, wie eine Ladung Opium angeliefert wurde. Oder hatte zumindest geglaubt, dies gesehen zu haben. In jener Nacht war es sehr neblig gewesen. Zu seinem Glück hatte nur Frost sein Gesicht deutlich erkannt, als er weggerannt war. Und als Frost herausgefunden hatte, dass er ein harmloser Bücherwurm und Professor war, hatte sie einen Deal mit ihm vereinbart. Er zog seine Aussage bei der Polizei zurück, und sie half ihm dabei, die Organisation von ihm abzulenken. Hätte sie das nicht gemacht, wäre Neville nicht lange am Leben geblieben. Die Organisation verwischte gerne alle ihre Spuren.

»Tatsächlich? Das tut mir leid. Ja, das Buch gehört Madame

Yueh. Sie hat mich gebeten, es von einem Experten untersuchen zu lassen, weil sie es restaurieren lassen will«, log sie kurzerhand. »Für die Versicherung, Sie verstehen.«

»Warum haben Sie das nicht gleich gesagt?« Neville brachte ein nervöses Lachen zustande. »Ich würde es mir gerne noch einmal anschauen.«

Frost trat vom Tisch zurück und verschränkte zufrieden die Arme unter der Brust. Na bitte, geht doch. »Wenn der Foliant aus der Song-Dynastie stammt«, fragte sie, »warum hat er dann einen tibetischen Einband? Haben Sie so etwas schon einmal gesehen?«

»Eine interessante Frage, Miss Frost, sehr interessant.« Neville war wieder dabei, sich die einzelnen Buchseiten genau anzusehen und berührte dabei mit der Nasenspitze fast das alte Papier. »Ich bin Experte für Alt-Englisch und Angelsächsisch. Latein, Alt-Griechisch und Hebräisch. Ich kann diese chinesischen Zeichen leider nicht entziffern.«

Frost kniff die Lippen zusammen und beugte sich über das Buch. Sie versuchte, die aufgeschlagene Seite zu lesen, aber entweder war die Schrift zu alt und die Zeichen hatten sich in den letzten sechshundert Jahren verändert – sie konnte einzelne Zeichen lesen, ja, aber sie standen in keinerlei Zusammenhang mit dem Rest –, oder der Text war in einer Art Code verfasst.

Nachdenklich ließ sie den Blick durch die Halle schweifen. Als sich ihr Blick mit dem eines asiatischen Mannes traf, begannen ihre Alarmglocken zu schrillen. Einen Tisch weiter saß noch einer. Zwei weitere Chinesen gingen langsam an den Regalen entlang und gaben vor, nach einem Buch zu suchen.

Ein ungutes Gefühl knotete sich in ihrem Magen zusammen. Waren die Männer ihr etwa gefolgt? Hatte Madame Yueh sie geschickt, um den Folianten an sich zu bringen? Vielleicht hatte

Michael ihre Lüge doch durchschaut. Eines jedoch war sicher – sie musste von hier verschwinden.

»Was schätzen Sie, Jonah, ist es wertvoll?«, fragte sie und gab sich betont unbekümmert.

Neville blickte auf und fixierte Frost über den Rand seiner Brille. »Abgesehen davon, dass es sich um ein offensichtlich sehr seltenes Manuskript aus der Song-Dynastie handelt – mit einem tibetischen Einband, der allein schon eine Sensation darstellt? Ich würde sagen wertvoll, sehr wertvoll.«

»Gut, das ist schon alles, was ich wissen wollte. Die Versicherung wird sich freuen.« So unauffällig wie möglich schlug sie den Folianten in die Tücher ein und nahm ihn wieder an sich. »Wären Sie so lieb und würden mir den Hinterausgang zeigen, Jonah?«

Alarmiert flackerte Nevilles Blick auf. »Hinterausgang? Sind sie hier?«

Frost nahm seinen Arm und ging mit ihm gemäßigten Schrittes durch die Halle. Hinter sich hörte sie das Rücken zweier Stühle. »Bleiben Sie ganz ruhig.«

»Sie haben die Organisation direkt hierhergeführt«, zischte Neville ängstlich und schaute hastig über die Schulter zurück. Frost hätte ihm am liebsten in die Seite geboxt. Der Bibliothekar war ein Nervenbündel.

Sie erreichten das hintere Ende der Halle, und Neville öffnete eine Seitentür, die zu den privaten Studienräumen führte. »Geradeaus bis zum Ende des Ganges, dann die zweite Tür rechts.«

»Danke, Jonah«, sagte Frost und steckte das Buch in ihre Tasche. »Verstecken Sie sich in einem der Räume hier, und beeilen Sie sich. Sie sind hinter mir her, nicht hinter Ihnen.« Sie hoffte inständig, dass das der Wahrheit entsprach.

Neville nickte und verschwand in einem der Zimmer. Frost schaute über die Schulter. Zwei der vier Männer hatten das Ende der Halle beinahe erreicht. Als sie Frost im Durchgang sahen, beschleunigten sie ihre Schritte.

Frost verlor keine weitere Sekunde und drehte sich um. Mit schnellen Schritten eilte sie den breiten Flur hinab.

»Stehen bleiben!«, rief einer der Männer auf Chinesisch.

Frost bog um die Ecke, entdeckte die richtige Tür und zog daran. »Verdammt!« Abgeschlossen. Schnell ging sie in die Hocke und drückte die rechte Handfläche an das Schloss. Hinter ihr hörte sie die immer schneller werdenden Schritte. Das Schloss schnappte auf, und Frost riss die Tür auf. Eisige Luft umhüllte sie, als sie das Britische Museum verließ.

Dann begann sie zu rennen.

8.

Payne saß auf einer Bank im Greenpark und schaute ein paar Kindern zu, wie sie einen Schneemann zwischen den Bäumen bauten. Ihm war schweinekalt. Der stinkende Mantel, den er gefunden hatte, wärmte nicht im Geringsten. Er hoffte inständig, dass Newman pünktlich kam und ihn nicht länger in der Kälte warten ließ.

Noch immer trug er die selben Kleider wie vor zwei Nächten, als man seine Bleibe in die Luft gejagt hatte. Auf dem Hemd prangten ein riesiger eingetrockneter Blutfleck und ein Loch. Zum Glück konnte man beides unter dem Mantel nicht sehen. Payne wusste, dass er auch so einen nicht gerade eindrucksvollen Anblick bot.

»Sie sehen erbärmlich aus«, sagte Newman, der sich in diesem Moment neben ihn auf die Bank setzte, wie zur Bestätigung.

»Sie haben sich Zeit gelassen«, erwiderte Payne und setzte sich gerade hin. Er musterte Greysons Sicherheitschef von der Seite. Wie immer trug dieser maßgeschneiderte Kleidung und einen sehr teuer, aber auch sehr warm aussehenden Mantel.

»Es ist Montag. Wie immer an einem Montag habe ich sehr viel zu tun und nicht gerade die beste Laune. Also, was soll die Geheimniskrämerei? Sie schrieben im Telegramm, dass sie nicht persönlich zu mir ins Büro kommen können.«

»Man hat versucht, mich umzubringen.« Payne machte eine kreisende Bewegung mit dem Finger vor seinem Gesicht. »Das erklärt auch das.«

Newman hob die Augenbrauen. »Wurden Sie verletzt?«

»Nur ein Kratzer«, log Payne und räusperte sich. Die Wunde pochte ununterbrochen. Vielleicht sollte er doch noch einen

Arzt aufsuchen. »Ich glaube, ich bin auf einer heißen Spur. Vermutlich steckt der Sammler hinter dem Anschlag. Man beobachtet mich, schon seit Längerem.«

»Und was wollen Sie nun von mir?«

Payne schaute Newman direkt an. »Sie wissen mehr über die Schlüsselmacherin, als Sie mir weismachen wollen. Ich habe mich zwei Tage vergebens nach ihr umgehört, aber niemand will etwas von ihr wissen. Es ist, als stünde sie unter dem Schutz von jemandem, der sehr mächtig ist.« Er zögerte kurz. »Außerdem brauche ich Geld. Alles, was ich besaß, ist im Feuer verbrannt.«

Newman stieß die Luft zwischen den Zähnen aus und ließ sich zurückfallen. Payne befürchtete schon, mit der Frage nach Geld zu weit gegangen zu sein, als er doch noch antwortete. »Sie führt seit ein paar Monaten eine Agentur in Holborn.«

»Die Schlüsselmacherin?«

»Angeblich soll sie nun Zivilistin sein. Nennt sich Lydia Frost – ob das ihr richtiger Name ist, wissen wir nicht. Meine Informanten sicherten mir jedoch zu, dass es sich bei dieser Frau um die Schlüsselmacherin handelt.« Newman schaute Payne eindringlich an. »Auch ohne den Russen im Rücken hat sie immer noch mächtige Kontakte, Payne. Seien Sie vorsichtig.«

Payne nickte und schluckte einen harten Kloß hinunter. Newman kramte in den Taschen seines Mantels und drückte ihm dann ein Bündel Geldscheine in die Hände.

»Das sollte fürs Erste reichen. Das ziehe ich Ihnen aber vom Lohn ab, dass Ihnen das klar ist.«

»Danke.« Wieder zögerte Payne. »Ich brauche eine Waffe. Mein Revolver war in der Wohnung.«

»Die abgebrannt ist, ja, ich verstehe.« Newman seufzte und drückte ihm zwei weitere Scheine in die Hand. »Gehen Sie zu Sebastian in Cheapside.«

Sebastian in Cheapside stellte sich als der Besitzer eines winzigen Buchladens heraus. Payne stand in der Mitte des Raumes und wagte kaum, sich zu bewegen, aus Angst, einen der Bücherstapel umzuwerfen und damit eine Kettenreaktion auszulösen. Jeder Zentimeter war vollgestellt, die schiefen und wackeligen Büchertürme reichten teilweise bis unter die Decke.

Licht fiel kaum durch das einzige Fenster, dessen Glasscheiben so dreckig waren wie die Nacken von Kohlearbeitern. Eine Aetherlampe hing über dem Tresen in der hintersten Ecke. Es roch muffig nach altem Papier und Kleber. Payne schlängelte sich vorsichtig zwischen den Büchertürmen darauf zu.

»Hallo?«

Als sich niemand meldete, klopfte er laut auf die Holzplatte des Tresens.

»Sind Sie auf der Suche nach einem bestimmten Buch, Sir?« Payne machte einen erschrockenen Satz, als wie aus dem Nichts plötzlich ein untersetzter Mann mittleren Alters unter dem Tresen hervorsprang.

»Waren Sie da unten?«, fragte er und beugte sich hinüber. Doch er sah nur noch mehr Bücher.

»Ich kann Ihnen jedes Buch beschaffen, das Sie suchen, Sir«, plapperte der Mann los. Das Aetherlicht spiegelte sich auf seiner Halbglatze, als er sich verschwörerisch über den Tresen beugte. »Selbst die etwas unkonventionellen, Sie verstehen.«

»Ich bin eigentlich hier wegen …«, fing Payne an, unterbrach sich jedoch, als eine Straßenbahn direkt vor dem Laden vorbeiratterte. Das bläuliche Licht der Funken drang durch das dreckige Fenster, und die Büchersäulen begannen gefährlich zu wackeln. »Mr. Newman schickt mich.«

Die wässrigen Augen des Buchhändlers wurden groß. »Oh, warum haben Sie das nicht gleich gesagt? Folgen Sie mir.«

Payne zuckte leicht die Schultern und schob sich dann am Bücherturm zu seiner Rechten vorbei, um Sebastian zu folgen. Hinter einem Vorhang versteckt verbarg sich ein zweiter Raum, ebenso klein wie der andere, doch er war beinahe leer. Nur ein einzelner Tisch stand in der Mitte. Selbst die Wände waren kahl, und die einzige Lichtquelle war eine altmodische Laterne, die von der Decke hing.

Sebastian schlurfte zum Tisch. »Mr. Newman hat mir gesagt, dass Sie kommen würden. Hier, bitte sehr.«

Erst jetzt sah Payne, dass sich eine flache Schachtel auf dem Tisch befand. Der Mann öffnete den Deckel und trat zur Seite, damit Payne sich den Inhalt ansehen konnte.

»Ich dachte mir, Sie möchten etwas aus der Heimat. Colt Model 1873, Single Action Army, .45 Kaliber. *The Peacemaker*, wie ihr Amerikaner sie nennt.«

Payne pfiff durch die Zähne und nahm den Revolver zur Hand. Er war schwer, aber perfekt ausbalanciert. Genauso eine Waffe hatte er als Pinkerton gehabt, sie jedoch während der Sache mit seinem ehemaligen Partner verloren. »Sie ist perfekt.«

Sebastian schob eine Schachtel Munition über den Tisch. »Die kriegen Sie umsonst, weil Sie mir sympathisch sind.«

Payne glaubte eine Spur englischen Humors herauszuhören, nahm die Patronen jedoch an sich. War doch eine gute Idee gewesen, sich zu waschen und neue Kleider zu besorgen, bevor er hierhergekommen war.

Er drückte dem Mann ein paar Geldscheine in die Hand, bedankte sich und verließ den merkwürdigen Buchladen.

Jetzt, wo er wusste, nach wem er suchte, war es ein Leichtes, die Agentur in Holborn zu finden. Diese Lydia Frost hatte eine Annonce im *London Herald* und in der *Times* geschaltet. Sie bezeichnete sich als eine Art Privatermittlerin, worüber Payne schmunzeln musste. Eine Diebin, die privat die Arbeit von Scotland Yard übernehmen wollte.

Seit etwa zwei Stunden lehnte er auf der gegenüberliegenden Straßenseite an der Hausmauer und gab vor, in einem *Penny Dreadful* zu lesen. Der matschige Schnee hatte seine Stiefel längst durchtränkt und ihm war kalt, doch deswegen gab er seinen Beobachtungsposten noch lange nicht auf. Die Arbeit eines Pinkertons bestand oftmals aus stundenlangem Beobachten und Abwarten.

Aus dem Augenwinkel bemerkte er eine Bewegung und richtete sich etwas auf. Ein Glöckchen bimmelte, als die Tür zum Lokal der Agentur aufging. Eine Frau, etwa in Paynes Alter, mit beinahe schwarzen Haaren und einem braungrünen Kleid, tauchte auf der Treppe auf. Ihr dunkler Mantel war schlicht und unauffällig. Sie schien in Eile zu sein.

Payne löste sich von der Wand und zog den Hut tief in die Stirn. Er musste ihr folgen, wenn er etwas über den Russen herausfinden wollte. Er hatte die Vermutung, dass sie wichtig genug war, um direkten Kontakt zum Russen zu haben. Oder zumindest genug mächtige Freunde.

»Miss Frost?«

Payne blieb wie angewurzelt stehen, als er die Stimme hörte. Direkt vor ihm ging eine zierliche Frau über die Straße und sprach die Schlüsselmacherin an.

Verdammt, was machte Cecilia hier?

Payne warf sich in den nächstbesten Hauseingang und zog den Hut noch tiefer ins Gesicht. Seine Frau durfte ihn nicht sehen. Seine ganze Arbeit der vergangenen zwei Monate wäre umsonst gewesen, zudem würde er sie nur in Gefahr bringen. Und warum, zum Teufel, redete sie mit der Schlüsselmacherin?

Payne beugte sich etwas vor, doch über den Lärm einer vorbeifahrenden Straßenbahn verstand er kein Wort von dem, was die beiden Frauen sprachen. Erleichtert sah er jedoch, dass das Gespräch nur sehr kurz war und Cecilia bereits wieder über die Straße ging.

So sehr er sich auch danach sehnte, mit seiner Frau zu sprechen, die Schlüsselmacherin ging momentan vor. Er folgte ihr unauffällig durch das Viertel, bis sie durch die Tore des Britischen Museums schritt. Payne wollte nicht riskieren, sie im weitläufigen und verwinkelten Gebäude zwischen all den Besuchern zu verlieren, also beschloss er, draußen zu warten. Irgendwann musste sie ja wieder herauskommen.

Und sie kam schneller, als er gedacht hatte. Er hatte sich gerade erst eine Zigarette angezündet, als er den Radau hinter sich hörte. Leute wurden unsanft zur Seite geschubst. Payne drehte sich verwundert um, dann rannte sie auch schon an ihm vorbei. Gleich darauf wurde er beinahe von vier Männern umgerannt, die offensichtlich hinter ihr her waren.

»Verdammt«, knurrte er und zertrat die Zigarette unter dem Stiefel. Dann begann auch er zu rennen. Er durfte die Schlüsselmacherin nicht aus den Augen verlieren.

9.

Frost raffte ihre Röcke und rannte an der eisernen Umzäunung des Museumsgeländes entlang. Das Herz hämmerte ihr bis zum Hals. Hinter sich hörte sie ihre Verfolger.

»Verzeihen Sie. Pardon. Aus dem Weg!«, murmelte Frost, als sie durch die Menschen hastete, die vor dem Museum über den Platz schlenderten. Auf der Straße bog sie nach links in die Montague Street ab. Beinahe wäre sie auf dem vereisten Gehweg ausgerutscht. Ihr Atem ging stoßweise, als sie den Russel Square erreichte.

Sie konnte nicht ewig rennen, wurde ihr klar. Hastig warf sie einen Blick über die Schulter. Der Abstand zwischen ihr und den vier Männern verkleinerte sich gefährlich. Frost hatte keine Waffe dabei. Ihr Revolver lag in einer Schublade in ihrem Büro. Das Messer, das sie wie immer in ihrem Korsett versteckt hatte, würde ihr nicht viel nützen. Sie fluchte. Als ein Schuss knallte, fluchte sie erneut.

»Das ist nicht mehr komisch«, presste sie zwischen den Zähnen hervor, als sie durch den Park sprintete. Ohne auf den dichten Verkehr zu achten, rannte sie über die Kreuzung. Ihr Blick blieb an einem Schild hängen, das an einem weinroten Gebäude etwa hundert Meter vor ihr befestigt war. Die Russel Square Tube Station.

»Ach, verdammt.« Frost hasste die Tube, doch vielleicht gelang es ihr, im Untergrund ihre Verfolger abzuschütteln. Wenn sie Glück hatte, würde gerade ein Zug einfahren.

Nach einem weiteren Blick über die Schultern – ja, sie waren immer noch da – schlängelte sie sich durch die Passanten. Im letzten Moment änderte sie die Richtung und sprang durch den Eingang der Station. Ihre Augen brauchten einen Moment, bis sie sich an das Halbdunkel gewöhnt hatten, doch sie hatte keine Zeit, sich richtig zu orientieren. Sie folgte ein paar Arbeitern, warf dem Ticketverkäufer einige Pennys hin – vermutlich viel zu viele, doch sie hatte keine Zeit, um Münzen zu zählen – und rannte die schmale Treppe hinunter in die Tiefe.

Nur wenige Aetherlampen erhellten den Treppengang. Ihr Licht spiegelte sich in den ehemals weißen Kacheln, mit denen die Wände getäfelt waren. Schier endlos wand sich die Treppe nach unten. Frost hielt kurz inne, um nach Luft zu schnappen, als sie über sich Radau hörte. Sie wollte nicht herausfinden, was der Grund dafür war, auch wenn sie es sich denken konnte. Wieder raffte sie die Röcke und nahm zwei Stufen auf einmal.

Frost schickte ein stummes Stoßgebet in den Himmel, als sie die untersten Stufen erreichte und den engen, düsteren Flur entlangrannte, der zur Plattform führte. Als sie das unmissverständliche Rattern und Dröhnen eines einfahrenden Zuges hörte, hätte sie beinahe vor Erleichterung aufgelacht.

Die Luft hier unten war stickig und voller Rauch und Asche. Frost stülpte ihren Schal über Mund und Nase. Der Zug stand an der Plattform, die halb offenen Wagen gut besetzt mit Arbeitern und Gesindel. Sie rannte die letzten Meter und sprang in einen der mittleren Wagons. Gleich darauf kam von der Lokomotive ein Pfeifsignal, und der Zug fuhr ab. Als sich die Dunkelheit des Tunnels um sie schloss, setzte Frost sich ermattet auf eine freie Holzbank. Sie hatte es geschafft. Sie hatte ihre Verfolger abschütteln können.

Die billigen Talglaternen, die im Wageninneren hingen, kamen kaum gegen den dichten Rauch, den die Lokomotive ausspuckte, und gegen die Dunkelheit der Tunnel tief unter der Erde an. Es war unglaublich laut. Die Räder der Wagen quietschen und ratterten, die engen Tunnelwände warfen jedes

Geräusch hundertfach zurück. Frost wurde unsanft hin- und hergeschüttelt, und der Rauch der Lok biss in ihren Augen und Lungen.

Sie erreichten die nächste Station, Holborn, doch Frost beschloss, weiterhin in der Tube zu bleiben. Holborn war nicht weit genug weg und außerdem viel zu nah an ihrer Wohnung. Wenigstens hatte sie einen Zug in die Innenstadt erwischt. Sie hatte nicht wirklich Lust, irgendwo oben in Camden zu landen.

Als der Zug wieder losfuhr, glaubte Frost, im Wagen hinter ihr Schreie zu hören. Vermutlich hing ein Betrunkener halb aus dem Wagen, dachte sie, doch Momente, bevor ihr Wagen in den Tunnel eintauchte und der Lärm jegliche anderen Geräusche verschluckte, glaubte sie, chinesische Worte zu hören.

Unmöglich, redete sie sich ein, ihre Verfolger hatten den Zug nicht mehr erwischt. Außerdem beherbergte London die größte chinesische Gemeinde außerhalb des Mutterlandes. Die Chance, dass diese chinesischen Worte *nicht* von ihren Verfolgern stammten, war durchaus groß.

Frosts Nacken begann zu kribbeln. Sie musste sich einfach umdrehen und nachsehen.

Vor Schrecken und dem harten Rütteln des Wagens wäre sie beinahe von der Bank gerutscht. Im Wagen, der direkt an den ihren anschloss, arbeiteten sich ihre vier Verfolger unsanft durch die Passagiere. Einer von ihnen hielt eine der Talglaternen in der Hand. Frost konnte mindestens zwei Revolver im Schein der Lampen funkeln sehen.

»*Shit*«, stieß sie zwischen den Zähnen hervor und stand auf. Um die Balance nicht zu verlieren, hielt sie sich an den Verstrebungen des Wagens fest und arbeitete sich so schnell sie konnte durch die anderen Passagiere. Ob sie in den nächsten Wagen klettern konnte? Nein, viel zu riskant. Lieber stellte sie sich den vier Männern, als dass sie sich in einem dunklen Tunnel von der Tube überrollen ließ.

Ihre vier Verfolger schien die Gefahr, zwischen die Wagen zu fallen, nicht sonderlich zu kümmern. Bang musste Frost mit ansehen, wie einer nach dem anderen über die Kupplung balancierte und dann in ihren Wagen kletterte.

Wann kam endlich die nächste Station? Oh, das würde eng werden. Sehr eng. Frost konnte das sichere Grinsen des vordersten Mannes sehr gut erkennen.

Licht flammte links von ihr auf. Frost wartete nicht, bis der Zug angehalten hatte, sondern sprang auf die Plattform und wäre beinahe der Länge nach hingefallen. Jemand packte sie am Arm.

»Weglaufen bringt nichts, Vögelchen«, schnarrte der Mann auf Chinesisch.

»Lass mich los!« Frost wand sich. In einer Eingebung holte sie mit ihrer Tasche weit aus und knallte sie dem Mann an den Kopf. Der eiserne Griff um ihren Arm löste sich, und Frost begann wieder zu rennen.

Die anderen Passagiere schauten ihr hinterher, als sie durch den Tunnel zu den Treppen rannte. Als sie endlich die obersten Stufen erreichte und hinaus ins Tageslicht stolperte, riss sie sich nach Atem ringend den Schal vom Gesicht.

Um sie herum wimmelte es von Menschen. Covent Garden war, wie jeden frühen Abend, das Zentrum des Vergnügens. Personen jeglicher Herkunft strömten durch die Gassen zu den Theatern und Cabarets, in die Restaurants, Pubs und Bordelle.

Diese vielen Menschen und die einbrechende Dunkelheit kamen wie gerufen. Frost verlor keine weitere Zeit und tauchte in der Menge unter. Im Zickzack ging sie über den Platz zur Markthalle, machte Umwege durch die Stände und durch Läden, ging den halben Weg wieder zurück und bog dann in eine andere Gasse ein. Wachsam ließ sie ihren Blick über die Gesichter der Menschen huschen, doch von ihren vier Verfolgern war nichts mehr zu sehen. Hatte sie sie abgeschüttelt?

Frost blieb stehen und lehnte sich an eine Hausmauer. Sie war völlig erschöpft. Und ihr war schweinekalt. Ihr Blick fiel auf den Pub im Haus gegenüber. Rasch schaute sie nach links und nach rechts – die Luft war rein.

Doch sie kam nicht weit. Jemand packte sie unsanft am Arm und bugsierte sie weiter in die Gasse hinein, weg von der geschäftigen Straße, weg von den Menschen.

Sie hatte sie also doch nicht abgeschüttelt. Doch es war keiner der Chinesen, dem sie nun gegenüberstand.

»Wer sind Sie? Zum Teufel, lassen Sie mich los!«

»Ich glaube, Sie haben zwei Dinge, die ich brauche«, sagte der Mann, dessen Gesicht zum größten Teil von seinem Hut bedeckt war. Frosts Instinkte schalteten sich ein. Groß, athletisch, stahlharter Griff. Brandneue Kleidung, bis auf die Stiefel, die waren abgewetzt. Die ausgebeulte Tasche seines Mantels enthielt höchst wahrscheinlich eine Waffe. Amerikanischer Akzent.

»Ich weiß nicht, wovon Sie sprechen«, gab sie zurück und versuchte, ihren Arm aus seinem Griff zu befreien. »Lassen Sie mich endlich los, verdammt.«

»Sie haben ein Buch dabei, welches mein Auftraggeber gerne hätte. Geben Sie es mir.«

Oh, das war ja wunderbar. War dieser Kerl die dritte Partei, die Interesse am Folianten hatte – oder von ihr geschickt worden war? Als hätte sie nicht schon genug Probleme.

»Sie haben von zwei Dingen gesprochen«, versuchte Frost ihn abzulenken. Doch sie kam nicht an das Messer unter ihrem Mantel heran, ohne dass er es bemerkte.

»Ich will Informationen über den Russen. Sie arbeiten für ihn«, knurrte der Amerikaner.

Frost hätte beinahe laut aufgelacht. Sie soll für einen Russen arbeiten? »Freundchen, ich arbeite für niemanden.« Okay, das stimmte so nicht ganz, aber das brauchte er nicht zu wissen. »Ich weiß wirklich nicht, wovon Sie sprechen.«

Sie bemerkte, wie der Mann für den Bruchteil einer Sekunde zögerte. Blitzschnell nutzte sie die Chance aus. Mit einer Drehung ihres Arms befreite sie sich endlich aus seinem harten Griff, während sie die andere Hand unter den Mantel schob und das Messer unter ihrem Korsett zu fassen bekam.

Doch der Amerikaner hatte schnelle Reflexe. Er packte sie am Handgelenk, so dass sie das Messer nicht in seinem Gesicht versenken konnte. Frost knurrte frustriert auf. Dann trat sie mit aller Kraft auf seinen Fuß. Der Mann zischte, doch er ließ ihr Handgelenk nicht los.

»Ich weiß, wer Sie sind«, brummte er. »Geben Sie mir, was ich will, und Sie können unbehelligt gehen.« Mit einem Ruck beförderte er Frost gegen die Hausmauer hinter ihr.

»Ich weiß wirklich nicht, wovon Sie sprechen.« Was faselte der Kerl da? Sie kannte keinen Russen. »Wer zum Teufel sind Sie?« Sie musste ihn irgendwie ablenken, bis sie sich etwas ausgedacht hatte, um ihn loszuwerden.

»Mein Name ist Payne, und mein Auftraggeber hätte gerne sein Buch zurück.«

Frost stutzte. Payne? Dann sah sie sich sein Gesicht genauer an. Sein Hut war durch das Gerangel verrutscht. Braune Augen, braune kurze Haare, hohe Wangenknochen, eine etwas schiefe Nase, kantiges Kinn. Er kam ihr irgendwoher bekannt vor.

Natürlich! »Jackson Payne?«

Das schien den Amerikaner zu überraschen. Er blinzelte,

und Frost merkte, wie der Griff um ihr Handgelenk sich kurz lockerte. Instinktiv ließ sie sich in die Knie sinken und rammte ihm ihre Schulter in den Magen. Der Mann ächzte auf und klappte regelrecht zusammen, ließ ihre Hand jedoch nicht los. Frost fluchte.

»Woher«, fing er hustend an und schaute zu ihr auf, »woher kennen Sie meinen vollen Namen? Weiß der Russe also bereits, wer ich bin?«

»Schon wieder dieser Russe! Hören Sie, Mister, ich habe *wirklich* keine Ahnung, wer das sein soll. Ihre Frau hat mich beauftragt, Sie zu finden, verdammt.«

10.

»Cecilia?«

Frost verzog den Mund zu einem leisen Lächeln. Damit bestand kein Zweifel mehr, dass sie den richtigen Mann vor sich hatte. »Mrs. Cecilia Payne, ja. Sie können sich also noch an den Namen Ihrer Frau erinnern. Damit kann ich Gedächtnisverlust als Ursache Ihres Verschwindens abhaken. Und Sie dürfen mich nun wirklich mal langsam loslassen.«

Payne fixierte sie mit einem harten Blick, doch er entließ ihr Handgelenk endlich seinem eisernen Griff. »Woher soll ich wissen, dass Sie mich nicht anlügen?«

Mit der Frage hatte sie gerechnet. »Ihre Frau ist Wissenschaftlerin und arbeitet im Observatorium von Greenwich. Sie ist vor zwei Jahren nach London zurückgekehrt, Sie jedoch sind in New York geblieben, um weiter Ihrer Arbeit als Pinkerton nachzugehen.«

Im darauffolgenden Schweigen starrten sie sich lange an. Frost konnte sehen, wie es hinter den dunklen Augen des Amerikaners arbeitete. »Sie sehen aus, als könnten Sie einen Drink vertragen«, meinte sie.

»Dagegen hätte ich tatsächlich nichts einzuwenden. Was ist mit dem Buch? Sie werden es mir wohl kaum freiwillig geben.«

Frost hob das Kinn und legte demonstrativ die Hand auf ihre Umhängetasche, in der sich der Foliant befand. »Ich gebe es seinen rechtmäßigen Besitzern zurück.«

»Nein, nein, so funktioniert das nicht. Mein Auftraggeber ist der rechtmäßige Besitzer. Ich rate Ihnen, es mir auszuhändigen.«

»Sonst was?« Frost ging wieder in Abwehrhaltung, das Messer fest in der Faust.

Der Amerikaner schnaubte verächtlich und schob sich den Hut in den Nacken. Er sah etwas blaß aus um die Nase, fand Frost. Dabei hatte sie ihn gar nicht so hart erwischt.

»Okay, ich sehe, wir kommen so nicht weiter«, fing er wieder an. »Was halten Sie von einem Waffenstillstand, während wir in den Pub da vorne gehen? Das mit dem Drink klingt nicht schlecht.«

Frost wägte kurz ihre Möglichkeiten ab. Mit der Waffe in seiner Manteltasche würde er sie erschießen, sobald sie die Flucht ergriff. Sie würde ihm das Buch auf keinen Fall aushändigen. Sie hatte ihre eigenen Pläne damit. Außerdem war er ebenfalls ihr Auftrag. Sie musste ihn zu seiner Frau zurückbringen.

Wie sie es auch drehte und wendete, eines war klar: Den Pinkerton durfte sie nicht mehr aus den Augen lassen. »Einverstanden«, sagte sie deswegen.

Eine ganze Weile saßen sie sich schweigend gegenüber. Die Situation war etwas merkwürdig. Er wollte den Folianten und sah in ihr eindeutig jemanden, der für den Feind arbeitete. Für sie jedoch war er die feindliche Seite, was wiederum ein Dilemma ihrem Auftrag Mrs. Payne gegenüber darstellte.

Mit hochgezogenen Brauen sah sie dem Amerikaner zu, wie er sein Glas Whisky in einem Zug leerte und gleich darauf ein zweites von der Kellnerin verlangte. »Ich bin neugierig«, sagte sie dann, »was hat es mit diesem Russen auf sich? Und warum glauben Sie, dass ich für ihn arbeite?«

»Man nennt Sie die Schlüsselmacherin, richtig?«

Frost runzelte die Stirn. »Richtig.« Mit diesem Namen war sie im Untergrund bekannt. Sie hatte wohl etwas zu früh gehofft, ihn endlich ablegen zu können.

»Der Russe wird auch der Sammler genannt. Er hat eine Vorliebe für kostbare Einzelstücke, wie das Buch, welches Sie von meinem Auftraggeber gestohlen haben.«

»Und jetzt denken Sie, ich arbeite für diesen Sammler, nur, weil ich eine Diebin bin?« Beinahe hätte sie laut aufgelacht. Das war so fern der Wahrheit, dass es bereits komisch war. »Ich bringe das Buch seinem ursprünglichen Eigentümer zurück. Mr. Bingham hat es unrechtmäßig in seinen Besitz gebracht. Das ist nur fair, meinen Sie nicht?«

Payne legte den Kopf leicht schief. »Sie legitimieren Ihren Diebstahl also damit, dass das Buch bereits gestohlen worden ist.«

»Sie haben es erfasst.« Frost lächelte und nahm einen kräftigen Schluck Whisky. Er brannte in ihrer Kehle, aber die Wärme tat gut. »Und jetzt, wo wir das geklärt haben, sollten wir vielleicht über Sie sprechen, Mr. Payne. Ihre Frau macht sich große Sorgen.«

»Wie Sie sehen können, lebe ich noch. Richten Sie ihr das aus.« Er fing an, sich eine Zigarette zu drehen.

»Sie werden ihr das selbst sagen, wenn wir in der Agentur sind.« Sie machte eine kurze Pause, um ihm Zeit zu lassen, zu protestieren. Doch er konzentrierte sich darauf, seine Zigarette zu drehen. »Ich verlange keine Erklärungen, warum Sie abgetaucht sind und Ihre Frau verlassen haben. Mein Auftrag lautet lediglich, Sie zu finden.«

Payne stieß belustigt den Atem durch die Nase aus und zündete sich dann die Zigarette an.

»Was ist so lustig daran?«, fragte Frost.

»Eine stadtbekannte Diebin betätigt sich als Privatdetektivin. Das *ist* lustig, Miss Frost.« Ein schiefes Grinsen zeigte sich in seinem Gesicht.

»Ach, ihr Pinkertons seid also besser?«

»Ex-Pinkerton, bitte. Ich habe meinen Job an den Nagel gehängt, bevor ich hierherkam.« Er leerte das zweite Glas und stellte es dann auf dem Kopf zurück auf den klebrigen Tisch. »Hören Sie zu. Ich werde nicht mit Ihnen in Ihre Agentur kommen. Sagen Sie meiner Frau, was Sie wollen. Aber ich habe noch etwas zu erledigen.«

»Und das wäre?«

»Eine private Angelegenheit, die Sie nichts angeht.«

Frost hob die Hände und signalisierte damit, dass sie ihn nicht weiter bedrängte. Sie hatte damit gerechnet, dass er nicht einfach so mit ihr kommen würde, trotzdem wollte sie versuchen, ihn dazu zu überreden. Sie sah Cecilia Paynes ernstes und besorgtes Gesicht vor sich. Die Frau vertraute darauf, dass sie ihr ihren Ehemann zurückbrachte.

Frost spürte das metallene Summen der Kugel, bevor sie den Schuss hörte. Blitzschnell sprang sie auf und packte den Pinkerton am Arm.

»Runter!«

Gleichzeitig zerbarst die Scheibe neben ihrem Tisch. Der Schuss verfehlte Payne um Haaresbreite. Sofort brach im Pub Panik aus, und mehrere Personen duckten sich unter ihre Tische.

»Was zum Teufel?« Payne glitt vom Stuhl und ging neben Frost in die Hocke.

»Freunde von Ihnen?« Sie deutete mit dem Kinn auf die beiden Männer, die auf das Lokal zukamen. Beide hielten ein Gewehr in den Händen. »Meine sind es jedenfalls nicht.«

Payne linste über den Rand des Tisches und fluchte.

»Ich rate mal, die Leute von diesem Russen?«, murmelte Frost und schaute sich nach einem Hinterausgang um. »Kommen Sie mit.« Ein weiterer Schuss peitschte durch den Pub und schlug in die Wand hinter der Bar ein. Flaschen barsten.

Ohne eine Antwort abzuwarten, ging Frost geduckt zum Schanktresen. Hinter der Bar befand sich die Küche, und Küchen hatten normalerweise eine Tür, die nach draußen führte. Als sie sich umdrehte, sah sie, dass der Pinkerton ihr tatsächlich folgte. Sie machte sich eine geistige Notiz, dass es umherfliegende Kugeln brauchte, damit der Mann tat, was man ihm sagte.

Als sie durch die Küche rannten, bemerkte Frost, dass sie ihre Umhängetasche mit dem Folianten unter dem Tisch hatte liegen lassen. »Warten Sie hier«, schärfte sie Payne ein und rannte zurück in den Schankraum. Die meisten Gäste hatten inzwischen das Weite gesucht. Sie hielt den Kopf unten, als sie zwischen den Tischen zu ihrem Platz ging. Schnell warf sie sich ihre Tasche über die Schulter und griff dann nach ihrem Mantel.

Die Männer mussten sie im Fenster gesehen haben, denn sogleich fielen abermals Schüsse. Frost fluchte und rannte geduckt zurück in die Küche. »Diese Leute scheinen es ernst zu meinen«, sagte sie zu Payne, während sie in den Mantel schlüpfte. Sie hatte keine Lust, sich bei der Kälte etwas einzufangen. »Was haben Sie angestellt, Pinkerton?« Und wie hatte sie es verdient, dass gleich zweimal am selben Tag auf sie geschossen wurde?

»Nur meinen Job«, knurrte Payne sie an. Dann warf er ihr einen Revolver zu. »Hier, für Sie.«

»Woher …?«

»Lag unter der Bar. Der Wirt sichert sich gerne gegen unhöfliche Gäste ab«, antwortete Payne lakonisch und überprüfte den Revolver, den er aus seiner Manteltasche holte. »Ich hoffe, Sie können schießen.«

Frost schnaubte und ließ den sarkastischen Ton unkommentiert. Stattdessen suchte sie nach einem Weg aus dem Hinterhof. Da es keine direkte Gasse zurück zur Hauptstraße gab, entschied sie sich für das Gebäude genau gegenüber. »Hier entlang, Pinkerton.«

Diesmal folgte er ihr ohne Widerrede. Er war also lernfähig, bemerkte sie amüsiert. Die mit Eisen beschlagene Tür war fest verschlossen. Frost zögerte einen Moment. Sollte sie so tun, als würde sie das Schloss manuell knacken? Was, wenn der Pinkerton sah, was sie *wirklich* tat? Konnte sie das Risiko eingehen?

Lärm aus dem Haus hinter ihnen nahm ihr die Entscheidung ab. Wenn diese Fremden sie hier erwischten, saßen sie wie die Karnickel in der Falle. »Ach, scheiß drauf«, brummte sie und ging in die Hocke. Als sie die Hand auf das eiserne Schloss legte, spürte sie sogleich die kribbelige Wärme durch ihre Finger schießen.

»Was tun Sie da?«

»Ich suche uns einen Ausgang.« Frost richtete sich wieder auf und drehte den Türknopf. Mit quietschenden Angeln öffnete sich die Tür. »Na bitte, ich kann es also doch noch«, murmelte sie vor sich hin, als sie das Haus betrat. Binghams Türschloss schien ein Einzelfall gewesen zu sein.

»Was können Sie noch?«, fragte Payne hörbar neugierig. Mit schnellen Schritten gingen sie durch die Räume des Hauses. Regale, vollgestopft mit Waren aller Art, reihten sich aneinander. Frost vermutete, dass sie sich in einem Laden befanden oder zumindest in dessen Lager.

»Türen öffnen«, sagte sie und lächelte Payne über die Schulter an. »Deswegen nennt man mich die Schlüsselmacherin.« Der Amerikaner machte sich nicht die Mühe, beeindruckt auszusehen.

Sie hatten die Ladenfront erreicht – zum Glück war das Geschäft um die Uhrzeit bereits geschlossen – und duckten sich hinter dem Schaufenster. Sie befanden sich in einer schmalen

Seitengasse, und nur wenige Fußgänger waren unterwegs. Die Luft schien rein zu sein. Wieder ging Frost vor der Tür in die Hocke und presste die Hand auf das Schloss, bis sie das leise Klicken hörte.

»Wir müssen diese Männer irgendwie loswerden«, sagte sie zu Payne, während sie über die Schulter blickte. Payne ging neben ihr und wirkte sehr angespannt.

»Diese Männer sind mein Problem, nicht Ihres, Miss Frost«, knurrte er.

Frost blieb stehen. »Nicht mein Problem? Zum einen wurde ich eben fast erschossen, so nebenbei: zum zweiten Mal heute, und zum anderen habe ich den Auftrag, Sie heil zu Ihrer Frau zu bringen – und das gedenke ich auch zu tun. Und falls die Kerle hinter meinem Buch her sind, dann haben wir beide ein Problem.«

Payne schaute sie lange an. »Wo befindet sich Ihre Agentur?«, fragte er, als Frost schon glaubte, gar nichts mehr aus ihm herauszubekommen.

»Leather Lane, Holborn«, antwortete sie sofort und setzte sich in Bewegung. Zu Fuß war es von hier aus ziemlich weit, aber vielleicht erwischten sie eine der Straßenbahnen in die Chancery Lane. Payne sah nicht so aus, als würde er einen Eilmarsch dorthin schaffen. Aus dem Augenwinkel bemerkte sie, wie er sich die linke Seite hielt. Obwohl er so viel getrunken hatte, schien er bei erstaunlich klarem Verstand zu sein. Dennoch sah er äußerst angespannt aus und … War das Blut da auf seinem Hemd?

Drei Straßen weiter hörte Frost das vertraute Knistern der Straßenbahn. Als sie um die Ecke bogen, sahen sie die blauen Blitze auf der Oberleitung tanzen. Gerade noch rechtzeitig erreichten sie die Station und sprangen auf den zweiten Wagen auf.

»Alles in Ordnung bei Ihnen, Mr. Payne?«, fragte Frost und musterte ihr Gegenüber. Payne atmete stoßweise, und die Hand, die er an die Seite gepresst hatte, war verkrampft.

»Mir geht's gut«, brummte er, vermied aber ihren Blick. »Kümmern Sie sich lieber darum, dass wir heil in Ihrer Agentur ankommen.«

»Scheint, als hätten wir sie abgehängt.« Sie lehnte sich hinaus und schaute die Straße zurück. Nichts deutete darauf hin, dass sie verfolgt wurden, weder zu Fuß, zu Pferd noch mit einem Fahrzeug.

Beide verfielen in brütendes Schweigen. Frost bemerkte die Müdigkeit, die sich bleiern über ihre Glieder legte. Sie hatte sich diesen Tag wahrlich anders vorgestellt. Ihre Hand wanderte zur Tasche, in der das wertvolle Buch sicher verstaut lag. Wie hoch waren ihre Chancen noch, Madame Yueh mit dem Buch zu erpressen, nun, da die Organisation wusste, dass sie es hatte?

»Wir bekommen Gesellschaft«, hörte sie Payne sagen. Frost drehte sich um und folgte seinem Blick.

»Verdammt.« Sie erstarrte. Die Straßenbahn war voll besetzt. Wenn ihre Verfolger anfingen zu schießen, würde es ein Blutbad geben. »Fährt dieses Ding denn nicht schneller?«, rief sie aus und musste sich gleich darauf an einer der Stangen festhalten, als die Straßenbahn ruckelnd in eine Kurve bog.

Über das elektrische Knistern hinweg konnte sie die dröhnenden Motoren der beiden Aetherbikes hören. Die Straßenbahn fuhr gemächlich durch die Häuserzeilen. Payne hatte sich ans hintere Ende des Wagens begeben und lehnte mit gezücktem Revolver in der Ecke zwischen der Heckscheibe und der Seitenwand neben der hinteren Tür. Frost spürte, wie das Adrenalin durch ihren Körper schoss. Gleich würden sie die nächste Station erreichen.

Ihre Blicke trafen sich. Payne nickte und entsicherte die Waffe. Frost verstand. Sie würden es drauf ankommen lassen und zuerst schießen. So hätten sie wenigstens eine Chance.

Die Bahn bimmelte, das Zeichen, dass sie gleich die Station erreichten. Frost zog ihre Waffe aus dem Gürtel und versicherte sich, dass sie geladen war. Einige der Mitfahrenden beäugten sie argwöhnisch und rückten zur Seite.

Die Verfolger warteten nicht darauf, dass die Bahn anhielt. Der erste Schuss fiel überraschend laut und ließ die Heckscheibe bersten. Die Menschen im Wagen schrien auf und zogen die Köpfe ein. Frost lehnte sich sogleich aus der Tür und schoss zweimal zurück. Payne streckte den Arm aus der Heckscheibe und feuerte ebenfalls. Das Heulen und Knattern der Aetherbikes übertönte das Rattern der langsamer werdenden Straßenbahn.

Immer wieder fielen Schüsse. Jeder, der konnte, verließ die Bahn und suchte das Weite. Frost lehnte sich keuchend neben Payne an die Seitenwand. Der Amerikaner zog sich aus der Heckscheibe zurück und lud die Waffe nach. »Einen habe ich erwischt«, sagte er.

Blieb also noch einer übrig. Wer waren diese Männer? Gehörten sie zu diesem ominösen Russen oder zu Paynes Auftraggeber? Und was, zum Teufel, hatte der Pinkerton angestellt?

»Frost?«

»Ja?«

»Ich glaube, wir sollten verschwinden.«

Frost hob die Augenbrauen und schaute an Payne vorbei aus dem Heckfenster. Der übrig gebliebene Mann hatte sein Aetherbike in einiger Entfernung zwischen den Schienen abgestellt und blickte ihnen entgegen. Das Ding auf seiner Schulter ebenfalls.

»Ist das eine Kanone?«

»Das ist eine Kanone.«

»Sie haben Recht, Payne. Verschwinden wir.« Frost drehte sich zu den Passagieren um. »Alle sofort raus aus der Bahn! Los, raus!«

In dem Moment sprühten Funken über dem langen Rohr auf der Schulter des Verfolgers auf, und ein Donnern drang an ihre Ohren. Frost und Payne sprangen, zusammen mit einigen Passagieren, aus der Straßenbahn und warfen sich auf dem Gehweg neben der Station in den Schnee. Gleich darauf flog der hintere Teil des Wagens in die Luft. Frost presste sich die Hände auf die Ohren und kniff die Augen zusammen. Flammen schossen in die Höhe, gekappte Leitungen sprühten knisternde blaue Funken, und ein Schwall Hitze schoss über sie hinweg.

»Alles noch dran?«, ächzte Frost und drehte sich auf die Seite. Payne nickte, doch er war ziemlich bleich im Gesicht. Sie half ihm auf die Beine. »Kommen Sie, ich kenne eine Abkürzung.«

Das Aetherbike heulte hinter ihnen auf, als Frost und Payne die Straße entlangrannten. In der Mauer vor ihnen tauchte ein großes eisernes Tor auf. Frost musste kaum die Hand auf das Schloss legen, da sprang es auch schon auf. Hinter dem Tor breitete sich ein dunkler Park aus. Sie rannten über den Kiesweg und hielten sich in den Schatten zwischen den wenigen Aetherlaternen. Der Angreifer folgte ihnen auf dem Aetherbike durch das Tor. Im Rennen schaute Frost über die Schulter zurück.

»Wehe, er wagt es, hier seine Kanone abzufeuern. Dieser Park ist denkmalgeschützt!«

»Ihr Engländer seid komisch«, kommentierte Payne amüsiert, zuckte jedoch gleich darauf zusammen und presste die Hand wieder an die Seite.

Sie erreichten die Mitte des Parks, wo sich ein gedeckter Pavillon befand. Im Licht der Aetherlaternen konnte Frost mehrere Schemen ausmachen. Vier Männer traten aus den Schatten heraus und stellten sich ihnen in den Weg. Ihre Gesichter waren eindeutig asiatisch geschnitten.

Frost ächzte auf und blieb stehen. »Das darf doch wohl nicht wahr sein.«

»Freunde von *Ihnen*, Miss Frost?«

»Ach, halten Sie doch die Klappe, Payne.« Und sie hatte wirklich geglaubt, sie wäre die Kerle losgeworden.

Sie saßen in der Falle. Hinter ihnen kam das Aetherbike kreischend auf dem schneebedeckten Kiesweg zum Stehen. Vor ihnen standen die Chinesen und kreisten sie langsam, aber sicher ein.

»Hey, die gehören mir!«, rief der Aetherbikefahrer drohend.

Die Chinesen antworteten nicht, warfen sich aber vielsagende Blicke zu. Aus dem Nichts zückte einer von ihnen eine Waffe und erschoss den Mann. Leblos sackte er unter dem Aetherbike zusammen.

»Und was, schlagen Sie vor, tun wir jetzt?«, raunte Payne und fixierte die Chinesen.

Frost blieb die Antwort im Halse stecken. Sie waren in der Unterzahl, und sie hatte den üblen Verdacht, dass der Pinkerton verletzt war und nicht mehr lange stehen würde. Eiskalter Schweiß brach ihr auf der Stirn aus. Die Organisation würde nicht zögern, Payne zu töten. Er war unwichtig. Frost würde man mit dem Leben davonkommen lassen, doch sie würde zum einen ihre Freiheit verlieren und zum anderen Payne. Der Pinkerton war immer noch ein Auftrag, den sie beenden wollte.

Ein fünfter Mann trat hinter dem Pavillon hervor. Sein Gesicht lag im Schatten, denn er hatte seinen Hut tief in die

Stirn gezogen. Er war eleganter gekleidet als die vier Handlanger. Und er hatte eindeutig das Sagen.

»Du bist schwer zu erwischen heute, Lydia.«

Frost riss die Augen auf. Ihr Magen verknotete sich. »Michael?«

11.

»Du hast mich angelogen, Lydia.«

Frost trat einen Schritt zurück und ballte die Fäuste. Michaels Gesichtsausdruck war hart. Sie konnte seine Augen nicht sehen, doch sie wusste, dass sie zornig funkelten. Der Ton in seiner Stimme war ihr Beweis genug dafür.

»Du hattest den Folianten bereits in deinem Besitz, als ich dich heute besucht habe.«

»Hast du mir deshalb diese Affen auf den Hals gehetzt?«, fuhr sie Michael an. »Dachtest du etwa, das sei komisch?«

Michael lachte leise, was Frost zusehends irritierte. Was ging hier vor? »Ich habe keine Lust auf Spielchen, Michael«, sagte sie. »Sag mir, was hier los ist.«

Michael seufzte ergeben und schob sich den Hut in den Nacken. Endlich konnte Frost sein Gesicht erkennen. Auf den ersten Blick sah es noch genauso aus, wie sie es kannte. Doch eine neue Härte hatte sich in seine Augen geschlichen. »Die Organisation lässt niemanden gehen«, sagte er kryptisch.

Frost klammerte sich an ihre Tasche. »Das brauchst du mir nicht zu erklären.«

»*Lóngtóu*, wir verschwenden nur Zeit«, sagte einer der vier Männer, die Michael umstanden.

Frost stutzte. Sie hatte sich gerade verhört, oder? Nein, das konnte nicht sein. »Hat er dich gerade Drachenkopf genannt?«, rief sie aus, wobei sie mit jedem Wort lauter wurde. »Du bist einer der verdammten Köpfe der *Dragons*?«

Michael lächelte und breitete seine Arme aus. »Ich habe die Nachfolge meines Vaters angetreten, ganz recht. Man hat dich bei seiner Beerdigung übrigens schmerzlich vermisst. Madame Yueh schäumt deswegen immer noch.«

»Ich wusste nicht, dass …« Die Worte blieben Frost im Halse stecken. Jetzt machte alles auf einmal Sinn. Michaels Distanziertheit und sein ungewöhnliches Verhalten der vergangenen Tage. Dass er zu einem der sieben obersten Drachen aufgestiegen war, erklärte wohl auch, warum sie ihn monatelang nicht gesehen hatte. Der neue Boss musste in sein Arbeitsgebiet eingeführt werden.

Und der Auftrag von Madame Yueh … »Es war ein Test, richtig?« Frost konnte ihren Zorn kaum mehr zurückhalten. »Ihr wolltet wissen, ob ich ohne die Organisation überleben konnte.«

»Lydia, du bist die Schlüsselmacherin. Du gehörst zu uns.«

»Ich verstehe gar nichts.«

»Seien Sie still, Payne«, zischte Frost und sah ihn scharf an. »Ich versuche gerade zu denken.«

»Sieht man.«

Frost stieß die Luft zwischen den Zähnen heraus. Amerikaner. »Warum gehen Sie nicht schon mal voraus, Mr. Payne?«, sagte sie bissig. »Einmal quer durch den Park, dann erreichen Sie die Chancery Lane. Die Parallelstraße dazu ist die Leather Lane. Sie werden die Agentur schon finden.«

»Der Mann geht nirgendwohin«, meldete sich Michael deutlich. »Wer ist er?«

»Ein Auftrag«, gab Frost zurück.

»Und was ist mit deinem anderen Auftrag? Wir wollen das Buch, Lydia.« Auf Michaels Worte und ein unsichtbares Zeichen hin zielten auf einmal vier Revolvermündungen auf Frost und Payne.

Frost dachte fieberhaft nach. Sie musste Zeit schinden, bis ihr etwas einfiel, womit sie sich aus diesem Schlamassel ziehen konnte. Sie wollte das Buch nicht einfach so hergeben. Das

Buch war ihre Versicherung dafür, selbstständig zu werden und ihre Freiheit von den *Dragons* zu behalten. Ob sie mit Michael verhandeln konnte, ohne die Anwesenheit von Madame Yueh? Er war nun immerhin einer der sieben Köpfe der Organisation.

»Gib mir das Buch, Lydia, und wir alle können friedlich nach Hause gehen.« Michael machte einen Schritt auf Frost zu und streckte die Hand fordernd aus.

»Ah, jetzt verstehe ich. Der Foliant gehört den Chinesen. Vielleicht sollten Sie es ihm wirklich geben.«

»Halten Sie die Klappe, Payne«, fuhr Frost den Pinkerton an, doch ein Teil von ihr wusste bereits, dass es die einzige ihr verbliebene Möglichkeit war. »Michael, ich will mit Madame Yueh sprechen«, stieß sie hervor. Ein letzter, verzweifelter Versuch.

Michael hob das Kinn. »Madame Yueh wird sich mit dir befassen, wenn sie es für angemessen hält.«

Auf einmal wurde Frost klar, dass das alles keinen Sinn hatte. Madame Yueh hatte sie testen wollen, und sie, Frost, hatte den Test nicht bestanden. Man würde sie nicht gehen lassen. Sie war immer noch die Schlüsselmacherin. Die Frau, die wegen ihres mechanischen Herzens jedes Schloss öffnen konnte und für die Organisation zur besten Diebin der ganzen Stadt geworden war. Und nun, da Michael, der wie ein Bruder für sie war, als einer der sieben Bosse der *Dragons* fungierte, hatte man ihr eine zusätzliche Schlinge um den Hals gelegt.

Mit bebenden Händen griff sie in ihre Tasche und holte den in Lappen gewickelte Folianten heraus. Er lag schwer in ihren Händen.

»Frost«, wisperte Payne angespannt, »die werden uns erschießen, sobald Sie das Buch übergeben.«

»Nein, Mr. Payne«, gab sie ebenso angespannt zurück und

reckte das Kinn. »Michael wird nicht so weit gehen.« *Er wird nur dich erschießen*, fügte sie in Gedanken grimmig hinzu. Dann atmete sie tief durch und streckte das Buch weit von sich. »Komm und hol es dir, Michael.«

»Was haben Sie vor?«, raunte Payne, doch Frost gab ihm keine Antwort.

Michael schien zu zögern. Dann gab er den vier Männern jeweils ein Signal und kam langsam auf Frost zu. Als er sie fast erreicht hatte und die Hand schon nach dem Buch ausstreckte, nahm einer der Männer Payne in den Schwitzkasten und ein zweiter hielt ihm die Revolvermündung an die Schläfe. Payne ächzte auf.

Frost wankte kein bisschen und hielt Michaels Blick stand. Michael griff nach dem Buch, und ein Lächeln zuckte über Frosts Gesicht. Blitzschnell griff sie nach hinten und zog ihre eigene Waffe aus dem Gürtel. Der Kolben klickte, und sie zielte mit sicherer Hand direkt auf Michaels Herz.

»Ah«, sagte Michael nur und lächelte.

»Das Buch gehört dir«, sagte sie kühl. »Wenn du uns dafür laufen lässt.«

»Dich vielleicht, ja, aber er hat zu viel gesehen, und er weiß zu viel.«

»Oh, hast du etwa Angst, dass morgen früh Scotland Yard vor deiner Tür steht?«, spottete Frost. »Du bist einer der *Lóngtóu.* Niemand wird sich dir in den Weg stellen. Außerdem ist er Amerikaner. Er hat keinerlei Interesse an den *Dragons*.«

Michael schien nachzudenken. Frost musste sich zwingen, die Hand ruhig zu halten. Ihr ganzer Körper tat weh, und vor lauter Anspannung verkrampften sich die Muskeln in ihrem Arm. Michaels langes Zögern raubte ihr noch den letzten Nerv. Sie hatte alles auf eine Karte gesetzt. Ging Michael nicht auf ihren Deal ein, war sie so gut wie tot. Sie hatte eine Waffe gegen einen der *Lóngtóu* erhoben. Damit hatte sie ihr Leben verspielt.

»Also gut«, sagte Michael endlich, und Frost erlaubte sich wieder zu atmen. »Lasst ihn gehen. Lebend.«

»Aber, *Lóngtóu*«, stieß einer der Männer aus, worauf Michael sich zornig zu ihm umdrehte.

»Das war ein Befehl!«

Frost zuckte zusammen, und die Hand, die immer noch die Waffe auf Michaels Herz ausrichtete, begann zu beben. Sie spürte, wie sich Michaels Griff um das Buch verstärkte, und sie ließ es los. Dann ließen die Männer von Payne ab und traten einige Schritte zurück. Payne sackte in die Knie und hielt sich hustend die Seite.

»Danke, Lydia.« Michaels Stimme war wieder so charmant wie immer. Die neue Härte und Kälte an ihm verschwanden hinter seinem Lächeln. Er nahm das Buch an sich und deutete eine höfliche Verbeugung an. Frost starrte ihn an und wusste nicht, was sie fühlen sollte. Aber noch weniger wollte sie sich mit diesen Gefühlen auseinandersetzen. Nicht jetzt und auch nicht in absehbarer Zeit.

»Kommen Sie, Payne«, sagte sie matt, als die Chinesen zwischen den Schatten der Aetherlampen verschwunden waren, und half dem Pinkerton auf die Beine. »Sie sind verletzt.«

»Das war nicht schlecht«, stieß er hervor, und Frost glaubte eine Spur Respekt und Achtung aus seiner Stimme herauszuhören. »Sie haben mich ziemlich alt aussehen lassen.«

»Sie haben sich aber gut gehalten für einen Pinkerton«, gab Frost zurück, worauf Payne lachen musste.

Payne schlug die Augen auf und blinzelte geblendet. Er fühlte sich, als hätte ihn eine Dampfwalze überrollt. Als sich seine Augen langsam an das helle Licht gewöhnten, erkannte er eine Aetherlampe, die auf einem Tisch neben dem Sofa stand, auf dem er lag. Jemand hatte ihn in eine Wolldecke gehüllt. Im Kamin prasselte ein Feuer.

Payne richtete sich auf und zog vor Schmerzen scharf die Luft ein. Die Decke fiel zurück, und er sah an sich hinunter. Jemand hatte ihm einen frischen Verband angelegt und vermutlich auch die Wunde genäht.

Verwirrt schaute er sich um. Er befand sich in einem kleinen Wohnzimmer. Die Wände waren mit einer hellen, gemusterten Tapete bedeckt, an der Decke befand sich simpler weißer Stuck. Über dem Kaminsims hing ein Portrait von Königin Victoria, an der Wand daneben eine gerahmte Weltkarte aus dem vorherigen Jahrhundert. Das Zimmer war spartanisch, aber gemütlich eingerichtet.

Wo war er? Und wer hatte ihn hierhergebracht und den frischen Verband angelegt? Dann kamen langsam die Bilder zurück. Die Flucht aus dem Pub, die Fahrt in der Straßenbahn, die Explosion, die Konfrontation mit den Chinesen.

»Frost«, murmelte Payne und schwang die Beine auf den Boden. »Frost?«, sagte er ein zweites Mal, diesmal lauter. Dann hörte er, wie jemand eine Treppe heraufkam, gleich darauf klopfte es zögerlich an der Tür.

»Mr. Payne?« Eine junge Frau kam etwas schüchtern herein und lächelte ihn an. »Sie sollten noch nicht aufstehen.«

»Wer sind Sie? Und wo bin ich?«

»Mein Name ist Helen, Sir. Miss Frost ist unten in der Agentur. Sie befinden sich in Miss Frosts Wohnung. Moment, ich hole sie gleich.«

»Nein, warten Sie«, fing Payne an, doch die junge Frau war bereits wieder verschwunden. Ihre schnellen Schritte hallten auf der Treppe nach. Payne versuchte aufzustehen und stellte erfreut fest, dass seine Füße ihn trugen. Neben der Couch fand er seine Stiefel. Umständlich zog er sie an.

Die Tür am Ende der Treppe stand weit offen und gab den Blick frei auf eine weite Fensterfront und die verschneite Straße dahinter. Dem Licht nach zu urteilen musste es früher Nachmittag sein. Payne trat durch die Tür und blieb zögerlich stehen. Links von ihm saß Frost an einem Schreibtisch. Vor ihr lagen ein dickes, oft gebraucht aussehendes Buch und Notizblätter. Sie sprach gerade mit der jungen Frau namens Helen, die vertraulich neben ihr stand.

Er räusperte sich, um auf sich aufmerksam zu machen.

»Mr. Payne!«, rief Frost und stand auf. Auf ihrem Gesicht spiegelten sich Freude und Erleichterung. »Helen, mach uns bitte Tee, ja?«

»Sehr wohl, Miss«, sagte die junge Frau und eilte sogleich in die Küche, die sich hinter Payne befand. Sie lächelte ihn im Vorbeigehen kurz an.

Frost deutete auf den Stuhl vor dem Schreibtisch und setzte sich wieder hin. Payne nahm ebenfalls Platz und musterte Frost eingehend. Er hatte ein paar Dinge gesehen und gehört, die ihn neugierig gemacht hatten, sehr sogar. Ihre beinahe übermenschlich anmutende Fähigkeit, Schlösser innerhalb von Sekunden zu knacken – mit nur einer Hand.

»Was ist passiert?«, fragte er.

»Sie haben auf dem Weg hierher das Bewusstsein verloren«, antwortete Frost unumwunden. »Sie haben mir nicht erzählt, dass sie derart schwer verletzt sind. Schusswunde? Sah jedenfalls grässlich aus.«

»Holzpfahl«, gab er zurück, worauf Frost die Augenbrauen hob. »Fragen Sie besser nicht.«

Helen brachte den Tee, und für einen Moment geriet das Gespräch ins Stocken. Frost schlürfte ihren Tee und lehnte sich im Sessel zurück. »Wollen Sie mir dafür erzählen, warum Sie Ihre Frau verlassen haben?«

Payne druckste herum. »Haben Sie sie bereits kontaktiert?« Zeit dafür hätte sie mehr als genug gehabt.

»Noch nicht. Ich dachte, es wäre besser, damit zu warten, bis Sie wieder einigermaßen auf den Beinen sind.«

Er hatte seine Frau nicht verlassen, doch er korrigierte Frost nicht. »Warum wollen Sie das wissen? Sie haben mich gefunden, das sollte reichen, oder?«

»Sagen wir, ich bin neugierig.« Frost deutete ein Lächeln an. »Sie interessieren mich, Pinkerton. Es muss hart für Sie gewesen sein, so lange von Ihrer Frau getrennt gewesen zu sein. Ein wortwörtlicher Ozean zwischen Eheleuten. Vor allem, wenn Kinder im Spiel sind.«

Reflexartig griff Payne an sein Jackett. Er hielt inne, als er das Funkeln in Frosts grauen Augen sah. Die Erkenntnis traf ihn wie ein Schlag. Sie hatte das Lichtbild gesehen.

Und tatsächlich, Frost legte das zerknitterte Foto zwischen sich und Payne auf den Schreibtisch. »Sie ist wunderhübsch, Ihre Tochter. Wie heißt sie?«

»Annabella«, presste er heraus und nahm das Lichtbild in die Hand. »Sie hatten kein Recht, es an sich zu nehmen.«

»Es fiel auf den Boden, als Helen und ich Sie verarzten mussten«, rechtfertigte sie sich. »Ich frage mich, warum Ihre Frau sie nicht erwähnt hat.«

Payne stieß langsam den Atem aus und betrachtete lange das Bild von Annabella. Frost überließ ihn seinen Gedanken und schwieg. »Meine Tochter ist vor zwei Monaten spurlos verschwunden«, sagte er schließlich. »Niemand konnte uns sagen, was mit ihr passiert ist. Scotland Yard hat keinerlei Anhaltspunkte und unternahm nichts, um sie zu finden.«

»Da haben Sie beschlossen, sich selbst auf die Suche nach ihr zu machen. Als Pinkerton sind Sie schließlich bestens dafür gerüstet.« Frost hatte den Punkt haargenau getroffen, und Payne nickte. »Und? Haben Sie eine heiße Spur?«

»Nein.« Das Wort fühlte sich klebrig an in seinem Mund. Die heiße Spur, die er geglaubt hatte zu haben, hatte sich im Nichts aufgelöst. Der Russe blieb wie immer unantastbar. Überhaupt hatte er die Suche an einem einzigen Fetzen Papier aufgehängt, den er im Zimmer von Annabella gefunden hatte. In diesem Moment war er sich gar nicht mehr sicher, was er sich dabei gedacht hatte.

Frost musterte ihn lange. »Ich bin mir sicher, dass Sie Ihre Tochter finden werden, Mr. Payne. Allerdings verstehe ich nicht ganz, warum Sie Ihre Frau nicht eingeweiht haben.«

»Meine Arbeit zieht unweigerlich Verbrecher an. Ich wollte nicht, dass Cecilia in Gefahr gerät.« Und das entsprach sogar der Wahrheit.

Frost nickte und nippte an ihrem Tee.

»Was ist das für ein Buch?«, fragte er nach einer Weile, um von sich abzulenken und das Thema zu wechseln. Es schmerzte ihn, über Annabella zu sprechen.

»Das *I Ging*.«

Payne hob die Augenbrauen. »Sie glauben an den Quatsch?« Er hatte einige Male in New York gesehen, wie chinesische Einwanderer dieses seltsame Buch konsultierten. Angeblich konnte man damit die Zukunft voraussagen. Er hatte Frost nicht als jemanden eingeschätzt, der an solchen Hokuspokus glaubte. Aber er hatte sie gestern Abend mit den Chinesen gesehen. Offensichtlich kannte sie die lokale Gemeinschaft sehr gut.

Frost zuckte mit den Schultern. »Kann sein. Die Chinesen benutzen es seit Jahrtausenden. Man schnappt ein paar Dinge auf, wenn man unter ihnen aufwächst.«

Payne nahm endlich seinen Tee zur Hand. Es war ein stark aufgebrühter Schwarztee mit einem Hauch von Bergamotte. Die Milch ließ er weg. Er bevorzugte Tee und Kaffee schwarz.

Frost beugte sich nach vorne und verschränkte die Hände unter dem Kinn. »Mr. Payne, der eigentliche Grund, warum ich Ihre Frau noch nicht kontaktiert habe, ist, dass ich sie nicht in Gefahr bringen möchte. Wie hoch ist die Chance, dass man Sie immer noch verfolgt?«

Payne runzelte die Stirn. So genau hatte er darüber noch gar nicht nachgedacht. »Ich hoffe, die beiden von gestern waren die letzten.« Das hoffte er wirklich. Er wusste immer noch nicht, warum man ihm derart penetrant nach dem Leben trachtete. Dass er dem Russen zu nahegekommen war, glaubte er irgendwie nicht so recht. Allem Anschein nach hatte der Sammler nichts mit dem Folianten zu tun – oder vielleicht doch?

»Hm. Ich weiß nicht, ob mir das gefällt. Mrs. Payne ist eine sehr nette Dame, die ich ungern einer Gefahr aussetzen mag, wenn ich ihr ihren Ehemann abliefere. Außerdem will ich vermeiden, dass ich später selbst noch unerwarteten Besuch bekomme. Ich hatte bei Weitem genug Action die letzten paar Tage.«

Payne verstand. Eigentlich hatte er gedacht, nur seine Landsleute im Westen seien schießwütig und neigten zu Übertreibungen, aber die Engländer standen ihnen in nichts nach.

Er wünschte sich, seinen Tee mit etwas Stärkerem versetzen zu können.

»Rufen Sie meine Frau an, Miss Frost.«

12.

Das Erste, was Mrs. Payne zu ihrem Mann sagte, war eine schallende Ohrfeige.

Nachdem Frost sie angerufen hatte, verging eine quälend lange Stunde, bis Mrs. Payne die Agentur betrat. Sie arbeitete in der Sternwarte in Greenwich und hatte die Fähre bis zum Tower genommen. Frost und Payne hatten während des Wartens nur wenige Worte miteinander gewechselt. Frost war tief in Gedanken versunken und malte sich aus, was geschehen würde, sobald Madame Yueh sie zu sich zitierte. Auch Michael tauchte immer wieder vor ihrem inneren Auge auf. Wie hatte sie nur so blind sein können?

Frost musterte den Pinkerton verstohlen. Für einen Amerikaner war er ganz ansehnlich, fand sie. Die dunklen Augen und die braunen Haare verliehen ihm etwas Mediterranes. Er war groß und hatte breite Schultern. Außerdem hatte sie einiges davon gesehen, was sich unter seinem Hemd befand, als Helen und sie ihn verarztet hatten. Helen war mindestens dreimal rot angelaufen während der Prozedur.

Für einen Amerikaner war er ganz sympathisch. Es passierte nicht oft, dass man in London auf einen Pinkerton traf. Ob sie ihm helfen sollte, seine Tochter zu finden? Mrs. Payne hatte offensichtlich genug Geld, um sie für ihre Dienste zu bezahlen.

In diesem Moment klingelte die Glocke über der Tür, und Mrs. Payne rauschte in die Agentur. Frost und Payne erhoben sich fast gleichzeitig – Payne kam etwas schwerfälliger aus dem Stuhl und hielt sich ächzend die Seite –, als Mrs. Payne auch schon die Hand erhob.

Das Klatschen durchbrach die Stille wie ein platzender Ballon. Payne schaute sichtlich erschrocken auf seine Frau herab, sie wiederum funkelte ihn aus wütenden Augen an.

»Mrs. Payne, wie schön, dass Sie so schnell herkommen konnten.« Frost bemühte sich um einen akzentuiert gelassenen Ton und lächelte. »Bitte, nehmen Sie doch Platz.«

»Wo war er?«, presste Mrs. Payne hervor. Ihre Stimme zitterte vor unterdrückten Gefühlen. Frost war beeindruckt, wie sehr sie sich darum bemühte, Haltung zu wahren. Aber sie hörte sehr wohl auch den Unterton und die unausgesprochene Frage heraus. *Bei welcher Hure war er?*

»Mrs. Payne, bitte setzen Sie sich. Ich werde Ihnen sogleich alles erklären.« Wieder deutete Frost auf den zweiten Stuhl vor ihrem Schreibtisch. Diesmal setzte sie sich. Der Pinkerton nahm seinen Platz ebenfalls wieder ein. Er sah aus, als wünschte er sich sehr weit weg.

Frost holte tief Luft. Es war ihr unangenehm, zwischen die Fronten der Eheleute geraten zu sein. Aber das gehörte zu ihrem Job. Alles, was sie tun konnte, war, Fakten sachlich auf den Tisch zu legen. Was die Klienten am Ende daraus machten, war nicht mehr ihr Problem.

»Ich habe Mr. Payne in Covent Garden aufgespürt«, log sie. Payne und sie waren übereingekommen, dass sie seiner Frau keine Details erzählten.

Mrs. Payne erbleichte sichtlich. Alle ihre Befürchtungen schienen sich zu bewahrheiten. Covent Garden war berüchtigt für seine Bordelle und nächtlichen Vergnügungen aller Art.

»In einem Pub beim Essen, Mrs. Payne. Er hatte sich in das Gasthaus, das sich darüber befand, eingemietet. Es gibt einen Grund, warum er das getan hat.« Frost schaute den Pinkerton an. »Sagen Sie es ihr, Payne.«

Mrs. Payne schaute fordernd und fragend zwischen Frost

und ihrem Mann hin und her. Ihr Blick blieb an Payne hängen, als er zögerte.

»Ich habe nach Annabella gesucht«, sagte er dann endlich.

»Du hast was?« Mrs. Payne hob die Hand an ihre Lippen. »Warum hast du mir nichts gesagt?«

»Ich wollte nicht, dass du wegen meinen Ermittlungen in Gefahr gerätst, Cecilia. Außerdem hast du schon genug durchgemacht wegen der Sache.« Er suchte nach Worten, um sich zu erklären, ließ es dann jedoch bleiben.

Frost konnte kaum mithalten mit den Emotionen, die sich nun auf Mrs. Paynes Gesicht in rascher Folge abwechselten. Trauer, Wut, Entsetzen, Enttäuschung, wieder gefolgt von Zorn. Die zweite Ohrfeige hatte sie definitiv nicht kommen sehen.

»Annabella ist tot, finde dich endlich damit ab, Jackson«, zischte Mrs. Payne. »Ich will mein Kind endlich begraben können, auch wenn es sich um einen leeren Sarg handelt.«

Payne funkelte seine Frau an. »Die Polizei hat nichts getan, um sie zu finden! Noch gebe ich die Hoffnung nicht auf, dass Annabella am Leben ist.«

Mrs. Payne seufzte und wandte den Blick ab. Frost wünschte sich, dass sie statt des Tees ein Glas Whisky vor sich hätte.

»Gut, ich glaube, wir haben das Wichtigste geklärt«, sagte sie und faltete geschäftlich die Hände. »Meine Arbeit ist damit beendet.«

Mrs. Payne nickte und brachte ein Lächeln zustande. »Vielen Dank, Miss Frost.«

»Sorgen Sie dafür, dass Ihr Mann die nächsten Tage das Bett hütet, Mrs. Payne. Er ist verletzt.«

»Es ist nur ein Kratzer«, versicherte Payne wenig glaubhaft, als seine Frau ihn alarmiert anschaute.

Frost stand auf und streckte Mrs. Payne über den Tisch

hinweg die Hand hin. »Es war mir ein Vergnügen, mit Ihnen Geschäfte zu machen.«

In diesem Moment tauchte Helen aus der Küche auf. »Miss? Ich weiß nicht, ob es wichtig ist, Miss, aber da steht seit einiger Zeit ein Mann vor dem Haus und beobachtet Sie alle. Ich sehe ihn durch das Küchenfenster.«

Frost hob die Augenbrauen und ließ die Hand sinken. Sie beugte sich nach rechts, um durch das Schaufenster sehen zu können. Durch die vorbeigehenden Fußgänger sah sie einen dunkel gekleideten Mann mit Hut, der beim Haus gegenüber an die Wand gelehnt stand. An sich nichts, was ungewöhnlich war. Sie wollte sich gerade wieder den Paynes zuwenden, als sie aus dem Augenwinkel eine Bewegung wahrnahm.

Der Mann hielt eine Waffe in der Hand und hatte sich von der Wand gelöst. *Das* war sehr ungewöhnlich.

»Payne!«

Er drehte sich um und sah den Mann sofort. »Cecilia, runter!« Mrs. Payne schrie auf, als er sie unsanft aus dem Stuhl schob.

»Payne, fangen Sie«, rief Frost und warf ihm seinen Revolver zu, den sie in der Schreibtischschublade verstaut hatte. Ihren eigenen nahm sie selbst zur Hand.

Mit wenigen Schritten war sie bei der Tür und riss sie auf. Eiskalte Luft wehte ihr entgegen. Wie in Zeitlupe sah sie, wie der Mann den Arm hob und zielte. Payne stand wie aus dem Nichts neben ihr. Gemeinsam traten sie ins Freie, sprangen die kurze Treppe hinunter und nahmen den Mann ins Visier.

Zwei Schüsse knallten, und die Zeit schien wieder ihren gewohnten Gang zu nehmen. Der Mann ging tödlich getroffen zu Boden und blieb im dreckigen Schnee der Straße liegen. Passanten, die in der Nähe waren, wichen schockiert zurück, als Frost und Payne zur Leiche gingen.

»Das war hoffentlich der Letzte«, brummte Payne und hielt sich die Seite.

Frost starrte auf den leblosen Fremden. Sie hatte sein Gesicht noch nie gesehen, doch sie kannte seine Sorte. Auftragsmörder. Normalerweise machten diese allerdings einen besseren Job.

Sie wischte sich eine Haarsträhne aus dem Gesicht und grinste den Pinkerton an. »Wir sind ein gutes Team, Sie und ich. Was halten Sie davon, wenn Sie für mich arbeiten, Mr. Payne?«

Payne hob die Augenbrauen und schaute fragend auf sie herab.

Frost zuckte mit den Schultern. »Nun, Sie brauchen offensichtlich einen neuen Job, und ich kann jemanden gebrauchen, der besser schießen kann als ich.«

»Sie bieten mir einen Job an.«

Frost legte den Kopf schief. »Sie interessieren mich, Pinkerton. Ich schlage Ihnen einen Deal vor: Sie helfen mir bei meiner Arbeit, und ich helfe Ihnen dabei, Ihre Tochter zu finden.«

Payne wandte den Blick ab und auf die Leiche vor ihnen auf dem Boden. Frost konnte seinen Gesichtsausdruck nicht deuten, doch er brauchte nicht lange, bis er sich entschieden hatte.

»Einverstanden.«

Sie grinste zufrieden und drehte sich auf dem Absatz um. Gedanken darüber, wie sie den Pinkerton bezahlen wollte, würde sie sich später machen. »Whisky?«, rief sie über die Schulter und ging zurück in die Agentur.

13.

Mrs. Payne brauchte etwas mehr Überredung als ihr Mann. Frost erwähnte ihr gegenüber nicht, dass sie Payne bei der Suche nach Annabella helfen würde. Die Angelegenheit um das Verschwinden ihrer Tochter war für Mrs. Payne schmerzvoll, und sie vermied es, über sie zu sprechen. Frost hatte keine Kinder. Sie konnte sich nicht annähernd vorstellen, wie es sein musste, seinen Spross zu verlieren und nicht zu wissen, was geschehen war und ob er überhaupt noch lebte. Für den Moment hatten Frost und Payne also eine stille Übereinkunft, was diese Sache anging.

Mrs. Payne hatte immer noch Bedenken, nachdem Frost ihr die Gründe dargelegt hatte, warum sie den Pinkerton anstellen wollte.

»Ich brauche etwas zu tun, Cecilia«, sagte Payne eindringlich. »In New York hatte ich Arbeit. Hier in London habe ich nichts mehr.« Die Dinge, die er für Newman erledigt hatte, wollte er ihr gegenüber lieber nicht erwähnen. Londons Untergrund war dreckig. »Du hast deine Forschungen in der Sternwarte und an der Universität, und du weißt, dass ich dir in der Hinsicht nie Steine in den Weg gelegt habe. Ich kann nicht nur müßig im Haus sitzen und Bücher lesen.«

Mrs. Payne seufzte und nickte dann. »Du hast ja recht. Tut mir leid, ich war egoistisch.«

Frost freute sich. »Wunderbar, dann hätten wir auch diese Sache geklärt.« Sie hob ihr Glas Whisky. »Auf unsere Zusammenarbeit, Mr. Payne.«

Als die Paynes gegangen waren, blieb Frost allein zurück. Sie hörte die vertrauten Geräusche von Helen, die ihre Wohnung über der Agentur sauber machte. Die Standuhr in der Ecke tickte. Draußen vor dem Fenster herrschte der übliche Verkehr, die Straßenbahn ratterte in regelmäßigen Zeitabständen vorbei, die Passanten gingen ihrer Wege. Es hatte zu regnen begonnen. Der mittlerweile grauschwarze Schnee verwandelte sich innerhalb weniger Stunden in nasskalten Matsch. Mit dem Regen wurden auch die Asche und der Smog aus der Luft gewaschen.

Frost betrachtete die Geldscheine, die vor ihr auf dem Schreibtisch lagen. Mrs. Payne hatte sie großzügig bezahlt und zusätzlich zum vereinbarten Honorar noch einen Schein draufgelegt. Frost freute sich. Sie konnte alle Rechnungen begleichen, obwohl das Geld von Madame Yueh ausblieb, womit sie fest rechnete. Helen würde morgen ihren Lohn ausbezahlt bekommen.

Sie überlegte kurz, ob sie sich ein paar neue Schuhe gönnen sollte, entschied sich dann jedoch dagegen. Wenn sie abermals solch eine Durststrecke in Sachen Klienten hatte, würde das Geld sehr schnell wieder knapp werden. Außerdem musste sie bald auch noch den Pinkerton bezahlen.

Noch war sie sich nicht sicher, ob es eine gute Idee gewesen war, Payne ins Boot zu holen. Sie hatte bisher immer alleine gearbeitet, auch, als sie noch für die Organisation unterwegs gewesen war. Aber sie wollte sich einen Namen und die Agentur bekannter machen. Sie benötigte mehr Klienten, wenn sie überleben wollte. Und die Fähigkeiten eines Pinkertons waren genau das, was sie brauchte.

Frost beschloss, zur Feier des Tages ins Theater zu gehen. In der Zeitung hatte sie eine Anzeige für das neue Stück im Criterion Theater am Picadilly gesehen. Es war eine Komödie. Das würde sie von den drückenden Gedanken ablenken.

Mit den Händen in die Hüfte gestemmt stand sie vor dem

Bett und grübelte über einer Auswahl an Kleidern. Das grüne? Sie entschied sich für den petrolblauen Brokat mit den aus Silber- und Goldfäden gewobenen Blüten. Das Korsett hatte die gleiche Farbe und war mit schwarzer Spitze besetzt. Bevor sie sich jedoch anzog, musste sie ihr Herz aufziehen. Je nachdem, wie sehr sie sich körperlich anstrengte, musste sie das zweimal am Tag oder einmal alle zwei Tage tun. Und seit dem Anfall vor ein paar Tagen, als sie es einmal vergessen hatte, ging sie lieber auf Nummer sicher. Die letzten Tage waren sehr aufregend gewesen, und das viele Rennen hatte sie körperlich gefordert.

Der Schlüssel hing wie immer an einer Kette um ihren Hals. Wenn sie ihren Arm über die Schulter nach hinten streckte, konnte sie gerade so das Schlüsselloch, das sich in einer kleinen Metallplatte zwischen ihren Schulterblättern befand, erreichen.

Es klopfte an der Tür, und Helen streckte den Kopf herein. Sie wusste um Frosts mechanisches Herz, doch der Anblick der Metallplatte auf Frosts Rücken ließ sie trotzdem jedes Mal erbleichen. »Miss, jemand möchte Sie sprechen.«

»Ein Klient?«

Helen schüttelte den Kopf. »Es ist ein Mädchen, Miss. Gehen Sie aus?«

Frost hängte den Schlüssel wieder um ihren Hals und lächelte Helen an. »Ich dachte, ich gönne mir ein Theaterstück. Sag dem Mädchen, dass ich gleich unten bin.«

»Gut. Brauchen Sie mich später noch, Miss?«

»Nein, vielen Dank, Helen. Wir sehen uns morgen früh?«

Helen nickte und schloss die Tür hinter sich.

Fertig angezogen und auf dem Weg nach unten fragte sich Frost, wer das ominöse Mädchen wohl sein mochte. Es wurde bereits dunkel draußen. Es musste also einen Grund geben, warum es hier war. Als sie ihr Büro betrat, erblickte sie das Mädchen sofort. Es hatte rabenschwarzes Haar, das ihm offen über die Schultern fiel, und trug einfache, asiatisch geschnittene Kleidung. Auf dem wollenen Umhang perlte Regenwasser.

»Hallo«, sagte Frost und setzte ein Lächeln auf. Doch als sich das Mädchen zu ihr umdrehte, gefror das Lächeln. Es war eine Chinesin, und auf ihrer Schläfe prangte das Zeichen der Organisation. Eines der Dienstmädchen.

»Madame Yueh wünscht Sie zu sehen.« Das war alles, was das Mädchen sagte. Bevor Frost etwas erwidern konnte, war es auch schon zur Tür hinaus und im Regen verschwunden.

Frost stöhnte auf. Damit konnte sie das Theater vergessen. Madame Yueh ließ man besser nicht warten. Sie zog ihren Mantel und den Schal an, verabschiedete sich von Helen und griff nach ihrem roten Schirm.

Garnet Street war dieses Mal ruhig. Nichts deutete mehr darauf hin, dass das ganze Viertel vor wenigen Tagen erst das chinesische Neujahrsfest rauschend gefeiert hatte. Nur ein paar wenige Konfetti, aufgeweicht und dreckig im Matsch liegend, ließen die Festlichkeiten erahnen. Die meisten Menschen befanden sich in ihren Häusern und Wohnungen, denn es war Zeit fürs Abendessen. Frosts Absätze klapperten über den Gehweg. Dieses Mal nahm sie den direkten Weg zum Haus von Madame Yueh. Es war eine alte Stadtvilla, die etwas zurückversetzt zur Straße lag. Dahinter breiteten sich die engen Gassen des Viertels aus, mit ihren heruntergekommenen Häusern und Absteigen. Noch weiter hinten schlossen die Docks an, wo sich die Opiumhöhlen befanden.

Je mehr sich Frost dem Haus näherte, desto langsamer wurden ihre Schritte. Sie hatte das Gefühl, dass, je näher sie kam, sich die Macht von Madame Yueh umso stärker über sie legte.

Wie hatte sie nur denken können, sich jemals von ihrem Einfluss und den *Dragons* lösen zu können?

Frost erinnerte sich noch genau an den Tag vor etwa zwanzig Jahren, als Madame Yueh sie auf der Straße gefunden hatte. Sie konnte sich nicht entsinnen, wer oder was sie vorher gewesen war. Aber ab jenem Moment, als Madame Yueh ihr die Hand hingehalten und sie in ihr warmes Haus geführt hatte, war sie zur Schlüsselmacherin geworden.

Ihre Ziehmutter hatte ihre Gabe zufällig entdeckt, als Frost eine verschlossene Truhe öffnen wollte. Von da an musste sie jeden Tag üben, um die Gabe zu beherrschen und stärker zu machen. Niemand wusste, warum sie Schlösser wie magisch öffnen konnte, doch Madame Yueh vermutete, dass es einen Zusammenhang mit ihrem mechanischen Herzen gab.

Wie sie zu diesem gekommen war und wer ihr diese Verstümmelung angetan hatte, wusste Frost nicht. Alles, was vor Madame Yueh war, verwandelte sich jedes Mal, wenn sie sich zu erinnern versuchte, in dicken Nebel.

Frost atmete tief durch und ging die letzten Meter zum Haus. Dieses Mal beleuchteten keine Fackeln den Eingang. Nur die zwei roten Säulen und zwei Bambushaine zierten die doppelflügelige Holztür. Frost klopfte laut an. Sogleich wurde die Tür geöffnet, und sie trat ein. Mr. Lee stand im Foyer und verbeugte sich respektvoll.

»Guten Abend, Miss Lydia. Sie werden erwartet.«

Frost erwiderte seine Begrüßung mit einer angespannten Verbeugung. Mr. Lee führte sie durch die langen Gänge. Statt Aetherlampen brannten überall altertümliche Lampions und Fackeln. Es roch nach Ruß, Lotusblüte und Sandelholz. Frosts Absätze klapperten durch die Stille. Sie gingen an diversen Räumen vorbei, die alle spartanisch und klassisch chinesisch eingerichtet waren. Madame Yueh legte großen Wert darauf, Traditionen zu pflegen.

Jemand trat aus einem dieser Räume, als Frost daran vorbeiging, und packte sie am Arm. Sie konnte gerade noch einen Ausruf unterdrücken und ballte bereits angriffsbereit die Faust, als sie Michael erkannte.

»Lass mich los«, wisperte sie energisch und beugte sich auf den Flur hinaus. Mr. Lee war stehen geblieben und wartete respektvoll darauf, bis sie ihm wieder folgte. »Mutter erwartet mich.«

»Ich weiß, deswegen habe ich auch hier auf dich gewartet.« Michael lächelte sie an. Die Härte, die sie bei ihrer letzten Begegnung in seinen Augen gesehen hatte, war verschwunden. Der alte Michael stand wieder vor ihr. »Ich muss mit dir sprechen.«

»Hat das nicht Zeit für später? Du weißt genau, wie sehr sie es hasst, warten gelassen zu werden.«

Michael schüttelte den Kopf. »Lydia, ich möchte, dass du zurückkommst.«

Frost trat irritiert einen Schritt zurück. »Wie meinst du das?«

»Ich bin jetzt einer der *Lóngtóu*«, fing Michael an. »Die Organisation hört auf meine Befehle. Ich kann dir alles bieten, was du dir wünschst. Du brauchst nicht mehr wegzugehen. Wenn du bei mir bleibst, kannst du dir alles kaufen, was du willst, und die *Dragons* werden zu deinen Füßen liegen.«

Frosts Kehle schnürte sich zusammen, und in ihrem Bauch bildete sich ein schleimiger Knoten. Was redete er da? Sie liebte Michael über alles, sie waren zusammen aufgewachsen und hatten viel miteinander erlebt und durchgestanden. Er war ihr Bruder, und das wusste er.

»Ich habe bereits mit Madame Yueh gesprochen. Sie hat uns ihren Segen gegeben.«

Ein eisiger Schauer spülte über Frost hinweg. »Ich soll deine Frau werden?«, stieß sie hervor. »Du hast hinter meinem Rücken mit Madame Yueh gesprochen, ohne mich vorher zu fragen?«

»Ich frage dich jetzt«, gab Michael sichtlich beleidigt zurück. »Mein Vater war immer dagegen und wollte, dass ich eine Frau aus der alten Heimat heirate. Aber nun, da er tot ist und ich seinen Platz eingenommen habe, ist der Weg frei.«

»Das glaube ich nicht.« Frost traute ihren Ohren kaum. Es war kein Wunder, hatte sich Michaels Vater gegen eine Heirat gewehrt. Frost war eine Westlerin, ein Findelkind, aufgelesen von der Straße. Der Sohn eines *Lóngtóu* musste unter seinesgleichen heiraten. Die zukünftige Braut musste rein und devot sein und aus einer angesehenen Familie stammen. »Madame Yueh hätte das niemals zugelassen.«

»Madame Yueh war diejenige, die sich ihm gegenüber für uns eingesetzt hatte.« Michael griff nach Frosts Händen, doch sie entzog sich ihm. Michael verstand. »Überleg es dir. Bitte.«

Frost wusste nicht, was sie darauf antworten sollte. Ihre Gedanken rasten wild durcheinander. Emotionen stürmten auf sie ein, Emotionen, die sie nicht zuordnen konnte und mit denen sie sich noch weniger beschäftigen wollte. Jedenfalls nicht jetzt. Sie musste zu Madame Yueh.

Sie schaute zu Michael auf. Sie wollte etwas sagen, doch die Worte blieben ihr in der Kehle stecken. Ohne sich zu verabschieden, drehte sie sich auf dem Absatz um.

Frost bemühte sich, ihr aufgewühltes Inneres zur Ruhe zu zwingen, als sie Mr. Lee wieder folgte. Sie durfte sich nichts von ihren Gefühlen anmerken lassen. Madame Yueh verstand sich sehr gut darauf, diese Schwäche auszunutzen und für ihre Zwecke einzusetzen. Eine Lektion, die sie damals sehr früh gelernt hatte. Zeige Madame Yueh niemals deine wahren Gedanken.

Auf dem Weg ins Herz des Hauses, wo sich das Reich ihrer Ziehmutter befand, begegneten sie keinen weiteren Menschen. Frost wusste jedoch, dass das Haus nicht leer war. Hausmädchen und Diener schlichen auf leisen Sohlen umher, doch sie waren so unsichtbar, dass man sie nicht wahrnahm.

Mr. Lee blieb vor einer Doppeltür stehen und verbeugte sich ein zweites Mal vor Frost. »Es hat mich gefreut, Sie wiederzusehen, Miss Lydia.«

Frosts Kehle war zugeschnürt, weswegen sie sich nur verbeugte. Mr. Lee verschwand augenblicklich und ließ sie alleine zurück. Doch sie zögerte.

Warum fürchtete sie sich so vor dieser Begegnung? Madame Yueh machte ihr keine Angst. Sie war nur eine alte, zierliche Frau. Doch sie führte ein Imperium, sie war die Opiumkaiserin, die Allmutter.

Frost atmete tief durch, glättete ihre Kleidung und klopfte dann an. Wie von unsichtbarer Hand öffnete sich eine der Türen. Frost trat ein und straffte die Schultern. Sie schob die Gedanken an Michael und seinen ziemlich unerwarteten und ziemlich miesen Heiratsantrag beiseite und versuchte sich auf das anstehende Gespräch zu konzentrieren.

Der Raum war von Kerzen und Laternen erhellt. Ein riesiges Gemälde zierte die rechte Wand. Ein in China sehr berühmter Künstler hatte es in wochenlanger Arbeit direkt auf die Wand gemalt. Frost konnte sich erinnern, wie Michael und sie ihm lange dabei zugesehen hatten.

Links stand ein bedruckter Paravent aus Bambus und Papier. Ein roter Drache schlängelte sich darüber. Neben dem Paravent standen Lackmöbel und ein niedriger Tisch. In der hinteren Ecke befand sich der Altar, wo die Ahnen verehrt wurden. Frische Räucherstäbchen waren eben erst entzündet worden, und ihr feiner Rauch kringelte in die Höhe. Es roch stark nach Sandelholz.

Am Rande von Frosts Blickfeld bewegte sich etwas. Vor einem zweiten Wandschirm, der auf einem erhöhten Podest stand, befand sich ein Stuhl. Frost hörte das Geräusch des Gehstocks, bevor sie Madame Yueh sehen konnte. Es war so sinnbildlich für die alte Patriarchin, dass Frost nicht umhinkonnte, leise zu lächeln.

Madame Yueh war klein und ging auf ihren Stock gebeugt. Ihre dunkle Haut war so runzlig wie ein verschrumpelter Apfel, doch ihre schwarzen Augen leuchteten und strahlten scharfe Intelligenz aus. Ihr graues Haar war zu einem ordentlichen Knoten gesteckt, und ihre traditionelle Kleidung bestand aus schimmernder Seide. Madame Yueh setzte sich auf den Stuhl, nahm den Stock zwischen die Knie und legte ihre Hände auf den Knauf.

Sofort spürte Frost ihren Blick auf sich, und sie senkte respektvoll den Kopf. Sie trat vor das Podest, machte eine tiefe Verbeugung und kniete sich dann hin, den Blick immer noch gesenkt.

»Lydia«, durchbrach Madame Yuehs raue, kraftvolle Stimme die Stille des Raumes. »Wir haben viel zu besprechen.«

Jackson Payne hatte Cecilia dazu überredet, noch nicht gleich nach Hause zu gehen. Sie mussten reden. Auch wenn es Cecilia für keine gute Idee hielt, nicht sofort zu einem Arzt zu gehen, gab sie nach. Payne sah ihr an, dass sie froh war, ihn wiederzuhaben. Und dass ihre Befürchtungen, wo (und mit wem) er die letzten vier Wochen verbracht hatte, sich nicht bewahrheitet hatten. Trotzdem war sie wütend auf ihn. Payne war sich bewusst, dass er einiges investieren musste, um ihr Vertrauen wiederzugewinnen. Sie waren bereits zwei Jahre lang voneinander getrennt gewesen, was ihre Ehe stark strapaziert hatte, und der Verlust von Annabella saß immer noch tief.

Auf dem Weg zur London Bridge hatten sie ein kleines Restaurant entdeckt. Payne bestand darauf, etwas essen zu müssen. Er konnte sich nur vage an seine letzte Mahlzeit erinnern, und die hatte aus einem schalen Bohneneintopf bestanden.

»Manchmal, wenn die Trauer zu schwer wird, wünsche ich mir, ich hätte die Stelle hier niemals angenommen.«

Payne schaute von seinem Teller auf und runzelte die Stirn. »Das meinst du nicht ernst, Cecilia. Ich weiß, wie viel dir deine Arbeit hier bedeutet.«

Cecilia presste die Lippen aufeinander. »Ich hätte Annabella niemals hierherbringen dürfen.«

»Und sie stattdessen bei mir gelassen? Ich war ständig unterwegs, meine Arbeit war gefährlich. New York hat genauso üble Ecken wie London.«

Cecilia griff nach ihrem Weinglas und leerte es in einem Zug. Payne runzelte wieder die Stirn. Er mochte es nicht, wenn seine Frau zu viel trank.

»Danke«, sagte sie dann und nahm seine Hand.

»Wofür?«

»Dass du zu mir zurückgekommen bist. Ich habe mir fürchterliche Sorgen gemacht und jeden Tag die Polizei erwartet, die mir mitteilt, man habe deine Leiche in der Gosse gefunden.«

Payne musste lächeln. Vielleicht konnte doch alles wieder wie früher werden. Fast alles.

»Miss Frost scheint mir eine respektable Person zu sein«, sagte Cecilia, als sie später an der Themse entlangschlenderten. Ihr Haus lag in Southwark, unweit des Borough Markets. »Etwas exzentrisch, aber respektabel. Wann beginnst du deine Arbeit bei ihr, Jackson?«

»Sobald mein Kratzer verheilt ist«, antwortete Payne und zwang sich, langsam durch den Schmerz zu atmen. Frost oder ihre Haushälterin musste die Wunde genäht haben, denn der Verband fühlte sich immer noch trocken an. Die Schmerzen allerdings waren nicht weniger geworden. Payne hoffte, dass der Holzpfahl keine Splitter hinterlassen hatte. Er wollte nicht unbedingt an einem Wundinfekt sterben, der durch einen winzigen Holzsplitter verursacht wurde.

»Gut. Morgen früh werde ich Dr. Miller holen lassen, damit er dich untersucht.« Cecilia schien zufrieden. »Und dann werden wir zu Scotland Yard gehen. Du hast heute einen Mann erschossen, Jackson.«

Payne ächzte auf. »Damit er mich nicht erschießt, Cecilia. Der Mann war ein… Jemand, der mit meiner Arbeit unzufrieden war. Er hätte uns alle erschießen können.«

»Trotzdem, Miss Frost und du, ihr solltet zur Polizei gehen und die Sache klären. Ich will nicht, dass du im Gefängnis landest. Mit dieser Schande könnte ich nicht leben.«

Payne schnaubte und wandte den Blick hinaus auf die Themse. Es herrschte Ebbe, und die dunklen Wasser schwappten sanft ans Ufer. Gusseiserne Aetherlaternen beleuchteten den Gehweg entlang des Flusses und warfen ihr helles Licht auf das Wasser und die umliegenden Häuserfassaden. Ein paar dutzend Meter vor ihnen rannten mehrere Gestalten hin und her. Payne sah die kleinen Lichtpunkte von getragenen Laternen. Wahrscheinlich nur irgendwelche Gauner.

»Jackson, was hältst du davon, wenn wir nächste Woche – Jackson? Hörst du mir überhaupt zu?« Cecilia fasste Payne am

Arm und schaute ihn fordernd an. Paynes Blick war jedoch fest auf die Männer gerichtet, die gerade etwas aus dem Fluss zu ziehen schienen. Er kniff die Augen zusammen und ging näher.

»Jackson!«

Als Payne die marineblauen Uniformen der Polizei erkannte, hob er die Hand und gebot Cecilia, zurückzubleiben. »Warte hier.«

»Werde ich ganz bestimmt nicht«, gab Cecilia zurück und ging an Payne vorbei an die Mauerbrüstung. »Entschuldigen Sie bitte, Gentlemen«, rief sie laut, »ist hier etwas passiert?«

»Bleiben Sie zurück, Ma'am«, sagte einer der Polizisten. »Dies ist ein Tatort.«

Cecilia schaute zu Payne, dann drehte sie auf dem Absatz um und nahm die eiserne Treppe hinunter ans Ufer.

»Cecilia, bleib hier! Ach, verdammt.« Payne fluchte und ging seiner Frau hinterher. Manchmal wusste er nicht, wo die neugierige Forscherin aufhörte und die Frau, die er geheiratet hatte, anfing.

Einer der Beamten kam ihnen sogleich entgegen und breitete die Arme aus. »Ma'am, ich muss Sie bitten, zurückzubleiben. Sie auch, Sir.«

Payne stellte sich hinter Cecilia, als ein zweites Bündel aus dem Wasser gezogen wurde. Zwei Polizisten mühten sich ab und zogen es hinauf zu dem anderen Bündel, das bereits auf dem Kiesbett lag. Im Licht der Laternen konnte man die schmutzigen Schnüre sehen, die mit Schlamm vollgesogenen Stoffe und die Algen, die sich darin verfangen hatten. Das zweite Bündel fiel auseinander, als die Männer es den letzten Meter über den Kies hievten.

»Oh, mein Gott«, rief Cecilia aus und schlug geschockt die Hände vor den Mund. Einer der Polizisten würgte. Payne nahm

Cecilia am Arm und führte sie ein paar Schritte weg. Er selbst jedoch konnte den Blick nicht von dem Bündel nehmen. Alles, was er sah, war dunkles, langes Haar und der schmale Arm eines Jugendlichen.

Er musste sich vergewissern. Kurzerhand ließ er Cecilia stehen und ging langsam zu den Männern, die um die Bündel herumstanden. Auf ihren weißen Gesichtern zeigte sich Schock, Entsetzen und Mitleid.

»Machen Sie das zweite auf«, sagte jemand, ein anderer zückte ein Messer. Bestialischer Gestank fuhr ihnen entgegen, als die Stoffe sich lösten und ein zweites Gesicht zum Vorschein kam.

Payne schaute genauer hin. Es waren tatsächlich Jugendliche. Er schätzte sie etwa auf zwölf oder dreizehn Jahre. Die Erleichterung, dass es sich bei dem Mädchen nicht um Annabella handelte, verursachte ihm weiche Knie. Annabella war erst sechs.

»Chief, hier stimmt etwas nicht«, sagte einer der Männer, der neben dem Jungen kniete. Sofort wandte sich jeder zu ihm um. Der Polizist deutete auf den Arm des Jungen.

»Was bei allen Teufeln?«, fluchte der angesprochene Sergeant fassungslos und bekreuzigte sich. Die Männer raunten einander zu, doch Payne verstand nicht, was sie sagten. Er starrte auf den Arm des Jungen. Er bestand gänzlich aus Metall.

Die Polizisten kamen in Bewegung und schauten sich nun auch das Mädchen genauer an. Sie wurden schnell fündig. Das linke Kniegelenk war ebenfalls mechanisch. Die messingfarbenen Metallplatten waren mit Rost überzogen. Dort, wo die Haut auf das Metall traf, konnte man grässliche Verwachsungen und Entzündungen sehen. Dunkelrote Adern bildeten ein groteskes Netz auf der bläulichen Haut.

Payne hatte genug gesehen und erhob sich. Cecilia stand

etwas abseits stocksteif da und war kreidebleich im Gesicht. »Es ist nicht Annabella«, sagte er zu ihr, worauf sie nickte und nach seiner Hand griff. Ihre Finger krallten sich in seine Haut.

»Officer, holen Sie Dr. Taylor«, hörten sie den Sergeant befehlen. »Und danach benachrichtigen Sie Commissioner Lovett. *Er* ist wieder da.«

Die mechanischen Kinder

1.

Sein Atem ging rasselnd, als er durch den langen Flur eilte. Immer wieder schaute er über die Schulter zurück, doch niemand schien ihm zu folgen. Die stahlbeschlagene Box, die er an sich klammerte, wog schwer in seinen Armen. Der Inhalt war unbezahlbar und obendrein der Schlüssel zu ihrem weiteren Vorhaben.

Er fegte die schier endlose Wendeltreppe hinauf. Oben in der Fabrikhalle hielt er inne, um zu Atem zu kommen. Ein Gefühl des Triumphes stieg in ihm empor. Er hatte es geschafft. Sie hatten ihm viel Geld geboten, um es zu stehlen, aber für die Sache hätte er es auch umsonst gemacht. Die Sache stand immer an erster Stelle.

Er hastete weiter durch die Halle. Es war dunkel und still. Die riesigen Maschinen ragten wie Ungetüme zu beiden Seiten auf. Er roch den alten Schweiß der Arbeiter, die tagsüber hier Schwerstarbeit verrichteten. Rußpartikel kitzelten seine Kehle.

Am anderen Ende der Halle machte er einen Lichtschimmer aus. Eine einzelne Aetherlaterne stand neben einer Walze auf dem Boden. Drei Männer verharrten im Lichtkreis. Er beschleunigte seine Schritte. Sie warteten bereits auf ihn.

»Hast du es?«, fragte der Anführer sogleich, als er nähertrat. Er nickte und hielt ihm den Koffer hin. »Gute Arbeit, Walker.«

Walker schaute zu, wie der Anführer die Box an den zweiten Mann weitergab und in seinen Mantel griff. Als er das Klicken eines Revolvers hörte, machte Walker einen Schritt zurück.

»Was soll das? Sie wollen doch nicht etwa … Falls Sie denken, ich bin nicht mehr für die Sache …«

»Sei still, Walker. Dein ewiges Geschwätz von der Sache geht mir auf den Geist. Ihr Anarchisten widert mich an. Keinen Sinn für Ordnung und Disziplin.« Der Anführer trat einen Schritt näher. Walker konnte die Kälte in seinen Augen sehen. »Für *meine* Sache brauche ich dich nicht mehr.«

Walker geriet in Panik. »Moment, warten Sie! Ich …«

Der Schuss knallte laut in der Stille der Fabrikhalle. Walkers lebloser Körper sackte zu Boden.

»Lasst ihn hier irgendwo liegen, aber nicht zu offensichtlich. Ich will nicht schon morgen früh das Yard hier haben.«

Der Mann steckte den Revolver zurück in seinen Mantel. Er nahm die Box wieder an sich und ging hinaus in die Londoner Nacht.

2.

Frost stieg aus der Kutsche und trat als Erstes in eine riesige Pfütze. Sie unterdrückte im letzten Moment einen Fluch und schüttelte ihren nassen Stiefel aus. Ihre Begleitung, ein etwas steifer Privatsekretär namens Eric Sanderson, schaute sie mit einer hochgezogenen Braue an.

»Verzeihung«, murmelte sie.

»Hier entlang, bitte«, sagte der Mann und deutete auf einen Gebäudekomplex.

Mehrere Fertigungshallen aus Backstein ragten vor ihnen auf. Aus den hohen Kaminen waberte schwarzer Rauch. Frost spannte ihren roten Regenschirm auf und folgte dem Privatsekretär über den Vorplatz.

»Mr. Sanderson«, rief sie und musste ihre Schritte beschleunigen, um ihren Begleiter einzuholen. »Um was für eine Fabrik, sagten Sie, handelt es sich hier?«

»Ich habe keine spezifische Fabrik erwähnt«, antwortete Sanderson, ohne seinen Gang zu drosseln, und steuerte auf die zweite Halle zur Linken zu.

»Warum bin ich hier?« Beinahe wäre Frost erneut in eine Lache getreten. Mit einem ungelenken Ausweichschritt konnte sie das Desaster gerade noch verhindern. »Sie sagten, es sei dringend.«

»Ich bin sicher, dass Dr. Baxter Ihre Fragen beantworten kann, Miss Frost. Ich wurde nur damit beauftragt, Sie hierherzubringen.« Sanderson öffnete eine Tür und bedeutete ihr, voranzugehen.

Frost schüttelte ihren Regenschirm aus und trat ins Halbdunkel des Gebäudes. Einen Moment lang konnte sie kaum etwas sehen, dann gewöhnten sich ihre Augen an das dämmrige

Aetherlicht. Sie folgte Sanderson einen langen Gang mit hohen Wänden entlang. Links und rechts gingen Türen ab, doch sie waren alle verschlossen. Dumpfe Schläge und das ferne Kreischen von Metallsägen drangen an ihre Ohren.

Was dieser Dr. Baxter wohl von ihr wollte? Frost ging durch die Tür am Ende des Ganges, die Sanderson für sie aufhielt. Eine Treppe führte hinunter in die Tiefe.

Sanderson war eine Stunde zuvor bei ihr in der Agentur aufgetaucht und hatte sie aufgefordert, ihn zu begleiten.

»Wohin?«, hatte Frost gefragt. »Ich gehe nicht einfach so mit Fremden mit, Mr. Sanderson«, fügte sie sarkastisch hinzu, was den Mann allerdings nicht zum Lächeln verleitete.

»Southwark. Dr. Baxter wird Ihnen alles erklären.« Mehr hatte der Sekretär nicht verraten wollen, und auch auf der Kutschfahrt hatte Frost vergeblich versucht, ihn zum Smalltalk zu verleiten.

Sie erreichten das Ende der Treppe, und Frost tauchte aus ihren Gedanken auf. Es war kalt hier unten, und die kahlen Wände sahen selbst im orangen Aetherlicht grau aus. Wie tief sie sich wohl unter der Erde befanden? Und was produzierten die hier, dass man es so tief unten tun musste?

Vor ihnen befand sich eine Schleuse. Zwei Männer traten aus einem angrenzenden Raum. Sanderson zeigte einen Ausweis und wandte sich dann zu Frost um.

»Miss Frost, ich muss Sie bitten, den Herren Ihre Tasche zu zeigen.« Frost hob verwundert die Augenbrauen. »Reine Sicherheitsmaßnahme, Sie verstehen. Jegliche Arten von Lichtbildapparaten sind verboten, Waffen ebenfalls.«

Sie war etwas überrascht, händigte den Wachmännern jedoch ihre Schultertasche aus. Es befanden sich keine für eine Frau ungewöhnlichen Sachen darin. Das Messer, welches sie wie immer unter ihrem Korsett trug – ein Relikt aus ihren Tagen bei der Organisation –, war gut verborgen. Aber sie glaubte nicht, dass die Männer sie einer Leibesvisitation unterziehen würden.

Sanderson nickte zufrieden, und sie bekam ihre Tasche zurück. Einer der Wachmänner presste auf einen Knopf an der Wand, worauf die Schleuse sich zischend öffnete.

Wieder folgte ein langer Gang. Frost linste im Vorbeigehen neugierig in die Räume, die davon abzweigten. Sie sah Werkhallen mit langen Tischen, an denen Mechaniker und Wissenschaftler emsig bei der Arbeit waren. In einem der Räume stand etwas, das verdächtig nach einer Kanone aussah. Mehrere Techniker waren mit Schweißarbeiten daran beschäftigt.

»Hier werden Waffen hergestellt«, bemerkte Frost, doch sie bekam wieder keine Antwort. Sanderson blieb vor einer offenen Tür stehen und schaute sie freundlich an.

»Dr. Baxter wird alle Ihre Fragen beantworten, Miss Frost. Bitte entschuldigen Sie mich nun, meine Arbeit ruft.« Mit einem Nicken zum Abschied ließ er sie stehen und ging den Gang zurück zur Schleuse.

Frost stand unsicher in der Tür und schaute in den Werkraum. Niemand war zu sehen. »Hallo?«, rief sie und ging einige Schritte in den Raum. »Dr. Baxter?«

Der Arbeitstisch direkt vor ihr war beladen mit Werkzeug, Schrauben und Metallstücken. Links an der Wand stand eine Kugel auf einem weiteren Tisch. Sie war groß wie eine Wassermelone, grüne Blitze leckten darin an den Glaswänden entlang. Irgendwo zischte es rhythmisch. Frost ging am Arbeitstisch entlang und studierte die Gegenstände darauf. Lötkolben, Schraubenzieher, Bunsenbrenner. Etwas, das aussah wie eine halb zusammengeschraubte Pistole, nahm sie in die Hand und betrachtete es neugierig.

Aus dem Nichts tauchte ein Mann auf der anderen Seite des Tisches auf. Beinahe hätte Frost den Gegenstand in ihrer Hand fallen lassen.

»Sie haben mich erschreckt«, sagte sie und stieß den Atem aus.

Der Mann trug eine Schweißerbrille und einen weißen Laborkittel. In der rechten Hand hielt er eine Waffe, die einem Revolver ähnelte, doch sie war viel größer. Zudem war sein Arm bis fast zum Ellbogen in ein metallenes Gitter gehüllt, das zur Waffe zu gehören schien.

»Verzeihen Sie«, sagte er und schob sich mit der freien Hand die Schutzbrille in die Stirn. Seine hellen Haare standen in alle Richtungen ab. »Ich habe Sie nicht kommen gehört. Sind Sie Miss Frost?«

Frost atmete tief durch und legte die halbfertige Pistole zurück auf den Tisch. »Die bin ich«, sagte sie und musterte den Mann. Er war groß und schlaksig, Sommersprossen zierten seine lange Nase, und in den blauen Augen funkelte Schalk. »Dr. Baxter, nehme ich an.«

»Äh, ja, Finnley Baxter, sehr erfreut.« Er hielt inne, als er sah, wie Frost die Waffe in seiner Hand anstarrte. »Oh, verzeihen Sie.« Er drückte auf einen kleinen Knopf an der Seite der Waffe. Sofort setzte sich eine Mechanik in Gang. Das Stütznetz um den Arm faltete sich in sich zusammen, ebenso wie mehrere Teile der Waffe selbst. Gleich darauf sah sie aus wie ein normaler Revolver, wenn auch etwas überdimensioniert. »Ich war gerade dabei, eine Reihe von Tests zu machen.«

»Ziemlich beeindruckend«, gab Frost zu. Sehr beeindruckend sogar. Eine solche Waffe hatte sie noch nie gesehen.

»Einer aus einer Reihe von Prototypen«, sagte Dr. Baxter mit sichtlichem Stolz. »Wir arbeiten hier mit den neuesten Technologien. Aber ich vermute, das interessiert Sie alles wenig.« Er lächelte und ging voran in einen angrenzenden Raum.

Frost zuckte mit den Schultern und schaute sich weiter um, während sie Baxter folgte. »Ein wenig«, log sie. Sie war zwar nicht gerade ein Waffennarr, doch es schadete nie, auf dem neuesten Wissensstand zu sein. »Sie stellen hier in Ihrer Fabrik also Waffen her, Dr. Baxter?«

»Meine Fabrik? Oh nein, ich bin nur einer von vielen Angestellten.« Er lachte verlegen und legte die Waffe in eine gepolsterte Box, die er sorgsam verschloss. »Ich bin verantwortlich für die Entwicklung neuartiger Waffensysteme. Alles hier ist streng geheim. Bestimmt haben Sie die Kontrollen vor der Schleuse gesehen.«

Frost nickte. »So etwas habe ich mir schon gedacht.«

»Sehen Sie, wir arbeiten für das Königshaus. Man will verhindern, dass die Preußen oder die Russen unsere neuesten Waffen ausspionieren. Seit den letzten Zwischenfällen auf der Krim und im Kongo mehr denn je.«

Frost erinnerte sich, etwas darüber in der *Times* gelesen zu haben. Vor ein paar Monaten gab es Scharmützel auf der Krim, während denen mehrere russische Soldaten umgekommen waren. Selbst wenn der Krieg mehrere Jahrzehnte zurücklag, so war die Krim immer noch ein Pulverfass. Und im Kongo stritten sich die Briten mit den Preußen um die Vorherrschaft in der Kolonie.

»Die Sicherheitsvorschriften hier sind aber sicherlich nicht der Grund, weswegen Sie mich haben herkommen lassen, Dr. Baxter.«

Der Wissenschaftler nickte und wirkte auf einmal betrübt. »Ich habe Ihre Anzeige in der Zeitung gesehen. Sie sind eine Privatdetektivin.«

»So etwas in der Art. Ich beschaffe verloren gegangene oder verschwundene Dinge.« Frost musterte Baxter. »Ihnen wurde etwas gestohlen.«

Baxter nickte und fühlte sich sichtlich unwohl in seiner Haut. »Einer der Prototypen. Er ähnelt der Waffe, die Sie vorhin gesehen haben. Das Spezielle an ihm ist …« Er drehte sich um und öffnete den Kasten wieder. »Lassen Sie es mich Ihnen demonstrieren.« Auf Knopfdruck vergrößerte sich der seltsame Revolver, die metallene Stütze umschmiegte Baxters Unterarm, und der Lauf verdoppelte sich. Baxter stellte sich einige Meter entfernt vor eine Wand, an der mehrere Zielscheiben hingen. »Kann sein, dass es etwas laut wird. Treten Sie bitte zurück.«

Frost ging zwei Schritte nach hinten und verschränkte erwartungsvoll die Arme vor der Brust. Sie war gespannt, was diese seltsame Waffe draufhatte. Sie sah jedenfalls schwer aus, Dr. Baxter musste seine Hand mit der anderen stützen, um den Revolver ruhig zu halten. Ein elektrisches Knistern erfüllte die Luft, und der zweite Lauf leuchtete grünlich auf.

Der Knall des Schusses war gewaltig. Ein heller Lichtblitz flammte auf. Frost drehte sich weg, den Arm schützend vor dem Gesicht.

»Was sagen Sie, Miss Frost? Nicht schlecht, oder?« Baxter strahlte über das ganze Gesicht, als er die Waffe zum zweiten Mal zusammenfaltete und in die gepolsterte Box legte.

Frost rang nach Atem. In der Wand prangte ein Loch von einem halben Meter Durchmesser. Die Zielscheibe war beinahe vollständig verschwunden, nur einzelne verbrannte Fetzen hingen noch. »Meine Güte. Ich bin beeindruckt. Was war das?«

»Sie meinen den Lichtblitz? Die ursprüngliche Idee dahinter stammt von Nikola Tesla. Genialer Mann. Wir haben seine Technik etwas verbessert und in eine Handfeuerwaffe gepackt.

Es gibt noch ein paar Unstimmigkeiten, aber wir arbeiten daran.« Baxter grinste. »Leider möchte Mr. Tesla in New York bleiben, statt für uns zu arbeiten.«

Frost war sich angesichts dieser enormen Feuerkraft nicht ganz so sicher, wo bei Tesla (und Baxter) Genie an Wahnsinn grenzte. Sie wollte sich nicht ausmalen, was für Folgen es hatte, wenn solche Waffen in den regulären Handel gerieten oder auf breiter Fläche vom Militär eingesetzt wurden.

»Und der andere Prototyp, der gestohlen wurde, kann das selbe?« Baxter nickte. Ihr wurde flau im Magen.

»Ich habe den Diebstahl gestern Morgen bemerkt.«

»Warum haben Sie nicht Scotland Yard verständigt?«

»Mein Boss weiß nichts davon«, gab Dr. Baxter zu und wrang zerknirscht die Hände. »Stellen Sie sich vor, was für einen Aufruhr es gäbe, wenn die Polizei hier auftauchte und die Sache breiter bekannt würde.« Er seufzte. »Der Prototyp soll auf der Weltausstellung in etwas mehr als zwei Monaten der Öffentlichkeit vorgestellt werden.«

Frost runzelte die Stirn. Sie hatte etwas darüber gelesen. Im Mai fand in South Kensington eine Weltausstellung für Erfindungen und Wissenschaften statt. Die besten Köpfe aus aller Herren Länder werden sich in London versammeln und mit ihren neuesten Erfindungen angeben. Angeblich sollen auch Mitglieder des Königshauses anwesend sein.

»Ich hatte gehofft, Sie können mir helfen, Miss Frost.« Baxter schaute sie erwartungsvoll an.

Sie überlegte eine Weile. Hier waren die Regierung und das Militär involviert. Die Sache könnte heikel werden, sehr sogar. Eigentlich wollte sie sich aus politischen Angelegenheiten heraushalten.

Aber ihre Neugierde war geweckt. Und sie musste zugeben,

dass Dr. Baxter ihrem Ego schmeichelte, weil er ausgerechnet sie anheuern wollte. »Wann haben Sie die Waffe zuletzt gesehen?«

»Freitagabend. Ich habe wie immer den Tresor abgeschlossen. Über das Wochenende ist niemand in der Fabrik.«

»Heute ist Dienstag«, meinte Frost und verschränkte die Arme vor der Brust. »Sie sagten, Sie hätten den Diebstahl gestern bemerkt. Warum rufen Sie mich erst jetzt?«

»Ich hatte geglaubt, dass ich den Prototypen nur verlegt habe. Ich bin manchmal so vertieft in meine Arbeit, dass ich etwas zerstreut werde«, gab Baxter zu. Frost verzog den Mund. Typisch Wissenschaftler, dachte sie.

»Gibt es Verdächtige? Einer Ihrer Mitarbeiter vielleicht? Wer wusste sonst noch, dass Sie hier diese Prototypen herstellen, und wer hatte Zugang?«

Baxter ließ sich seufzend in einen Stuhl fallen und fuhr sich durch die Haare, was sie noch wirrer abstehen ließ. »Zu viele, fürchte ich. Wir haben dreiundsechzig Wissenschaftler, Mechaniker, Dampf- und Aethertechniker, mich eingeschlossen. Dann sind da noch das Wachpersonal und Mr. Sanderson, der Sekretär meines Bosses.« Er schaute auf. »Aber ich kenne meine Leute, Miss Frost. Wir arbeiten für das Königshaus und sind ihm treu ergeben.«

Frost schnaubte. »Es gibt Menschen, die würden für Geld ihre eigene Großmutter verkaufen.« Das war schlecht, sehr schlecht sogar. Es gab viel zu viele Verdächtige. Jemand von innen könnte die Waffe gestohlen oder die Information, wie man an sie rankam, nach außen weitergegeben haben. Die Sicherheitsvorkehrungen waren ziemlich lasch für eine geheime Waffenfabrik. So oder so stand sie vor dem Problem, dass jemand da draußen mit einer sehr gefährlichen Waffe herumlief.

»Fünfhundert«, sagte sie und verschränkte die Arme vor der Brust. Dr. Baxter hob fragend die Augenbrauen. »Als Vorauszahlung. Weitere eintausend werden fällig, sobald ich die Waffe bei Ihnen abliefere.« Das war sehr viel Geld. Davon könnte eine mittelständische Familie zwei Jahre leben. Doch der Auftrag würde ein verdammt heißes Pflaster werden und ihr womöglich Schwierigkeiten verursachen, gegen die sie sich lieber absicherte. Außerdem stand das Königshaus dahinter. Die konnten es sich leisten.

Baxter sprang aus dem Stuhl hoch. Sein Gesicht zeigte eine rasche Abfolge an Emotionen. »Sie werden mir helfen, den Prototypen zu finden? Sie nehmen den Auftrag an? Das ist wunderbar, Miss Frost! Aber fünfhundert Pfund?«

»Im Voraus. Das sind meine Bedingungen. Sie arbeiten für das Königshaus und kennen bestimmt ein paar Leute, die Ihnen das Geld leihen können, Dr. Baxter.« Frost lächelte. »Ein Auftrag wie Ihrer verursacht eine Menge Extrakosten für mich, Sie verstehen.« Mal abgesehen von dem Risiko, das sie einging. Wer auch immer diese Waffe gestohlen hatte, würde nicht zimperlich sein, sie auch einzusetzen.

Mit leiser Genugtuung sah sie, wie Baxters Abwehr in sich zusammenfiel. »Also gut. Ich habe keine andere Wahl. Aber ich hoffe, Sie sind gut. Ich brauche den Prototypen bis Ende der Woche zurück, denn an diesem Samstag findet eine private Demonstration für einige sehr wichtige Herren statt.«

Beinahe hätte Frost den Handel verworfen. Bis Ende der Woche? Es war Dienstagnachmittag! Sie hatte nur etwas mehr als drei Tage Zeit, den Prototypen zu finden. »Dann mache ich mich wohl besser gleich an die Arbeit«, sagte sie und versuchte ein Lächeln aufzusetzen.

3.

Es regnete immer noch in Strömen, als die Kutsche in der Leather Lane direkt vor der Agentur anhielt. Frost klemmte ihren Regenschirm unter den Arm und stemmte die in Paketpapier eingewickelten Akten. In Gedanken dankte sie Sanderson noch einmal, dass er ihr die firmeneigene Kutsche zur Verfügung gestellt hatte, um zurück in die Agentur zu kommen. Es wäre die reinste Plackerei gewesen, hätte sie die Straßenbahn nehmen müssen. Die Tube war zwar trockener, aber bei Weitem dreckiger und noch dazu gefährlicher seit dem Streik. Die letzte Fahrt vor ein paar Tagen, als sie vor einer Bande chinesischer Schläger geflüchtet war, hatte ihr gereicht. Außerdem kam sie wegen mangelndem Kleingeld viel zu selten in den Genuss einer Kutschfahrt durch das regnerische London. Das war den reicheren Bürgern vorbehalten.

Mit raschen Schritten eilte sie die kurze Treppe hinauf und drückte mit dem Ellbogen die Türklinke auf. »Helen, ich bin wieder da!«, rief sie und schloss mit dem Fuß die Tür hinter sich. Sie stellte den Schirm an die Wand und schaute auf. Da saß jemand an ihrem Schreibtisch und las Zeitung. Mit den Stiefeln auf dem Tisch.

»Mr. Payne«, sagte sie so freundlich wie möglich und ließ dabei das schwere Aktenbündel auf den Tisch fallen. Jackson Payne zuckte zusammen und erschrak so sehr, dass er beinahe rückwärts vom Stuhl gekippt wäre. »Wie schön, dass Sie mich besuchen kommen.«

Payne schaute missmutig zu ihr auf und versuchte, die zerknüllten Seiten der Zeitung zu glätten. »Haben Sie Steine eingekauft, Miss Frost?«

»Anscheinend geht es Ihnen besser, Ihr amerikanischer

Charme ist wieder da«, erwiderte sie über die Schulter, während sie sich aus dem Mantel schälte. Sie reichte ihn dem Hausmädchen, das soeben aus der Küche kam. »Helen, machst du uns Tee, bitte?«

»Sehr wohl, Miss. Ich habe frische Scones gebacken.«

»Wunderbar.« Frost nahm ihre Tasche zur Hand und ging hinüber zu einem der Bücherregale neben dem Schreibtisch. Dort ging sie in die Hocke und fuhr mit dem Finger den Buchrücken entlang. Aus dem Augenwinkel bemerkte sie, dass Payne sie beobachtete. Sie fand die richten Bücher und zog daran.

»Ein seltsames Versteck für einen Tresor«, meinte Payne.

»Nicht im Geringsten«, gab Frost zurück und drehte am Zahlenschloss. »Die meisten Einbrecher suchen einen Tresor auf Augenhöhe, weil sie sich da auch in den meisten Fällen befinden. Ich mag Königin Victoria, doch ich vertraue ihr mein Geld nicht an.« Mit einem Schmunzeln deutete sie auf das Porträt, das hinter Payne über dem Schreibtisch hing.

»Viel zu offensichtlich«, stimmte er zu. »Aber Bücherregale ebenfalls.«

»Nicht unterhalb der Knie.« Frost klopfte auf den festen Block aus Büchern, der neben ihr auf dem Boden stand. »Die habe ich eigenhändig zusammengeklebt. Echte Bücher. Ich fand diese Blöcke aus falschen Pappmacheewälzern schon immer viel zu amateurhaft.« Die Tür des Tresors quietschte, als sie daran zog. Die gähnende Leere, die ihr entgegenkam, versuchte sie zu ignorieren. Ein paar wichtige Papiere befanden sich im Tresor, mehr nicht.

Sie holte die beiden Bündel Banknoten aus der Tasche. Payne pfiff durch die Zähne. Frost schmunzelte, sagte aber nichts. Sie legte die fünfhundert Pfund zu den Papieren und verschloss den Tresor wieder. Noch immer war sie etwas erstaunt, dass

Baxter ohne Weiteres auf ihre Bedingungen eingegangen war. Der Mann war offensichtlich verzweifelt. Noch während Frost Kopien aller Personalakten gemacht hatte, hatte er Sanderson angerufen. Und der hatte kurz darauf die fünfhundert Pfund gebracht, ohne Fragen zu stellen.

Eine mahnende Stimme in Frosts Hinterkopf wies sie immer wieder darauf hin, dass insgesamt 1500 Pfund Honorar viel zu viel waren und man sie wegen Wucher ins Gefängnis stecken würde, doch die Bündel Banknoten im Tresor fühlten sich momentan einfach viel zu gut an, um sich Sorgen zu machen.

Sie schob den Bücherblock zurück an seinen Platz und stand auf. »Sollten Sie nicht noch im Bett liegen, Mr. Payne?«, fragte sie, als Helen den Tee und die Scones brachte. Es war erst eine gute Woche her, seit er sich einen Holzpfahl aus dem Körper gezogen und auf dem Weg zur Agentur in Frosts Armen zusammengebrochen war. Mittlerweile war auch sie davon überzeugt, dass die Explosion, die seine Wohnung zerstört hatte, ein Mordanschlag gewesen war. Payne konnte von Glück reden, hatte man die falsche Wohnung in die Luft gejagt.

Der Pinkerton murrte und legte die Zeitung beiseite. »Sie klingen wie meine Frau.«

»Und Sie sitzen auf meinem Platz«, gab sie zurück und wartete, bis Payne ihren Sessel freigeräumt und sich einen der anderen Stühle herangezogen hatte. »Danke. Sie sind sich also sicher, dass Sie bereits arbeiten können?«

Payne griff nach einem der Scones und biss herzhaft hinein. »Ich bin mir sicher, dass ich in spätestens ein paar Tagen ins Irrenhaus eingeliefert werde, wenn ich die Wände meines Wohnzimmers noch länger anstarren muss.« Frost hob eine Augenbraue. »Soll ich Ihnen sagen, wie viele Schnörkel es auf der Tapete hat?«

»Nicht nötig.«

»648. 648 gekringelte und gefranste Schnörkel!«

Frost hob die Hände. »Okay, okay. Ich glaube Ihnen. Meine Güte, Payne, Sie sind ja schlimmer als ich.«

»Also, heißt das, Sie lassen mich arbeiten?«

Frost ließ ihn eine Weile schmoren, während sie ihren Tee trank und ein paar Bissen von Helens vorzüglichen Scones aß. Ja, sie hatte den Pinkerton angeheuert und ihm sogar eine geschäftliche Partnerschaft angeboten. Er konnte gut mit Waffen umgehen, und sie konnte seine Expertise und Erfahrung als Pinkerton sehr gut gebrauchen. Außerdem hatte sie im Gegenzug versprochen, ihm bei der Suche nach seiner verschwundenen Tochter zu helfen.

Aber die Verletzung, die er davongetragen hatte, war nicht gerade ein Kratzer gewesen, auch wenn er das immer wieder behauptete. Sie wollte das Risiko nicht eingehen, dass er unterwegs irgendwo krepierte. Allerdings war ihr neuer Auftrag ziemlich wichtig – und die Zeit drängte. Sie könnte seine Hilfe wirklich gebrauchen.

»In Ordnung«, sagte sie dann, und Paynes Gesicht hellte sich auf. »Willkommen im Team. Sie können mir gleich damit helfen, diese Akten da durchzusehen.« Sie deutete mit dem angebissenen Scone auf das Paket neben ihnen auf dem Schreibtisch.

Payne stellte seine Tasse ab, öffnete das Packpapier und nahm die oberste Akte heraus. »Worum geht es? Ein neuer Auftrag?«

Frost gab ihm die Kurzfassung. »Wir haben also etwas weniger als drei Tage Zeit, um den Prototypen zu finden. Hier, sehen Sie.« Sie wühlte in den Papieren und zog ein Lichtbild heraus. Sie reichte es Payne. »Dies ist die Waffe. Dr. Baxter demonstrierte mir, wie sie funktioniert. Sagt Ihnen der Name Nikola Tesla etwas?«

Payne schaute auf. »Ich glaube, ich habe einmal etwas in der Zeitung über ihn gelesen. Er arbeitet für Edison und leitet dessen Werkstatt. Angeblich baut er in seiner Freizeit merkwürdige Apparaturen und experimentiert mit Elektrizität und Aether.«

»Dr. Baxter erwähnte, dass er und seine Leute eine solche Erfindung dieses Tesla modifiziert und in die Waffe eingebaut haben. Elektrizität war auf jeden Fall mit im Spiel, ebenso eine konzentrierte Form von Aether.« Sie schauderte, als sie an den grellen Lichtblitz, den Knall und das riesige Loch in der Wand dachte.

»Interessant« war alles, was Payne dazu sagte. Er steckte sich den letzten Bissen Scone in den Mund und blätterte durch die Akten. »Und alle diese Männer und Frauen hier sind Verdächtige?«

»Bis auf Weiteres, ja. Wir müssen den Kreis einengen, sonst sind wir in einer Woche noch keinen Schritt weiter.« Frost teilte den Stapel in zwei etwa gleich große Teile.

Eine Weile arbeiteten sie sich schweigend durch die Mappen. Helen kam ab und zu aus der Küche und brachte ihnen frischen Tee und Sandwiches.

»Was macht ein *strong water handler*?«, fragte Frost und starrte dabei mit gerunzelter Stirn auf ein Personalblatt. »Läuft der mit starkem Wasser herum?«

Payne lachte. »Das ist Salpetersäure. Salpeter wird für Schwarzpulver gebraucht, und Salpetersäure wird für Sprengstoff und Dünger verwendet. Ich habe eine Wissenschaftlerin zur Frau, man schnappt ein paar Dinge auf«, fügte er schulterzuckend an.

»Das mit dem Schwarzpulver wusste ich«, gab Frost zurück

und legte die Akte des Salpetersäuremannes auf den Stapel mit den aussortierten Arbeitern.

Am Ende lagen nur noch vierzehn von ehemals 63 Mitarbeitern auf der Seite der Verdächtigen. Frost ging sie der Reihe nach durch. Sie war etwas überrascht, dass sie Mr. Sanderson, den Privatsekretär des Besitzers der Fabrik, darunter fand. Vier von sechs Wachmännern, drei Dampftechniker, zwei Laboranten und vier Mechaniker waren übrig geblieben. Frost notierte sich alle Namen in ihrem Notizbuch und lehnte sich seufzend im Sessel zurück.

»Das wird ein Haufen Arbeit«, klagte sie. »Wir haben nur drei Tage Zeit. Das sind 72 Stunden, wohl eher weniger. Sagen Sie Ihrer Frau, Payne, dass Sie bis dahin etwas später nach Hause kommen werden.«

»Sie ist sowieso ständig in Greenwich. Sie wird mich kaum vermissen.«

»Das ist nicht komisch. Ihre Frau hat mich nach Ihnen suchen lassen, weil Sie fast zwei Monate lang verschwunden waren. Sie sind gerade erst wieder zurück.«

»Sehen Sie? Es hat fast zwei Monate gedauert, bis sie mich hat suchen lassen.« Er grinste und fing an, sich eine Zigarette zu drehen. »Sie haben gestern Nacht wieder eine Leiche aus der Themse gefischt.«

Payne wechselte so abrupt das Thema, dass Frost verwundert die Augenbrauen hob. »Scotland Yard fischt ständig Leichen aus der Themse. Irgendein Betrunkener stürzt jeden Abend von einer Brücke.«

Das Streichholz zischte. »Es ist diesmal ein Junge, sie schätzen ihn auf vierzehn Jahre. Er hat eine mechanische Hand.«

Frost beugte sich nach vorne. »War da nicht etwas Ähnliches letzte Woche? Es stand etwas in der Zeitung darüber.«

Payne nickte. »Cecilia und ich waren auf dem Heimweg von hier. Wir sahen zu, wie sie die beiden Jugendlichen aus dem Wasser gefischt haben. Einen Moment lang dachte ich, bei dem Mädchen handelte es sich um Annabella. Sie hatte ein mechanisches Knie. Und der Junge hatte einen Arm aus Metall.«

Frost runzelte die Stirn und griff sich unwillkürlich an den Nacken. Unter dem Stoff konnte sie die vernarbte Haut an den Rändern der Metallplatte spüren, die sich zwischen ihren Schulterblättern befand. Um das Schlüsselloch zu erreichen, musste sie sich jedes Mal beinahe den Arm ausrenken, doch es war überlebenswichtig für sie. Zog sie ihr mechanisches Herz nicht regelmäßig auf, würde es einfach stehen bleiben.

Der Moment verflog, und sie schüttelte den Kopf, um die Gedanken zu verscheuchen. »Scotland Yard wird sich darum kümmern, da bin ich mir sicher«, sagte sie matt und stand auf, um sich die Glieder zu recken. »Kommen Sie, ich habe Hunger. Mit leerem Magen kann ich nicht arbeiten. Mögen Sie chinesisches Essen?«

»Nicht sonderlich.« Payne stand ebenfalls auf und klemmte die Zigarette in den Mundwinkel. Frost reichte ihm seinen Mantel.

»Gewöhnen Sie sich daran, Payne.« Frost war zwar nicht gerade scharf darauf, ins chinesische Viertel zu gehen, doch Mr. Wong hatte einfach das beste Essen der Stadt. Die Sache mit Michael Cho und das anschließende Gespräch mit Madame Yueh, der Patriarchin des herrschenden Clans, steckte ihr immer noch tief in den Knochen. Doch vielleicht hatte sie Glück, und sie würde Michael nicht begegnen. Er würde nämlich eine Antwort von ihr verlangen, die sie ihm nicht geben konnte.

Payne hielt ihr die Tür auf. Frost nahm ihren roten Schirm zur Hand und schlüpfte hinaus in den immer noch strömenden

Regen. Sie hatte kaum zwei Schritte gemacht, als sie in eine tiefe Pfütze trat.

»Verdammte Scheiße!«

Inspektor Alden Jones' Mund war zu einem schmalen Strich zusammengekniffen, als er hinter Commissioner Lovett den Leichenraum betrat. Es war weniger wegen des Raumes und dessen allzu oft grausigen Inhalts als wegen des Doktors, dessen Reich er gerade betreten hatte. Dr. Taylor sah käsig aus wie immer und zupfte an seinem Schnurrbart. Jones hegte eine tiefe Abneigung gegen den Mann.

»Gentlemen«, begrüßte Dr. Taylor ihn und den Commissioner mit einem kurzen Nicken. »Sie sagten, ich solle Sie rufen lassen, Commissioner, falls wieder eine reinkommt.« Sein kalter Blick huschte zu Jones. »Ich dachte, Inspektor Dane hat den Fall?«

Jones ballte die Fäuste, zwang seine Finger jedoch rasch wieder auseinander. Er war zu alt für diese kindischen Feindseligkeiten, die Taylor ihm jedes Mal, wenn sie sich begegneten, entgegenwarf.

Der Commissioner räusperte sich. »Inspektor Dane ist vor ein paar Tagen Vater geworden und hat weiß Gott anderes im Kopf, als hier im Yard zu sein. Ich habe Inspektor Jones mit dem Fall beauftragt und bin mir sicher, dass er ihn schnell lösen wird.«

Jones nickte anerkennend, spürte jedoch alsbald den Druck auf seinen müden Schultern lasten. Es waren nur wenige Tage vergangen zwischen den ersten beiden Leichen und dieser hier, die auf dem Tisch zwischen ihnen lag. Er musste den Mörder erwischen, bevor er ein viertes Mal tötete.

»Nun denn, meine Herren, fangen wir an.« Dr. Taylor trat an

den Stahltisch und befreite den Leichnam vom Leinentuch, das ihn bedeckte.

Jones schluckte hart und trat näher. Ein Junge, irgendwo zwischen Kind und Mann, 13, vielleicht 14 Jahre alt. Es war nicht die erste Leiche, die er sah, doch wenn sie so jung waren …

»Keine äußerlichen Anzeichen von Verletzungen. Male an Hand- und Fußgelenken, vermutlich war er gefesselt. Zeitpunkt des Todes lässt sich nicht mehr feststellen, da er einige Zeit im kalten Wasser war.« Dr. Taylor konsultierte sein Klemmbrett. »Blutuntersuchung ergab, dass er …«

»Moment«, unterbrach Jones ihn, was ihm einen kalten Blick von Taylor einbrachte, und trat näher an den Tisch. »*Das* nennen Sie keine äußerliche Verletzung? Der Junge hat eine Hand aus Metall.«

»Sehr gut, Inspektor. Darauf wäre ich nie gekommen.«

»Fahren Sie fort, Dr. Taylor«, unterbrach Lovett scharf, bevor Jones etwas erwidern konnte.

Taylor schürzte die Lippen, wandte sich dann jedoch wieder seinem Klemmbrett zu. »Meine Blutuntersuchung ergab, dass er vermutlich an einer Sepsis gestorben ist. Außergewöhnlich hohe Anzahl an weißen Blutkörperchen.«

»Ebenfalls offensichtlich«, murmelte Jones. Die Wunde am Handgelenk des armen Teufels war feuerrot und entzündet. Trotz des Wassers war der klebrige Eiter immer noch deutlich vorhanden. Dunkle Striemen zogen sich den ganzen Arm hinauf bis in den Brustkorb.

»War es also Mord?«, wollte Commissioner Lovett wissen.

»Wenn man nur meine Befunde anschaut, dann nein«, sagte Dr. Taylor und schaute den Commissioner kühl an. »Das Opfer weist keine Stich- oder Schussverletzungen auf. Es befand sich kein Wasser in der Lunge. Er ist an einer schweren Sepsis gestorben, und der Tod ist mit sehr hoher Wahrscheinlichkeit eingetreten, bevor man ihn in die Themse geworfen hat. Allerdings«, Dr. Taylor machte eine Pause und hob die Hand, bevor Jones die Gelegenheit bekam zu protestieren, »allerdings möchte ich in diesem Fall meine persönliche Meinung anfügen.«

Lovett nickte. »Ich bitte darum, Doktor.«

»Eine Körpermodifikation dieses Ausmaßes ist unethisch. Kein lizenzierter Arzt wird eine solche Operation vornehmen. Die Idee dahinter ist nicht neu – denken Sie nur an die Kriegsveteranen –, doch die Technik ist sehr unausgereift.« Er schaute von Lovett zu Jones. »Dieser Junge war gesund, als man ihm die Hand entfernt hat. In meinen Augen eine völlig unnötige und amoralische Operation.«

»Sie wollen damit also sagen, dass jemand vorsätzlich in Kauf genommen hat, dass dieser Junge leiden und am Ende sterben wird?«, präzisierte der Commissioner.

»Exakt.«

Lovett drehte sich zu Jones um. »Ich habe genug gehört. Folgen Sie mir, Inspektor.«

Jones eilte dem Commissioner hinterher, froh, aus dem grässlichen Raum entkommen zu können. In seinen langen Jahren als Mitglied der Polizeikräfte hatte er sich nie damit anfreunden können, dass Tote und Mordopfer in Leichenzimmern aufbewahrt wurden, um sie zu untersuchen. Taylor nannte die neueste Methode, die er anwendete, Forensik. In Jones' Augen reiner Humbug.

»Sir, darf ich fragen, warum Sie zu den Archiven gehen und nicht zurück in den Gemeinschaftsraum?«

»Dane hat die alten Akten noch nicht bekommen. Ich hatte meine Zweifel, ob *er* tatsächlich wieder zurück ist, doch nun haben wir den Beweis.« Lovett öffnete die Tür zum riesigen

Archiv von Scotland Yard. Der Frischling, der hinter dem Empfangstresen saß, erschrak sich so sehr, dass er beinahe vom Stuhl gefallen wäre.

»*Er*?«

Lovett nickte und scheuchte den Kadetten unter einem Vorwand davon. Stille stülpte sich über den düsteren Raum. Im Licht, das durch die trüben Fensterscheiben fiel, tanzten Staubflocken.

»Vor zwanzig Jahren hat er schon einmal gemordet. Das müssten Sie wissen, Jones, Sie lasen damals doch schon Zeitung, nicht?«

Jones verzog den Mund. »Vor zwanzig Jahren war ich frisch in die Polizei von Edinburgh eingetreten. Edinburgh und London waren damals eine halbe Welt voneinander entfernt. Außerdem hatten wir unsere eigenen Probleme da oben.«

Lovett strich seine Weste etwas zu fest glatt. »Wie dem auch sei. Sie sind heute der beste meiner Männer, Jones. Deswegen habe ich Sie auch mit dem Fall betraut, nicht diesen Faulpelz Dane. Wir haben schon drei Leichen. Vier weitere werden folgen, wenn Sie den Killer nicht schnell finden.«

Jones schaute zu, wie Lovett die Schubladen eines Kabinetts durchsuchte und dann eine dicke Akte daraus hervorzog. »Warum sieben?«

»Damals haben die Morde nach dem siebten Kind aufgehört, und wir haben jede Spur verloren. Ich möchte nicht, dass sich das wiederholt.« Lovett drückte ihm die Mappe in die Hände. Jones las die Worte, die darauf geschrieben waren.

»*Die mechanischen Kinder*?«

»War Inspektor Welshs Idee. Ich war damals noch Sergeant und stand meistens in der Empfangshalle hinter dem Tresen.« Lovett räusperte sich und schaute Jones eindringlich an. »Welsh hat jedes Fitzelchen an Information, welches wir damals hatten, gesammelt. Arbeiten Sie sich in den Fall ein, und tun Sie es schnell. Er könnte bereits das nächste Opfer in seiner Gewalt haben.«

»Ich werde Hilfe brauchen. Constable Manju war mir beim letzten Fall eine große Unterstützung.«

Lovett nickte. »Nehmen Sie sie hinzu, aber schärfen Sie ihr ein, dass die Sache äußerst heikel ist. Kein Wort zur Presse oder irgendjemandem, der nichts mit dem Fall zu tun hat. Haben Sie mich verstanden, Inspektor?«

Jones nickte, worauf Lovett ihn stehen ließ. Er sah noch einmal auf die handschriftlichen Worte auf der Mappe. *Die mechanischen Kinder*. Wie passend.

»Nilima Manju, hören Sie auf, mit Sergeant Beckett zu flirten und kommen Sie her«, rief er laut, als er in den Gemeinschaftsraum stapfte. Eine junge Frau indischer Abstammung schrak zusammen, raffte jedoch sofort ihre Röcke und eilte an Jones' Schreibtisch. Ihre vielen goldenen Armreifen klimperten bei jeder Bewegung.

»Ich dachte, Sie seien verheiratet«, brummte Jones und musterte kurz ihr Gesicht. Nicht eine Spur von Scham.

»Und ich dachte, Sie seien keine Klatschtante«, gab Manju zurück und verschränkte die Arme vor der Brust. »Neuer Fall?«, fragte sie dann und deutete mit dem Kinn auf die vergilbte Mappe.

»Vom Commissioner persönlich. Holen Sie uns Kaffee, das wird eine lange Nacht.«

4.

Im Borough Market herrschte reger Betrieb, als Payne daran vorbeiging, doch er warf nur einen kurzen Blick auf die Händler und deren Stände, die sich unter dem Gewicht der zum Kauf angebotenen Ware bogen. Frost erwartete ihn bei der Waffenfabrik, die sie gestern besucht hatte. Sie hatte darauf bestanden, dass sie in aller Herrgottsfrühe mit der Befragung der Verdächtigen anfingen.

Southwark wurde von den Fabriken beherrscht. Hinter dem Bahnhof ragten die ersten Schlote in den Himmel und verpesteten die Luft. Payne hätte sehr viel gegeben, nördlich der Themse zu wohnen, doch hier waren die Häuser fast so günstig wie in Whitechapel. Nur der Slumcharakter fehlte, was vor allem Cecilia sehr schätzte.

Er schlang sich den Schal über Mund und Nase, um sich vor dem Smog zu schützen. Zweimal musste er Arbeiter nach dem Weg fragen, die Backsteinhäuser und Hallen sahen alle gleich aus. Als er endlich durch das weit offen stehende Tor der richtigen Fabrik trat, sah er Frost schon von Weitem winken. Sie stand etwas abseits einer Halle, wo gerade eine Lieferung Kohle ausgeladen wurde. Die Luft war beinahe schwarz und greifbar vom Kohlestaub.

»Morgen!«, rief Frost und trat auf Payne zu. Auch sie hatte ihr Gesicht in den Schal gehüllt. Für seinen Geschmack war sie viel zu wach so früh am Tage. Ihre Augen funkelten zu ihm auf. »*Lost Treasures*.«

»Was?« Payne hob irritiert die Augenbrauen.

»*Lost Treasures*, was meinen Sie? Für unsere Agentur.«

»Unsere Agentur? Ich dachte, ich arbeite für Sie.«

Frost zuckte mit den Schultern. »Details, Mr. Payne, Details.«

»Finden Sie nicht, dass ›verlorene Schätze‹ mehr nach Piraten klingt?« Payne musste schmunzeln. Rein theoretisch hätte er nichts dagegen einzuwenden, Pirat zu sein.

»Die Menschen kommen zu uns, weil sie etwas verloren haben, sei es eine Person oder einen Gegenstand. Für diese Menschen sind das Schätze, die wir wiederbeschaffen sollen«, erläuterte Frost. »Wir sind also theoretisch eine Schatzjäger-Agentur.«

Payne lachte auf. »Sie meinen das tatsächlich ernst. Okay, wie Sie wollen. Agentur ist Agentur, finde ich.«

Frost lächelte und kramte dann in ihrer Umhängetasche. »Hier, ich habe etwas für Sie.« Sie drückte ihm einen Gegenstand in die Hand. Payne starrte auf das Gerät und konnte sein Erstaunen kaum verbergen. »An Ihrem Pokerface müssen wir noch ein wenig arbeiten. Ich dachte, ihr Pinkertons seid gut darin.«

»Miss Frost, das ist ein Aethercom.« Als ob sie das nicht wüsste. Payne betrachtete das Gerät in seiner Hand. Es war leicht, wog wahrscheinlich kaum mehr als ein paar hundert Gramm. Das Kupfer, mit dem es ummantelt war, schimmerte im frühen Morgenlicht. Die sogenannten Aether-Kommunikatoren waren der neueste Schrei. Sie ermöglichten die direkte Verständigung zwischen zwei Menschen via Aether und bedrängten die Telegrafie stark. Die High Society, egal aus welcher Stadt, stritt sich regelrecht um sie. »Das kann ich nicht annehmen. Wissen Sie, wie teuer die Dinger sind?«

Wieder zuckte Frost mit den Schultern. »Ich habe seit gestern sehr viel Geld, ich gedenke es dementsprechend auch auszugeben. Und sobald wir den Fall gelöst haben, kommt noch mehr Geld rein. Ich habe mir übrigens erlaubt, meine Nummer in Ihrem Gerät abzuspeichern. Drücken Sie die Taste eins.«

Payne klappte das Aethercom auf und drückte auf die verlangte Taste. Gleich darauf fing Frosts eigenes Aethercom an, piepsende Geräusche von sich zu geben. Sie strahlte, klappte das Gerät auf und hielt es sich ans Ohr.

»Hallo, hier ist Lydia Frost, mit wem spreche ich?«

»Sie sind eine Schande.«

»Und Sie sind ein Spielverderber.« Frost klappte das Aethercom zu und steckte es in ihre Tasche, doch Payne konnte das Grinsen, das sie zu verbergen versuchte, deutlich erkennen. »Kommen Sie, wir haben viel Arbeit vor uns.«

»*Yes*, Ma'am.« Payne schmunzelte und hielt ihr die Tür auf.

Die Schleuse schloss sich zischend hinter ihnen. Payne pfiff durch die Zähne, als er sich umschaute. Frost hatte nicht übertrieben mit ihren Schilderungen. Hier unten befand sich tatsächlich eine hochmoderne Waffenfabrik.

Frost griff in ihre Tasche und reichte ihm einen Stapel Akten. »Wir teilen uns am besten auf.«

»Was ist mit diesem Baxter?«, fragte er. »Glauben Sie, dass er vielleicht etwas mit dem Diebstahl zu tun hat?«

»Die Möglichkeit habe ich bereits in Erwägung gezogen. Vermutlich hat der Dieb nicht alleine gearbeitet.« Sie erreichten die erste Werkstatt und blieben davor stehen. »Treffen wir uns wieder an der Schleuse?«

Payne nickte. Frost betrat die Werkstatt und sprach einen der Wissenschaftler an. Payne erkannte ihn als einen der Verdächtigen. Er wandte sich dem Arbeitsraum gegenüber zu. Einen Moment lang wog er die Chancen ab, wie Frost zu seinen nicht so sanften Pinkerton-Verhörmethoden stehen könnte. Sie brachten Resultate, hinterließen jedoch sehr oft gebrochene Nasen. Und anderes. Nein, zivilisiertes Ausfragen musste genügen.

Ein einzelner Mann saß an einer Werkbank. Payne betrachtete die Lichtbilder, die mit Klammern auf den Deckblättern der jeweiligen Akten festgemacht waren. »Sind Sie Mr. Arthur Giles?«

Der Mann Ende dreißig saß über dem geöffneten Gehäuse einer Apparatur und war gerade dabei, mit einer Pinzette und einem Lötkolben etwas darin anzubringen. »Der bin ich«, sagte er, ohne aufzuschauen. »Und wer sind Sie?«

»Mein Name ist Jackson Payne. Ich würde Ihnen gerne ein paar Fragen stellen.«

»Polizei?« Mr. Giles schaute nun auf, schob sich die Schutzbrille in die Stirn und musterte Payne misstrauisch.

»Nein.«

»Hm. Und was sind das für Fragen, die Sie mir stellen wollen, Mr. Payne?« Er wandte sich wieder der Apparatur zu. Der Lötkolben zischte leise. »Sie sehen, ich bin beschäftigt.«

Payne kannte solche Leute wie diesen Giles. Sie gaben vor, sich nicht für einen zu interessieren und zeigten die kalte Schulter. Doch er konnte an der Körperspannung des Mannes sehr genau erkennen, dass er auf der Hut war und alles andere als uninteressiert.

»Was haben Sie am Montag nach offiziellem Dienstschluss hier gemacht, Mr. Giles?«

Giles hielt inne. Wieder schob er sich die Schutzbrille in die Stirn. »Sie sind von der Betriebsaufsicht. Ja, ich habe recht, stimmt's?«

Payne erwiderte sein Grinsen mit einem leichten Lächeln, das seine Augen nicht erreichte. »Beantworten Sie einfach die Frage, Sir.« Er hatte nicht viel übrig für Männer wie Giles. Während seiner Zeit als Pinkerton hatte er es mit vielen seiner Sorte zu tun bekommen. Offensichtlich gab es sie auch hier in London.

»Ich habe gearbeitet«, sagte Giles und legte den Lötkolben in die Schutzhalterung. »Wir haben hier enge Vorgaben und – ich hänge ein wenig im Zeitplan hinterher.«

»Kann das jemand bestätigen?«

Der Techniker überlegte einen Moment. »Ich war nicht der einzige, der am Montagabend noch gearbeitet hat. Ich bin mir sicher, dass mich jemand gesehen hat. Die Wachmänner, fragen Sie die. Oder Sanderson, der war ebenfalls hier«, fügte er energisch hinzu.

Payne verlagerte sein Gewicht auf das andere Bein und ging dann ein paar Schritte im Raum hin und her. »Was wissen Sie über die Waffen, die Sie hier produzieren?«

Giles legte die Stirn in Falten. »Es sind Prototypen für neuartige Waffensysteme. Wir arbeiten direkt für das Militär und das Königshaus. Einige der neusten Erfindungen verwenden eine Aether-Elektrik-Fusionstechnik.«

»Sind diese Prototypen wertvoll?«

»Oh ja, sehr sogar. Aber das wissen Sie bereits, nicht?« Giles setzte ein Lächeln auf. »Kommen Sie schon, fragen Sie mich, ob ich den Prototypen gestohlen habe.«

Payne ließ sich seine Verwunderung über die Dreistigkeit dieses Mannes nicht anmerken. Natürlich hatte sich der Diebstahl mittlerweile herumgesprochen. »Haben Sie die Waffe gestohlen, Mr. Giles?«

»Nein.« Er hob die Hände. »Auch wenn ich zugeben muss, die Möglichkeit dazu gehabt zu haben. Ich bin nicht der einzige hier unten, der von anderen Parteien angesprochen worden ist.«

Payne wurde hellhörig. »Erzählen Sie mir mehr.«

»Ich dachte mir nichts dabei. Es ist normal, dass Fabrikanten sich gegenseitig ausspionieren. Und wenn jemand den Prototypen haben wollte, so hat er eine Möglichkeit gefunden, wie wir beide wissen. Ich weiß von Henry Walker zum Beispiel, dass jemand ihm eine sehr hohe Summe angeboten hatte.«

Der Name kam Payne nicht bekannt vor. Entweder war dieser Henry Walker auf der aussortierten Beige gelandet, oder er gehörte zu Frosts Verdächtigen. »Wo finde ich diesen Mann?«

Giles zuckte mit den Schultern. »Ich habe ihn seit Montag nicht mehr gesehen. Vielleicht ist er krank? Und jetzt entschuldigen Sie mich bitte, Mr. Payne, ich habe zu tun.«

Payne überließ Giles seiner Arbeit und ging zurück auf den Gang hinaus. Rasch sah er seinen Aktenstapel durch, doch er fand keinen Henry Walker. Er notierte den Namen in sein Notizbuch.

Die restlichen Gespräche verliefen beinahe genauso erfolglos. Niemand konnte oder wollte ihm genauere Auskunft erteilen, und alle gaben an, mit der Arbeit in Verzug zu sein und deswegen Überstunden zu machen. Und sie alle meinten, von jemand anderem gesehen worden zu sein während dieser Zeit.

»Es ist, als würden sie alle unter einer Decke stecken«, brummte Frost eine Stunde später, als sie die Treppen hinauf in die normale Werkhalle stiegen.

»Sie arbeiten für eine geheime Firma«, erwiderte Payne, »wir können kaum erwarten, dass man uns mit offenen Armen empfängt.«

»Trotzdem. Was ist mit diesem Mann, der seit Montag verschwunden ist?«

Das helle Tageslicht blendete sie nach der langen Zeit im künstlichen Aetherlicht unter Tage. Payne kniff die Augen zusammen. »Henry Walker, einer der Dampftechniker.«

»Henry Walker ist soeben auf der Verdächtigenliste weit nach oben gerutscht. Wir haben ihn übersehen, weil er zur normalen Zeit seinen Arbeitsplatz verlassen hat. Damit haben wir es mit mindestens zwei Personen zu tun.«

Payne stimmte zu und runzelte die Stirn. Sie gingen unter dem Viadukt hindurch, der in den London Bridge Bahnhof mündete. Als ein Zug über ihnen durchfuhr, wurde es für einen Moment so laut, dass sie sich kaum verstehen konnten. Der stechende Geruch von brennender Kohle und Rauch stieg ihnen in die Nasen.

»Wir wollten noch mit Sanderson, dem Privatsekretär, reden«, rief Frost durch den Lärm. »Er hat freien Zugang zur Fabrik und kann kommen und gehen, wie es ihm beliebt.«

Payne nickte. »Zwei der Arbeiter haben bestätigt, dass Sanderson an dem Abend dort war.«

Sie machten rechtsum kehrt und gingen zurück. Neben der Fabrikhalle stand ein einfacher Backsteinbau, der als Bürogebäude diente. Das Innere war jedoch alles andere als einfach gehalten. Die Wände waren mit Mahagoni getäfelt, und dicke, lange Teppiche mit orientalischen Knüpfungen bedeckten den Boden. Die wenigen Möbel, die sie sahen, waren ebenfalls aus Mahagoni. Aetherlampen in gusseisernen Halterungen tauchten alles in warmes Licht.

»Jemand ist sehr reich«, murmelte Frost, als sie sich umschauten. »Und zeigt diesen Reichtum gern den kleinen Arbeitern.«

Payne deutete auf eine Tür, auf der Sandersons Name stand. Frost klopfte an, doch sie bekamen keine Antwort. Stattdessen hörten sie einen Schrei.

Ohne zu zögern öffnete Frost die Tür und stoppte mitten in der Bewegung. Payne wäre beinahe mit ihr zusammengeprallt, doch er sah sofort, warum sie gestoppt hatte.

Sanderson stand hinter dem Schreibtisch und zielte mit einem Revolver auf die Stirn eines Mannes, der aus dem Sessel vor dem Tisch aufgesprungen war. Der Sessel lag umgekippt auf dem Boden, und der Mann hatte ein Messer in der Faust.

Das Geräusch von einer zuschlagenden Tür riss ihn aus dem Schlaf. Das Licht einer hellen Aetherlampe blendete ihn schmerzhaft, als er blinzelnd die Augen öffnete. Sein Kopf fühlte sich schwammig an, und er war sich beinahe sicher, noch vor einer Minute über den Markt geschlendert zu sein.

Als Schritte sich näherten, wollte er sich aufrichten. Doch seine Arme bewegten sich nicht. Fesseln? Panik stieg in ihm auf, doch alles Zerren nützte nichts. Er lag auf einem kalten Tisch, mit Gurten festgemacht.

Die Schritte kamen abermals näher und hörten dann auf.

»Wo bin ich?«, verlangte er zu wissen. »Warum bin ich gefesselt?«

»Sei still, Nummer 23.«

»Mein Name ist David, David Cassidy!«

»Dein Name interessiert mich nicht«, sagte der Mann im weißen Kittel, der sich nun neben dem Tisch mit etwas, das er nicht sehen konnte, beschäftigte. Er hörte das Klimpern von Besteck. Dann drehte der Mann sich um und zog ein in Leder gebundenes Tagebuch aus dem Kittel. Er musterte ihn eingehend, fühlte an Davids Handgelenk nach dem Puls. Dann machte er sich Notizen.

»Sind Sie ein Arzt?« Er bekam keine Antwort. »Warum bin ich hier? Lösen Sie die Fesseln, sofort!«

»Erinnere mich daran, beim Nächsten die Dosis des Chloroforms zu erhöhen, Nummer 23. «

»Beim Nächsten?« David schaute sich erst jetzt richtig um. Der Raum war spärlich beleuchtet. Wände und Boden waren mit weißen Keramikplatten getäfelt. Ein seltsamer Sessel, der irgendwie einem Barbierstuhl ähnelte, stand in der Nähe. Auch da befanden sich Schnallen und Fesseln. Auf einem anderen Tisch standen merkwürdige Apparaturen. Metall schimmerte. In Gläsern blubberten seltsam gefärbte Flüssigkeiten über Bunsenbrennern.

Das hier war kein Arzt, wurde es ihm schlagartig bewusst. Er war tatsächlich noch vor Kurzem über den Markt geschlendert. Man hatte ihn entführt. Sein Herz begann zu rasen. Feuchtkalter Schweiß trat ihm auf die Stirn.

»Wie alt bist du, Nummer 23?«

»Vierzehn«, sagte er nach kurzem Zögern. Doch der kalte Blick des Mannes sagte ihm, dass er besser sofort antwortete. Solche Männer verhießen meist nichts Gutes, seiner Erfahrung nach.

»Krankheiten?«

Er schüttelte den Kopf, der Mann machte sich Notizen. Dann musterte der Mann ihn lange.

»Ich glaube, du bist kräftig genug für ein Organ. Nummer 20 bis 22 waren etwas enttäuschend gewesen, kränklich sogar. Wollen wir dann gleich loslegen?«

Davids Augen weiteten sich vor Schrecken, als er die Säge sah.

5.

Das verwinkelte Backsteingebäude des Observatoriums hob sich stark von den Gerippen der kahlen Bäume ab. Die Anhöhe, auf der es stand, überragte die marine Universität von Greenwich und den Park dazwischen. Die schwarze Kuppel in der Mitte des Observatoriums beherbergte das Planetarium, in das täglich Besucher strömten. Sie alle wollten die Wunder des Universums entdecken.

Cecilia ließ das imposante Haus links liegen und ging über den Vorplatz zum zweiten Gebäude auf der Anhöhe. Auch dieses hatte eine Kuppel, jedoch mit weiß gemalten Stahlplatten, die sich mechanisch öffnen und schließen ließen. Dies war das eigentliche Observatorium, denn in der Kuppel befanden sich das riesige Teleskop und feinste Messgeräte.

Tief in Gedanken versunken achtete Cecilia nicht darauf, was sich vor ihr auf dem Boden befand. Mit lautlosen Lippenbewegungen ging sie im Kopf einen Ablauf von Formeln durch. Als sie bemerkte, dass sie daran vorbeigelaufen war, hielt sie inne und ging zurück.

Die schnurgerade Linie aus Metall durchschnitt die Steinplatten des Platzes ungeachtet deren Ausrichtung. Cecilia ging zurück zum Anfang der Linie und setzte ihren Fuß darauf. Schritt für Schritt ging sie auf der Linie, dem Nullmeridian, entlang, bis sie die Uhr erreichte, die auf einem Steinsockel vor dem Gebäude stand. Das Ziffernblatt zeigte die akkurateste Uhrzeit der Welt. Es war zweiunddreißig Minuten nach zehn.

An ihrem ersten Arbeitstag in Greenwich, als sie zum ersten Mal die Anhöhe hinaufgeschritten war und das Observatorium zum ersten Mal gesehen hatte, war sie die Linie ebenfalls abgegangen. Der Gedanke, dass sie in diesem Moment genau auf der Mitte der Erde stand, hatte sie enorm fasziniert. Seither ging sie jeden Tag, wenn sie zur Arbeit kam, auf der Linie entlang. Es war ihr kleines Ritual. Für wenige Minuten stand sie auf dem Mittelpunkt der Welt, ihre Gedanken sammelten sich auf dieser schmalen Linie im Boden, und das Universum verlor für diese kurzen Augenblicke an Bedeutung.

Die Tatsache, dass sie ihr Ritual heute beinahe vergessen hätte, erschütterte Cecilia. Es wäre das erste Mal in über zwei Jahren gewesen, dass sie nicht auf der Linie gegangen war. Auch wenn sie vor allem am Anfang den Spott ihrer Kollegen hatte ertragen müssen, war es ihr nie in den Sinn gekommen, damit aufzuhören. Diese kurzen Momente auf der Linie gehörten nur ihr allein.

Sie war einfach über den Meridian getreten, ohne es zu bemerken. Cecilia drehte sich vor der Uhr um und schaute zurück. Hinter den Bäumen erhob sich das rote Backsteingebäude mit der schwarzen Kuppel und den verwinkelten Erkern. Sie war zu tief in Gedanken gewesen, folgerte sie. Auch wenn sie die Formeln für das Projekt, an dem sie gerade arbeitete, durchgegangen war, so beschäftigte sie doch etwas ganz anderes, auf einer viel tieferen Ebene.

Cecilia hatte das Gefühl, Jackson kaum wiederzuerkennen. Sie fühlte, dass er sich immer mehr von ihr zurückzog, und sie wusste nicht, was sie dagegen tun konnte. Sie war immer die rationale Seite ihrer Ehe gewesen, kalkulierend, kontrolliert, logisch, loyal. Jackson hatte das immer mit seiner Leidenschaft, seinem Mitgefühl und seiner Sturheit ausgeglichen. Aber jetzt gab es einen Bruch in der Formel, und Cecilia wusste nicht, wie sie die Gleichung lösen sollte.

Eine zweisitzige Kutsche bog um die Ecke und wendete auf dem Platz. Das Pferd warf den Kopf auf und ab und tänzelte auf der Stelle, als der Fuhrmann an den Zügeln zog.

»Mrs. Payne?«

Cecilia hob den Kopf und straffte die Schultern. Sie schob die drückenden Gedanken beiseite und ging auf die Kutsche zu. »Ja?« Sie erkannte den Kutscher als einen der Stallmeister der Universität.

»Sir Christie schickt mich. Ich soll Sie abholen, Ma'am.«

Cecilia runzelte die Stirn. Sir Christie wurde erst morgen von seiner Reise zurückerwartet. »Hat er gesagt, worum es geht? Ich habe sehr viel zu tun.«

Der Kutscher lächelte. »Er hat gesagt, dass Sie das sagen würden, Ma'am. Sir Christie wünscht Sie zu sprechen, es sei wichtig.«

Sie konnte sich zwar kaum vorstellen, was wichtiger war als ihre Arbeit, aber Sir William Christie war *Astronomer Royal* und damit ihr direkter Vorgesetzter. Sie konnte seine Bitte nicht abschlagen, wenn sie ihre Arbeit behalten wollte.

Cecilia raffte die Säume ihrer Röcke und stieg in die offene Kutsche. Sir Christie arbeitete meist im Universitätsgebäude unten an der Themse, wenn er nicht gerade auf Reisen war.

Der Kutscher schnalzte mit der Zunge, und das Pferd setzte sich in Bewegung. In einem leichten Trab ging es die Anhöhe hinab und hinunter in den weitläufigen Park, der die Universität vom Observatorium trennte. Normalerweise ging Cecilia den Weg von der Anlegestelle an der Themse hinauf zur Sternwarte zu Fuß, was sie meist genoss. Mit der Kutsche ging es jedoch viel schneller.

Cecilia fand Sir Christie in seinem Büro, doch statt wie üblich hinter dem Schreibtisch zu sitzen, tigerte er unruhig im Raum auf und ab. Als sie sich räusperte, drehte er sich zu ihr um.

»Ah, Cecilia«, sagte er und bedeutete ihr, näherzukommen. »Gut, dass Sie kommen konnten.«

Als hätte sie eine andere Wahl gehabt – doch sie behielt den Gedanken für sich. Sir Christie sah von der Reise mitgenommen aus, aber seine Haut war gebräunt, und seine Haare waren eine Spur heller. »Wir haben Sie erst morgen zurückerwartet, Sir. Wie war Gibraltar?« Sie faltete die Hände vor dem Körper und lächelte freundlich.

»Ein Stück Felsen umgeben von Wasser und zu viele Marineoffiziere, die sich wie die Affen auf dem Felsen verhalten.« Christie machte eine ungeduldige Handbewegung, womit das Thema für ihn abgeschlossen war. Mit wenigen Schritten stand er hinter dem Schreibtisch, auf dem sich ein Berg Post befand. Einen der Briefe, die bereits geöffnet waren, nahm er zur Hand und legte ihn auf die andere Seite des Tisches. »Lesen Sie das.«

Cecilia runzelte kurz die Stirn, kam seiner Aufforderung jedoch sogleich nach. Sie nahm den Brief zur Hand, und je mehr sie las, desto mehr schnürte sich ihre Kehle zu.

»Das ist nun schon der dritte Brief dieser Art«, sagte Christie und konnte seinen Ärger kaum noch verbergen. »Diese Bastarde denken wohl, sie kämen damit durch.«

»Sie meinen, dies ist bereits die dritte Drohung gegen das Observatorium? Und Sie informieren mich erst jetzt darüber?« Cecilia legte den Brief zurück auf den Tisch. Die aus Zeitungsschnipseln zusammengeschusterten Worte sahen grotesk aus.

»Als ich den ersten Brief bekommen habe, dachte ich, es handle sich um einen üblen Scherz«, gab Christie zu. »Außerdem wollte ich Sie nicht unnötig beunruhigen, Cecilia.«

»Ist es einer der Studenten?«

Christie schüttelte den Kopf. »Ich glaube nicht, nein. Vermutlich christliche Fanatiker, die sich nicht damit abfinden können, dass die Erde rund ist und sich um die Sonne dreht.«

Unweigerlich musste Cecilia lächeln, doch gleichzeitig fuhr

es ihr eisig über den Rücken. Sie erinnerte sich an einen Vorfall vor einem Jahr, als mehrere Männer das Planetarium besetzten und damit drohten, es zu zerstören, weil es das Werk Satans sei. Ob es mit dieser neuen Drohung einen Zusammenhang gab?

»Wir haben es natürlich sogleich der Polizei gemeldet, doch die können nichts tun, solange es nur bei diesen anonymen Drohungen bleibt.«

»Sie meinen, wir sollen warten, bis jemand das Observatorium mit der angedrohten Bombe sprengt«, meinte Cecilia abschätzig und schnaubte. Ihre Erfahrungen mit der hiesigen Polizei waren weniger berauschend. Scotland Yard hatte sie bisher nur enttäuscht.

»Ich bin mir sicher, dass es sich nur um eine leere Drohung handelt, um uns zu erpressen«, versuchte Christie sie zu beruhigen.

Cecilia ging zum Fenster und betrachtete das Gebäude gegenüber. Unter den weißen Säulen gingen Studenten umher. Ob sie Jackson von den Drohungen erzählen sollte? Vielleicht konnte er etwas in Erfahrung bringen. Etwas in ihr weigerte sich jedoch, ihn zu involvieren. Das hier war *ihr* Arbeitsplatz.

»Cecilia, wenn Sie es wünschen, kann ich ein paar zusätzliche Sicherheitsleute um das Observatorium positionieren. Ich möchte, dass Sie sich sicher fühlen.«

Cecilia nickte. »Danke, Mr. Christie, das ist sehr zuvorkommend von Ihnen.« Unten auf dem Hof strömten Studenten zusammen und gingen in Richtung Themse. Einige gestikulierten aufgeregt. »Sir?«

Christie trat neben sie ans Fenster und runzelte die Stirn. »Was ist das für ein Aufruhr?« Er sah es nicht gerne, wenn auf dem Universitätsgelände Tumult herrschte. »Und wo ist Mr. Haverfort?«

Er drehte sich auf dem Absatz um und stürmte aus dem Büro. Cecilia folgte ihm hinaus auf den Vorplatz. Mr. Haverfort, ein junger Mann in Tweed, kam ihnen aufgeregt entgegen, als sie die Stufen hinuntergingen. Haverfort war der Präsident der Studentenverbindung und eigentlich dafür zuständig, dass auf dem Campus Ordnung herrschte. Cecilia erkannte sofort, dass er auf verlorenem Posten stand.

»Was geht hier vor?«, verlangte Christie zu wissen und marschierte an Haverfort vorbei, so dass dieser beinahe rennen musste, um mit ihm Schritt zu halten.

»Sir, ich bitte um Verzeihung«, haspelte Haverfort. »Die Polizei ist hier. Jemand hat eine Leiche entdeckt.«

»Eine Leiche?« Christie blieb stehen und starrte den Studenten ungläubig an. Cecilia vermutete, dass dies die erste Leiche war, die man in der Universität fand. Christie jedenfalls war außer sich.

»Es ist keiner unserer Studenten, Sir«, beeilte sich Haverfort zu sagen, worauf Christie sichtlich mit Erleichterung reagierte. Das Schlimmste, was ihnen nebst der Drohung, das Observatorium zu sprengen, passieren konnte, war, die Leiche eines von Greenwichs Studenten zu finden. Die Presse würde sich darauf stürzen wie Geier auf ein Stück Aas. »Die Polizei schätzt sein Alter auf fünfzehn, Sir, womit er zu jung ist.«

Sie hatten den Pier erreicht. Links befanden sich die Anlegestelle für die Fährboote nach London und das alte Bootshaus. Direkt vor ihnen ging der Platz in breite Stufen über, die bis ins Wasser hinabreichten. Die Studenten saßen hier gern während ihrer freien Stunden. Ein Boot der Polizei lag vertäut an der Anlegestelle, doch die Schar an Studenten verdeckte jeglichen Blick auf die Männer in Uniform.

»Aus dem Weg, aus dem Weg!« Christie und Haverfort

schoben die jungen Leute beiseite, um zum Wasser zu gelangen. Cecilia folgte ihnen. Unter den versammelten Studenten befanden sich auch einige ihrer eigenen Schüler. Normalerweise hätte sie sie ermahnt, doch als die Menge sich vor ihr teilte und den Blick freigab auf das Bündel am Ufer, vergaß sie es völlig.

Sie hatte erst vor ein paar Tagen zwei sehr ähnliche Bündel gesehen, schoss es ihr durch den Kopf. Das Entsetzen, welches sie an jenem Abend empfunden hatte, drohte sie erneut zu übermannen.

»Meine Herren, ich bin *Astronomer Royal* William Christie. Ich verlange zu erfahren, was hier vorgeht.« Christie legte seine ganze Autorität in seine Stimme. Die angesprochenen Polizisten wandten sich alle ihm zu und nahmen Haltung an.

»Ein paar Ihrer Studenten haben diesen armen Tropf hier entdeckt, Sir«, sagte der Sergeant. »Der junge Mann trieb auf dem Wasser.«

»Wer ist er?«

»Das wissen wir noch nicht, Sir. Mir wurde allerdings versichert, dass es sich nicht um einen Ihrer Studenten handelt.«

Cecilia machte ein paar Schritte auf das Bündel zu. Die Strömung hatte die Verschnürung gelöst, so dass das Leinentuch den Jungen nicht mehr vollständig umwickelte. Sein Gesicht war wächsern und ein wenig aufgedunsen, Schlamm und Algen verklebten seine braunen Haare.

»Bringt die Frauen hier weg«, verlangte Christie, worauf Haverfort und zwei der Polizisten anfingen, die weiblichen Studenten wie Schafe zurück zur Universität zu treiben. »Sie auch, Cecilia. Das ist kein Anblick, den Sie sich antun sollten.«

Cecilia schüttelte den Kopf und schaute dabei wie gebannt auf den Jungen im Tuch. Etwas hatte ihre Aufmerksamkeit erhascht. »Was ist das?«, fragte sie den Sergeant und deutete auf den Arm des Jungen.

Der Sergeant ging neben der Leiche in die Hocke und hob deren Arm an. »Eine Metallplatte. Sie scheint irgendwie am Arm festgemacht zu sein, denn wir konnten sie nicht lösen. Die Haut auf beiden Seiten sieht stark entzündet aus. Haben Sie so etwas schon einmal gesehen, Ma'am?«

Cecilia wollte Ja sagen, doch es schnürte ihr die Kehle zu. Vor ihrem inneren Auge sah sie wieder die beiden Kinder im Kies des Themse-Ufers liegen, eingewickelt in Lumpen, mit wächsernen, toten Gesichtern. Sie sah das mechanische Knie des Mädchens und den metallenen Arm des Jungen vor sich, die entzündeten Wucherungen und entstellenden Narben.

»Nein«, hauchte sie und machte einen Schritt rückwärts. »Bitte entschuldigen Sie mich.« Sie drängte sich durch die Studenten und eilte zurück in die Universität. Niemand hielt sie auf oder folgte ihr. Unter dem Säulengang hielt sie inne und lehnte sich schwer atmend an die kalte Rundung.

Jetzt waren es schon vier, schoss es ihr durch den Kopf. Vier Leichen von Kindern und Jugendlichen. Sie alle wurden innerhalb weniger Tage aus der Themse gefischt. Und sie alle hatten diese entsetzlichen mechanischen Körperteile.

»Jackson«, entfuhr es Cecilia. Dieses Mal musste sie mit ihm reden. Sie wollte, dass er herausfand, wer diese armen Kinder verstümmelte und ermordete – ja, ermordete, denn für Cecilia stand es außer Zweifel, dass jemand dafür verantwortlich war.

Eine plötzliche Eile trieb sie dazu an, mit schnellen Schritten zu den Stallungen zu gehen. Sie brauchte eine Kutsche, die sie nach Southwark oder zumindest zum nächsten Fähranleger brachte. Eine nagende Stimme in ihrem Hinterkopf fragte immer wieder, ob als nächstes Annabella aus dem Fluss gefischt werden würde.

6.

Wir kommen wohl ungelegen«, sagte Frost. Damit hatte sie nicht gerechnet. Sanderson, der steife Privatsekretär, zielte mit einer Pistole auf einen Mann, der ein Messer in der Hand hielt und ihn lauernd anstarrte.

Sanderson beachtete seine zwei neuen Gäste nicht. »Verschwinden Sie, sofort!«, zischte er eisig. Der Mann mit dem Messer hob die Hände und machte einen Schritt rückwärts zur Tür hin. Frost und Payne machten ihm Platz, und gleich darauf rannte er aus dem Haus.

Frost wartete und gab Payne ein Zeichen, dass er schweigen sollte. Sanderson entspannte sich. Er legte die Pistole in eine Schublade des Schreibtisches und zog dann seinen Anzug zurecht.

»Tut mir leid, dass Sie das mit ansehen mussten, Miss Frost«, sagte er trocken und deutete einladend auf die Sessel. »Bitte, setzen Sie sich doch.«

Payne warf Frost einen Blick zu und stellte den umgekippten Sessel wieder aufrecht hin. »Wer war der Mann?«, fragte Frost, während sie sich setzte.

»Einer der Vorarbeiter. Verlangte mehr Geld für sich und seine Männer. Leider war er nicht dazu bereit zu verhandeln.« Sanderson klang, als wäre die Sache eine unangenehme Kleinigkeit, über die es nicht wert war zu sprechen. Er verschränkte die Hände und schaute Frost und Payne aufmerksam an. »Nun, wie kann ich Ihnen behilflich sein?«

Frost machte sich eine geistige Notiz, dass Sanderson zum einen eine eiskalte Seite hatte und zum anderen eine Waffe in seiner Schreibtischschublade aufbewahrte. »Mr. Payne, mein Partner, und ich sind aktuell dabei, Dr. Baxters Mitarbeiter wegen des Diebstahls zu befragen. Da Sie, Mr. Sanderson, am Montagabend auch unten in der Fabrik waren, möchten wir Ihnen ebenfalls ein paar Fragen stellen.«

»Bitte, ich bin ein offenes Buch«, meinte der Sekretär nonchalant und lächelte.

»Sie sind der Privatsekretär des Besitzers dieser Fabrik, richtig?«, fragte Payne und zog sein Notizbuch aus der Manteltasche.

»Das ist korrekt. Ich bin zudem verantwortlich für den betrieblichen Ablauf und die zeitliche Einhaltung aller Aufträge.«

»Waren Sie deswegen nach Dienstschluss unten in der Fabrik?« Payne lehnte sich im Sessel zurück und schaute Sanderson mit ausdruckslosem Gesicht an. Frost verkniff sich ein Lächeln. Er hatte das pinkertonsche Pokergesicht also doch drauf.

»Ich wollte mich vergewissern, dass die Prototypen rechtzeitig fertig werden. Wie Sie wohl bereits wissen, erwarten wir in wenigen Tagen sehr hohen Besuch.«

»Wie hoch?«, fragte Frost, ohne vorher nachzudenken.

Sanderson schaute sie lange an, als wäge er ab, wie viel er ihr erzählen sollte. »Der Duke of Edinburgh und weitere hohe Militärs der königlichen Marine.«

Frost spitzte die Lippen. *Das* war sehr hoch. Alfred Duke of Edinburgh war Dritter in der Thronfolge und ein Admiral der Flotte. Man munkelte, dass er ein Waffennarr war und einen Haufen Geld ausgab, um sein Flaggschiff immer mit der neuesten Technik auszurüsten.

Sanderson räusperte sich. »Sie sehen also, wir stehen ein wenig unter Druck.« Dennoch schaffte er es, ein sehr zufriedenes Lächeln aufzulegen.

»Haben Sie den Prototypen an jenem Abend gesehen?«, fragte Payne unbeeindruckt.

»Ich glaube, Dr. Baxter hat an der Waffe gearbeitet. Allerdings war ich mit meiner eigenen Arbeit beschäftigt, deswegen kann es auch sein, dass ich mich irre.«

Frost zupfte einen Fussel von ihrem Mantel. »Gibt es jemanden, der Ihnen, Ihrem Boss oder der Fabrik schaden will?« Sie fixierte Sanderson, um keine seiner Reaktionen zu verpassen.

»Mr. Greyson hat viele Feinde, Miss Frost, aber das ist nun einmal so in unserem Business.«

»Greyson?«, fragte Payne sichtlich überrascht.

»Lord Edward Greyson, in der Tat«, sagte Sanderson gewichtig. »Ich nehme an, Sie kennen ihn.«

»Jeder kennt Lord Greyson, den Stahlmagnaten.« Frost warf Payne einen Blick zu. Warum hatte er eben so überrascht reagiert? »Diese Fabrik gehört also ebenfalls ihm.«

Das machte die Sache nicht einfacher. Greyson war der reichste Mensch des Empires, mal abgesehen von der Königin. Seine Feinde waren so zahlreich wie Sand am Meer. Frost war sich jedoch ziemlich sicher, dass die Nummer viel kleiner war. Der Diebstahl des Prototyps war etwas Persönliches – warum nur einer und nicht gleich alle? Das Timing war zudem äußerst verdächtig. In wenigen Tagen wurde die Nummer drei der Thronfolge höchst persönlich für eine Demonstration der Waffen erwartet. Greyson würde vermutlich ebenfalls anwesend sein. Beides Männer, deren frühzeitiges Ableben für jede Menge Zündstoff im Empire sorgen würde. War das Motiv vielleicht sogar politisch? Sah beinahe so aus. Sie musste es nur noch beweisen und den Übeltäter ausfindig machen.

Nur wollte irgendjemand, dass die Sache unter Verschluss blieb und die Polizei nicht eingeschaltet wurde. »Hat Mr. Greyson Kenntnisse von dem Diebstahl?«, fragte sie.

Sanderson verneinte. »Mr. Greyson befindet sich zurzeit in

York, wo er eine neue Fabrik einweiht. Jedoch wird er zurückerwartet, um den Duke of Edinburgh persönlich zu begrüßen und durch die Präsentation zu leiten. Dr. Baxter und ich haben volles Vertrauen in Sie, Miss Frost. Und Ihren Partner natürlich«, fügte er hinzu und bedachte Payne mit einem schalen Lächeln.

Frost blinzelte und musste ihre Hände dazu zwingen, keine Fäuste in ihrem Schoss zu formen. Mit nur einem Satz hatte Sanderson die Sache für sie ebenfalls zu etwas Persönlichem gemacht. Die Warnung zwischen den Zeilen hatte sie sehr gut verstanden. Entweder sie löste innerhalb der nächsten drei Tage den Fall und brachte die Waffe rechtzeitig zur Demonstration zurück, oder man würde dafür sorgen, dass sie die Agentur und ihre Arbeit an den Nagel hängen konnte. Sanderson hatte genug Einfluss – oder zumindest die richtigen Kontakte –, um das zu bewerkstelligen.

»Natürlich«, sagte sie und setzte ein gewinnendes Lächeln auf. »Ich habe noch eine letzte Frage, Mr. Sanderson. Wen verdächtige *Sie*, die Waffe gestohlen zu haben?«

Sanderson rieb sich über das Kinn und dachte lange nach. »Dr. Baxter ist der einzige, der ständigen Zugriff zu allen Prototypen hat. Er hat an allen mitgewirkt und weiß am besten Bescheid, wie sie funktionieren. Zudem glaube ich, dass er in finanziellen Schwierigkeiten steckt, denn vor zwei Wochen saß er hier vor meinem Schreibtisch und hat um eine Gehaltserhöhung gebeten. Nicht weil er dachte, seine Arbeit war mehr Geld wert – wir bezahlen unsere Mitarbeiter sehr gut, müssen Sie wissen. Sondern weil er sagte, dass sein Lohn nicht mehr ausreiche.«

Frosts Röcke raschelten, als sie sich aus dem Sessel erhob. »Danke, Mr. Sanderson. Wir haben Ihre Zeit nun lange genug in Anspruch genommen.« Sie tauschte einen Blick mit Payne, der ebenfalls aufstand und dem Sekretär die Hand reichte.

»Halten Sie mich auf dem Laufenden?«, fragte dieser, als sie bereits in der Tür standen. Frost nickte.

»Ich mag diesen Lackaffen nicht«, murrte Payne, als sie sich wieder unter dem Bahnviadukt befanden.

»Geht mir genauso«, stimmte sie zu. »Aber ich vermute schwer, dass er derjenige ist, der uns bezahlt, also halten wir brav den Mund und tun unsere Arbeit. Ich schlage vor, wir gehen zurück in die Agentur, essen zu Mittag und sehen dann weiter.«

»Glauben Sie, dieser Baxter hat etwas mit der Sache zu tun?«

»Ich hatte eigentlich nicht den Eindruck. Er schien ehrlich betroffen und ein wenig von der Rolle zu sein. Wir sollten ihn dennoch nicht voreilig von der Liste streichen.«

Am Bahnhof nahmen sie ein Tram. Auf der London Bridge staute sich wie immer der Verkehr. Frost schaute aus dem Fenster nach Westen. Über der Stadt schwebten über ein Dutzend Luftschiffe, wobei die drei größten sich deutlich von den anderen abhoben. Ihre Hüllen zierten die jeweiligen Wappen der Adelsfamilien, denen sie gehörten. Die grellen Farben wirkten wie kleine Leuchtfeuer inmitten des Smogs.

Frost selbst war erst einige wenige Male in einem Luftschiff geflogen. Madame Yueh verachtete die Fluggeräte, auch wenn sie selbst zwei kleinere Modelle besaß. Luftschiffe waren ein Statussymbol, und die mächtigste Patriarchin der Stadt konnte es sich nicht leisten, keine zu haben, verabscheute sie sie auch noch so sehr. Frost mochte Fliegen auch nicht sonderlich. Dennoch ertappte sie sich immer wieder dabei, wie sie den Kopf in den Nacken legte, wenn sie das leise Dröhnen der Maschinen vernahm. Die Luftschiffe waren auf ihre ganz eigene Art elegant und anmutig.

»Frost.«

»Ja?« Payne hatte sie aus den Gedanken gerissen. Sie blinzelte.

»Was ist eigentlich passiert, nachdem wir den Attentäter vor der Agentur erschossen haben?« Er sah sie etwas zerknirscht an.

Frost erkannte sogleich seinen Gedankengang. Payne hatte das Nachspiel ihres ersten gemeinsamen Abenteuers verpasst, weil er sich von seiner schweren Verletzung erholen musste; sie musste schmunzeln bei dem Gedanken an das Wort Abenteuer, denn ein solches war es bei Weitem nicht gewesen – und schon gar nicht gemeinsam. Der vermeintliche Attentäter war vor ihrer Agentur aufgetaucht, gerade, als sie und Payne den Fall abschließen wollten. Sie hatten kurzen Prozess gemacht mit dem Mann.

»Ach, ein Polizist kam vorbei und hat viele Fragen gestellt, aber Mr. Tamaran vom Schuhladen gegenüber hat bestätigt, dass der Mann uns angegriffen hat. Die Leiche wurde abtransportiert, und ich musste ein paar Dinge unterschreiben.«

»Hat man rausgefunden, wer der Mann war?«

Frost schüttelte den Kopf. »Er trug keine Papiere bei sich. In seinen Taschen befanden sich lediglich ein paar Pfund und einige Dollarscheine.« Sie legte den Kopf schief und musterte den Pinkerton. »Sie denken also immer noch, dass man sie umbringen wollte, weil Sie einen Auftrag nicht fertig ausgeführt haben?« Offenbar ließ man ihn seither in Ruhe, denn Frost hatte keinen ungebetenen Gast mehr in ihrer Agentur gehabt.

Payne zuckte mit den Schultern und begann, eine Zigarette zu drehen. Die Straßenbahn ruckelte hin und her, und bläuliche Funken sprühten, als sie auf der Nordseite der Themse nach

Cheapside abbog. Frost drängte ihn nicht zu einer Antwort. Was auch immer das für ein Auftrag gewesen war: Sie wollte es gar nicht so genau wissen. Solange nicht wieder Attentäter hinter ihr her waren, die von Motorrädern aus mit einer Kanone auf die Straßenbahn schossen, mit der sie gerade fuhr, hatte sie kein Problem.

Bei der nächsten Station stiegen sie aus, um ein paar Straßen weiter eine andere Linie zu nehmen. Links von ihnen ragte die St. Paul's Kathedrale in den Himmel. Payne blieb stehen.

»Beeindruckend, nicht?«

»Ich habe für Religion nicht viel übrig«, erwiderte er mit der Zigarette im Mundwinkel, »aber ja, sehr beeindruckend, so aus der Nähe.«

Auf einmal bebte der Boden unter ihren Füßen, und zweimal grollte es tief unter der Erde. Aus einem nahen Eingang einer Tubestation stiegen Rauch und Staub auf. Menschen strömten hustend und mit Schutt bedeckt die Treppe hinauf. Einige von ihnen waren verletzt. Der dichte Rauch behinderte den Verkehr, Pferde wieherten, die Menschen riefen durcheinander.

Frost wandte den Blick ab und schaute zu Payne auf. »Und deswegen hasse ich die Tube.«

Seit dem großen Streik fuhr eigentlich niemand mehr mit der Tube, der sich die Straßenbahn oder eine Kutsche leisten konnte. Der Untergrund war zu gefährlich geworden. Niemand fühlte sich mehr für die Instandhaltung der Tunnel verantwortlich, die Lokführer waren überarbeitet und unterbezahlt, und die Fahrten in den offenen Wagen durch die engen, dunklen Tunnel waren wegen des stickigen Rauchs und des ohrenbetäubenden Lärms kaum erträglich.

Vor dem St. Bartholomews Krankenhaus sprangen sie in den hinteren Wagen einer gerade abfahrenden Bahn und fuhren die letzten zwei Stationen bis zur Leather Lane, wo sich die Agentur befand. Die Bäckerei in der Straße war rappelvoll, es duftete weit herum herrlich nach frischen Fleischpasteten. Payne steuerte automatisch den Laden an und wollte sich in die Schlange stellen, doch Frost zog ihn weiter.

»Die Pasteten sind zwar unverschämt gut, aber Helen wird etwas gekocht haben«, sagte sie.

Das Glöckchen über der Tür klingelte, als sie die Agentur betraten. Tatsächlich duftete es nach Essen, und aus der Küche kam das Geräusch von klappernden Tellern. Allerdings wartete noch jemand anderes auf sie.

»Cecilia?« Payne blieb mitten im Raum stehen und starrte seine Frau an.

Cecilia Payne stand wie gestochen auf, doch statt in Paynes Arme zu fallen, wie es Frost angesichts ihres Gesichtsausdrucks erwartet hatte, blieb sie wie angewurzelt stehen.

»Ist etwas passiert?« Jetzt hatte sich Sorge in Paynes Stimme geschlichen.

Frost reagierte rasch. »Mrs. Payne, setzten Sie sich wieder hin. Sie sind ja ganz blass.« Sie warf ihren Mantel über den Garderobenständer und eilte in die Küche hinüber. »Helen!«

Helen schrie vor Schrecken auf und hätte beinahe zwei Gläser fallen lassen. »Miss, verzeihen Sie. Ich habe Sie nicht kommen gehört.«

»Mrs. Payne wird mit uns essen«, sagte sie. »Und ich glaube, wir brauchen meinen guten Whisky.« Sie ging zurück in ihr Büro und fand Cecilia wieder im Sessel sitzend vor. Payne hatte sich auf die Schreibtischkante gesetzt.

»Jackson, es war schrecklich!«, rief sie soeben aus und vergrub das Gesicht in den Händen.

»Was ist passiert?«, fragte Frost.

»Cecilias Studenten haben eine Leiche aus der Themse gezogen.«

7.

Nicht einfach irgendeine Leiche, Jackson«, erklärte Mrs. Payne. »Es war wieder eine. Ein Junge mit einer Schulter aus Metall. Das ist nun schon die vierte, und sie haben sie mitten auf dem Gelände der Universität gefunden!« Sie klammerte sich an Paynes Hände.

»Tut mir leid, dass du das mitansehen musstest, Cecilia.«

Frost schaute zwischen Payne und seiner Frau hin und her. Sie spürte, dass etwas zwischen den beiden stand und nun kaum Nähe zuließ. Aber allfällige Eheprobleme gingen sie nichts an. »Ich glaube, wir brauchen den Whisky vor dem Essen«, sagte sie und ging zu einem Beistelltisch neben der Bücherwand. Sie hörte Payne und Cecilia leise und eindringlich miteinander sprechen. Frost ließ sich Zeit mit dem Einschenken des Glases. Als sie sich wieder umdrehte, stand Mrs. Payne in der offenen Tür.

»Ich muss wieder ins Observatorium«, sagte sie entschuldigend und nickte Frost freundlich zu. »Die Arbeit, Sie verstehen.«

»Natürlich. Hat mich gefreut, Sie wiederzusehen, Mrs. Payne.«

Das Glöckchen klingelte, und die Tür fiel ins Schloss. Payne seufzte und ließ sich in den Sessel fallen, wo eben noch seine Frau gesessen hatte. Frost stellte das Glas vor ihm ab und schenkte sich selbst ein zweites ein.

»Die Sache scheint sie ziemlich mitgenommen zu haben.«

»Um ehrlich zu sein, ich war etwas überrascht, sie so hysterisch zu sehen«, erwiderte Payne und nahm einen großen Schluck. Er verzog das Gesicht, als der Whisky ihm in der Kehle brannte. »Cecilia ist eine sehr rationale Person, müssen Sie verstehen. Sie sieht Dinge als Erstes mit ihrem analytischen Verstand, bevor sich Emotionen einstellen. Als wir an jenem Abend

Zeugen waren, wie die Polizei die ersten beiden Kinderleichen aus dem Wasser gezogen hat, war sie zwar schockiert, aber sehr ruhig.«

»Und was, glauben Sie, hat sie bei dieser Leiche so aus der Bahn geworfen?«, fragte Frost. Im Gegensatz zu Payne nippte sie nur an ihrem Glas, denn sie wusste, wie ihr Körper bei leerem Magen auf Alkohol reagierte. Sie brauchte ihren Verstand heute noch eine Weile.

Payne fuhr sich mit den Fingern durch die Haare und seufzte wieder. »Annabella. Sie befürchtet, dass die nächste Leiche, die aus dem Wasser gezogen wird, Annabella sein könnte, obwohl sie felsenfest davon überzeugt ist, dass sie seit Monaten tot ist.« Er fixierte sie eindringlich. »Frost, sie hat mich gebeten herauszufinden, wer diese Kinder verstümmelt und in der Themse entsorgt.«

Frost setzte sich nachdenklich hin. Sie hatte es Payne gegenüber nicht erwähnt, doch sie verfolgte die Sache schon seit dem ersten Zeitungsartikel von letzter Woche. Jetzt waren es also schon vier Kinder mit mechanischen Körperteilen. Frosts Nacken prickelte, und sie spürte die Metallplatte auf ihrem Rücken mehr denn je. Sie selbst hatte ein mechanisches Herz und konnte sich an nichts erinnern, was und wer sie war, bevor Madame Yueh sie von der Straße aufgelesen hatte.

»Wir haben bereits einen Auftrag, Payne.« Einen sehr wichtigen sogar, fügte sie in Gedanken hinzu. Sie hatte das ungute Gefühl, dass das Verschwinden der Waffe und der Besuch des Dukes of Edinburgh nicht ganz zufällig waren.

Payne ließ jedoch nicht locker. »Kennen Sie jemanden bei Scotland Yard, der uns vielleicht helfen könnte? In den Zeitungsartikeln stehen, bis auf das Wesentliche, so gut wie keine Informationen.«

»Nein.« Sie kannte tatsächlich niemanden, den sie nach dem Fall hätte fragen können – hätte sie denn gewollt.

»Könnten Sie dann nicht … Sie wissen, mit ihrer Fähigkeit …?« Payne schaute sie lange an, bis Frost die Augenbrauen hob. Sie hatte verstanden.

»Oh. Nein. Oh nein, ausgeschlossen.« Sie schüttelte vehement den Kopf. Payne öffnete den Mund, um etwas zu sagen, doch sie schnitt ihm das Wort ab. »Sind Sie noch ganz bei Trost? Ich breche doch nicht bei Scotland Yard ein, nur um ein paar Informationen über irgendwelche toten Jugendlichen zu bekommen! Die Sache geht uns nichts an, Payne, und ob Sie es glauben oder nicht, aber die Polizei wird sich schon darum kümmern.«

Payne schaute sie mit weiten Augen an. Frost merkte, dass sie sich in Rage geredet hatte und aufgestanden war. Ihr Herz pochte hart, und ihre Fäuste waren geballt.

»Miss Frost? Das Essen wäre bereit.« Helen stand etwas schüchtern im Kücheneingang.

Das Essen nahmen sie schweigend ein. Frosts Laune war im Keller. Ihre Reaktion auf Paynes Vorschlag war übertrieben gewesen, das wusste sie. Es war absurd, bei Scotland Yard einzubrechen. Auch wenn diese mechanischen Kinder sie beschäftigten, war es kein Grund, wegen Einbruchs und Diebstahls ins Gefängnis zu wandern. Außerdem hatten sie weit Dringenderes zu tun. Frost wollte gleich nach dem Essen nach Chinatown. Die Chinesen kontrollierten den Schwarzmarkt, und sie hoffte, dass es sich doch um einen Diebstahl des Geldes wegen handelte und die Waffe dort aufgetaucht war.

»Sie haben versprochen, mir bei der Suche nach meiner Tochter zu helfen«, versuchte es Payne noch einmal.

Frost unterdrückte gerade noch rechtzeitig ein Augenverdrehen. »Das hat nichts damit zu tun.« Sie spießte eine Bratkartoffel auf.

»Und wenn doch? Cecilia hat Angst, dass die nächste Leiche Annabella sein könnte. Ich muss zugeben, dass ich diese Befürchtung ebenfalls hege. Jemand entführt und verstümmelt Kinder, und wenn sie tot sind, entsorgt er sie im Fluss.«

»Woher wollen Sie wissen, dass die Kinder entführt wurden?«

Payne zuckte mit den Schultern. »Naheliegend. Die Kinder werden sich wohl kaum freiwillig für Experimente melden.«

Frost schwang ihre Gabel. »Unterschätzen Sie nicht die Macht von ein paar Pennies, Mr. Payne. Überlegen Sie nur, wie viele Süßigkeiten Sie damit kaufen könnten.«

»Woher kommt es nur, dass Sie so liebreizend sind, Miss Frost?« Payne bleckte die Zähne und schob sich ein Stück Fleisch in den Mund.

»Ob Sie es glauben oder nicht, ich war auch einmal ein Kind. Für ein paar Pennies hätte ich so ziemlich alles getan.« Wie zum Beispiel Madame Yuehs strenge Schule durchstehen oder für sie ein paar reiche Geschäftsmänner während einer nicht ganz jugendfreundlichen Teezeremonie belauschen.

»Haben Ihre Eltern Ihnen keine Süßigkeiten gekauft?«

Frost hielt mitten in der Bewegung inne. Sie starrte auf ihren halb leer gegessenen Teller und wusste nicht, was sie Payne antworten sollte. »Ich weiß nicht, wer meine Eltern waren«, sagte sie nach einer gefühlten Ewigkeit des Schweigens.

»Oh, tut mir leid. Ich wollte nicht …«

»Ist schon okay«, schnitt sie ihm das Wort ab und aß weiter. Sie hielt den Blick gesenkt, denn sie wusste genau, was sie in Paynes Gesicht finden würde. Sein Mitleid wollte sie nicht.

Nach dem Essen gingen sie zurück ins Büro. Frost wühlte durch die Akten, die sie von Baxter bekommen hatte, bis sie das Bild fand, das sie brauchte. Sie steckte es in ihre Umhängetasche.

»Ich will ein paar Erkundigungen unten in den Docks einholen«, sagte sie zum Pinkerton, der gerade dabei war, sich eine neue Zigarette zu drehen. »Kommen Sie mit?«

Er schüttelte den Kopf. »Später vielleicht. Ich möchte zuerst einen alten Freund besuchen.«

»Ich hoffe, Ihr alter Freund hat etwas mit dem Auftrag zu tun, Payne. Sie wissen, dass wir nicht viel Zeit haben.« Frost war sich bewusst, dass sie ihm gegenüber zu hart war, aber warum musste er sie auch darum bitten, bei Scotland Yard einzubrechen?

Sie wartete seine Antwort nicht ab, sondern nahm ihren Mantel und ihren Schal und eilte hinaus auf die Straße.

Auf dem Weg zu den Docks stählte sie sich für die Begegnung mit Michael Cho. Sie hatte ihn seit seinem Heiratsantrag nicht mehr gesehen, doch dieses Mal konnte sie die Begegnung mit ihm nicht mehr vermeiden. Als einer der Köpfe der *Dragons* wusste er, was auf dem Schwarzmarkt gehandelt wurde. Sie könnte sich zwar an jemand anderen wenden, aber bei Michael bekäme sie schnellere Antworten.

Sie wusste immer noch nicht, wie sie ihm antworten sollte. Sein Antrag hatte sie völlig überrumpelt. Michael und sie kannten sich seit ihrer gemeinsamen Kindheit unter Madame Yuehs Obhut, Michael war wie ein großer Bruder für sie. Aber seit er ein *lóngtóu* war, ein Drachenkopf, hatte er sich sehr verändert. Frost wusste nicht, was die Organisation von ihren sieben Bossen verlangte, doch Michaels Wandel gefiel ihr nicht.

Wenn sie ihn heiratete, würde sie ihre Freiheit aufgeben

müssen. Sie würde die Agentur nicht mehr weiterführen können. Sie würde wieder ganz der Organisation gehören, wäre wieder ihr Werkzeug und ihre Waffe.

Madame Yueh hatte dies alles angedeutet, als Frost das lange und zermürbende Gespräch mit ihr geführt hatte. Es hatte gleich nach Michaels Antrag stattgefunden, und Frost war völlig durcheinander gewesen. Der Geruch des Weihrauchs vom Opferaltar in der Ecke des einfach eingerichteten Zimmers hatte ihr Übelkeit verursacht. Madame Yueh hatte auf dem Stuhl auf dem Podest gesessen und sie lange angeschaut, Frost in der Mitte des Raumes gekniet und nicht gewagt, den Blick zu heben.

»Lydia«, hatte sie mit ihrer rauen Stimme gesagt, »wir haben viel zu besprechen.«

Frost wartete schweigend, bis sie weiterredete. Etwas, das sie sehr früh gelernt hatte, war, ihre Ziehmutter niemals und unter keinen Umständen zu unterbrechen.

»Ich will mich nicht lange mit Höflichkeiten aufhalten, meine Gelenke schmerzen heute fürchterlich.« Frost hörte ihre Seidenrobe knistern, als sie sich im Stuhl aufrichtete. »Ich bin enttäuscht, Lydia. Dein Auftrag war, das Buch zu stehlen und es mir zurückzubringen. Warum hast du es zurückbehalten? Dachtest du, du könntest dir damit einen Vorteil erkaufen?«

Frost schaute auf. Ihre Kehle war wie zugeschnürt. Hatte sie wirklich geglaubt, Madame Yueh austricksen zu können? »Ich brauchte etwas mehr Zeit, *mŭqīn*.« Sie redete sie mit Mutter an und hoffte, dass sie damit etwas von ihrem Zorn besänftigte. Doch das Gesicht der alten Frau blieb eine Maske.

»Ich bin wirklich enttäuscht«, sagte Madame Yueh noch einmal. »Michael hat mir berichtet, dass du ihn angelogen und getäuscht hast. Dass du dich der Organisation widersetzt hast. Und damit auch mir.«

»Ich will nur meine Freiheit, *mŭqīn*«, erwiderte Frost und musste sich dazu zwingen, ihre Stimme ruhig zu halten. Madame Yueh würde jede Gefühlsregung sofort ausnutzen. »Ich fühlte mich geehrt, dass Ihr mir diesen Auftrag gegeben habt. Aber ich wollte sehen, wie weit ich gehen konnte. Ich gehöre nicht mehr der Organisation an.«

Jetzt schlich sich ein schmales Lächeln in Madame Yuehs Gesicht. Sie fing an zu lachen. Es war das raue Lachen einer alten Frau, trocken und hoch. Sie klopfte mit ihrem Gehstock zwischen den Knien auf den Boden, was wohl einem Schenkelklopfen gleichkam.

Frost wartete, bis das Lachen verklungen war. »Ich verstehe nicht ganz, was daran so komisch ist.«

Madame Yueh stand ächzend auf und stieg vom Podest. »Michael hat mir ebenfalls erzählt, dass er gedenkt, dich zu heiraten. Er hat mich um meinen Segen gebeten.« Frost ballte die Hände zu Fäusten und starrte auf die Holzdielen direkt vor ihren Knien. »Ich halte das für eine gute Idee. Vielleicht wirst du dann endlich vernünftig, Lydia. Frauen in deinem Alter sollten heiraten und etwas zur Familie beitragen.«

Frost kochte innerlich. Mit Familie meinte sie natürlich die Organisation. Hier in Chinatown gab es nichts anderes, was von Bedeutung war. Nahm sie den Antrag an, wäre sie für immer an die *Dragons* gebunden.

»Mutter, darf ich offen sprechen?«

»Natürlich, mein Kind.« Madame Yuehs Stimme war etwas sanfter geworden. Sie stand nun direkt vor ihr, die Hände auf den Gehstock gestützt. Ihr rotes Seidengewand schimmerte im Aetherlicht.

Frost atmete tief durch. »Ich will nicht heiraten. Weder Michael noch sonst jemanden. Ich will mein eigenes Leben und mein eigenes Geschäft.« Lange blieb es still, und Frost befürchtete bereits, dass sie ihre Ziehmutter beleidigt hatte. Gleich würde der Gehstock schmerzhaft auf sie niedersausen, wie damals, als sie sich trotzig geweigert hatte, Chinesisch zu lernen. Doch als sie aufschaute, sah sie etwas Neues in dem starren Gesicht der alten Frau. War es Respekt? Oder Akzeptanz?

Madame Yueh drehte sich um und ging zurück zu ihrem Stuhl. »Wie du vielleicht weißt, Lydia, war mein Mann in Shanghai ein sehr mächtiger Geschäftsmann. Meine Familie wurde damals ausgesucht, ihm die Ehefrau zu stellen, weil wir ehrenvolle und respektable Händler in Diensten des Kaisers waren. Die Heirat mit mir verlieh seinen Geschäften einen noblen Anstrich. Ich wurde also von meinem Vater an meinen zukünftigen Ehemann weitergereicht – wie wertvolle Ware. Meine Klugheit half mir jedoch, die Geschäfte meines Mannes sehr schnell zu durchschauen und mir innerhalb seiner Organisation viele Freunde zu machen. Als er nach wenigen Jahren plötzlich verstarb, nahm ich die Zügel in die Hand. Wie du weißt, florieren die Geschäfte seither.«

Frost kannte die Geschichte. Innerhalb der Organisation wurde hinter vorgehaltener Hand gemunkelt, dass Madame Yueh ihren Mann entweder hatte umbringen lassen oder selbst ermordet hatte, um seine Geschäfte zu übernehmen. Frost hatte nie herausgefunden, wann genau das passiert war und welche Version der Geschichte nun tatsächlich der Wahrheit entsprach. Der Kern jedoch stimmte. Madame Yueh führte die Organisation seit Jahrzehnten und hatte sie zum mächtigsten Imperium außerhalb des Mutterlandes gemacht.

»Was ich damit sagen will, mein Kind, ist, dass ich deinen Willen respektiere. Keiner Frau sollte die Möglichkeit verwehrt werden, ein eigenes Geschäft aufzubauen.«

Verwundert schaute Frost auf. Hatte sie das gerade wirklich gesagt? Gab es für sie und ihre Agentur doch noch eine Chance?

»Wie ich sehe, hast du verstanden, was ich damit meine, Lydia. Ich schlage dir einen Handel vor. Du kannst deine Agentur behalten und weiterhin versuchen, ein Leben außerhalb der Organisation zu führen. Damit du einen leichteren Start hast, werde ich dir alle paar Wochen Geld zukommen lassen. Allerdings verlange ich dafür, dass du weiterhin für mich arbeitest.« Sie hob die Hand, als Frost nach Luft schnappte, um zu protestieren. »Direkt für mich, ohne die *Dragons* dazwischen. Du wirst keine Fragen stellen, sondern tun, was ich dir auftrage. Was meinst du, kommen wir ins Geschäft?«

Frost nagte an der Unterlippe. Es klang verlockend, sehr sogar. Sie würde ihr altes Leben behalten können und sogar finanzielle Hilfe von Madame Yueh empfangen, um über die Runden zu kommen, falls sich wie bisher nur wenige Klienten einstellten. Allerdings behagte ihr der Umstand, exklusiv für ihre Ziehmutter zu arbeiten, nicht wirklich. Einen Haken hatte die Sache garantiert.

»Muss ich dafür auch Michael heiraten?«, fragte sie, ohne zu überlegen.

Madame Yueh schmunzelte. »Ich habe lediglich meinen Segen dafür gegeben. Es wäre gut für Michael, sich eine Frau zu nehmen, nun, da er in einer so wichtigen Position steht. Aber es ist deine Entscheidung. Deine Antwort auf seinen Antrag beeinträchtigt unsere Abmachung nicht.«

Das erleichterte sie sehr. Und auf einmal fühlte sich die Situation nicht mehr ganz so verworren an. Der Deal mit Madame Yueh hatte garantiert eine Kehrseite, doch das Risiko musste Frost eingehen. Mit Michael würde sie schon fertigwerden, wenn der Zeitpunkt dafür gekommen war.

Wieder holte sie tief Luft und schaute Madame Yueh mit festem Blick an. »Ich bin einverstanden.«

Die alte Patriarchin klatschte in die Hände. »Wunderbar.«

Das Bimmeln einer entgegenkommenden Straßenbahn riss Frost aus der Vergangenheit. Gerade noch rechtzeitig bemerkte sie, dass sie ihre Station erreicht hatte und sprang ab. Auf dem Gehweg gab es kaum ein Durchkommen. Frost hatte vergessen, dass heute Markttag war. Die gesamte Garnet Street war vollgestellt mit Ständen und Tischen, über die man bunte Markisen gespannt hatte. Verkäufer und Käufer riefen laut durcheinander. An einem Stand pufften Apparaturen kleine Dampfwölkchen aus diversen Löchern. Zwei Tische weiter gab ein Feuerspucker sein Können preis.

Auch wenn Frost diese Markttage in Chinatown liebte, so hatte sie heute kein Auge dafür. Sie drängte sich durch die Menge, bis sie die richtige Gasse erreichte, in deren Schatten sie eintauchen konnte. Sie musste Michael finden.

8.

Payne sah die Faust nicht kommen. Er stand vor dem Büro von Newman, Lord Greysons Sicherheitschef, und wartete darauf, dass man ihn einließ. Zwei Männer saßen neben der Tür auf einer Holzbank und kauten Tabak. Payne registrierte die Ausbuchtung unter ihren Jacken und befand, dass die beiden Männer Holster und Waffen trugen. Sein Kontaktmann hatte entweder hohen Besuch oder brauchte selbst solchen Schutz. Für einen kurzen Augenblick fragte Payne sich, warum.

Einer der Männer betrat auf ein unsichtbares Kommando hin das Büro, schloss die Tür hinter sich und kam gleich darauf wieder heraus. Das war der Moment, in dem die Faust geflogen kam. Heißer Schmerz explodierte in Paynes Kiefer, und sein Kopf schrammte an der Wand, an die er sich gelehnt hatte, entlang. Die halb gerauchte Zigarette flog in weitem Bogen durch den Flur und landete auf dem Boden, wo sie der zweite Mann mit dem Stiefel austrat.

Payne wartete mit zusammengekniffenen Augen auf den zweiten Schlag, doch als der nicht kam, richtete er sich vorsichtig auf. Der Mann, der ihm die Faust verpasst hatte, stand direkt vor ihm und starrte ihn feindselig an. Er war etwas kleiner als Payne und hatte sich seit mindestens vier Tagen nicht mehr rasiert. Payne roch den Kautabak und den alten Schweiß, der am speckigen Halstuch klebte.

Jemand erschien hinter dem Mann in der Tür des Büros. Es war Newman, wie immer in einen tadellosen Anzug gekleidet. Er lehnte sich an den Türrahmen und fing in aller Seelenruhe an, seine Pfeife neu zu stopfen.

»Mr. Payne«, sagte er wie beiläufig, »ich dachte schon, Sie hätten uns vergessen.«

»Der Kratzer hat mich etwas mehr als erwartet außer Gefecht gesetzt.«

»Ich bin sehr enttäuscht von Ihnen.«

»Ich kann alles erklären.«

Der Mann im Anzug hielt im Stopfen seiner Pfeife inne und gab mit einem Blick seinen zwei Wachhunden zu verstehen, dass sie beiseitetreten sollten. Payne wischte sich mit der Hand über den Mund und rückte seine Kleidung zurecht. Er konnte bereits jetzt den blauen Fleck spüren, der spätestens morgen früh seinen Kiefer zieren würde. Die Blicke der Wachhunde bohrten sich in seinen Rücken, als er Newman ins Büro folgte.

»Sie haben nicht zufälligerweise das Buch dabei, das Sie uns zurückbringen sollten?«, fragte Newman und kramte in seiner Jackentasche nach Streichhölzern. Er bot Payne keinen Platz an.

»Nein«, gab Payne zerknirscht zu. Die Sache mit dem Folianten, den Frost gestohlen hatte und den er eigentlich ihr abnehmen sollte, war ziemlich kompliziert. Newman würde ihm wohl kaum ein Wort glauben.

»Und wieso nicht? Ich dachte, ich hätte Ihnen einen klaren Auftrag erteilt.« Als Payne schwieg, fixierte Newman ihn mit einem wütenden Blick. »Erklären Sie mir bitte, warum ich erfahren musste, dass Sie nun sogar gemeinsame Sache mit der Schlüsselmacherin machen? Angeblich arbeiten Sie jetzt für sie. Wie hat sie Sie um den Finger gewickelt, hm?« Newman redete sich in Rage. »Sie arbeiten für mich, verdammt! Sie hatten einen Auftrag, den Sie vermasselt haben, und ich will verdammt noch mal eine Erklärung dafür.«

Payne steckte die Hände in die Hosentaschen und bemühte sich darum, eine gelassene Haltung zu wahren. Innerlich brodelte er jedoch. Ja, Newman war zurecht wütend, und er hätte früher hierherkommen sollen, um die Sache zu erklären. Dennoch konnte er nun nichts mehr daran ändern.

»Es war nicht der Russe. Sie hat für die Chinesen gearbeitet.«

Newman runzelte die Stirn. »Die *Dragons*? Herrgott noch mal, Payne. Was haben Sie sich dabei gedacht, mit denen gemeinsame Sache zu machen?«

»Hm, ich weiß nicht, vielleicht, weil man mehrere Male versucht hat, mich umzubringen?«

»Sparen Sie sich Ihren Sarkasmus.« Newman paffte wütend seine Pfeife. »Sie sind gefeuert.«

Damit hatte er gerechnet, also nickte er nur. Wenn er ehrlich war, hätte er selbst gekündigt, wenn Newman ihn nicht rausgeworfen hätte. Auch wenn es Wahnsinn war, die beste Quelle für den Londoner Untergrund zu verlassen. Wie sollte er nun ohne Newmans Ressourcen den Russen ausfindig machen?

Payne machte Anstalten, das Büro zu verlassen, als Newman ihn zurückhielt. »Da fällt mir ein, vor ein paar Wochen hat sich ein Amerikaner in einer von Lord Greysons Reedereien nach einem Pinkerton erkundigt. Es wurde mir lediglich gemeldet, weil der Mann darauf bestanden hatte, die Passagierlisten zu sehen und dabei sehr ausfallend geworden ist. Ein Freund von Ihnen?«

Payne runzelte die Stirn. Was hatte Frost erzählt? Beim Mann, der sie direkt vor der Agentur angegriffen hatte, waren amerikanische Dollars gefunden worden. Ob das derselbe Mann war?

Für einen kurzen Moment veränderte sich das Gefüge des Raumes, und Paynes Herz begann zu rasen. Hastig kniff er die Augen zusammen und schüttelte den Kopf. Nein, niemand wusste, dass er die Staaten verlassen hatte. Sie konnten ihn nicht gefunden haben. Es gab bestimmt noch mehr Pinkertons in London. Es musste ein Zufall sein. Oder?

»Mr. Payne, ich habe heute noch sehr viel zu tun.«

Der Raum kam zurück in den Fokus, und Payne schluckte hart. Seine Kehle war staubtrocken. Dann nickte er und verließ Newmans Büro.

Der alte Mann saß an einem Ecktisch im Pub und nippte an einer Tasse Tee, als Inspektor Jones und Constable Manju sich zu ihm setzten.

»Inspektor Welsh, vielen Dank, dass Sie uns treffen konnten«, fing Jones an, doch der alte Mann winkte ab.

»Ich bin schon zu lange in Rente, um noch Inspektor genannt zu werden, Inspektor.« Er machte eine kurze Pause und musterte dabei Manju. »Ich habe gehört, dass sie nun auch Frauen ins Yard lassen.«

»Constable Nilima Manju, Sir. Es ist mir eine Ehre. Ich habe schon viel von Ihnen gehört.« Manju lächelte. Ihre vielen Armreife klimperten, als sie die Hände auf der Tischplatte faltete.

»Sie sagten, es geht um einen meiner alten Fälle?«

Jones schmunzelte. Man hatte ihn gewarnt. Basil Welsh war kein Mann für Höflichkeitsfloskeln und Smalltalk. »Das tut es, Sir.« Er holte die vergilbte Akte aus seinem Mantel und schob sie zu Welsh über den Tisch.

»Ah«, sagte er, als er seine eigene Handschrift darauf sah. »Ich hatte schon fast damit gerechnet, dass jemand aus dem Yard damit zu mir kommt. Die Zeitungen sind voll davon, seit sie die ersten beiden aus der Themse gezogen haben.« Seine Hände bebten, als er nach der Tasse griff. »Schreckliche Sache.«

»Inspektor … Mr. Welsh, gibt es etwas, das Sie uns erzählen können, was nicht in der Akte steht?«

Welsh blickte auf. »Jones war der Name, nicht? Wie lange sind Sie schon im Yard?«

Jones blinzelte überrascht. Was hatte das mit dem Fall zu tun? »Nächstes Jahr sind es 15 Jahre, Sir. Davor war ich sechs Jahre in Edinburgh stationiert.«

»Und haben Sie schon jemals so etwas gesehen?«

»Nein, Sir.«

Welsh brummte etwas. Seine wässrigen Augen schienen einen Punkt auf der Tischplatte zu fixieren. Manjus Armreife klapperten, als sie unruhig auf dem Stuhl herumrutschte.

»Ich war damals schon seit über 20 Jahren im Yard. Erfahren, sicher, selbstbewusst. Ich war auf der Krim. Ich dachte, ich hätte alle menschlichen Abgründe gesehen.« Welsh machte eine Pause. Seine von Arthritis geplagten Finger griffen nach der Mappe. Es fiel ihm sichtlich schwer, sie aufzumachen. »Ich… Wir waren zu langsam. Das Yard steckte in einer Krise, wir hatten keine Ressourcen und zu wenig Männer.« Nachdenklich betrachtete er den obersten der ausgeschnittenen Zeitungsartikel. »Sie sind über uns hergefallen wie die Aasgeier.«

»Commissioner Lovett hat eine Informationssperre verhängt, was den Fall angeht«, sagte Jones. »Sir, ich habe die Akte von hinten bis vorne studiert. Hatten Sie wirklich keinen Verdacht, wer es sein könnte? Nicht einmal ein Bauchgefühl?«

Welsh brummte erneut. »Ich war mir beinahe sicher, dass es ein Arzt war. Oder ein Medizinstudent. Jemand, der sich mit dem menschlichen Körper sehr gut auskennt.«

Das war auch Dr. Taylors Meinung. Jones holte sein Notizbuch aus dem Jackett und schrieb zwei Sätze hinein. »Was glauben Sie, ist es derselbe Mann?«

Welsh zuckte mit den Schultern. »Es sind fast 20 Jahre vergangen. Warum er damals so abrupt aufhörte, konnte ich mir nie erklären. Vielleicht ist etwas schiefgegangen. Vielleicht haben wir ihn verscheucht. Kann sein, dass er so viele Jahre auf etwas warten musste, um weiterzumachen. Wer weiß das schon?«

»Wir werden es herausfinden«, meinte Manju selbstbewusst. »Und wir werden ihn diesmal schnappen.«

Jones räusperte sich vernehmlich. »Danke für Ihre Zeit, Mr. Welsh.« Er warf Manju einen warnenden Blick zu und nahm die Mappe an sich.

»Was?«, fragte sie, als sie wieder auf der Straße standen.

»Sie hätten dem alten Mann keine Versprechen machen sollen, die sie nicht halten können.«

»Aber, Sir, ich wollte doch nur …«

Jones blieb stehen und baute sich vor seiner jungen Partnerin auf. »Wir machen keine Versprechen, was das Einfangen von Mördern und Verbrechern angeht, haben Sie mich verstanden, Manju? Was, wenn der Nächste, dem Sie so ein Versprechen geben, damit gleich zum *Herald* rennt? Wie blöd stehen wir und das gesamte Yard dann da, wenn wir das Versprechen nicht halten können?«

Manju schluckte ihre Erwiderung hinunter und nickte dann. »Ich verstehe.«

»Gut. Sie sind neu im Yard und müssen noch viel lernen. Und jetzt sollten wir zurück. Dr. Taylor erwartet uns bereits mit dem Opfer aus Greenwich.«

Payne setzte sich in die nächste Kneipe und leerte das erste Pint in einem Zug, worauf er gleich das nächste bestellte. Auf dem Nachbartisch lag eine Zeitung. Es war die aktuellste Ausgabe, die jeweils kurz vor Mittag überall in der Stadt von Zeitungsjungen verkauft wurde. Auf der Titelseite prangte in großen Lettern »Erneut verstümmelte Leiche in der Themse gefunden! Greenwicher Studenten in Aufruhr!«, darunter befand sich ein Bild des Universitätsgebäudes. Im Hintergrund konnte man eine Traube Menschen, vermutlich Studenten, und einige Polizisten ausmachen. Hastig überflog Payne den Artikel, aber es standen keine neuen Informationen darin. Das Wichtigste hatte Cecilia ihm bereits berichtet.

Payne legte die Zeitung beiseite. Cecilias Bitte ging ihm wieder durch den Kopf. Er wollte ihr helfen, doch Frost hatte recht. Es war Sache der Polizei. Außerdem hatten sie nur noch weniger als zwei Tage Zeit, um die verschwundene Waffe zu finden. Falls der Mörder bis dahin nicht gefasst war, konnten sie sich immer noch des Falles annehmen.

Trotzdem nagte es an ihm. Was, wenn die nächste Leiche tatsächlich Annabella war? So ziemlich alles sprach jedoch dagegen. Die Jugendlichen schienen nirgendwo hinzugehören, niemand vermisste sie. Annabella war erst halb so alt. Außerdem war da die Visitenkarte, die er in ihrem Zimmer gefunden hatte, in der Nacht nach ihrem Verschwinden. Er glaubte immer noch, dass der Russe etwas damit zu tun hatte.

Nein. Erst die Waffe, dann alles andere.

Die Kellnerin brachte ihm das dritte Bier und warf einen Blick auf die Zeitung, die vor ihm auf dem Tisch lag. »Schreckliche Sache, nicht? Diese armen Kinder!« Sie schüttelte den Kopf.

Payne schaute auf. »Hat die Polizei den Übeltäter schon gefasst?«

Die Kellnerin schnalzte mit der Zunge. »Diese Nichtsnutze vom Yard können oft nicht mal links von rechts unterscheiden. Was glauben Sie?«

Payne musste lächeln und bedankte sich für das Bier. Dann nahm er die Zeitung wieder zur Hand und blätterte durch den

Rest. Beim Namen Greyson blieb er hängen. Es war ein kurzer Bericht über die Fabrikeröffnung in York.

Ein Gedanke setzte sich in seinem Kopf fest. Auch wenn er sich wohl wieder eine Faust einfing, vielleicht würde es sie weiterbringen. Das Risiko war es wert.

Payne legte Geld auf den Tisch und eilte aus dem Pub. Kurz darauf stand er wieder vor Newmans Büro. Die beiden Wachmänner standen langsam auf, als sie ihn kommen sahen, und starrten ihn an.

»Der Boss meinte, dass Sie nicht mehr willkommen sind«, sagte der eine. Er schob den Kautabak von einer Wange in die andere.

»Diesmal ist es geschäftlich«, erwiderte Payne gelassen. »Sagen Sie Newman, dass ich ihn sprechen muss.«

Die Männer warfen sich einen skeptischen Blick zu, dann drehte sich der eine um und betrat das Büro. Gleich darauf tauchte er wieder auf und deutete mit einem Kopfnicken an, dass Payne eintreten sollte.

»Ich dachte, wir hätten alles geklärt, Mr. Payne«, begrüßte ihn Newman ohne Umschweife. Im Zimmer hing der herbe Geruch des Pfeifentabaks. Newman schlug ein Buch zu und legte den Füller, mit dem er darin geschrieben hatte, daneben auf den Tisch.

»Ich habe eine Frage. Kennen Sie einen Mr. Sanderson? Er arbeitet für eine Waffenfabrikation in Southwark. Eine von Greysons Fabriken, wenn mich nicht alles täuscht.«

Newman runzelte die Stirn. »Sanderson … Sanderson … Ja, ich kenne einen Sanderson. Er ist einer von Mr. Greysons Sekretären und in dessen Abwesenheit verantwortlich für die Fabrik.«

Paynes Mundwinkel zuckten zufrieden. »Mr. Newman, Sie

als Kopf von Greysons Sicherheitskorps, was können Sie mir über Sanderson erzählen?«

»Nennen Sie mir einen Grund, warum ich das tun sollte.« Newman lehnte sich zurück und hob das Kinn. »Worum geht es hier?«

»Miss Frost und ich arbeiten an einem Fall«, antwortete er nur und setzte ein Grinsen auf. »Mehr darf ich Ihnen leider nicht sagen, Sie verstehen.«

»Hat er etwas angestellt, worüber ich Bescheid wissen sollte?« Der Sicherheitschef runzelte die Stirn.

»Sie werden es frühzeitig erfahren, sollte Sanderson tatsächlich etwas mit unserem Fall zu tun haben.«

Newman schaute Payne abschätzig an. Dann stand er auf und ging zu einem Aktenschrank, wo er ein schmales Buch herauszog und darin zu blättern anfing. »Eric Sanderson, seit drei Jahren als Privatsekretär angestellt und mit der Aufsicht über eine der Fabriken in Southwark betreut. Tadellose Buchführung, äußerst zuverlässiger Mann.«

»Was hat er gemacht, bevor er bei Greyson Industries eingestiegen ist?«

»Lassen Sie mich sehen. Royal Navy, Marineoffizier. Mehr wissen wir nicht über den Mann.« Newman klappte das Buch zu und stellte es zurück ins Register.

Also daher kam die steife Art des Sekretärs, dachte Payne. Sanderson war bei der Marine gewesen. In seinem Unterbewusstsein rastete etwas ein, doch er bekam den Gedanken nicht zu fassen. »Danke. Und entschuldigen Sie die erneute Störung. Das war dann auch die letzte für heute.«

»Ihr Amerikaner habt einen wundervollen Sinn für Humor«, gab Newman mit gebleckten Zähnen zurück.

Payne schlenderte grinsend an den Wachhunden vorbei. Jetzt

musste er nur noch Frost finden, die irgendwo bei den Docks war. Vermutlich bei ihren Freunden von der chinesischen Mafia.

Der Gedanke gefiel ihm nicht, doch wenn es half, den Prototypen schneller zu finden, so sollte es ihm recht sein. Solange nicht wieder auf ihn geschossen wurde.

9.

Selbst zu ihren besten Tagen in der Organisation hatte Frost es vermieden, in die Opiumhöhlen hinter den Docks zu gehen. Sie verabscheute die Droge. Sie machte aus anständigen Menschen wandelnde Leichen. Frost hatte schon viele abstürzen sehen. Junge Gentlemen mit viel zu viel Geld, die nicht wussten, was sie mit sich anstellen sollten; gestandene Geschäftsmänner, die sich durch den Rausch verführen ließen; tugendhafte Ehefrauen, die aus ihren goldenen Käfigen ausbrechen wollten.

Das Tragische an der Sache war, dass es ohne Madame Yueh keine Opiumhöhlen in England gegeben hätte. Die Engländer waren, im Gegensatz zu den Franzosen, bis zu den Opiumkriegen mit China nie wirklich der Droge verfallen gewesen. Madame Yueh hatte ihr Imperium vor Jahrzehnten jedoch nach London ausgelagert und dafür gesorgt, dass die steifen Engländer auf den Geschmack gekommen waren.

Hier im chinesischen Viertel hingen überall Lampions, über Türeingängen und an langen Seilen zwischen die Häuser gespannt. Ihre kleinen Aetherflammen in den roten Laternen tauchten die Gassen in warmes Licht. Frost blieb vor einem der Häuser stehen und klopfte an die Tür. Nur ein unscheinbares Zeichen am Rahmen deutete auf das, was sich hinter der Fassade befand.

Ein untersetzter Mann in traditioneller Kleidung öffnete ihr. Frost grüßte ihn auf Chinesisch. Der Raum, in dem sie stand, war einmal eine alte Teestube gewesen, doch der Staub auf den Regalen und den wenigen Tischen machte klar, dass hier schon lange kein Tee mehr serviert wurde. Zur Tarnung, falls die Polizei doch einmal auftauchen sollte, hatte man jedoch alles stehen lassen.

Der Mann führte Frost hinter den Tresen und dann durch einen Vorhang, der die Teestube von der eigentlichen Opiumhöhle abtrennte. Ein Gemisch aus Räucherware und dem beinahe Übelkeit erregenden süß-erdigen Duft des Opiums schlug ihr entgegen. Das Licht war gedimmt, an der Decke hingen traditionelle Öllampen, und auf den Tischchen brannten die kleinen Lampen, die für das Rauchen gebraucht wurden. Die Wände waren mit roten Stoffbahnen verhängt, um Zugluft zu vermeiden. Trennwände aus Holz und Stoff unterteilten den Raum in gemütliche Nischen, in denen jeweils Betten oder Diwans standen.

Frost presste die Lippen zusammen und kämpfte gegen das aufsteigende Unwohlsein an. Die wenigen Male, die sie mit Michael Opium geraucht hatte, hatte sie kotzend und elend verbracht. Viele erstmalige Konsumenten litten unter diesen Symptomen, aber die meisten ließen sich davon nicht abhalten.

Sie ging langsam den Mittelgang entlang und spähte in jede Nische. Die Konsumenten lagen auf den Betten oder den Diwans, rauchten eine Pfeife nach der anderen. Nur wenige schauten Frost an, als sie vorbeiging. In einigen der Nischen knieten Angestellte vor einem niedrigen Tisch, auf dem sich ein Tablett mit verschiedenen Instrumenten befand. Sie bereiteten das Opium soweit vor, dass man es rauchen konnte.

Frost sprach einen der Angestellten, der gerade mit einem frischen Tablett aus einem Hinterzimmer kam, auf Chinesisch an und fragte nach Michael. Der junge Mann schüttelte den Kopf und schaute sie misstrauisch an, bevor er ihr antwortete.

»*Lóngtóu* ist nicht hier, Miss. Er befindet sich auf der *Golden Dragon*.«

Die *Golden Dragon* war eines von drei Schiffen, die reiche Geschäftsmänner und Mitglieder des Königshauses für private Feiern mieten konnten. Frost nickte und wandte sich zum Gehen. Sie musste wieder an die frische Luft, oder sie konnte nicht garantieren, dass sie das Mittagessen bei sich behielt. »Danke.«

»Sie werden aber nicht eingelassen werden, Madam«, rief ihr der Angestellte nach. »Es ist privat.«

Frost lächelte schal. »Man wird mich einlassen.«

Hoffte sie zumindest.

Die *Golden Dragon* lag am Ufer der Themse vertäut. Es war das prächtigste der drei Party-Schiffe, über vierzig Meter lang und ein massives Konstrukt aus Holz und Stahl. Das Boot war einem Drachen nachempfunden, wobei der Bug ein massiver Drachenkopf war, der aussah, als wolle er halb London verschlingen, und das Heck schlängelte sich zu einer beschuppten Schwanzspitze. Auf dem Hauptdeck befanden sich drei doppelstöckige Pagoden, deren geschwungene goldene Dächer dem Boot seinen Namen gaben. Die Reling war roten Drachenschuppen nachempfunden, die filigranen Schnitzereien an den Pagoden, vor den Fenstern und an den Wänden waren ebenfalls rot bemalt.

Klassische Laternen und Lampions, gefüllt mit Aether, ließen das Gold und die Drachenaugen funkeln. Obwohl es mitten am Nachmittag war, ließ die dicke Smogschicht über London kaum Sonnenlicht durch.

Der Clou des Schiffes war jedoch, dass es sich nachts, wenn die Partys in vollem Gange waren, aus dem Wasser erhob und in ein Luftschiff verwandelte. Segel, die einer klassischen Dschunke nachempfunden waren, wurden ausgefahren, und eine Anlage aus Dampf- und Aethermaschinen ließ das Schiff durch die Luft schweben.

Frost raffte ihre Röcke und betrat die Reling. Sofort traten zwei modern gekleidete Männer aus den Schatten der mittleren Pagode und stellten sich ihr in den Weg. Frost blieb stehen. Beide Männer waren Schränke, breitschultrig und bullig. Leibwächter. Und bestimmt auch bewaffnet.

»Geschlossene Gesellschaft«, sagte der eine und hob das Kinn, um seiner Aussage Nachdruck zu verleihen.

»Michael Cho hat sicher nichts dagegen, wenn ich kurz Hallo sage«, meinte sie betont fröhlich und machte einen weiteren Schritt auf der Reling. Sofort gingen die beiden Wachmänner in aggressive Abwehrhaltung. Frost blieb stehen.

»Sie haben keinen Zutritt, Schlüsselmacherin«, sagte der andere. Frost hörte den Spott in seiner Stimme und legte den Kopf schief.

»Ich möchte mit *lóngtóu* Cho sprechen«, sagte sie fest. »Er wird mich empfangen.«

»Sie sind eine Außenseiterin. Sie haben hier nichts mehr zu suchen.«

Frost ballte die Fäuste. Es hatte also begonnen. Anscheinend waren die drei Monate Schonzeit um, nun, da sie sich letzte Woche offen gegen die *Dragons* gestellt hatte. »Ich will nur mit Michael sprechen, das ist alles. Fünf Minuten.« Die Gesichter der Männer blieben eisig. »Sagt ihm, dass ich hier bin.« Beinahe hätte sie ein Bitte angehängt, biss sich jedoch im letzten Moment auf die Zunge.

Zu ihrer Überraschung zog einer der Männer seine Waffe und zielte auf sie. »Es wird Zeit, dass Sie verschwinden, Schlüsselmacherin. Sie gehören nicht mehr zu uns.«

Frost schluckte hart und machte einen Schritt rückwärts. Was nun? Sie wusste nicht, wann Michael in sein Haus zurückkehrte. Sie zweifelte daran, dass man sie da einlassen würde, aber sie konnte auch nicht hier draußen auf ihn warten. Die

Zeit drängte. Sie *musste* Michael befragen und herausfinden, ob die Waffe auf dem Schwarzmarkt aufgetaucht war.

»Was soll das hier? Tian, runter mit der Waffe, sofort!« Michael stand auf einmal im Eingang der Pagode und sah seinen Leibwächter scharf an. Dieser murmelte eine halbherzige Entschuldigung und trat zur Seite. »Lydia, was tust du hier?«

»Ich wollte dich sprechen.«

»Hat das nicht Zeit bis morgen? Ich bin in einer wichtigen Besprechung.«

»Leider nein.« Frost war erleichtert, als er nachgab und sie auf das Schiff winkte.

Auch im Inneren des Bootes hatte man nicht an Protz gespart. Auf den mit dunklem Holz vertäfelten Wänden hingen rote Stoffbahnen mit traditionellen Ornamenten in schwarz. Die Trennwände bestanden aus feinsten Schnitzereien, die mit Blattgold veredelt waren. In regelmäßigen Abständen standen Büsten, Statuen und Drachen aus geschnitzter Jade entlang der Wände. Frost wusste nicht, wo sie zuerst hinschauen sollte. Seit sie das letzte Mal hier gewesen war, hatte man neu dekoriert und dabei nicht mit Geld gespart.

»Setz dich«, sagte Michael und deutete auf ein dickes Sitzkissen am Boden. Auf dem runden Tisch standen Teeschalen und Teller mit Snacks. »Dir ist hoffentlich bewusst, dass du mich aus einem wichtigen Gespräch geholt hast. Die Männer, die da hinten sitzen«, er deutete über die Schulter, »sind nicht gerade erfreut darüber«.

»Du bist ein *lóngtóu*, Michael, die sollten dir gehorchen. Es sei denn, es sitzen andere *lóngtóu* dort hinten.« Frost nahm eine Handvoll gesalzene Nüsse und ließ sie sich in den Mund fallen.

Michael seufzte beinahe unmerklich. »Zwei«, gab er zu, »und

leider sind nicht alle der Meinung, dass ich es würdig bin, *lóngtóu* zu sein. Mein Vater ist zu früh gestorben.« Er schaute sie mit seinen schwarzen Augen an. »Also, bist du privat oder geschäftlich hier?«

»Geschäftlich«, sagte Frost und konnte die Enttäuschung in seinen Augen sofort sehen. Seine Körpersprache veränderte sich ebenfalls, er lehnte sich zurück und vergrößerte damit den körperlichen Abstand zwischen ihnen. Ein kalter Knoten bildete sich in ihrem Magen, doch sie ignorierte ihn. Stattdessen griff sie in ihre Umhängetasche und holte die drei Fotos heraus. »Ich habe den Auftrag, diese gestohlene Waffe wiederzubeschaffen und habe dafür nur noch zwei Tage Zeit. Du kennst den Schwarzmarkt in- und auswendig. Kannst du mir sagen, ob sie seit Montag aufgetaucht ist?«

Michael nahm das Bild und pfiff leise durch die Zähne. »Lass mich raten, ein Prototyp. Es muss einer sein, denn so eine Waffe habe ich noch nie gesehen. Aether?«

»Fusionstechnologie mit Elektrizität«, erwiderte Frost. »Kann ziemlich viel Ärger machen. Und, ist dir eine solche Waffe auf dem Markt bekannt?«

Michael schüttelte den Kopf. »Leider nicht. Aber ich kenne ein paar Leute, die dafür eine sehr hohe Summe bezahlen würden.«

Frost verbarg ihre Enttäuschung, in dem sie sich ein paar Nüsse genehmigte. Sie schob Michael die anderen beiden Fotos hin. »Und wie sieht es mit diesen Männern aus? Hast du sie schon einmal gesehen?« Es waren die Fotos aus den Akten von Baxter und Sanderson.

»Der hier sieht wie ein verrückter Wissenschaftler aus«, meinte Michael und zeigte auf Baxters Bild, womit er unwissentlich recht hatte. Man musste in der Tat ein wenig verrückt sein, um eine solche Waffe zu entwickeln. »Ich glaube, ich habe ihn einige Male in einer der Glücksspielhallen gesehen.«

Das bestätigte damit auch Sandersons Vermutung, dass Dr. Baxter Geldprobleme plagten. Wenn er dem Glücksspiel verfallen war und hohe Schulden gemacht hatte, würde ihm der Verkauf der Waffe dabei helfen, aus dem Schlamassel zu kommen. Leider katapultierte ihn das an die erste Stelle ihrer Verdächtigenliste.

»Und der hier? Sein Name ist Eric Sanderson.«

Michael schüttelte den Kopf. »Tut mir leid.«

Frost nahm die Bilder wieder an sich und verstaute sie in der Tasche. Sie schob ihre Röcke zur Seite, damit sie aufstehen konnte, doch Michael packte ihr Handgelenk.

»Ist das alles?«

Frost konnte die unausgesprochenen Fragen deutlich heraushören. Bist du wirklich nur deswegen gekommen? Hast du mir nicht noch mehr zu sagen?

Sie zwang sich dazu, ruhig zu bleiben. »Ja, das ist alles.« Aus dem Augenwinkel bemerkte sie eine Bewegung und drehte den Kopf. Zwei ältere Männer standen neben einer der hinteren Trennwände und schauten sie angesäuert an. »Ich halte dich nicht weiter auf. Wir sprechen ein anderes Mal über ... die andere Sache«, fügte sie hinzu und stand auf.

Michael erhob sich ebenfalls und schaute sie lange an, dann machte er eine höfliche Verbeugung. »Du weißt, wo du mich findest.«

Frost stieß die Luft zwischen den Zähnen aus, als sie wieder festen Boden unter den Füßen hatte. Zu ihrer Erleichterung hatte Michael nicht darauf bestanden, sofort eine Antwort von ihr zu erhalten. Seinen Respekt ihr gegenüber rechnete sie ihm hoch an. Auch wenn sie sich seit ihrer gemeinsamen Kindheit unter Madame Yuehs Fittichen kannten, so stand er nun als *lóngtóu* weit über ihr und hätte sie durchaus zu einer Antwort, wenn nicht gar zu einer Heirat, zwingen können.

Hastig schob sie die Gedanken beiseite und konzentrierte sich wieder auf den Auftrag. Sie wusste nun, dass die Waffe nicht auf dem Schwarzmarkt aufgetaucht war, denn der Organisation entging in der Hinsicht nichts. Als Nächstes musste sie private Waffensammler ins Auge fassen, und Payne konnte die lizenzierten Waffenhändler abklappern. Und dann mussten sie Dr. Baxter in die Mangel nehmen.

Es wurde dunkel über den Dächern von London. Die Zeit rann ihr buchstäblich durch die Finger. Morgen war schon Freitag. Das würde eng werden.

»Ein Feind nach dem anderen«, murmelte sie in Anlehnung an die Borgias vor sich hin, als sie zur nächsten Straßenbahn eilte. Erst musste sie zurück in die Agentur und Payne zu den Händlern schicken, so lange die noch geöffnet hatten. Sie selbst brauchte ein Bad und dann das schickste Kleid, das sie besaß.

Sie wusste genau, wo sie ein paar betuchte Waffensammler finden konnte.

David Cassidy erwachte, weil er höllische Schmerzen hatte. Jede Faser seines Körpers schrie in Qualen. Das Atmen fiel ihm schwer, und sein Kopf fühlte sich heiß an.

»Bleib still liegen.« Die Stimme war ganz nah. »Aufgewacht drei Stunden nach erfolgreich verlaufener Operation. Leichtes Fieber. Objekt Nummer 23 ist nach wie vor vielversprechend. Werde mir zu einem späteren Zeitpunkt seine ursprünglichen Vitalwerte notieren, für spätere Versuchsobjekte.«

»Was haben Sie mit mir gemacht?«, wisperte David und

blinzelte in das helle Licht der Lampe, die direkt über ihm hing. Selbst das verursachte ihm Schmerzen. »Ich will nach Hause.«

Der Gedanke an sein Daheim trieb ihm die Tränen in die Augen. Wie lange war er schon fort? Die anderen suchten bestimmt nach ihm.

»Du hast kein Zuhause, Nummer 23, deswegen habe ich dich ausgesucht. Niemand wird dich vermissen.«

David wollte schreien. Wollte dem Verrückten klarmachen, dass er David Cassidy hieß und in Whitechapel wohnte, in der Straße hinter dem Metzger, zusammen mit seiner Mutter und seinen drei Schwestern. Aber seine Kehle war zugeschnürt vor Angst, seine Stimme versagte.

»Hier, schlaf jetzt. Ich will nicht, dass du das Experiment gefährdest.«

»Nein!«, schrie er auf und zerrte an seinen Fesseln, trotz der Schmerzen, die sofort durch seinen Körper schossen und ihm beinahe die Sinne raubten. Doch die Hand mit dem weißen Taschentuch, das stark nach Chloroform roch, war unerbittlich.

10.

Als Frost den Royal Guilds Club betrat, war es kurz vor neun Uhr. Sie raffte die Röcke ihres rotschwarzen Kleides und stieg die Treppe in der Halle hinauf. Der Royal Guilds Club war Heimat der einflussreichsten Männer und Frauen Londons. Allesamt stinkreich, und nicht wenige würden ein Vermögen hinblättern für ein Einzelstück, sei es ein Diamant, ein Gemälde, eine Waffe oder eine Person.

Zum Glück kannte Frost den Mann, der am Eingang die Einladungen kontrollierte. Er war zwar eine ehemalige Affäre von ihr, jedoch immer noch nützlich von Zeit zu Zeit. Alfred hatte sie ohne Zögern eingelassen.

Der Clubraum war gut besucht an diesem Abend. Überall standen niedrige Tische und drumherum tiefe Ledersessel. Livrierte Kellner gingen mit steifen Bewegungen, die sie wohl für elegant und klassisch hielten, zwischen den Gentlemen und Ladies herum. Frost mochte sich kaum vorstellen, wie viel Brandy hier jeden Tag konsumiert wurde. Ein Wunder, dass das britische Empire nicht schon längst untergegangen war.

Sie bedeutete einem der Kellner, ihr einen Whisky zu bringen. Mit dem Glas in der Hand schlenderte sie an den Wänden entlang und beobachtete die illustren Gäste. Frost erkannte Mrs. Winnifred, Erbin eines Vermögens und generöse Gönnerin der National Gallery. Man munkelte, dass sie jedes Gemälde auftreiben konnte, wenn auch nicht immer mit legalen Mitteln. Den Leuten war es egal, denn sie ergötzten sich lieber an der Tatsache, dass Mrs. Winnifred vor Kurzem das Meisterwerk vollbracht hatte, den Franzosen die Mona Lisa abzuschwatzen und nach London zu bringen. Ihr Luftschiff hatte sogar eine royale Eskorte über den Ärmelkanal bekommen.

»Madam, darf ich Ihnen Gesellschaft leisten?«

Frost drehte sich um und sah sich einem Mann Mitte sechzig gegenüber. Über seinem Frack trug er eine hellblaue Schärpe, die mit mehreren Abzeichen verziert war. Frost kannte sich mit Orden zu wenig aus, als dass sie sie zuordnen konnte; dass der Mann ein Veteran war, sah sie jedoch sofort. Und vermutlich genau der Mann, den sie brauchte.

Sie setzte ihr bestes Lächeln auf. Der Herr stellte sich als Lord Bromington vor, ehemaliger General der Royal Airship Divisions. »Lydia Frost, sehr erfreut, Lord Bromington.«

»Ach, nennen Sie mich Harold, ich bin zu alt für Höflichkeiten.«

Unweigerlich musste Frost lachen. Sie mochte den alten Mann auf Anhieb und ließ sich bereitwillig von ihm zu einem freien Tisch führen. Nach ein paar Minuten kamen Harolds Freunde hinzu, alle drei ebenfalls ältere Veteranen und heitere Charaktere. Frost unterhielt sich prächtig.

»Ich brauche Ihre Hilfe, meine Herren«, sagte sie in die Runde und hatte sofort aller Aufmerksamkeit. »Ein guter Freund von mir hat kürzlich eine Waffe erstanden, doch er glaubt, vom Käufer übers Ohr gehauen worden zu sein.«

»Madam, Sie glauben gar nicht, wie oft ich schon an solche Scharlatane geraten bin«, sagte Lord Winstonshire und nickte dabei ernst. »Diese Männer glauben, sie können mir die persönliche Muskete von König James II. andrehen und wissen dabei nicht, dass sie sich bereits in meiner Sammlung befindet.« Er gluckste zufrieden in seinen Sherry.

»Sie scheinen Experten auf dem Gebiet von Waffen zu sein«, meinte Frost und lächelte in die Runde. »Dürfte ich Sie um Ihre Meinung bitten, Mylords?« Sie zog das Foto des Prototypen aus einer eingenähten Tasche in ihrem Kleid und reichte es an Lord

Harold weiter. »Dies ist die besagte Waffe, von der ich vorhin gesprochen habe. Es ist keine Antiquität, wie Sie unschwer feststellen werden, aber es ist ein absolutes Einzelstück.«

Sie wartete einen Moment, bis die erstaunten Ausrufe und Seufzer der alten Männer abgeklungen waren. »Mein Freund glaubt, dass er zu viel dafür bezahlt hat.«

»Ist sie funktionstüchtig?«, fragte Lord Harold.

Frost nickte mit einem wissenden Lächeln. »Oh ja.«

»Sehr modern«, bemerkte einer von Harolds Freunden. »Ich könnte mir vorstellen, dass Lord Greyson Interesse daran hätte.«

Frost horchte auf, ließ die Männer jedoch weiterreden.

»Ich glaube, da haben Sie recht, William«, sagte Lord Harold. »Lord Greyson kann mit Antiquitäten nichts anfangen, aber geben Sie ihm Stahl und Technik, und er wedelt mit den Geldscheinen.«

»Glauben Sie, mein Freund könnte die Waffe an ihn verkaufen?«, fragte Frost dazwischen. »Und gibt es sonst noch Gentlemen, die sich dafür interessieren könnten?«

»An Greyson ganz bestimmt«, pflichtete Lord Harold bei. »Ich glaube, Ihr Freund wird keine Schwierigkeiten haben, diese Waffe weiterzuverkaufen. Die Amerikaner scheinen ganz versessen auf solche Technik zu sein.«

Es war nicht die Antwort, die sie gehofft hatte zu erlangen. Greyson würde wohl kaum seine eigene Waffe stehlen lassen, nur um sie dann bei sich zuhause an die Wand zu hängen. Sie glaubte zudem nicht, dass Amerikaner dahintersteckten. Dafür war die Fabrik zu geheim. Das Militär ließ sich von fremden Mächten nicht gern auf die Finger schauen, was die Rüstungsindustrie anging.

Das Gespräch der vier Veteranen wandte sich den aktuellen Nachrichten in den Zeitungen zu. Frost steckte das Foto zurück in die Falten ihres Kleides und nippte am Whisky. In Gedanken ging sie immer wieder die spärlichen Informationen durch, die sie und Payne besaßen. Einer von vier Prototypen war gestohlen worden – warum nur einer? Dr. Baxter war verdächtig, weil er vermutlich Spielschulden hatte. Ein gewisser Henry Walker, Dampftechniker, wurde seit dem Diebstahl vermisst. War er der Langfinger? Oder nur der Zwischenmann? Dann war da noch die Tatsache, dass der Duke of Edinburgh am Samstag zur Präsentation der Prototypen erwartet wurde, ebenso wie Lord Greyson. Gab es ein politisches Motiv, oder war die Sache eine persönliche?

Sie hatte eine böse Vermutung, dass sie ohne das Motiv den Fall nicht lösen konnten und höchstwahrscheinlich das Leben des Dukes oder Lord Greysons in Gefahr brachten. Verschwundene Waffe und Besuch des Thronfolgers vertrugen sich nicht.

»Schreckliche Sache, nicht?«, hörte sie Lord Winstonshire eben sagen. »Und das mitten in Greenwich. Unglaublich!«

»Die Polizei scheint nichts dagegen zu unternehmen«, pflichtete ihm der Mann zu seiner Rechten bei. »Dabei ist das alles schon einmal passiert.«

»Es sind schon einmal mechanische Kinder gefunden worden?«, rief Frost aus und klammerte sich an ihr Glas. Warum stand das nicht in der Zeitung?

Lord Harold nickte schwermütig. »Vor etwa zwanzig Jahren. Ich war damals in Manchester stationiert, befand mich aber gerade im Heimaturlaub, als sie den ersten Jungen bei der London Bridge herausgefischt haben. Man dachte damals, er sei ertrunken, es sei ein Unfall gewesen. Dann fanden sie am gleichen Tag zwei weitere. Alle ungefähr im gleichen Alter, zwischen zehn und fünfzehn Jahren. Und alle hatten mechanische Körperteile.«

»Doch nach der siebten Leiche hörte der Mörder auf«, fuhr Lord Winstonshire fort, »Scotland Yard hatte keinerlei Anhaltspunkte, keine Verdächtigen, dafür aber sieben Kinderleichen im Keller, die anscheinend niemand vermisste. Und jetzt hat es wieder angefangen.«

Frosts Gedanken drifteten ins Abseits. Die Metallplatte auf ihrem Rücken fühlte sich plötzlich kalt an, trotz der Wärme ihres Körpers. Sie spürte das Schlagen ihres Herzens, hörte das Rauschen des Blutes in ihren Ohren. Auf einmal glaubte sie, das mechanische Rattern von winzig kleinen Zahnrädern zu hören, fein und ohne Unterbruch.

Das Aetherlicht um sie herum vermischte sich mit den roten Lampions einer Straße. Der bequeme Sessel und ihr raschelndes Kleid verschwanden. Auf einmal befand sie sich im Dunkeln in einer verlassenen Gasse. Es regnete in Strömen, und ihr war kalt, so eiskalt, weil sie nur ein schmutziges Leinenhemd trug. Ihre nackten Füsse waren wund vom Laufen, doch sie hatte keine Ahnung, wie lange sie schon unterwegs war. Sie wusste nicht, wo sie sich befand, sie wusste nicht, wer sie war.

Doch sie hatte Angst, schreckliche Angst, dass man sie finden und zurückbringen würde, wo auch immer das war, und so ging sie immer weiter. Auf ihrem Rücken spürte sie die Reste von Verbandsmaterial. Irgendwo hatte sie sich die Knie aufgeschlagen, doch die Schmerzen, die zwischen ihren Schulterblättern in alle Richtungen ausstrahlten, waren viel schlimmer.

Beim Gehen baumelte ein Schlüssel vor ihrer Brust, doch sie wusste nicht, wofür dieser Schlüssel war und welches Schloss er öffnete.

Völlig erschöpft und entkräftet kroch sie in eine halbwegs trockene Nische neben einem Hauseingang. Der Regen prasselte unaufhörlich auf die roten Laternen nieder, die die Straße beleuchteten. Manchmal gingen Menschen an der Nische vorbei, doch sie bemerkten sie nicht.

Sie musste trotz ihres unaufhörlich zitternden Körpers vor Erschöpfung eingeschlafen sein, denn als sie erwachte, war um sie herum Licht. Laternen. Eine Gruppe Menschen war direkt vor ihrer Nische stehen geblieben. Eine ältere Frau löste sich aus der Gruppe und kam auf sie zu. Sie ging an einem Stock, weil sie ein schlechtes Bein hatte, und ein dünner Mann ging neben ihr her und schützte sie mit einem Schirm vor dem Regen.

»Ist dir nicht kalt?«, fragte die Frau.

Sie nickte.

»Dies ist kein Ort für Mädchen ohne anständige Kleidung und Schuhe.« Die alte Frau streckte ihr die Hand hin und lächelte freundlich. »Komm, bei mir zuhause ist es trocken und warm. Ich wette, du hast Hunger.«

Sie war misstrauisch. Was, wenn man sie wieder *dorthin* zurückbrachte? Aber ihr Körper weigerte sich, noch länger in dieser eisigen und nassen Nische zu kauern. Und so ergriff sie die Hand der alten Frau.

»Mein Name ist Madame Yueh.«

Jemand berührte sie am Arm, und die Geräuschkulisse des Royal Guilds Clubs kehrte zurück.

»Miss Frost, geht es Ihnen gut? Sie sind ganz blass.« Lord Harold schaute sie besorgt an.

Frost atmete tief ein und nickte. Dann stellte sie das Glas auf den Tisch und stand auf. »Meine Herren, ich muss Sie leider verlassen. Es hat mich sehr gefreut, Ihre Bekanntschaft zu machen. Vielen Dank für den netten Abend.«

Die vier Veteranen wollten sie dazu überreden, noch eine Weile zu bleiben, doch Frost lehnte ab. Sie hatte es plötzlich eilig, in die Agentur zu kommen. Sie musste mit Payne sprechen.

Vor dem Clubhaus winkte sie einer Droschke. Die Fahrt von Kensington nach Holborn schien ewig zu dauern, auch wenn um diese Uhrzeit nicht mehr viel Verkehr herrschte. Frost hoffte, dass Payne noch nicht nach Hause gegangen war. Dann fiel ihr das Aethercom ein. Sie hatte es zusammen mit dem Foto in die Tasche in ihrem Rock gelegt.

Nach einer halben Ewigkeit hörte sie endlich ein Knacken und dann Paynes blechern verzerrte Stimme. »Payne, falls sie noch in der Agentur sind, warten sie auf mich. Falls sie zuhause sind, kommen sie sofort her«, unterbrach sie ihn.

»Ist etwas passiert?«, fragte er und klang ein klein wenig besorgt.

»So etwas in der Art, ja. Payne, wir statten dem Yard heute Nacht einen Besuch ab.« Frost klappte das Aethercom zu und rief dem Kutscher zu, schneller zu fahren.

11.

Warum der plötzliche Sinneswandel?«, fragte Payne, während Frost sich aus den Schichten ihres Kleides schälte. Er stand mit dem Rücken zu ihr, linste jedoch ein paar Mal über die Schulter.

»Vier überaus charmante Herren haben mir heute Abend erzählt, dass vor etwa zwanzig Jahren schon einmal Kinder aus der Themse geborgen worden sind, die unseren mechanischen Kindern sehr ähnlich waren. Sie sagten doch, dass der Sergeant etwas von ‚Er ist wieder da' gesagt hatte, richtig?«

»Richtig. Trotzdem verstehe ich nicht ganz, warum Sie mir auf einmal zustimmen, was diese Sache angeht. Heute Mittag waren Sie noch strikt dagegen.«

»Darum.« Frost stand in Unterhemd und Pluderhosen vor dem Pinkerton. Sie drehte sich um und zog den Ärmel des Hemdes herunter, so dass ihr oberer Rücken entblößt war.

Payne zischte und unterdrückte einen Fluch. »Grundgütiger, Frost. Was ist das?« War das ein Schlüsselloch?

»Sie wollten doch wissen, warum ich jedes Schloss öffnen kann.« Sie bedeckte sich wieder und ging hinüber zum Schrank, wo sie eine schwarze Lederhose, ein schwarzes Hemd und ein marineblaues Korsett herauszog. »Ich habe ein mechanisches Herz.«

»Sie haben *was*?« Er hatte sich verhört, ganz bestimmt.

»Genau. Allerdings habe ich keine Ahnung, warum. Liegt vielleicht daran, dass ich mich nicht erinnern kann.« Die Worte sprudelten aus ihr heraus, und sie fuhr sich fahrig durch die langen Haare. »Ich habe das Gefühl, dass meine Vergangenheit etwas mit diesen Jugendlichen zu tun hat. Deswegen habe ich mich entschlossen, diesmal auf Sie zu hören. Vielleicht irre ich mich auch, aber etwas nachforschen kann nicht schaden, oder?«

Payne schaute sie schweigend an, während sie sich fertig umzog. Seine Blicke schienen sie nicht zu stören. Hastig band sie ihre Haare zu einem lockeren Knoten und schlang sich einen schwarzen Wollschal um den Hals.

Jetzt war ihm ihr Verhalten vom Mittag auch klar. Heilige Scheiße, die Frau hatte ein mechanisches Herz. Wer hatte ihr das angetan? Und warum?

Die Offenheit, die sie ihm gegenüber hatte walten lassen, war jedoch nur von kurzer Dauer gewesen. Payne bekam nichts mehr aus ihr heraus.

Eine halbe Stunde später gingen sie Whitehall entlang. Rechts von ihnen befand sich die Admirality. Zwei Wachmänner marschierten vor dem breiten Tor auf und ab. Frost und Payne bogen links in die Seitenstraße ab. Ein paar hundert Meter vor ihnen sahen sie durch die Lücke zwischen den Häusern den dichten Verkehr auf dem Victoria Embankment, einer der Hauptverkehrsadern durch London.

Scotland Yard schlief nicht, genauso wenig, wie London jemals schlief. Sie schauten dem Kommen und Gehen eine Weile zu, bevor sie das Yard betraten.

Sofort hörten sie ein Jaulen und Heulen, das von einem Betrunkenen in den Ausnüchterungszellen kam. Ein Polizist schlug mit seinem Stock gegen die Eisengitter und blaffte den Trunkenbold an, still zu sein. Zwei weitere Uniformierte kamen aus einem Flur und eilten an ihnen vorbei. Hinter einem Tresen stand ein müde aussehender Sergeant mit Vollbart. Er übertrug Notizen in ein dickes Buch.

»Haben wir einen Plan?«, raunte Payne Frost zu.

Frost schaute sich um. »Sie lenken den Desk Sergeant da vorne irgendwie ab, während ich das tue, was ich am besten kann: stehlen.«

Payne schnaubte unwillkürlich auf. Die Sache war beinahe komisch. Wer hätte gedacht, dass er eines Tages einer stadtbekannten Diebin dabei helfen würde, Scotland Yard auszurauben?

Sie besprachen flüsternd einige Details und wollten sich gerade trennen, als sie von einer Frau in der blauen Uniform eines Constables angesprochen wurden.

»Hey, Sie, Amerikaner!«

Payne drehte sich verwundert um und sah sich einer kleinen, zierlichen Inderin gegenüber.

»Sie waren doch wegen der Zeugenbefragung letzte Woche hier – Sie wissen schon, wegen den beiden … Leichen, die am Ufer der Themse gefunden worden sind?«

Frost zupfte an seinem Ärmel. »Sie haben was? Das haben Sie mir gar nicht erzählt.«

»Es war nur eine kurze Befragung, nichts weiter«, gab er zurück und wandte sich dann wieder der Frau zu. »Sind Sie mit dem Fall betraut?«

Die Constable nickte, schüttelte dann aber gleich darauf den Kopf. »Ich darf nicht darüber sprechen.«

»Sie *sind* mit dem Fall betraut.« Payne lächelte zufrieden. Vielleicht brauchten sie doch nicht das Yard zu bestehlen. Er beugte sich verschwörerisch vor. »Ich war Pinkerton in New York. Sie können mir vertrauen.«

Die Constable schien mit sich zu ringen, dann schaute sie sich rasch im Raum um. Sie winkte Payne und Frost in eine ruhigere Ecke. »Das muss aber alles unter uns bleiben, verstanden?«

»Aber natürlich.«

Frost schaltete sich ein. »Stimmt es, dass es vor 20 Jahren schon einmal einen solchen Fall gegeben hat?«

»Woher wissen Sie das?«

Paynes Grinsen wurde breiter. Diese Constable war wohl ein Frischling. »Es gibt Leute, die damals schon hier gelebt haben. Man erinnert sich an solche Sachen.«

»Oh, da haben Sie wohl recht.« Sie wirkte etwas zerknirscht. »Ja, es stimmt. Inspektor Jones und ich haben die alten Akten gesehen. Gleiches Muster.«

Payne fing Frosts vielsagenden Blick auf. »Haben Sie schon einen Verdächtigen? Neue Hinweise?«, fragte er.

»Dr. Taylor vermutet, es ist ein Arzt«, sprudelte es aus ihr heraus. »Sehr professionelle Arbeit – mal abgesehen davon, dass die Opfer sterben.«

Wieder zupfte Frost an Paynes Ärmel. »Fragen Sie sie, ob wir eine Kopie bekommen«, wisperte sie.

»Sie wird uns bestimmt keine Kopie geben«, raunte er. »Sie mag zwar naiv sein, aber nicht dumm.«

»Ich bin was nicht?«

»Manju!«

Die junge Constable zuckte zusammen und beeilte sich dann, einem großgewachsenen Mann mittleren Alters entgegenzugehen. »Inspektor, ich dachte, Sie seien bereits nach Hause gegangen!«

»Mit wem haben Sie da gesprochen?« Er sah nicht gerade freundlich aus.

»Der Mann ist einer der Zeugen der ersten Befragung, Inspektor.« Die Constable namens Manju winkte nun Payne und Frost, damit sie nähertreten sollten.

Inspektor Jones musterte Payne. »Waren Sie nicht vor ein paar Monaten schon hier? Was war es, Kindesentführung?«

»Meine Tochter, ja«, gab Payne zähneknirschend zu. Die Leute hier hatten verdammt gute Gedächtnisse. »Ich nehme an, Sie wissen immer noch nichts über sie?«

»Dafür bin ich nicht zuständig«, brummte der Inspektor. »Gehen Sie nach Hause, Sir, Madam. Wir tun unsere Arbeit, so gut es geht.«

»Das war nicht sonderlich befriedigend«, murrte Frost, als sie auf den Stufen vor dem Yard standen. »Der Kerl hat uns regelrecht rauskomplimentiert.«

»Inspektor Jones und Constable Manju«, meinte Payne, während er sich eine Zigarette drehte. »Jetzt wissen wir wenigstens die Namen derjenigen, die für den Fall zuständig sind. Und wir haben die Bestätigung, dass es tatsächlich schon einmal passiert ist. Das ist befriedigend genug, finde ich.«

Frost murmelte etwas und wischte sich eine Strähne aus dem Gesicht. Sie sah müde aus. »Wie verliefen eigentlich Ihre Erkundigungen bei den Waffenhändlern?«

Jetzt war es an Payne zu murren. »Niemand hat in seinem Leben auch nur eine ähnliche Waffe gesehen. Sackgasse.«

»Schwarzmarkt ebenso.«

»Damit bleibt nur eine Option übrig.« Payne zündete die Zigarette an und zog den Rauch tief ein. »Die Waffe wurde nicht gestohlen, um sie zu verkaufen. Geld spielt hier keine Rolle. Wir haben es mit einer oder mehreren Personen zu tun, die vermutlich ein Attentat planen.«

Frost stimmte zu. »Wir sollten uns Dr. Baxter noch einmal vornehmen. Aber erst morgen früh. Wir haben noch 24 Stunden Zeit.«

Sie trafen Finnley Baxter vor der Fabrik in Southwark. Er sah aus, als wäre er gerade erst aus dem Bett gefallen. Seine blonden Haare standen in alle Richtungen ab, und am Kinn klebte ein Pflaster. Offensichtlich hatte er sich in Eile rasiert.

»Tut mir leid«, stieß er hervor, als er über den Vorplatz auf sie zueilte. Er war zehn Minuten zu spät. »Ich dachte, ich nehme die Tube, das geht am schnellsten, doch dann ist am hintersten Wagen eine Achse gebrochen, und wir mussten durch den Tunnel zurück zur nächsten Station und …«

»Sie sind ja jetzt da«, unterbrach ihn Payne. Frost musste schmunzeln. Baxter zeigte die Symptomatik eines verrückten Wissenschaftlers. Beinahe schade, dass er momentan zu ihren Hauptverdächtigen gehörte, denn er war sehr sympathisch.

Sie räusperte sich. »Dr. Baxter, wir haben noch ein paar Fragen an sie.«

»Was immer Sie möchten, Miss Frost. Ich habe nichts zu verbergen.«

»Gut, dann haben Sie sicher nichts dagegen, wenn ich Sie frage, was Sie so oft in den chinesischen Glücksspielhallen machen?«

Baxter erbleichte und schluckte hart. Er lockerte den Schal und fing an, leicht zu schwitzen. »Hat das etwas mit dem Diebstahl zu tun?«

»Ich fürchte, ja. Sehen Sie, wenn Sie nämlich Spielschulden haben, wie ich vermute, käme Ihnen der Verkauf der Waffe sehr gelegen. Habe ich recht?« Frost legte den Kopf leicht schief und musterte das Gesicht des Wissenschaftlers.

Baxter starrte auf den Boden und fühlte sich sichtlich unwohl in seiner Haut. Frost wollte dies jedoch nicht als Schuldeingeständnis deuten – noch nicht. »Ich habe Spielschulden, das stimmt«, gab er leise zu. Dann schaute er auf und wurde energisch. »Aber ich würde niemals eine meiner Waffen deswegen stehlen und verkaufen, das müssen Sie mir glauben. Ich habe alle Prototypen mit dem neuen System eigenhändig entwickelt, sie sind wie meine Kinder.« Beinahe flehend schaute er zwischen Frost und Payne hin und her.

Frost warf dem Pinkerton einen Blick zu. Dieser fixierte Baxter mit starren Augen, dann nickte er Frost zu. »Ich glaube ihm.«

Sie war noch nicht ganz überzeugt. Allerdings war Baxter wohl wirklich einfach ein verrückter Wissenschaftler. Er nannte die Waffen seine Kinder. Welcher normale Bürger tat das? »Okay, ich glaube Ihnen.« Zudem vertraute sie auf das Urteil des Pinkertons. Er hatte mehr Erfahrung im Verhören von Leuten als sie.

Alle nervöse Anspannung fiel mit einem Mal von Baxter ab, und er sackte in sich zusammen. »Sie müssen wissen, dass ich seit dem Diebstahl das Labor kaum mehr verlassen habe. Für den Fall, dass die Diebe zurückkommen, verstehen Sie?«

Frost hob die Augenbrauen. Das erklärte Baxters derangiertes Aussehen.

»Wir können es uns nicht leisten, die Präsentation für den Duke zu streichen. Wenn ihm die Waffen gefallen, hoffen wir nämlich auf einen Großauftrag von der Marine.«

Frost nickte. »Der Duke of Edinburgh ist Admiral der royalen Flotte und ein großer Waffennarr«, erklärte sie Payne, der sich, das sagte einem sein ratloser Gesichtsausdruck, nicht mit den englischen Adelstiteln auskannte. »Wann findet die Präsentation genau statt?«

»Morgen Nachmittag um halb zwei«, sagte Baxter. »Lord Greyson wird anwesend sein sowie die Entourage des Dukes. Die ersten Vorbereitungen dafür werden in den Inner Temple Gardens bereits vorangetrieben.«

Lärm aus der Halle hinter ihnen unterbrach den Wissenschaftler. Dann wurde es mit einem Male still.

»Sie haben die Maschinen abgestellt«, murmelte Baxter und eilte plötzlich davon.

»Dr. Baxter«, rief Frost ihm hinterher, doch er ignorierte sie. Kurz schaute sie zu Payne auf, dann folgten sie ihm.

In der Fabrikhalle war es seltsam still. Die riesigen Maschinen ragten dampfend und rauchend links und rechts in die Höhe. In einer Ecke hatte sich eine Traube Arbeiter versammelt. Baxter eilte direkt darauf zu.

»Was geht hier vor?«, fragte er, als er sie erreichte. »Ist etwas passiert?«

»Treten Sie alle bitte zurück«, rief eine autoritäre Stimme. »Dies ist ein Tatort.«

»Ein Tatort?« Baxters Stimme überschlug sich beinahe.

Frost und Payne blieben neben ihm stehen. »Warum ist es nur so, dass ich dauernd mit Leichen zu tun habe, seit ich Sie kenne, Mr. Payne?«, fragte Frost.

»Und warum ist es so, dass ich ständig mit den gleichen Polizisten zu tun habe, seit ich *Sie* kenne, Miss Frost?«

Frost ächzte auf, als sie Inspektor Jones und die kleine Inderin Manju erkannte. Ihre Blicke trafen sich.

»Sie schon wieder?«, begrüßte der Inspektor sie und stampfte auf sie zu. »Was tun Sie hier?«

»Wir arbeiten an einem Auftrag, Inspektor«, erwiderte Frost und verschränkte die Arme vor der Brust. »Für Dr. Baxter hier.«

»Stimmt das?«

Baxter nickte. Er sah etwas bleich aus um die Nasenspitze. »Wer ist es?«, fragte er.

Jones konsultierte sein Notizbuch. »Die Arbeiter haben das Opfer als Henry Walker identifiziert.«

»Jetzt wissen wir auch, warum Walker seit dem Diebstahl verschwunden ist«, murmelte Frost zufrieden.

»Was für ein Diebstahl?«

Frost runzelte die Stirn und wollte gerade eine schnippische Antwort geben, die garantiert unter Beamtenbeleidigung geführt wurde, als Constable Manju neben Jones trat.

»Sir, das Yard hat sich zurückgemeldet. Henry Walker war ein bekennender Anarchist.«

»Also doch ein politisches Ziel.« Frost schaute zu Payne auf, der dessen Blick nach zu schließen das selbe dachte.

»Das würde auch erklären, warum die Waffe nirgends aufgetaucht ist seither«, meinte er. »Der Dieb hat sie nicht verkauft, weil er ein Attentat auf den Duke verüben will.«

»Oder Greyson.«

Baxter stöhnte auf und vergrub das Gesicht in den Händen. »Grundgütiger, wo bin ich hier nur reingeraten?«

»Herrgott noch mal, was reden Sie da?«, rief Jones auf einmal aus. »Attentat auf den Duke? Auf welchen Duke genau? Was geht hier vor?!«

Frost tauschte einen Blick mit Payne, dann schaute sie Dr. Baxter fragend an. »Erzählen Sie es ihnen«, sagte er matt.

Sie holte tief Luft und gab dem Inspektor und der Constable die Kurzfassung. Sie berichtete vom Diebstahl des Prototypen, ihren Ermittlungen und der einzigen logischen Schlussfolgerung, dass die Leben des Dukes of Edinburgh und Lord Greysons womöglich in Gefahr waren.

Inspektor Jones hörte schweigend zu. Die Furchen in seiner Stirn wurden immer tiefer. »Sie sollten die Präsentation absagen, Dr. Baxter«, meinte er, als Frost geendet hatte.

»Unmöglich!«, rief Baxter aus und wedelte energisch mit den Händen. »Lord Greyson besteht auf der Präsentation. Außerdem wird der Duke sich nicht von einer solchen Bedrohung abhalten lassen, Greysons neue Waffen auszuprobieren. Er ist zu sehr Militarist.«

»Hm, da mögen Sie recht haben, Doktor. Was sollen wir Ihrer Meinung nach nun tun? Die Sicherheitskräfte verstärken?«

Frost hob die Hand. »Ich hätte da einen Vorschlag.«

12.

Cecilia mochte Samstage in Greenwich. Keine lärmenden Studenten rannten zwischen den Gebäuden der Universität und in den Gängen des Observatoriums herum. Überall herrschte wunderbare Stille, und sie war weit und breit der einzige Mensch. Sie wusste zwar, dass sie nicht die einzige war, die an den Wochenenden in der Universität arbeitete, doch sie stellte sich gerne vor, dass sie der einzige Mensch auf der Erde war. Die Vögel vor ihrem Fenster zwitscherten die Vorboten des Frühlings, der an manchen Tagen bereits in der Luft zu hängen schien.

Cecilia reckte sich und stand auf. Sie brauchte eine Pause. Ein Spaziergang durch den Park würde ihre Hirnwindungen wieder in Gang bringen.

Weil sie die einzige im Observatorium war, ließ sie die Türen hinter sich offen. Weit und breit war niemand zu sehen, die Anhöhe, auf der die Sternwarte und das Planetarium gegenüber standen, lag verlassen.

Die Melodie von Bachs »Air« summend, schlenderte sie den Hügel hinab und weiter durch den weitläufigen Park. Obwohl ein kalter Wind über die Wiese zwischen dem Wäldchen, das die Anhöhe umgab, und dem Universitätsgebäude zog, setzte sie sich auf eine Parkbank und schaute in die Wolken hinauf.

Ihre Gedanken wanderten wie von selbst zu dem grausigen Moment, als man die Leiche praktisch auf den Stufen der Universität entdeckt hatte. Wie schon so oft in den letzten beiden Tagen. Cecilia hoffte, dass Jackson und Miss Frost etwas unternahmen. Sie wollte nicht, dass die nächste Leiche, die man fand, Annabella war. Das würde sie nicht ertragen. Jackson ging es ähnlich, das hatte sie in seinen Augen gesehen.

Er würde die Sache aufklären und den Mörder finden, da war sie sich sicher.

Cecilia zwang sich, die unruhigen Gedanken beiseitezuschieben und rezitierte dazu ein paar Formeln. Das half ihr immer, sich zu konzentrieren. Eine Weile dachte sie an die Arbeit, an der sie gerade schrieb und bei der sie nicht weiterkam. Vielleicht sollte sie nächste Woche Professor Jacobs konsultieren.

Ein Rufen durchbrach die Stille im Park. Cecilia schaute auf, doch sie konnte niemanden sehen. Sie beschloss, zurück ins Observatorium zu gehen. Der Wind wurde ihr nun doch ein wenig zu kalt.

Schon von Weitem konnte sie den immer noch offenen Haupteingang des Gebäudes sehen. Links von ihr lag das Planetarium, und sie wollte schon daran vorbeigehen, als sie jemanden im Garten sah.

Einen Mann. Er verschwand soeben um die Ecke hinter das Haus. Cecilia runzelte die Stirn. Es war Samstag, niemand sollte hier sein. Die Mitarbeiter des Planetariums arbeiteten nie am Wochenende, das wusste sie mit Sicherheit. Ein Student vielleicht?

Sie hatte einen Schlüssel zum Planetarium an ihrem Bund. Kurz lauschte sie, doch sie hörte nichts. Was auch immer dieser Mann hier machte, er war nicht befugt, das Gebäude zu betreten. Und wenn es sich um einen Studenten handelte, so würde sie nicht zulassen, dass man üble Streiche spielte. Es wäre nicht das erste Mal, dass die Studenten dachten, sie seien auch nur im Entferntesten lustig.

Entschlossen ging Cecilia auf das Planetarium zu. Der Kies knirschte unter ihren Schuhen. Sie schloss die schwere Eichentür auf und betrat den dunklen Flur. Wieder lauschte sie. Alles war still.

Ob sie sich geirrt hatte? Vielleicht war es auch nur einer der Gärtner gewesen. Nein, sie musste nachsehen. Sie würde keine Ruhe haben, bis sie wusste, dass hier alles in Ordnung war.

Ihre Schritte hallten durch den weiten Raum. Das Echo war ein wenig unheimlich in der Düsternis, doch Cecilia schüttelte das Gefühl ab. Sie erforschte die Weiten des Universums. Ein leeres Haus jagte ihr keine Angst ein.

Ein Geräusch ließ sie herumfahren. »Hallo?«, rief sie. Keine Antwort. Wieder hörte sie das Geräusch. Es hörte sich an, als ob jemand schwere Kisten umstellte. Dann glaubte sie, Stimmen zu hören.

Die Doppeltür zum eigentlichen Planetenraum stand einen Spalt offen. Und jemand befand sich darin. Cecilia ging auf die Tür zu, stieß sie auf und blieb mitten in der Bewegung stehen.

»Was machen Sie hier?«, fragte sie. Ihre Augen flackerten zwischen den beiden fremden Männern hin und her. Ihre Gesichter sahen jung aus, ihre Kleider waren die eines Fabrikarbeiters, und auf dem Kopf trugen sie speckige Mützen. Die Männer starrten Cecilia an. Sie hatte sie überrascht.

Cecilia blickte auf die Apparatur, an der die Männer offensichtlich gearbeitet hatten, als sie in den Raum geplatzt war. Sie sah eine helle Masse, die wie Knete aussah, Kupferkabel, eine Taschenuhr.

Ihr Kopf war wie leergefegt, als sie erkannte, was das alles bedeutete. Die Worte des Drohbriefes tauchten vor ihrem inneren Auge auf.

Sie machte einen Schritt rückwärts und tastete blindlings nach dem Türknauf, doch sie stolperte über den Saum ihres Kleides. Sofort begann ihr Herz zu rasen, und der Drang, laut zu schreien, wurde beinahe unerträglich. Aber niemand hätte sie gehört, sie war ganz alleine.

Die beiden Männer warfen sich einen kurzen Blick zu, dann zückte einer ein Messer.

Frost nestelte nervös am Saum ihres Mantels. Sie stand unter einem der Baldachine, die man um die Wiese herum aufgestellt hatte, und schaute dem bunten Treiben zu. Bedienstete des royalen Haushalts deckten Tische für die hohen Gäste. Andere stellten Heizpilze in die Zelte, denn das Wetter hatte über Nacht beschlossen, dem nahenden Frühling zu trotzen. Es war Ende Februar, doch es war eisig kalt, und die dunklen Wolken am Himmel drohten mit Schnee.

Frost hatte von Baxter gehört, dass Lord Greyson den Vorschlag gemacht hatte, wegen des Wetters die ganze Veranstaltung zu verschieben oder wenigstens ins Innere eines Hauses zu verlegen, doch der Duke hatte darauf bestanden, alles so zu belassen. Ein Seemann ließ sich nicht von ein bisschen Kälte abschrecken, hatte der Duke gesagt.

Helen trat neben Frost und reichte ihr eine dampfende Tasse Tee. Frost hatte sie heute Morgen in alles eingeweiht und sie um ihre Hilfe gebeten, nach einem potenziellen Attentäter Ausschau zu halten. Acht Augen sahen mehr als sechs. Außerdem wäre Dr. Baxter abgelenkt, sobald er die Prototypen präsentieren musste.

»Es wird schon alles gut werden, Miss«, sagte Helen zuversichtlich und lächelte Frost an, während sie sich an ihre eigene Tasse klammerte. Sie schien innerlich zu glühen, denn sie freute sich sehr, Frost bei einem Fall helfen zu können.

»Das hoffe ich.« Frost mochte sich nicht ausmalen, was geschehen würde, wenn der Attentäter erfolgreich war. »Wo steckt Mr. Payne, Helen?«

»Er unterhält sich mit dem Gentleman dort drüben.« Sie deutete auf ein Zelt in der Nähe.

Frost kniff die Augen zusammen, um besser sehen zu können. Rauch von den Heizpilzen waberte zwischen den Zelten. Payne stand neben einem Mann mit kräftigem Backenbart. Der Mann trug einen auf den Leib geschneiderten Anzug aus Wolle und Brokat, darüber einen dunklen Mantel. Den Zylinder hatte er fest auf den Kopf gedrückt. Wer war der Mann? Kannten er und Payne sich?

»Mische dich unter die Angestellten«, sagte sie leise zu Helen und schaute sich verstohlen um. Sie wollte nicht, dass jemand sie belauschte und am Ende entweder den Attentäter warnte oder Panik verbreitete. Der Duke durfte nichts davon erfahren. Er würde die Sache am Ende vielleicht doch noch abblasen, und sie hätten keine Chance mehr, den Verbrecher zu schnappen. »Halte Augen und Ohren offen. Wenn dir jemand besonders nervös vorkommt oder wenn jemand stark schwitzt, ohne sich anzustrengen, dann kommst du sofort zu mir. Egal, ob es sich dabei um einen Dienstboten oder um den Duke höchstpersönlich handelt, verstanden?«

Helen nickte pflichtbewusst. »Jawohl, Miss.« Ihre Mundwinkel waren angespannt, doch Frost konnte das aufgeregte Funkeln in ihren blauen Augen sehen.

»Ah, Miss Frost, hier sind Sie«, rief Baxter und trat unter den Baldachin. Fröstelnd stellte er sich unter einen der Heizpilze und rieb sich die Hände. Dann fiel sein Blick auf Helen. »Guten Tag, Miss.« Galant hob er den Hut kurz an, und Helen machte einen höflichen Knicks.

»Dr. Baxter, dies ist Helen Liddle, meine Gehilfin. Helen, das ist Dr. Finnley Baxter, der brillante Wissenschaftler, von dem ich dir erzählt habe«, stellte Frost die beiden einander vor. Vergnügt stellte sie fest, dass Baxter knallrot im Gesicht wurde und sich verlegen den Nacken rieb.

»Na, ich weiß nicht, ob ich so brillant bin, wie Miss Frost sagt, aber ich gebe mein Bestes.«

Helen lächelte. »Miss, ich mache mich dann mal besser an die Arbeit.«

»Sie wollten mich sprechen?«, fragte Frost, als Helen aus dem Zelt gehuscht war.

Baxter nickte. »Es ist soweit alles vorbereitet, wie wir es besprochen haben. Mr. Payne wird sich während der Präsentation unter die Zuschauer mischen. Inspektor Jones und Constable Manju sind ebenfalls unter den Zuschauern. Ich selbst werde jedoch keinen guten Beobachter abgeben, sobald es losgeht.«

Frost tätschelte ihm den Arm. »Helen ist eingeweiht und hält mit uns die Augen offen, Baxter. Konzentrieren Sie sich lieber auf die anderen drei Prototypen. Nicht, dass Sie selbst aus Versehen den Duke noch vor dem Attentäter abschießen.«

»Das ist nicht komisch, Miss Frost.«

Sie lachte auf. »Verzeihen Sie. Galgenhumor hilft mir, in solchen Situationen die Ruhe zu bewahren.«

»Was tun wir, wenn der Attentäter zuschlägt? Ich bin nur ein Wissenschaftler.« Baxter sah aus, als wäre ihm schlecht. Dafür, dass er Waffen konstruierte, war er ein ziemlicher Hasenfuß, befand Frost.

»Das überlegen wir uns, wenn es soweit ist«, antwortete sie. Sie wollte noch etwas hinzufügen, doch eine gemischte Gruppe aus Männern in dunklen Mänteln und Frauen in grellen Kleidern, die soeben über den Kiesweg geschritten kamen, lenkte sie ab. »Entschuldigen Sie mich, Dr. Baxter.«

Frost ließ den Tüftler stehen und ging der Gruppe entgegen. »Was machst du denn hier?«, fragte sie laut, und Michael Cho, der an der Spitze der Gruppe ging, blieb verwundert stehen. Seine dunklen Augen musterten Frost eingehend.

»Ich könnte dich das gleiche fragen, Lydia. Aber wenn du es genau wissen willst, mein Vater und Lord Greyson waren alte Freunde. Greyson hat mich eingeladen, und ich habe ihm versprochen, ein paar nette Damen zur Unterhaltung der Gäste mitzubringen.« Er grinste bis über beide Ohren, als Frost sich zur Seite beugte und die grell geschminkten jungen Frauen betrachtete. Unter ihren Mänteln trugen sie traditionelle Seidenkleider, ihre Haare waren kunstvoll hochgesteckt. Kichernd hielten sie sich buntbemalte Papierfächer vor ihre roten Münder.

»Ich nehme an, Madame Yueh lässt auf diese Weise Grüße ausrichten«, meinte Frost sarkastisch.

Michael schnalzte mit der Zunge und schüttelte in belustigter Missbilligung den Kopf. Dann bot er Frost den Arm an, damit sie gemeinsam weiterschlendern konnten. »Gehe ich recht in der Annahme, dass du wegen deines Auftrags hier bist?«

»Das ist korrekt.«

»Lass mich raten. Es wird, sobald die Präsentation losgeht, ein Attentat auf den Duke oder auf Greyson geben.« Als Frost überrascht zu ihm hochschaute, grinste er wieder. »Du darfst mir ruhig zutrauen, dass ich eins und eins zusammenzählen kann, meine Liebe.«

Frost unterdrückte einen Seufzer und presste die Lippen zusammen. Natürlich hatte Michael recht. Sie hatte ihm noch nie etwas vormachen können. Und sein messerscharfer Verstand war etwas, das sie an ihm bewunderte.

»Dein amerikanischer Freund redet mit Newman, Greysons Sicherheitschef. Alte Bekannte?«

Payne stand tatsächlich noch immer neben dem Mann mit dem exzentrischen Backenbart. Ob die beiden sich kannten, fragte Frost sich ebenfalls zum wiederholten Male. Wie Michael jedoch *amerikanischer Freund* betont hatte, hatte sie sehr wohl gehört. War er etwa eifersüchtig?

Ein tiefes Dröhnen kam auf, ein Schatten fiel auf die Zelte. Frost und Michael schauten gleichzeitig in den Himmel.

Der Zeppelin des Dukes schwebte so tief, dass manche sich instinktiv duckten. Er überflog den kleinen Park und machte über der Häuserreihe gegenüber eine halbe Drehung. Die Rotoren dröhnten auf, als die Piloten das Luftschiff abbremsten und langsam seitlich an einen schmalen Turm lenkten. Der Turm diente den Passagieren als Landungsbrücke. Seile wurden auf das Dach des Gebäudes hinuntergeworfen, Arbeiter zurrten sie dort fest.

»Es geht los«, sagte Frost und löste ihren Arm aus Michaels Ellbogen. »Ich geh dann mal an die Arbeit. Wir sehen uns später.«

Michael beugte sich zu ihr herab, um sie auf die Wange zu küssen. Frost ließ es zu. Sie bemerkte, dass Payne zu ihr herüberschaute.

»Bist du bewaffnet?«, fragte Michael leise und schaute ihr dabei eindringlich in die Augen.

Frost nickte und schluckte den Kloß in ihrer Kehle hinunter. Sie hoffte, dass sie ihren Revolver nicht einzusetzen brauchte. »Im Notfall hat es genügend Sicherheitspersonal und Polizei hier, um eine ganze Gang unschädlich zu machen«, scherzte sie. Zudem war sie sich sicher, dass auch Michael und seine Leute gerüstet waren. »Mir passiert schon nichts.«

Sie verabschiedete sich von Michael und ging über die Wiese zu Payne. Er zündete sich gerade eine Zigarette an. »Sie kennen Greysons Sicherheitschef?«, begrüßte sie ihn.

»Und Sie verkehren wieder mit der chinesischen Mafia«, gab

Payne zurück. »Sie mögen chinesisches Essen also doch nicht ohne Grund.«

»Das hat nichts damit zu tun.« Frost musterte den Pinkerton. Wenn er nervös war, so gab er es mit nichts zu erkennen. Vermutlich hatte er viel mehr Erfahrung mit solchen Wartespielen und Attentätern als sie. Sie hingegen spürte nun, als sie wieder auf den Zeppelin blickte, die Anspannung sehr deutlich. Ihr Magen kribbelte, sie atmete flach. »Kann ich einen Zug haben?«, fragte sie ungeniert.

Payne hob die Augenbrauen und schaute verwundert auf sie herab, hielt ihr dann aber wortlos die Zigarette hin. Frost sog den Rauch tief ein und spürte das Brennen in ihren Lungen. Sie musste husten, doch das hielt sie nicht davon ab, noch einen Zug zu nehmen. »Danke«, murmelte sie und gab den Glimmstängel zurück.

Oh, sie hasste diese Warterei.

13.

Die Ankunft des Dukes versetzte alle in hektische Aufregung. Bedienstete hievten letzte Platten mit Sandwiches auf Buffettische, zupften Servietten gerade. Frisuren wurden kontrolliert, Uniformen straff gezogen.

Ein zweites Luftschiff schwebte dröhnend über den Park und machte eine Schleife über der Themse, während es darauf wartete, dass der Zeppelin des Dukes alle Passagiere ausgeladen hatte und den Landungsturm freigab. Frost erkannte das Wappen Lord Greysons auf der Hülle des Luftschiffes. Alle wichtigen Akteure waren nun also eingetroffen.

»Baxter, atmen Sie.« Frost schmunzelte, denn der junge Wissenschaftler schien kurz vor einer Panikattacke zu stehen. »Tief ein und wieder aus, ein und aus, genau. Sie schaffen das.«

Statt einer Antwort kam ein gequältes Quieken aus seiner Kehle, dann nickte er, straffte sein Jackett und ging mit hölzernen Schritten auf die Gruppe zu, die soeben aus dem angrenzenden Gebäude kam. Es war Lord Greysons Entourage, allen voran Sanderson. Der Duke ging neben Greyson und lachte gerade über etwas, was Greyson ihm erzählte.

»Kriegt er das hin?«, fragte Payne und blickte Baxter nach, der soeben Sanderson die Hand gab.

Frost zuckte mit den Schultern. »Er muss gleich drei völlig neuartige Waffen den höchsten und wichtigsten Männern des Landes vorführen und danach allen erklären, warum die vierte Waffe, die beste von allen, nicht da ist. Vermutlich wird er seinen Job verlieren.«

Eine Musikkapelle spielte auf, als der Duke und Greyson durch den Park geschritten kamen. Beide Herren sahen stattlich aus, doch der Duke übertrumpfte alle anderen Anwesenden mit seiner dunklen Admiralsuniform. Ein geschätztes Dutzend Orden funkelte an seiner Brust, und sein grau melierter Bart umrahmte akkurat gestutzt das runde Gesicht.

Frost und Payne hielten sich im Hintergrund, während die meisten vor das Podium schwärmten, auf dem der Duke, Greyson und andere Platz nahmen, um der Demonstration der Waffen beizuwohnen. Inspektor Jones und Manju befanden sich darunter. Frost sah zu Payne auf. Er erwiderte ihren Blick und verstand. Wortlos gingen sie in entgegengesetzter Richtung an den Zelten vorüber.

Während Frost an der äußeren Reihe der Zuschauer entlangschlenderte, beobachtete sie deren Gesichter eingehend. Kurz sah sie Helen, die in einem der Zelte stand und sich ebenfalls umschaute. Lauter Jubel und Applaus brandete um Frost herum auf. Lord Greyson hatte das Podest betreten.

»Eure Hoheit, verehrte Lords und Ladies, willkommen«, dröhnte Greysons angenehme Stimme durch die Inner Temple Gardens. »Es erfüllt mich mit größtem Stolz, Ihnen heute meine neueste Entwicklung auf dem Waffenmarkt vorzuführen, denn ich bin der festen Überzeugung, dass diese Waffen unsere Welt revolutionieren werden. Britannien steht vor der Schwelle eines neuen Zeitalters, und es ist mir die höchste Ehre, meinen bescheidenen Beitrag zum Fortschritt zu leisten.«

Beifall donnerte ihm entgegen. Dann gab Greyson das Podium frei, damit der Duke das Wort ergreifen konnte. Erwartungsvolle Stille senkte sich über die Zuschauer. Der Duke hatte eine enorme Präsenz und die Menschen vollkommen im Griff, bevor er auch nur ein Wort sagte. Frost konnte nicht umhin, stehenzubleiben und ebenfalls wie gebannt zum Podium zu schauen.

»Wehrte Lords, wehrte Ladies, Gentlemen. Es ist ein wenig

kalt heute, deswegen fasse ich mich kurz.« Gelächter ging durch die Reihen, der Duke lächelte zufrieden ob seines kleinen Scherzes. »Wie viele von Ihnen wissen, habe ich mich mit Herz und Seele unserer Marine verschrieben. Es gibt nichts Herrlicheres, als bei stürmischer See mit einem voll ausgerüsteten Flaggschiff durch die Wellen zu pflügen. Saubere Planken und weiße Segel sind zwar hübsch anzusehen, doch nur modernste Kanonen und Handfeuerwaffen entscheiden über Sieg oder Niederlage gegenüber dem Feind. Lord Greyson und seine unermüdlichen Wissenschaftler haben es uns schon in der Vergangenheit ermöglicht, anderen Großmächten einen Schritt voraus zu sein. Und heute haben sie es wieder getan. Ich bin schon sehr gespannt, wie laut es gleich knallen wird.« Er schmunzelte, und das Publikum lachte wieder.

Panye stopfte sein Hemd zurück in die Hose. Applaus mischte sich mit Gelächter, doch die dicken Planen des Zeltes, hinter dem er sich soeben erleichtert hatte, dämpften die Geräusche etwas ab.

Er drehte sich um und wollte gerade wieder auf seinen Posten zurück, als ihm ein Mann in den Weg trat. Verwundert blieb Payne stehen. Dann sah er den Knüppel in der Hand des Mannes.

»Sie? Was zum …!«

Der Knüppel kam so schnell, dass er keine Chance hatte zu reagieren.

Frost setzte ihren Weg durch die Zuschauer fort. Offensichtlich war es nicht nur Geschwätz, dass der Duke ein Waffennarr war. Sie würde jede Wette eingehen, dass er sich, wäre das Tragen von Rüstungen noch angesagt, in eine wandelnde Kanone einkleiden ließe.

Für einen kurzen Moment gab es ein kleines Durcheinander in den vorderen Reihen, als Sicherheitsleute die Zuschauer um mehrere Meter zurückbeorderten, um genügend Abstand zum Tisch, auf dem die Prototypen lagen, und zur Zielscheibe zu haben. Frost entdeckte Baxter, der mit auf dem Rücken verschränkten Händen neben dem Tisch stand und darauf wartete, dass der Duke und Greyson zu ihm kamen, um sich die Waffen demonstrieren zu lassen.

Frost wurde immer angespannter. Wenn es einen Attentäter gab, so wäre jetzt der richtige Zeitpunkt, um zuzuschlagen. Der Duke und Greyson kamen vom Podium herab und plauderten. Sie waren abgelenkt. Doch niemand in den vorderen Reihen sah aus, als wolle er gleich jemanden umbringen. Kein Gesicht, das vor Wut verzerrt war.

Irgendetwas lief schief. Payne war nirgendwo zu entdecken. Wo war der Pinkerton? Sie sah Jones und Manju unter den Zuschauern, und Michael befand sich, umgeben von Leibwächtern, links neben dem Podium. Frost drängte sich durch die Menschen nach hinten und blieb stehen, als sie vor den Zelten stand. Payne war nirgends zu sehen.

»Ich habe ein verdammt mieses Gefühl«, murmelte sie vor sich hin, während sie die Zuschauertraube erneut umrundete und nach Payne Ausschau hielt. Helen stand in einem der Zelte und wartete darauf, dass die geladenen Gäste sich Erfrischungen holten.

Doch von Payne fehlte jede Spur. Falls er sich hinter einem der Zelte erleichtern wollte, wäre er mittlerweile wieder aufgetaucht.

Frost wandte ihre Aufmerksamkeit wieder der Waffendemonstration zu. Entschuldigungen murmelnd drängte sie sich durch die Gäste, doch in der dritten Reihe versperrten ihr zwei riesige Männer den Weg. Zwischen ihnen war nur ein schmaler Spalt frei, durch den Frost das Geschehen beobachten konnte. Baxter war wohl fertig mit dem Erklären der Prototypen. Er stellte sich gute fünfzehn Schritte vor der Zielscheibe auf und drückte auf den Knopf auf der Waffe in seiner Hand. Sofort setzte sich der Mechanismus in Bewegung. Der Prototyp faltete sich auseinander, die Schiene schloss sich klickend um Baxters Arm, und das Mündungsrohr verdoppelte und verlängerte sich.

Frost wusste, was nun folgte. Baxter zielte, zog am Auslöser, ein heller Lichtblitz flammte auf. Es knallte laut, und die Zuschauer riefen ein kollektives Oh. Elektrizität knisterte in der Luft. Die Zuseher spendeten nicht enden wollenden Applaus. Baxter war feuerrot im Gesicht, grinste jedoch zufrieden. Der Duke klatschte beinahe euphorisch.

Frost versuchte, sich seitlich an den bulligen Männern vorbeizudrängen. Zwischen den Leibern sah sie, wie Baxter nun dem Duke die Waffe überreichte und kurz den Mechanismus erklärte, damit der Duke sie selbst ausprobieren konnte. Greyson stand etwas abseits beim Tisch und sprach mit Newman, seinem Sicherheitschef.

Aus dem Augenwinkel bemerkte Frost eine Bewegung. Sofort schrillten all ihre Alarmglocken. Keine Rücksicht mehr nehmend, drängte sie sich nach vorne. »Lassen Sie mich durch! Lassen Sie mich durch!«

Es war Sanderson. Beinahe gelassen hielt er den vermissten Prototypen in der Hand. Frost wurde von der Menge zurückgedrängt, und für einen kurzen Moment verlor sie ihn aus den Augen.

Sie hatte sich von Sanderson täuschen lassen. Sie war eine Närrin! Wo waren Jones und Manju? Und wo zum Teufel steckte dieser verdammte Pinkerton, wenn man ihn brauchte?

Endlich konnte sie sich aus dem Zuschauerpulk befreien, doch sie stolperte über den Saum ihres Kleides. Hilflos sah sie zu, wie Sanderson mit schnellen Schritten auf den Duke zuging, die Waffe nach vorne von sich gestreckt.

»Baxter!«, schrie Frost. Sie stemmte sich auf die Beine. Ein Aufschrei ging durch die Menge. Baxter und der Duke fuhren herum, doch sie reagierten zu spät. Sanderson drückte ab.

Ein Lichtblitz flammte auf, es knisterte, ein lauter Knall folgte. Frost warf sich wieder zu Boden. Sofort herrschten Panik und Chaos. Die Zuschauer schrien und rannten auf alle Seiten davon. Sicherheitsbeamte und Polizisten eilten herbei. Umgehend bildeten sie eine Traube um den Duke und Baxter, die beide am Boden zu liegen schienen. Inspektor Jones drängte sich durch die verängstigten Zuschauer. Hinter ihm folgten vier Polizisten, die sich auf Sanderson stürzten. Dieser wehrte sich in rasender Wut mit Händen und Füßen gegen die Festnahme. Jemand entriss ihm die gefährliche Waffe.

»Baxter!«, rief Frost erneut und drängte sich durch die Sicherheitsmänner. Ihr Herz raste vor Aufregung und Angst. War der Duke noch am Leben?

Jemand rief nach einem Arzt. Dann hörte Frost Baxter schreien. Der stechende Geruch von Blut und Urin drang ihr in die Nase. Vor Entsetzen schlug sie sich die Hand vor den Mund.

Baxter lag halb auf dem Duke, den er in letzter Sekunde schützend beiseite geschoben hatte. Die Uniform des Dukes war blutdurchtränkt, als man ihn unter dem Wissenschaftler hervorzog. Doch es war nicht sein Blut.

Baxter krümmte sich mit quälenden Schmerzen auf dem Boden. Frost kniete sich neben ihn und strich ihm über die schweißgetränkten Haare, doch er nahm sie gar nicht wahr. Frost konnte ihren Blick nicht von Baxters Arm abwenden. Der

Schuss aus der Waffe hatte ihn vollkommen zerfetzt. Lose Sehnen und Muskelfasern, abgesplitterte Knochen und Blut, so viel Blut.

Sie schüttelte den Kopf, um sich aus der Schockstarre zu befreien. Ohne weiter zu zögern riss sie den Saum ihres Kleides ab. Mit bebenden Händen wickelte sie den Stoff um die Achselhöhle, ein gutes Stück oberhalb der schrecklichen Wunde, und zog so fest sie konnte. Der Druckverband stoppte hoffentlich die starke Blutung so lange, bis ein Arzt eintraf.

»Ssch, alles wird gut, Dr. Baxter. Alles wird gut. Man holt einen Arzt, und bald werden Sie wieder auf den Beinen sein.« Frost redete auf Baxter ein, doch ihre Stimme versagte.

Ihr Blick fiel auf Sanderson, der mittlerweile in Handschellen und von mehreren Sicherheitsbeamten und Polizisten bewacht auf dem Boden saß. Sein Blick war hasserfüllt und folgte jeder Bewegung des erschütterten Dukes.

Dann endlich sah sie Payne. Er kam in Begleitung von zwei Beamten über die Wiese gelaufen und rieb sich die Handgelenke. »Wo zum Teufel waren Sie?«, rief Frost ihm entgegen und konnte ihre Enttäuschung und Wut darüber, dass der Pinkerton einfach verschwunden war, kaum verhehlen.

»Ich lag gefesselt hinter einem der Zelte, falls Sie es genau wissen wollen«, gab Payne zurück und starrte dabei Sanderson an. »Er hat mich überrascht. Er muss gewusst haben, dass wir seine Absichten richtig erraten hatten.«

»Aber warum?« Frost konnte sich keinen Reim darauf machen. Sanderson war zwar nicht gegen allen Verdacht erhaben gewesen, doch es hatte auch keine Hinweise darauf gegeben, dass er eine Verbindung zum Anarchisten Walker hatte, der die Waffe gestohlen hatte.

»Er ist vor vier Jahren unehrenhaft aus der Marine entlassen worden, weil er einen seiner Kameraden im Streit umgebracht hatte«, knurrte Inspektor Jones, als er neben sie trat.

»Sie haben mir alles weggenommen!«, schrie Sanderson. »Es war ein Unfall, aber niemand wollte mir glauben. Die Marine war mein Leben, und *Sie* haben mir alles weggenommen!« Die letzten Worte brüllte er dem Duke entgegen, der sichtlich erschüttert vor dem Podium stand.

»Und als Sie erfahren haben, dass der Duke, der Admiral der Marine, sich Lord Greysons Waffen anschauen wollte, haben Sie die Gelegenheit zur Rache gesehen«, schloss Frost bitter.

Endlich hörte sie die Sirenen der Ambulanz. Baxter hatte aufgehört zu schreien, denn er war bewusstlos geworden. Frost erhob sich und machte den herbeirennenden Ärzten Platz.

»Schafft ihn mir aus den Augen«, sagte der Duke zu den Polizisten. Ohne einen weiteren Blick auf Sanderson zu werfen, drehte er sich um und ging in Begleitung seiner Leute zurück zum Gebäude, wo sein Luftschiff ankerte.

Erschöpft strich sich Frost mit dem Handrücken über die Stirn. Payne trat neben sie und musterte sie besorgt. »Sind Sie in Ordnung, Miss Frost?«

Frost nickte und schaute zu, wie Baxter auf eine Bahre geladen wurde. Sie hoffte, dass er überlebte. »Ich könnte einen Drink vertragen.«

»Wollen wir das Buffet stürmen? Ich glaube kaum, dass die Gäste, die noch hier sind, nach dem Spektakel noch Appetit haben.« Paynes Augen funkelten schalkhaft, und Frost war ihm in diesem Moment dankbar, dass er sie nicht wie ein rohes Ei behandelte.

»Ich hätte Ihre Hilfe wirklich brauchen können.« Nur mit Mühe konnte sie das unsichere Beben in ihrer Stimme unterdrücken. Immer wieder sah sie Baxters zerfetzten Arm vor sich.

»Hätte ich geahnt, dass ich beim Pissen bewusstlos geschlagen werde, hätte ich es mir noch eine Weile verkniffen.«

Unweigerlich musste Frost lachen.

Sie schlenderten über die Wiese zu den Zelten. Helen kam ihnen entgegengerannt, und Frost musste ihr versichern, dass das Blut an ihren Kleidern und Händen nicht von ihr stammte. »Ich habe keinen Kratzer, Helen, ehrlich.«

»Was bin ich froh, Miss! Ich hörte nur den Schuss und die Schreie, und dann liefen alle durcheinander und flohen in alle Richtungen. Und ich konnte Mr. Payne nirgendwo finden. Ich befürchtete das Schlimmste!«

»Lydia!«

Frost drehte sich um, als sie die vertraute Stimme hörte. Michael rannte über die Wiese auf sie zu und nahm sie zu ihrer völligen Überraschung in die Arme.

»Michael, mir geht es gut! Ehrlich, du kannst mich wieder loslassen.« Sie lächelte, doch sie trat einen Schritt zurück und gab ihm damit zu verstehen, dass sie sich von ihm verabschieden wollte. »Richte Madame Yueh Grüße aus.«

Michael setzte seinen Hut auf und nickte. »Das werde ich. Miss Liddle, Mr. Pinkerton.« Dann ging er zurück zu seinen Leibwächtern, die in einigen Metern Entfernung geduldig auf ihren Boss warteten.

»Jetzt brauche ich wirklich einen Drink«, entfuhr es Frost. Sie marschierte auf das nächste Zelt zu. Helen kicherte, und Payne hatte den Anstand, sich eines Kommentars zu enthalten.

Doch wieder rief jemand nach ihr. Frost ächzte frustriert auf und drehte sich auf dem Absatz um. »Was denn nun schon wieder?«

Ein Sergeant kam angerannt und blieb schwer atmend vor ihnen stehen. »Sind Sie Mr. Payne und Miss Frost?«

Frost und Payne nickten. Ob sie nun ins Yard geführt wurden, um eine Aussage zum Attentat zu machen? Jones würde sie sicher nicht so einfach davonkommen lassen.

»Ich wurde gebeten, Sie sofort nach Greenwich zu bringen, man verlangt nach Ihnen. Es gab einen Bombenanschlag.«

Frosts Herz setzte einen Schlag aus. Alarmiert schaute sie zu Payne auf. Er hatte alle Farbe im Gesicht verloren. In seinen dunklen Augen stand blanke Furcht.

»Cecilia!«, wisperte er.

Die Bibliothek des Apothekers

1.

London war in Aufruhr. Die Neuigkeiten über das Attentat auf Alfred, Duke of Edinburgh, Dritter der Thronfolge, und den gleichzeitigen Bombenanschlag in Greenwich verbreiteten sich wie ein Lauffeuer durch die Stadt. Die Menschen auf der Straße redeten sich die Münder fusselig, spekulierten über Zusammenhänge und erörterten abstruse Verschwörungstheorien. Manche behaupteten, dass es entweder die Franzosen oder die Preußen waren, dass das Attentat auf den Admiral der Marine sowie auf Greenwich, die führende Forschungsstätte des Empires, ein direkter Angriff auf Großbritannien und damit eine Kriegserklärung war. Andere waren sich sicher, dass die irischen Anarchisten dahintersteckten. Einige wollten sogar gesehen haben, wie die Kriegsminister im Buckingham Palace eingetroffen waren.

Fleet Street war in heller Aufregung. Die Druckerpressen für Extraausgaben der Londoner Zeitungen liefen heiß, Reporter schrieben sich die Finger wund, und die Zeitungsjungen, die an jeder Ecke der Stadt standen, brauchten nicht einmal die Stimme zu erheben. Die Menschen rissen ihnen die Zeitungen praktisch aus den Händen. Es waren kaum zwei Stunden vergangen, da wusste bereits die ganze Stadt, was passiert war – oder angeblich passiert.

Jackson Payne und Lydia Frost bekamen von all dem nichts mit. Sie fuhren mit einem schnellen Polizeiboot die Themse hinunter nach Greenwich. Kurz nach dem erfolglosen Attentat auf den Duke of Edinburgh hatte man sie über den Anschlag in Greenwich informiert und sie gebeten, dorthin zu kommen.

Payne war die ganze Fahrt über sehr schweigsam. Er machte

sich große Sorgen um Cecilia, seine Frau. Sie arbeitete als Wissenschaftlerin im Observatorium von Greenwich. Auch wenn heute Samstag war, wusste er, dass sie dort war. Cecilia war beinahe schon besessen von ihrer Arbeit, doch erst seit dem mysteriösen Verschwinden ihrer Tochter Annabella vor ein paar Monaten war sie permanent in der Sternwarte. Payne war sich bewusst, dass ihre Ehe seither schwierig war, vor allem angesichts der Tatsache, dass er seine Familie vorher zwei Jahre lang nicht gesehen hatte – doch das wischte fast zehn gemeinsame Jahre nicht einfach so weg.

Er brauchte frische Luft. Payne verließ die enge Kabine und trat hinaus in den eisigen Wind. Mit dem Rücken zur Fahrtrichtung versuchte er, eine Zigarette zu drehen. Als ihm beim dritten Anlauf abermals der ganze Tabak davonflog, gab er es seufzend auf und hangelte sich nach vorne zum Bug. Das Schiff kreuzte gerade die Heckwellen eines Dampfers und hüpfte auf und ab.

Frost stand am Bug und hielt die Nase in den Wind. Ihr dunkelbraunes, beinahe schwarzes Haar hatte sich aus dem Knoten gelöst und wirbelte um ihre Schultern. »Alles in Ordnung bei Ihnen?«, fragte sie, als Payne sich neben ihr an die Reling lehnte.

Er nickte wortlos und bemerkte, dass an ihren Kleidern immer noch das Blut von Dr. Finnley Baxter klebte, dem Wissenschaftler, der dem Duke das Leben gerettet und dabei einen Arm verloren hatte. Sie wussten nicht, ob er es überlebte. Frost hatte sich nicht einmal die Zeit genommen, das Blut von ihren Kleidern zu waschen, weil Cecilia wichtiger war.

Die Themse machte eine Biegung. Jetzt konnten sie von Weitem schon die schmale Rauchsäule sehen, die über der Universität stand. Paynes Magen verknotete sich unangenehm. Der

Sergeant, der sie geholt hatte und nun auf dem Boot begleitete, hatte ihnen keine Informationen bezüglich Cecilia geben können. Er wusste nur, dass jemand nach ihm und Frost verlangt hatte.

»Cecilia geht es gut, da bin ich mir sicher«, sagte Frost und nahm seine Hand. Die warme Geste überraschte Payne, doch er erwiderte den Druck dankbar.

»Sie hätte heute zuhause bleiben sollen«, sagte er bitter.

»Hey, Payne, lassen Sie das.«

»Was?«

»Das. Ich kenne Ihre Frau zwar fast gar nicht, aber sie machte nie den Eindruck, dass sie sich von irgendwem aufhalten lässt, schon gar nicht von ihrem Ehemann.« Frost grinste, und ihre grauen Augen funkelten. »Cecilia ist taff.«

Am rechten Ufer tauchten die ersten Gebäude des Universitätsgeländes auf. Über ihnen kreisten zwei Luftschiffe des Yards. Die Anlegestelle war durch eine Blockade von Polizeibooten gesperrt. Ihr eigenes Boot verlor an Geschwindigkeit, die Motoren spuckten ruckelnd Dampf aus, als der Kapitän langsam zwischen den Schiffen manövrierte.

»Die Reporter sind wie Aasgeier«, meinte der Sergeant, als er aus der Kabine trat. »Wir mussten die ganze Gegend absperren.«

Payne stählte sich innerlich für das, was nun auf ihn zukam; was auch immer das war. Er durfte die Möglichkeit, dass Cecilia etwas zugestoßen war, nicht einfach ignorieren. Die Rauchsäule hinter der Universität deutete auf ein großes Feuer hin, und das Geheule der Sirenen im Hintergrund ließ ihn erschaudern.

Der Sergeant führte Payne und Frost vom Landungssteg zwischen den Hauptflügeln der Universität hindurch und hinaus in den weitläufigen Park, der sich dahinter anschloss. Überall standen Polizeibeamte, die die Gegend sicherten und nach Spuren absuchten. Ein Mann mit langem Mantel kam auf sie zugeeilt.

»Sind Sie Mr. Payne? Ich bin Inspektor Flannagan. Folgen Sie mir.« Er drehte sich auf dem Absatz um und marschierte die Anhöhe hinauf, bevor Payne oder Frost etwas erwidern konnten. Der Sergeant beeilte sich, seinem Vorgesetzten zu folgen.

»Was ist hier passiert?«, wollte Frost wissen. Sie raffte ihre Röcke und musste beinahe rennen, um mit den Männern Schritt zu halten. »Uns wurde nur gesagt, dass es einen Bombenanschlag gab.«

Der Inspektor drehte sich halb über die Schulter um. »Und Sie sind?« Er blickte auf Frosts blutige Kleider und verzog den Mund abschätzig.

»Lydia Frost. Payne ist mein Partner.« Falls Frost sich ein wenig beleidigt fühlte ob der harschen Frage des Inspektors, so ließ sie sich nichts anmerken.

»Bombenanschlag, in der Tat. Wir haben den Verdacht, dass religiöse Fanatiker dafür verantwortlich sind. Sie wissen schon, christliche Spinner, die immer noch glauben, die Erde sei flach und in sieben Tagen erschaffen worden. Der Direktor der Fakultät hat uns mehrere Drohbriefe übergeben, die einen solchen Anschlag ankündigten.«

»Und warum hat die Polizei sich nicht vorher um diese Drohungen gekümmert?«, verlangte Payne zu wissen. »Meine Frau arbeitet hier, verdammt. Wissen Sie, was mit ihr ist?« Er ballte die Fäuste und musste sich dazu zwingen, ruhig zu bleiben. Es nützte niemandem etwas, wenn er den Inspektor des Nichtstuns bezichtigte, am allerwenigsten Cecilia. Das konnte er später immer noch, sobald er wusste, dass es ihr gut ging und dass sie in Sicherheit war.

»Wir haben die Briefe vorhin zum ersten Mal gesehen, Mr. Payne. Sir Christie, der Direktor, versicherte uns zwar, dass er die Briefe an Scotland Yard weitergeleitet hat, allerdings erst vor wenigen Tagen. Wir sind zurzeit mit dringenderen Fällen beschäftigt, wie Sie sich sicher vorstellen können.«

Payne unterdrückte einen Fluch. Natürlich wusste er, wovon der Inspektor sprach. Die Sache mit den mechanischen Kindern.

Die Sirenen der Feuerwehr wurden lauter. Die Straße, auf der sie gingen, tauchte in ein Wäldchen ein, das die Anhöhe umschloss. Zwischen den Bäumen hing Rauch, sie konnten das Feuer bereits riechen.

»Ist es das Observatorium?«, fragte Payne und versuchte, den schleimigen Klumpen in seinem Magen zu ignorieren.

»Planetarium gleich gegenüber.« Inspektor Flannagan deutete nach links, als sie zwischen den Bäumen hervortraten.

Frost sog die Luft scharf ein. Payne ballte wieder die Fäuste, und sein Herz setzte für einen Moment aus. Das einst prächtige Backsteingebäude mit der kupferfarbenen Kuppel, die das Planetarium beherbergte, war nur noch ein Gerippe aus verkohlten Balken und eingestürzten Wänden. Vereinzelt schossen Flammen in die Höhe. Zwei Feuerwehrwagen standen auf dem Platz davor, und etwa zwanzig Männer waren dabei, die letzten Brandherde zu löschen.

»Wir haben eine Leiche gefunden«, fuhr der Inspektor fort. »Es ist nicht Ihre Frau, Mr. Payne. Es handelt sich um den Hausmeister, wie mir Sir Christie bestätigen konnte.«

Payne wagte es wieder zu atmen, nachdem er beim Wort Leiche die Luft angehalten hatte. »Und wo ist meine Frau? Geht es ihr gut?«

Jetzt wandte sich der Inspektor vollends ihm zu und holte

tief Luft. Sein Gesicht nahm einen Ausdruck des Bedauerns an. »Die Sache ist die, Mr. Payne: Die Männer, die den Anschlag verübt haben, sind noch hier. Sie haben sich im Observatorium verschanzt, mit einer Geisel.«

»Die Geisel ist Mrs. Payne«, folgerte Frost sofort.

Inspektor Flannagan nickte. »Wir haben Sie hierherkommen lassen, weil ich möchte, dass jemand hier ist, den Mrs. Payne kennt, sobald wir sie befreien können. Für den Fall, dass sie …« Er drückte sich um das nächste Wort, doch Payne wusste, was der Inspektor sagen wollte. Falls Cecilia hysterisch war. Falls sie verletzt war. Oder noch schlimmer: beides zusammen. Für manche Männer gab es nichts Unangenehmeres als eine hysterische Frau.

Beinahe hätte er laut aufgelacht. Einmal, weil die meisten Männer Frauen, die Emotionen zeigten, gerne sofort als hysterisch und damit als nicht zurechnungsfähig bezeichneten. Und zum anderen, weil der Inspektor Cecilia eindeutig nicht kannte. Cecilia war die rationalste Person, die ihm je unter die Augen gekommen war, und sie hatte einen Pinkerton geheiratet. Hysterie befand sich nicht in ihrem Repertoire.

»Ich verstehe«, sagte er stattdessen. »Hören Sie, Inspektor, ich war Pinkerton in New York. Ich kenne mich mit Geiselnahmen aus.«

»Ich weiß, was Sie mir sagen wollen, Mr. Payne, aber ich glaube, wir haben alles unter Kontrolle. Lassen Sie uns unsere Arbeit tun.«

»Sir, meine Frau ist da drin.« Payne zeigte mit dem Finger auf das Observatorium, um seinen Worten Nachdruck zu verleihen. »Ich will helfen, Sie lebend da herauszuholen.«

Der Inspektor schüttelte bestimmt den Kopf. »Ich weiß Ihr Angebot zu schätzen, doch wie Sie sagten, Ihre Frau ist da drin.

Zudem haben Sie keinerlei Befugnisse, polizeiliche Arbeit zu verrichten. Wie Sie ebenfalls sagten, Mr. Payne, *waren* Sie Pinkerton. Hier in London sind Sie Zivilist und tun, was ich Ihnen sage.«

»Kommen Sie, Payne, das hat keinen Zweck«, sagte Frost und zog ihn am Ärmel davon. Payne sah noch, wie der Inspektor zufrieden nickte.

»Ich kann nicht einfach hier draußen rumstehen und darauf warten, dass diese Nichtsnutze endlich ihre faulen Hintern bewegen.«

»Nicht so laut, sonst denkt der liebe Inspektor noch, wir würdigen seine harte Arbeit nicht.« Frost lenkte Payne sanft, aber bestimmt zur Straße und ein Stück hinab in das Wäldchen, außer Sicht- und Hörweite der Polizisten. »Also, wie gehen wir am besten vor?«

Payne schaute sie irritiert an. »Wie meinen Sie das?«

»Sie haben gesagt, Sie kennen sich mit Geiselnahmen aus. Also, wie gehen wir vor?«

Langsam stieß Payne die Luft zwischen den Zähnen aus und schaute zurück. Durch die kahlen Baumwipfel konnte man das Observatorium ausmachen. »Wir wissen, dass es sich um zwei Geiselnehmer handelt, und wir gehen davon aus, dass sie bewaffnet sind. Cecilia befindet sich in ihrer Gewalt, hoffentlich unverletzt. Was wir nicht wissen, ist: warum. Warum sind sie nicht geflohen, nachdem sie die Bombe gelegt haben? Hat Cecilia sie überrascht oder beobachtet? Oder wollen sie das Institut zusätzlich noch erpressen?«

»Zu viele offene Fragen für meinen Geschmack«, meinte Frost. »Ich wette, in den Drohbriefen steht mindestens ein Teil der Antworten. Aber dafür haben wir keine Zeit.«

Payne nickte. »Die Polizei wird vermutlich mit den Geiselnehmern verhandeln wollen. Das kann sich über Stunden hinziehen. Doch je länger es dauert, desto mehr schwebt Cecilia in Gefahr.«

Ein diebisches Lächeln schlich sich in Frosts Gesicht. Er kannte dieses Lächeln bereits, und er wusste, was es bedeutete. Frost hatte etwas Waghalsiges und ziemlich Dummes vor.

»Oh nein!«

»Oh doch, Mr. Payne. Sie haben noch Ihre Waffe dabei, nicht?« Frost zog ihren eigenen Revolver aus dem Mantel und präsentierte ihn regelrecht. »Das Observatorium hat bestimmt einen Hintereingang.«

»Sie sind verrückt.«

»Wollen Sie Ihre Frau zurück oder nicht? Kommen Sie, Payne.«

Payne ächzte auf und fuhr sich mit den Händen über das Gesicht. So löste man garantiert keine Geiselnahmen. Nicht, wenn es so viele Unbekannte gab. Doch er konnte Frost auch nicht einfach so alleine das Haus stürmen lassen. *Das* würde garantiert schiefgehen.

Er beeilte sich, ihr hinterherzurennen. Sie verließen die Straße und liefen zwischen den Bäumen am Hang entlang zum Observatorium. Je näher sie dem Haus kamen, desto vorsichtiger waren sie, wo sie hintraten. Zum Glück umringten dichte, immergrüne Büsche das Gebäude, so dass sie genügend Deckung hatten. Auf der Rückseite des Hauses drückten sie sich an die kalte Mauer, die das Grundstück umgab.

Sie lauschten. Stille. Die Sirenen der Feuerwehr hatten aufgehört zu heulen, nur das ferne Dröhnen der Zeppeline, die über der Anhöhe kreisten, war zu hören.

Frost machte ein Zeichen, und sie gingen geduckt an der Mauer entlang, bis sie eine Bresche entdeckten. Das Mauerwerk musste vor langer Zeit schon nachgegeben haben. Der schmale Durchgang, der sich gebildet hatte, war überwuchert mit Rankenpflanzen und niedrigen Büschen. Payne zwängte sich als Erstes hindurch und zog Frost an der Hand hinüber.

Die Hintertür befand sich in einem der beiden Seitenflügel. Payne rüttelte am Knauf, doch sie war abgeschlossen.

»Lassen Sie mich es versuchen«, sagte Frost und hatte bereits ihren rechten Handschuh ausgezogen.

»Eines Tages müssen Sie mir verraten, wie genau Sie das machen.«

»Ich habe Ihnen doch gesagt, ich habe ein mechanisches Herz.«

Ein kalter Schauer fuhr Paynes Rücken hinab, als er Frost zusah. Sie kniete sich vor das Schloss, legte ihre Hand darauf, und gleich darauf hörte er das leise Klicken des einrastenden Mechanismus. Der Gedanke an ihr mechanisches Herz beklemmte ihn. Das Bild ihres vernarbten Rückens, der Metallplatte mit dem Schlüsselloch, hatte sich in sein Hirn gebrannt. Wer hatte ihr das angetan? Und wie, zum Teufel, hatte sie überlebt?

»Glauben Sie mir, wenn ich Ihnen sage, dass ich selber gerne wüsste, wie und warum ich jedes Schloss öffnen kann?« Frost zog den Handschuh wieder an und öffnete so vorsichtig wie möglich die Tür.

Payne zückte seinen Revolver, zog den Kolben nach hinten und atmete tief durch. Die Gedanken an Frosts mechanisches Herz schob er beiseite. Hier ging es um Cecilia.

Frost sah ihn mit einer unausgesprochenen Frage in den Augen an. *Bereit?*

2.

Staubpartikel tanzten in den Lichtstrahlen, die durch die halb geschlossenen Jalousien in die leeren Unterrichtsräume und Büros fielen. Frost ging hinter Payne den halbdunklen Flur hinab. Das Herz schlug ihr bis zum Hals, ihre Handflächen in den Handschuhen waren schweißnass. Eine Stimme in ihrem Kopf wiederholte zum vielleicht hundertsten Mal, was für eine dumme Idee das war. Sie hätten auf Inspektor Flannagan hören sollen. Doch sie konnten nun nicht mehr zurück, und weil es ihre eigene dumme Idee gewesen war, konnte sie schlecht einen Rückzieher machen.

Ein paar Meter vor ihnen polterte es. Payne hob die Hand, damit Frost stehen blieb, und legte den Zeigefinger an die Lippen. Sie nickte. Auf Zehenspitzen schlichen sie langsam voran.

Jetzt hörten sie jemanden reden. Es klang gehetzt und nervös. »Sei still, verdammt!«, schnarrte eine zweite Stimme. Schritte auf den Holzdielen. »Lass mich nachdenken.«

»Die werden uns nicht gehen lassen, Joe«, sagte die erste, nervöse Stimme. »Wir hätten die Lady einfach ignorieren sollen.«

»Die *Lady* hat unsere Gesichter gesehen, du Dummkopf. Aber ich weiß, wie wir hier rauskommen, keine Sorge. Die werden sich noch wundern.«

Das war nicht gut. Einer der beiden war ein Nervenbündel, während der andere fatalistisch und zu allem bereit schien. Das war eine explosive Mischung – und vor allem für Cecilia sehr gefährlich.

Frost suchte Paynes Blick. »Was nun?«, wisperte sie.

»Wir rufen ganz laut Überraschung.« Ein grimmiges Grinsen erschien in Paynes Gesicht. Anscheinend gehörte auch zum

Pinkerton ein wenig leichtsinniger Fatalismus. Das gefiel ihr. Vielleicht war es genau das, was sie gerade brauchten.

Vorsichtig und so geräuschlos wie möglich schlichen sie den Gang entlang weiter, bis sie das Büro erreichten, in dem sich die Bombenleger verschanzt hatten. Es befand sich an der Vorderfront des Hauses, und die verdeckten Fenster schauten hinaus auf den Platz. Die Tür stand halb offen. Payne reckte den Hals, um einen schnellen Blick hineinzuwerfen.

»Einmal Fenster, einmal Kamin«, flüsterte er lautlos. Frost verstand und nickte. Einer der Kerle stand beim Fenster, der andere vor dem Kamin.

Payne zählte stumm mit den Fingern von drei rückwärts, doch als er bei der Eins ankam, dröhnte von draußen die mit einem Megafon verstärkte Stimme von Inspektor Flannagan herein. Payne schloss frustriert die Augen.

»Das Haus ist umstellt«, rief der Inspektor. »Ihr habt keine Chance zu entkommen. Ich wiederhole noch einmal, das Haus ist umstellt. Lasst die Frau gehen.«

»Und das nennt er unter Kontrolle haben?«, zischte Payne.

»Wir tauschen die Frau gegen den *Astronomer Royal*!«, brüllte der Bombenleger, der das Sagen hatte, durch das hochgeschobene Fenster. Er stand mit dem Rücken zur Wand und linste durch die Sprossen des Rollos vor der Scheibe. Frost konnte für einen Moment sein Profil erkennen. Er war jung, vielleicht Anfang zwanzig, und hatte kinnlange, fettige Haare. In der Hand hielt er eine Pistole.

»Was wollen wir denn mit Sir Christie?«

»Sei still, Tanner. Das wird sie eine Weile ablenken. Ich brauche nicht mehr lange.«

Frost und Payne schauten sich wieder an und kamen wortlos überein, dass sie nicht warten wollten, bis der gute Joe mit dem, was er vorhatte, fertig war. Wieder hob Payne drei Finger und zählte stumm zurück.

Auf das Kommando hin trat er die Tür ein und stürmte in den Raum. Frost hielt sich dicht hinter ihm und nahm den Bombenleger am Fenster ins Visier ihres Revolvers. Sie hörte die beiden Männer vor Überraschung aufschreien und das Klicken von Kolben, doch sie behielt Bombenleger-Joe fest im Blick.

»Beweg deinen kleinen Finger, und ich puste dir die Birne weg«, sagte sie nachdrücklich.

»Wer zum Teufel seid ihr?«, verlangte Joe zu wissen. »Die Copper?«

»Mr. Payne, gehören wir zur Polizei?«

»Ich glaube nicht, Miss Frost.« Sie konnte sein Grinsen hören. »Hallo, Cecilia.«

»Das heißt, wir können mit euch machen, was wir wollen.« Frost legte den Kopf schief und ließ ihren Blick langsam an Joe hinuntergleiten. »Ich könnte dir auch etwas anderes wegpusten.«

»Du Jezebel!«, fauchte der Bombenleger. Schweiß stand auf seiner Stirn, er bebte am ganzen Körper vor Anspannung und Zorn. Frost ließ die biblischen Verwünschungen, die folgten, an sich abprallen. Religiöse Fanatiker waren immer so dramatisch.

Allerdings mussten sie sich langsam etwas einfallen lassen. Sie konnten sich nicht ewig mit gezogenen Waffen gegenüberstehen und sich Beleidigungen zurufen. Frost hoffte, dass Payne eine Idee hatte. Sie hingegen hatte keine, außer, dem Kerl ins Knie zu schießen.

Eine Bewegung im Augenwinkel nahm ihr die Entscheidung ab: Das Nervenbündel namens Tanner war nicht ganz so sehr Nervenbündel, wie sie geglaubt hatte. Mit einem Schrei sprang er Payne an. Ein Schuss löste sich aus Paynes Revolver und schlug in die Stuckdecke ein. Feiner weißer Putz rieselte auf die zwei Männer herab, die sich nun ineinander verkeilten.

Cecilia schrie auf und duckte sich zur Seite. Sie saß mit auf dem Rücken gefesselten Händen an der Wand neben dem Kamin.

Die wenigen Sekunden, die Frost abgelenkt war, waren alles, was Bombenleger-Joe benötigte. Blitzschnell und mit eiserner Hand schlug er ihr die Pistole aus der Hand und versetzte ihr einen harten Hieb gegen das Brustbein. Frost taumelte nach hinten und verlor das Gleichgewicht. Schmerzhaft prallte sie mit dem Ellbogen und der rechten Schulter voran auf den Boden.

Payne streckte Tanner mit einem gezielten Faustschlag gegen das Kinn zu Boden. Aber Bombenleger-Joe hatte nicht die Absicht, sich auf Payne zu stürzen. Stattdessen beugte er sich über eine kleine Kiste, die auf dem Boden zwischen ihnen stand. Frost war sie zwar aufgefallen, doch sie hatte sich nicht weiter darum gekümmert. Zwei Fanatiker mit Schusswaffen waren dringender gewesen. Ein Fehler, wie sich nun herausstellte.

»Jackson, sie haben eine zweite Bombe«, sagte Cecilia mit Nachdruck. Ihre Stimme bebte, doch Frost glaubte, dass es mehr Zorn denn Angst war; jedenfalls ihren Augen nach zu urteilen.

Joe lachte und drückte auf einen Knopf. Ein leises Ticken war zu hören. Payne starrte wie gelähmt auf den Inhalt des Kistchens, unfähig, sich zu bewegen oder einen klaren Gedanken zu fassen.

Frost rappelte sich auf. Eine zweite Bombe, wie konnten

diese Idioten es wagen?! Sie war wütend. Der Tag war bereits mies gewesen, doch nun war er vollends im Arsch.

Schwungvoll holte sie weit aus und donnerte Joe die Pistole auf den Hinterkopf. Mit einem überraschten Seufzer sackte er bewusstlos neben der Kiste zusammen. Ein blutiges Rinnsal breitete sich wie ein grotesker Heiligenschein um seinen Kopf herum aus.

»Payne. Payne, was ist?« Frost atmete schwer, als sie hinüber zu Cecilia eilte und sie von den Fesseln befreite. Sie mussten hier raus, die Bombe konnte jeden Moment hochgehen. »Payne!«

Der Pinkerton starrte immer noch auf die Bombe. Kalter Schweiß stand ihm auf der Stirn. Frost wollte ihm gerade einen Klaps geben, damit er aus seiner Trance erwachte, als er sich bückte und die Kiste hochhob.

»Was soll der Scheiß, sind Sie wahnsinnig?«, rief sie aus.

»Jackson, was hast du vor?« Diesmal mischte sich Angst in Cecilias Stimme.

Payne blieb ihnen die Antwort schuldig. Mit der Kiste fest an sich gepresst stürmte er los, raus aus dem halbdunklen Büro und raus aus dem Observatorium, direkt auf die Polizisten zu, die auf dem Platz davor standen. »Aus dem Weg!«, hörten sie ihn rufen. »Bombe!«

Frost und Cecilia waren mit zwei Sätzen am Fenster und schrien hinaus. Frost sah, wie Payne über den Platz sprintete, direkt auf das zerstörte Planetarium zu. Die Polizisten stoben auseinander.

»Ich kann nicht hinsehen!« Cecilia vergrub das Gesicht in ihren Händen und warf sich an Frosts Brust. Frost presste sie an sich und hielt den Atem an. Payne verschwand zwischen den rauchenden Ruinen.

Die Explosion war so heftig, dass die Scheiben barsten. Frost konnte gerade noch den Kopf wegdrehen und Cecilia mit ihrem Körper schützen, als die Wucht der Detonation das Observatorium traf. Das ganze Gebäude schien zu beben.

»Alles in Ordnung?«, fragte sie, als es vorbei war. Ihre Ohren klingelten, und sie musste husten. Ein Schwall Staub und Putz rieselte auf sie herab. Als sie sich aufrichtete, fielen klirrend Scherben auf den Boden.

Cecilia nickte und nahm ihre Hand als Stütze, um aufzustehen. »Jackson«, sagte sie tonlos und rannte los. Frost folgte ihr dichtauf. Ihr Kopf war wie leergefegt, ihr Hirn weigerte sich, klar zu denken. Sie kümmerte sich nicht um die beiden Bombenleger, die bewusstlos auf dem Boden zwischen den Scherben lagen. Sie wollte, nein, musste wissen, was mit Payne war.

Die Polizisten und Feuerwehrmänner standen oder saßen geschockt auf dem Platz und starrten auf das wiederentfachte Inferno. Frost rannte am Inspektor vorbei, der keinen Wank tat.

»Payne!«, schrie sie. Jemand, der Paynes Kleidung trug, saß auf dem Kiesweg gleich hinter dem eisernen Zaun, der einst den Garten des Planetariums umschloss. Rauch stieg ihm aus Haaren und Kleidung auf. Cecilia erreichte den Mann zuerst und fiel weinend vor ihm auf die Knie. Unglaubliche Erleichterung strömte durch Frosts Körper, sie verlangsamte ihre Schritte. Dieser verdammte Pinkerton war am Leben.

Dieser verdammte Pinkerton. Heißer Zorn loderte in ihr auf. Was war nur in seinen Dickschädel gefahren, dass er mit einer verdammten Bombe herumrennen musste?

Bebend blieb sie vor ihm stehen. »Tun. Sie. Das. Nie. Wieder!«, presste sie hervor. *Sie hätten sterben können!,* wollte sie anfügen, und *Sie verdammter Idiot!* Doch sie sagte nichts, denn als Payne lächelnd zu ihr aufschaute, verrauchte der Zorn sofort.

»Jackson, du hast mir einen verdammten Schrecken eingejagt«, sagte Cecilia und versuchte krampfhaft, mit dem Weinen aufzuhören. Sie wischte sich mit dem Handrücken über die tränennassen Wangen. »Es hätte gereicht, wenn wir rechtzeitig ins Freie gegangen wären.«

»Aber dann wäre das Observatorium nun zerstört. Du hättest keine Arbeit mehr. Du liebst das Observatorium.« Cecilia fing ob dieser Worte wieder an zu weinen, und Payne strich ihr beruhigend über den Kopf.

»Sie sind ein verdammter Idiot, Payne.« Doch Frost konnte nicht umhin, breit zu grinsen.

Die Wiedersehensfreude herrschte nur kurz, denn die Polizei erwachte aus ihrer Starre. Inspektor Flannagan baute sich vor ihnen auf. »Mr. Payne, Miss Frost, was zum Teufel war das? Sie hatten keine Befugnis, sich in polizeiliche Arbeit einzumischen!«

Payne lächelte und deutete mit der Hand auf das Observatorium. »Die beiden Bombenleger liegen im vordersten Büro rechts. Sie sind bewusstlos. Sie können sie ohne Probleme festnehmen, Inspektor.«

»Sie wussten nicht, dass sie noch eine zweite Bombe hatten«, schaltete sich Frost ein, bevor Inspektor Flannagan etwas erwidern konnte. Mit jedem ihrer Worte wurde sein Gesicht roter. »Wären wir nicht da gewesen, hätten Sie nun den Tod dieser Frau zu beklagen und obendrein zu verantworten, dass Greenwich nicht nur sein Planetarium, sondern auch sein Observatorium verloren hat.«

Der Inspektor schien gleich zu platzen. »Das wird noch ein Nachspiel haben, das garantiere ich Ihnen beiden. Unbefugtes Betreten einer polizeilichen Absperrung, Behinderung von Polizeiarbeit, Beleidigung, Gefährdung von Menschenleben!« Er drehte sich auf dem Absatz um. »Lasst sie nicht aus den Augen«, rief er den umstehenden Polizisten zu. »Legt sie in Ketten, wenn es sein muss. Ich will, dass diese beiden Herrschaften zur Verantwortung gezogen werden. Und holt mir diese beiden Fanatiker da raus!«

Cecilia half ihrem Mann auf die Beine und klopfte dabei den Ruß von seiner angekokelten Kleidung. Payne ächzte, doch auf den ersten Blick schien er unverletzt zu sein. Frost spürte mit einem Mal eine Welle der Erschöpfung über sich hereinbrechen. Die Sonne ging bereits unter. Sie hatte für einen Tag wirklich genug Action und Aufregung gehabt. Erst das knapp verhinderte Attentat auf den Duke of Edinburgh – und nun das. Sie sehnte sich nach einem heißen Bad, einem Glas Whisky und ihrem Bett.

»Frost?«

»Ja?« Sie fing Paynes Blick auf.

»Haben Ihre Freunde bei der chinesischen Mafia gute Anwälte?«

Frost verstand sofort, worauf er hinauswollte, und lächelte. »Die besten der Stadt.«

»Gut, denn ich befürchte, wir werden sie brauchen.«

3.

Aus dem heißen Bad und dem Whisky wurde leider nichts. Der Inspektor ließ Payne und sie ganze zwei Tage in einer Zelle schmoren. Cecilia hatte vergebens versucht, Inspektor Flannagan umzustimmen. Erst, als Michael Cho mit einer Schar Anwälte im Yard aufgekreuzt war, hatte man sie gehen lassen. Der Inspektor jedoch hatte spitzgekriegt, dass sie auch beim Attentat auf den Duke eine Rolle gespielt hatten. Obwohl sie versucht hatten, den Anschlag zu verhindern und die gestohlene Waffe wiederzubeschaffen, so wollte er sie nicht so einfach davonkommen lassen.

»Das wird noch ein Nachspiel haben, das garantiere ich Ihnen, Miss Frost«, drohte er zum wiederholten Mal. »Ich werde Sie und diesen Amerikaner im Auge behalten.«

»Da tut man einmal etwas für die Gemeinde, und schon hat man die Polizei am Hals«, ächzte Frost frustriert und klatschte die Zeitung vor Payne auf den Couchtisch.

»Ist er immer noch da draußen?«

»Unterhält sich prächtig mit Mr. Cole vom Barbier gegenüber. Wahrscheinlich erzählt ihm Cole gerade von dem Mann, den wir vor unserer Haustür erschossen haben.« Seufzend ließ sie sich in den Sessel gegenüber der Couch fallen. Seit drei Wochen lief der Inspektor ihnen hinterher wie ein Hundewelpe.

»Bestimmt hat er schon herausgefunden, dass wir auch in der Straßenbahn waren, die von einer Kanonenkugel getroffen worden ist«, vermutete Payne mit einem sarkastischen Unterton und griff sich die *Times*. »Aber ich glaube, erst richtig verdächtig wurden wir, als Ihr Freund von der chinesischen Mafia uns mit seiner Meute von Anwälten aus der Haft befreit hat.«

Frost bleckte die Zähne zu einem Lächeln. »Nächstes Mal lasse ich Sie weiter schmoren.« Sie langte nach den Sandwiches, die Helen für sie zubereitet hatte, und entschied sich für Gurke und Ei. »Wie geht es Cecilia?«, fragte sie kauend.

»Sie ist für ein paar Wochen zu ihren Eltern aufs Land gefahren. Sie meinte, sie könne nicht arbeiten, solange die Baumaßnahmen am Planetarium vonstattengehen.«

Frost hatte gelesen, dass die Universität das zerstörte Planetarium sofort wiederaufbauen ließ. Doch sie konnte Cecilia verstehen. Bei solchem Lärm könnte sie auch nicht arbeiten. Sie bewunderte Paynes Frau, musste sie sich eingestehen. Cecilia war unglaublich gescheit, forschte für die Wissenschaft, behielt selbst während einer Geiselnahme einen kühlen Kopf und hatte obendrein einen gut aussehenden Pinkerton geheiratet.

»Und warum gingen Sie nicht mit? Etwas Landluft kann nie schaden.«

Payne seufzte und schaute sie über den Rand der Zeitung hinweg an. »Ihre Mutter ist ein Drachen und denkt, ich sei als Amerikaner aus einfachen Verhältnissen nicht würdig, mit ihrer Tochter verheiratet zu sein. Und ihr Vater hätte mich bei meinem ersten Besuch auf dem Landgut beinahe mit der Schrotflinte erschossen, weil er dachte, ich sei ein Landstreicher.«

Frost prustete los und verschluckte sich beinahe am Sandwich. Als sie Paynes ernstes Gesicht sah, bekam sie einen regelrechten Lachanfall.

»Das ist nicht witzig, Frost.«

»Ich weiß, tut mir leid.« Sie stopfte sich den Rest des Sandwiches in den Mund, um sich das Lachen zu verkneifen. »Schrotflinte, ja?« Payne warf eines der Sofakissen nach ihr, worauf Frost sich ergebend die Hände hob. »Okay, nicht witzig.« Sie kicherte.

Ein paar Minuten herrschte Schweigen zwischen ihnen. Payne blätterte durch die Zeitung, und Frost versuchte, in einem Buch zu lesen. Ein nagender Gedanke störte jedoch ihre Konzentration. Am Ende legte sie das Buch nieder und schaute zu Payne.

»Steht etwas drin?«

Er wusste sofort, was sie meinte. »Nein. Seit drei Wochen hat man keine weitere Leiche mit mechanischen Körperteilen entdeckt.«

»Aber es waren nur vier bisher. Vor zwanzig Jahren waren es sieben. Wenn der Mörder diesmal bereits nach vier aufhört und für weitere zwanzig Jahre verschwindet, haben wir keine Chance, ihn zu schnappen.«

»Mir gefällt das auch nicht, aber wir können nichts tun, solange auch Scotland Yard nichts hat.« Payne legte die Zeitung nieder und griff sich ebenfalls ein Sandwich. »Wenn sie eine frische Leiche hätten, könnten wir sie uns heimlich anschauen und vielleicht ein paar Hinweise bekommen.«

Frost hasste es, zu derartigem Nichtstun gezwungen zu sein. Wenn sie wenigstens ein paar Klienten hätten, könnte sie sich ablenken. Zum Glück hatte sie diesmal genügend Geld, um eine solche Trockenperiode gut zu überstehen. Die Kompensation von Dr. Baxter, beziehungsweise Newman, dem Sicherheitschef von Lord Greyson, war äußerst großzügig ausgefallen. Baxter selbst befand sich immer noch in Rehabilitation. Er hatte das Attentat überlebt, doch sein rechter Arm hatte amputiert werden müssen. Frost mochte sich kaum vorstellen, wie es dem Tüftler dabei ging.

Helen kam die Treppe herauf und erlöste sie von den drückenden Gedanken. »Miss, Sie haben Besuch. Ein Dr. Neville vom Britischen Museum.«

Frost sprang auf, worauf Payne erschrocken zusammenzuckte. »*Bloody hell.*«

»Kommen Sie, Payne, Sie müssen Jonah kennenlernen.« Sie ging beschwingt an Helen vorbei und eilte die Treppe hinunter in den unteren Teil der Wohnung, der auch ihr Büro und die Küche enthielt. Eigentlich war dies früher eine Schneiderei mitsamt Laden gewesen, doch das einzige, was noch davon zeugte, war die große Fensterfront im Büro.

Jonah Neville, Bibliothekar und Restaurator der King's Library im Britischen Museum, saß im Sessel vor Frosts Schreibtisch und rückte immer wieder nervös seine Brille zurecht. In seinem Schoss lag ein Paket, das er fest umklammert hielt.

»Jonah!«, rief Frost, und Neville machte einen Satz. Die Brille rutschte ihm auf die Nasenspitze, rasch rückte er sie wieder an die richtige Stelle. »Was für eine Überraschung, Sie hier zu sehen. Payne, dies ist Jonah Neville, ein guter Freund von mir.« Sie drehte sich zum Pinkerton um, der hinter ihr im Türrahmen lehnte. »Jonah, dies ist mein neuer Partner, Jackson Payne. Er war Pinkerton in New York.«

»Sehr erfreut«, murmelte der dickliche Mann und lächelte verlegen.

»Ebenfalls.«

Frost setzte sich auf die Tischkante. »Nun, Jonah, wie kann ich Ihnen helfen?« Sie war tatsächlich neugierig. Normalerweise brauchte es zehn Pferde, um Jonah aus der Bibliothek zu bewegen. Er lebte praktisch dort drin. Entweder war es etwas sehr Persönliches oder etwas sehr Wichtiges.

Neville räusperte sich und schaute auf das Paket in seinem Schoß. »Dieses Buch wurde vor ein paar Tagen in meine Wohnung geliefert«, fing er an. »Ich weiß nicht, wer es mir geschickt hat, denn es stand kein Absender darauf. Das Buch ist alt, 17.

Jahrhundert.« Vorsichtig wickelte er es aus dem Packpapier und reichte es Frost, damit sie es sich ansehen konnte.

Payne kam näher und beugte sich über ihre Schulter. »Was hat es mit diesem Buch auf sich?«, fragte er.

»Es wurde von einem gewissen Richard Burlington geschrieben.«

»Sollten wir wissen, wer das ist?«, fragte Frost, während sie Seiten umblätterte. Das dicke Papier war eng mit einer schnörkeligen Handschrift beschrieben, dazwischen fanden sich Zeichnungen von Pflanzen und merkwürdige mathematische Formeln.

Neville räusperte sich. »Richard Burlington war Apotheker. Aber er war auch einer der berühmtesten Alchemisten, die England je gesehen hat. Manche Wissenschaftler gehen sogar so weit zu behaupten, dass wir ohne ihn den Aether niemals entdeckt und nutzbar gemacht hätten. Allerdings ist nur ein winziges Bruchstück seines Werkes erhalten geblieben. Dieses Buch war mir bisher völlig unbekannt.« Seine Stimme überschlug sich beinahe vor Aufregung.

Frost lächelte und reichte das Buch an Payne weiter, damit auch er es sich genauer anschauen konnte. Sie wusste, dass sie bei Jonah nicht nachzubohren brauchte. Der gute Mann war so aufgeregt, dass die Worte nur so aus ihm heraussprudelten.

»Ich habe es in den letzten Tagen von vorne bis hinten durchgearbeitet und untersucht. Burlington spricht mehrmals von einer Bibliothek, einer Sammlung von alchemistischen Büchern aus dem Mittelalter. In den Wirren während und nach Cromwells Regime verlor sich jedoch jede Spur dieser Sammlung, und man nahm an, dass es sie nie wirklich gegeben hat.«

»Moment, nicht so schnell.« Das war Payne. Er gab das

Buch an Neville zurück. »Cromwell. Das war dieser religiöse Spinner, der Weihnachten verboten hat, oder?«

»Richtig«, sagten Frost und Neville gleichzeitig. Neville fuhr fort: »Außerdem haben er und seine Leute alles und jeden verfolgt, der aus der Norm fiel. Alchemisten, Naturforscher, Katholiken, Anglikaner und jeden, der mit solchen Dingen in Verbindung gebracht wurde. Deswegen ist von Burlingtons Werk auch so wenig erhalten geblieben.«

»Okay, Jonah, spucken Sie es aus. Was wollen Sie nun von uns?« Frost legte den Kopf schief. Sie hatte eine vage Ahnung, doch sie konnte sich auch täuschen.

Neville atmete tief durch und kam endlich auf den Punkt. »Ich möchte, dass Sie Burlingtons Bibliothek finden.«

Frost fing Paynes skeptischen Blick auf. Das war nicht, was sie erwartet hatten. »Wir sollen eine Bibliothek finden?«

»Das Museum wird für alle finanziellen Aspekte aufkommen. Burlingtons Nachlass ist von enormer Bedeutung für die Wissenschaft, das kann ich Ihnen versichern.« Neville rückte seine Brille zurecht und schaute beinahe flehend von Frost zu Payne und wieder zurück.

»Und diese Bibliothek, diese Sammlung, existiert wirklich noch?«, wollte Payne wissen. »Was ist, wenn sie damals tatsächlich von Cromwells Leuten vernichtet worden ist?«

»Das ist in der Tat eine Möglichkeit«, musste Neville zugeben und räusperte sich verlegen. »Doch ich bin der festen Überzeugung, dass sie noch existiert. Burlington spricht in seinem Buch hier von einem Adelsmann, einem Vertrauten, der die Sammlung in seine Obhut genommen und versteckt hat. Er schreibt, dass er der einzige war, der wusste, wo sich seine Bücher befanden.«

»Der gute Burlington hat nicht zufälligerweise geschrieben,

wo dieser Adelsmann wohnte?«, fragte Frost. Sie war noch immer nicht ganz überzeugt von der Sache. Wie sollten sie eine ganze Bibliothek finden? Es gab Abertausende Bibliotheken im Empire, große und kleine Sammlungen, private und öffentliche. Burlingtons Bücher konnten sich theoretisch überall befinden. Seit Cromwells Regime waren über zweihundert Jahre vergangen. Eine lange Zeitspanne, in der sehr viel mit Büchern passieren konnte.

Neville blätterte hastig, aber dabei sehr behutsam durch das Buch, bis er fündig geworden war. »Der einzige Anhaltspunkt, den wir haben, ist York. Burlington war sehr vorsichtig. Hier, sehen Sie.« Er zeigte ihnen eine Seite mit einem Sonett.

Frost stöhnte auf. York. Dort oben gab es fast nur Kohle und einsame Dörfer. Abgesehen von der Stadt York selbst, natürlich, aber das zählte nicht, auch wenn die Kathedrale und die alten Befestigungsanlagen eindrücklich waren. York war praktisch schon Schottland.

»York ist nicht praktisch schon Schottland, Miss Frost«, sagte Neville grinsend. Frost schlug sich die Hand vor den Mund. Hatte sie etwa laut gedacht? »Es liegt noch jede Menge englische Erde zwischen York und der schottischen Grenze, das sollten Sie eigentlich wissen.«

»Tut mir leid«, entschuldigte sie sich etwas kleinlaut und zog die Schultern hoch. Sie würde sich hüten müssen, irgendetwas in der Richtung in York oben zu sagen. Die Leute waren manchmal etwas empfindlich, was ihre Heimat anging.

»Ist das der einzige Hinweis?«, wollte Payne wissen. »Scheint mir ein bisschen dürftig. Selbst ich als ehemaliger Pinkerton brauche ein wenig mehr, um etwas damit anfangen zu können.«

»Es gibt tatsächlich noch mehr Hinweise, Mr. Payne.« Neville blätterte wieder durch das Buch und zeigte ihnen einige Einträge und Zeichnungen. »Allerdings muss man dafür in York selbst sein und Burlingtons Rätsel entschlüsseln.«

»Er hat ein Rätsel hinterlassen?«

Der Bibliothekar nickte. »Für den Fall, dass ihm und seinem adligen Freund etwas zustieß. Er wollte, dass die Bücher irgendwann gefunden werden. Hier, sehen Sie?« Wieder zeigte er ihnen eine Seite. »In der Fußnote steht es.«

Frost kniff die Augen zusammen, um die winzigen Druckbuchstaben zu entziffern. Tatsächlich, da stand wortwörtlich, dass Burlington Hinweise hinterlassen hatte, um seine Sammlung zu finden.

»Ich würde ja selbst gehen, aber ich kann meine Arbeit unmöglich liegen lassen.« Neville lächelte unsicher und schob die Brille die Nase hinauf.

Frost schmunzelte. Übersetzt hieß das, dass sich Jonah nicht traute, alleine nach York zu gehen. Dafür war er zu sehr Bibliothekar und Gelehrter. Es grenzte schon fast an ein Wunder, dass er hierhergekommen war und sie nicht in die King's Library zitiert hatte.

»Okay, wir machen es.«

»Payne!« Frost drehte sich zum Pinkerton um. Seit wann entschied er, ob sie einen Auftrag annahmen oder nicht?

»Kommen Sie, Frost, das klingt wie eine Schnitzeljagd.« Er grinste über das ganze Gesicht wie ein kleiner Junge, dem man gerade eine Tüte Süßigkeiten geschenkt hatte. »Das wird ein Spaß. Frische Luft, Sie zeigen mir Ihr wunderschönes Land, und nebenbei suchen wir diese ominöse Bibliothek. Ein Kinderspiel.«

Sie verschränkte die Arme vor der Brust und maß Payne, dessen sarkastischen Unterton sie sehr wohl gehört hatte, sowie Jonah mit einem abschätzenden Blick. Sie musste sich eingestehen, dass die Sache sie interessierte, sehr sogar. Sie liebte Bücher und Bibliotheken. Und falls sie Burlingtons Sammlung fanden – falls sie denn wirklich noch existierte –, würden sie und die Agentur im ganzen Land bekannt werden. Vor ihrem inneren Auge sah sie schon die Geldscheine, die in ihrem Tresor landen würden. Außerdem waren sie hier zum Nichtstun gezwungen, solange keine weiteren Leichen mit mechanischen Körperteilen aus der Themse gezogen wurden.

»Also gut«, sagte sie endlich und erlöste die beiden Männer. »Wir machen es. Ich kann Ihnen allerdings nichts versprechen, Jonah«, fügte sie warnend an, als sich Nevilles Gesicht freudig aufhellte.

Neville nickte und übergab ihr das alte Buch in einer feierlichen Geste. »Passen Sie gut darauf auf. Es ist einzigartig.«

»Das werde ich, versprochen.« Frost drehte sich zum Pinkerton um. »Gehen Sie nach Hause, Payne. Sie müssen packen. Wir treffen uns um fünf am Bahnhof.«

»King's Cross?«

»Victoria Luftbahnhof.« Frost wandte sich wieder zu Dr. Neville um und bleckte grinsend die Zähne. »Das Museum bezahlt, nicht wahr, Jonah? Wunderbar. Also reisen wir mit Stil.«

David Cassidy saß am Tisch und löffelte die Hühnerbrühe, die der Mann ihm hingestellt hatte. Wieder einmal. Seit drei Wochen bekam er diese wässrige Brühe und einen Kanten Brot zu essen. Manchmal waren ein paar Brocken Fleisch darin, damit er bei Kräften blieb, wie der Mann sagte.

Die Narbe juckte. David kratzte sich unter dem Hemd, obwohl er es ihm verboten hatte. Die Nähte würden aufplatzen, hatte er gesagt, und dann wäre seine ganze Arbeit dahin. Die eiserne Kette, die an seinem Fußgelenk befestigt war, rasselte, als er sein Gewicht verlagerte.

»Ich hatte nicht damit gerechnet, dass du ein solcher Erfolg wirst, Nr. 23«, sagte der Mann. Er nannte ihn immer noch Nr. 23, und David hatte es mittlerweile aufgegeben, ihm seinen richtigen Namen zu nennen. »Du erinnerst mich an Nr. 8.«

»Nr. 8?«

Der Mann nickte, und der Hauch eines Lächelns zuckte um seine Mundwinkel. »Beinahe dieselben Körperwerte wie deine. Wundervolle Kreatur. Mein Meisterwerk. Deswegen glaube ich, dass wir beide es noch sehr weit bringen werden.«

»Was ist mit Nr. 8 passiert?« Im selben Moment, da diese Worte seinen Mund verließen, bereute David es. Das Gesicht des Mannes versteinerte sich sofort.

»Iss deine Suppe, Nr. 23. Morgen früh starte ich die neue Testreihe.«

Damit drehte er sich brüsk um und verließ den Raum. Wie so oft blieb David alleine zurück. Wie lange er wohl schon hier war? Und wann würde der Mann ihn endlich nach Hause gehen lassen?

4.

Payne warf sich seine Reisetasche über die Schultern und drückte dem Fahrer der Droschke einen Geldschein in die Hand. Für einen Moment blieb er stehen und betrachtete den einer Kathedrale nachempfundenen Bau mit Staunen. Backstein und Stahl ragten hoch hinauf, bis sie von einer Kuppel aus Glas abgelöst wurden. Riesige runde Fenster, einer Rosette ähnlich, gaben einen Blick ins Innere frei. Schemen von Luftschiffen waren auszumachen.

Payne legte den Kopf in den Nacken, als ein Zeppelin ihn zum Greifen nah überflog und hinter dem Kathedralenbau des Luftbahnhofs verschwand. Menschen mit allerlei Gepäck strömten ihm entgegen, als er das Gebäude betrat. Eine sonore Frauenstimme schallte aus versteckten Lautsprechern und kündigte Ankünfte und Abflüge an.

Sich umsehend ging er durch die Vorhalle. Links und rechts luden Geschäfte und Imbissläden zum Verweilen ein. Durch die Rosettenfenster hinter ihm fiel warmes Abendlicht. Payne blickte sich um. Er hatte sich in einem der Cafés mit Frost verabredet.

Sie sah ihn zuerst und winkte. »Ich dachte schon, Sie hätten sich verlaufen«, begrüßte sie ihn.

»So schnell geht das nicht«, erwiderte er und wollte sich hinsetzen, doch Frost schüttelte den Kopf.

»Wir müssen los, unser Luftschiff geht in einer Viertelstunde. Außerdem wird es an Bord garantiert Erfrischungen geben. Wir fliegen nämlich erster Klasse.« Sie leerte ihre Teetasse mit einem großen Schluck und griff nach ihrem kleinen Koffer.

Er folgte ihr durch die Menschenmassen der großen Halle

und pfiff vor Staunen durch die Zähne. Frost musste schmunzeln. »Ich nehme an, Sie waren noch nie hier.«

»Ich habe die Überfahrt von New York auf einem Dampfer gemacht«, meinte er. »Für ein Überseeluftschiff reichte mein Geld nicht.« So ein Flug war schweineteuer.

Vor ihnen breitete sich der eigentliche Bahnhof aus. Auf mehreren Stockwerken, tief unter ihnen und hoch über ihnen, führten Galerien zu den Landungsdocks der Luftschiffe. Weit oben wölbte sich die Glaskuppel. Die hintere Wand des Bahnhofs fehlte gänzlich. Mehrere große und kleine Zeppeline schwebten fest vertäut an den Stegen. Die größten unter ihnen würden nach Übersee reisen.

»Wir müssen drei Stockwerke runter«, sagte Frost und drückte ihm ein Ticket in die Hand. »Steg 18.«

Sie nahmen einen der vielen Aufzüge, einen Käfig aus geschmiedetem Stahl und Glas. Wieder klang die Frauenstimme aus dem Lautsprecher und rief letzte Passagiere für den Flug nach Patagonien aus.

Der Zeppelin, der an Steg 18 festgezurrt schwebte, war einer der kleinen für Innlandflüge. Über dem Durchlass hing ein Schild mit der Destination Edinburgh. Frost erklärte Payne, dass es Zwischenstopps in Leeds und York gab, bevor der Flug weiter nach Edinburgh ging.

»Ist wie mit der Eisenbahn fahren, nur um einiges schneller und bequemer.«

Das Innere der ersten Klasse versetzte Payne erneut in Staunen. Reiche Verzierungen aus Gusseisen bedeckten die Wände und die Fensterrahmen. Es gab bequeme Sessel, auf den Tischen lagen weiße Decken, Porzellan und Silberbesteck, und der Boden war mit orientalischen Teppichen bedeckt.

Wohlig seufzend ließ er sich tief in eine der Polstergruppen fallen und streckte die Beine aus. »Daran könnte ich mich gewöhnen.«

»Wem sagen Sie das.« Frost machte es sich ebenfalls bequem. Ein Stuart nahm ihr Gepäck entgegen und brachte ihnen gleich darauf eine Kanne Tee. »Ein Glück, dass uns das Museum alles bezahlt.« Ein schelmisches Funkeln trat in ihre grauen Augen.

Während der nächsten zehn Minuten kamen weitere Passagiere der ersten Klasse hinzu und setzten sich an die freien Tische. Die Maschinen begannen zu rattern.

»Ladies und Gentlemen, willkommen an Bord der *Imperial Airways*«, blechte es aus den Lautsprechern, und die Passagiere merkten auf. »In wenigen Minuten werden die Seile gelöst. Auf unserem Flug nach Edinburgh via Leeds und York erwarten wir stellenweile kräftige Böen. Das Abendessen wird Ihnen gegen 19 Uhr im Speisesaal serviert. Der Kapitän und die Mannschaft der *Hortensie* wünschen Ihnen einen angenehmen Flug.«

»Entspannen Sie sich, Payne«, sagte Frost, als ein Ruck durch die Kabine ging und Payne seine Hände in die Armlehnen des Sessels krallte. Sie schmunzelte. »Sie haben doch keine Flugangst, oder?«

Payne schloss für einen Moment die Augen, als ein zweiter Ruck durch das Luftschiff ging. Kurz fühlte es sich an, als sackte die Kabine um mehrere Meter ab. Payne wurde ziemlich flau im Magen. »Ich bin noch nie in einem dieser Dinger geflogen, okay?«, gab er etwas bissiger als beabsichtigt zurück. »Ich bevorzuge die altmodische Art zu reisen. Auf festem Boden oder zu Wasser.«

Frost grinste breiter. »Entspannen Sie sich.«

»Ich bin entspannt!«

Sie erreichten York kurz nach zehn Uhr abends. Ein eisiger

Wind zerrte an ihren Kleidern, als sie mit mehreren anderen Passagieren das Luftschiff verließen und über den schmalen Landungssteg zum Turm gingen, an dem der Zeppelin festgemacht hatte. Ein Aufzug führte direkt ins Erdgeschoss des kleinen Luftbahnhofs. Müde und erschöpft von der Reise konnten sie es kaum erwarten, ins Hotel zu kommen.

Frost winkte einer der Droschken, die vor dem Bahnhofsgebäude auf Gäste warteten. Die Fahrt durch die Stadt zum Hotel verbrachten sie schweigend. Payne hatte den Hut tief in die Stirn gezogen. Er versuchte, die drängenden Gedanken an Annabella, Cecilia und die mechanischen Kinderleichen beiseitezuschieben, doch es gelang ihm nicht.

Was, wenn tatsächlich keine Leichen mehr auftauchten? Natürlich war das eine gute Sache. Er war nicht so morbide zu denken, dass sie nur mit noch mehr Leichen auf die Spur des Mörders kommen konnten. Aber wenn der Mörder wieder für zwanzig Jahre im Nichts verschwand, hätten sie keine Chance, ihn jemals zu schnappen und für seine grässlichen Verbrechen zur Rechenschaft zu ziehen. Falls ihm Annabella tatsächlich zum Opfer gefallen war, würde er die Wahrheit nie herausfinden.

Und dann war da noch die Sache mit den Mordanschlägen auf ihn selbst. Seit Frost und er den Fremden vor der Agentur erschossen hatten, war es ruhig geblieben. Vermutlich hatte die Sache doch nichts mit dem Russen zu tun gehabt.

Ein beunruhigender Gedanke kroch aus seinem Unterbewusstsein nach oben. Ob das etwas mit New York zu tun hatte? Eine eisige Gänsehaut fuhr ihm den Rücken hinab. Nein. Unmöglich. Niemand von damals wusste, wo er war, und die anderen waren alle tot. Er war kein Pinkerton mehr.

»Wir sind da«, riss ihn Frost aus den Gedanken. So gut

Payne konnte, verbannte er das Bild von Schnee und Blut, das vor seinem inneren Auge aufgetaucht war, wieder in sein Unterbewusstsein und folgte Frost in das hell erleuchtete Foyer des Hotels.

»Frost und Payne, wir haben reserviert.« Frost lehnte sich an den Empfangstresen. Der ältere Herr, der dahinterstand, nickte grüßend und blätterte dann in einem Buch. Sein voller Bart war grau meliert wie Granit und bebte bei jeder Bewegung seiner Gesichtsmuskeln.

»Ah, ja, hier. Bitte sehr, die Dame.« Er legte einen Schlüssel auf den Tresen. Frost stutzte.

»Nur einen Schlüssel?«

»Sie haben ein Zimmer reserviert, Ma'am.«

Frost schüttelte den Kopf. »Ihnen muss ein Fehler unterlaufen sein, Mister. Wir sind zu zweit, also haben wir auch zwei Zimmer reserviert.«

»Bedaure, aber ich habe hier nur eine Reservation für ein Zimmer mit zwei Betten.« Der Mann hinter dem Tresen hob entschuldigend die Schultern und duckte sich, in Erwartung eines Ausbruchs von Seiten Frosts.

Frost sah tatsächlich so aus, als würde sie gleich über den Tresen springen und dem armen Mann sein dickes Buch um die Ohren hauen. Aber sie beherrschte sich und setzte ein Lächeln auf. »Haben Sie kein anderes Zimmer mehr frei, das wir dazunehmen könnten?«

Wieder schüttelte der Mann den Kopf. »Tut mir sehr leid, Ma'am, aber wir sind ausgebucht. So wie alle anderen Hotels der Stadt. Dieses Wochenende findet das Wikingerfest statt. Ich hoffe, dass das für Sie keine Unannehmlichkeiten mit sich bringt.« Er warf Payne einen Blick zu, und Payne wusste genau, was der Mann damit meinte. Frost und er waren den unterschiedlichen Namen nach nicht verheiratet. Es gehörte sich nicht, dass eine Frau das Zimmer mit einem Mann teilen musste.

Frost brummte etwas und drehte sich zu Payne um. »Ich hoffe, Sie schnarchen nicht.«

Er schmunzelte. »Wie eine Bestie im Urwald.«

»Aber Madam, er ist *Amerikaner*«, raunte der alte Mann derart entsetzt, als hätte Payne gerade die Königin aufs Übelste beleidigt. Payne hätte beinahe laut aufgelacht. Es überraschte ihn doch immer wieder, wie viele Engländer glaubten, Amerikaner seien ungehobelte Wilde, die gerne mit Pistolen um sich schossen. »Bitte, lassen Sie mich nach einer Möglichkeit suchen. Vielleicht ist einer der Diener heute Nacht nicht da. Ihr Begleiter könnte sein Bett haben.«

»Lassen Sie mal«, erwiderte Frost rasch. »Er weiß sich zu benehmen.« Payne konnte das versteckte Grinsen in ihrer Stimme nur zu deutlich hören. »Wir nehmen das Zimmer. Unter der Bedingung, dass Sie uns morgen früh das beste Frühstück, das Sie sich ausmalen können, aufs Zimmer bringen. Kostenlos. Und dazu einen Stadtplan. Außerdem möchten wir eine Flasche Ihres besten Whiskys, die wir jetzt gleich mitnehmen werden.«

Der alte Mann schaute Frost entgeistert an, beeilte sich dann jedoch, ihr nickend den Schlüssel zu überreichen und ihr zu versichern, wie leid ihm die Sache täte. Schließlich verschwand er um die Ecke, um gleich darauf mit einer noch ungeöffneten Flasche Lagavulin zurückzukommen.

»Ich bin etwas enttäuscht, Frost«, meinte Payne, als sie dem Pagen auf das Zimmer folgten. »Ich hatte fest damit gerechnet, dass Sie den Alten noch mehr ausnehmen.«

»Ich bin ja auch noch nicht fertig«, erwiderte sie gelassen.

Der Page öffnete das Zimmer und stellte ihr Gepäck neben die beiden Betten. »Morgen früh werde ich mich über Ihr Schnarchen beschweren.«

Payne stellte den Whisky auf die Kommode zwischen den Betten und setzte sich auf jenes, das näher an der Tür war. Die Matratze war hart, die Bezüge sahen sauber aus und rochen nach Kernseife. Doch das Zimmer war klein. Nebst den beiden Betten und der Kommode gab es einen runden Tisch mit drei Stühlen, ein schmales Bücherregal, in dem die üblichen Verdächtigen standen (Dickens, Austen, Stoker), und zwei Ohrensessel vor einem Kamin, der die Bezeichnung kaum verdient hatte.

Frost und er würden sich hier gegenseitig auf die Füße treten, so viel stand fest. Er wusste zwar, dass Frost eine eher unkonventionelle Frau war, die sich nicht genierte, sich vor ihm umzuziehen (auch wenn sie ihn scharf gebeten hatte, sich umzudrehen), dennoch machte ihn diese Enge etwas nervös. Frost war eine gut aussehende Frau, clever und nicht auf den Mund gefallen. Sie faszinierte ihn.

Dieses Hotelzimmer war gefährlich. Cecilia hatte ihn schon lange nicht mehr zu sich ins Bett gebeten, und er hatte aus Respekt ihr gegenüber die Finger von anderen Frauen gelassen. Aber das hier …

»Sie sind so still, Payne. Alles in Ordnung?« Frost hatte kurz aufgehört, den Inhalt ihres Koffers in die Kommode zu stopfen. Sie schaute fragend zu ihm herab.

»Ich bin nur müde, das ist alles.«

»Ja, war ein langer Tag. Genehmigen wir uns noch einen Schlummertrunk?« Sie griff nach der Whiskyflasche und schwenkte sie einladend.

Doch Payne schüttelte den Kopf. »Ich geh kurz an die frische Luft, damit Sie sich ungestört … bettfertig machen können.«

Auch wenn Frost sich umziehen würde, wenn er anwesend war, auch wenn sie sich im Badezimmer umzog, er wollte ihr lieber Privatsphäre geben und draußen warten. Die Situation mit dem Zweibettzimmer war schon peinlich genug. Außerdem war ihre Beziehung rein geschäftlich und musste so bleiben.

Frost schaute ihm konsterniert hinterher, als er sich den Mantel überwarf und aus dem Zimmer ging. Im Flur atmete er kurz auf. Verdammt noch mal, er war verheiratet, und zwar mit einer wunderbaren Frau. Hoffentlich konnten sie diesen Auftrag schnell beenden und zurück nach London reisen, wo er und Frost ihre eigenen Wohnungen hatten.

Draußen vor dem Hotel schlug er den Kragen seines Mantels hoch, es war eisig kalt. Hier oben hatte der Frühling noch nicht ganz Einzug gehalten. Im Windschatten der Eingangstür rollte Payne eine Zigarette. Das Feuerzeug flammte kurz auf.

Durch den Rauch hindurch fiel ihm ein Mann auf, der sich in den Schatten gegenüber dem Hotel aufhielt. Er trug einen langen Mantel und hatte den Hut tief in die Stirn gezogen, sein Gesicht war nicht zu erkennen. Die nahe Straßenlaterne beleuchtete nur die Saumzipfel des Wollmantels und die Spitzen seiner Stiefel.

Paynes Instinkte meldeten sich. Das Prickeln seiner Kopfhaut sagte ihm, dass der Fremde ihn beobachtete. Aber warum? Und wer war der Mann? Waren sie etwa aus London bis hierher verfolgt worden? Von wem?

Konnte es sein, dass sein Verfolger, wer auch immer nach seinem Leben trachtete, dieser Mann war?

Das waren für Paynes Geschmack zu viele Unbekannte, zu viele offene Fragen. Ungünstig nur, dass er seinen Revolver oben im Hotelzimmer hatte liegen lassen. Natürlich hatte er nicht damit gerechnet, für eine schnelle Zigarette unten auf der

Straße eine Waffe zu brauchen. Dann musste er eben von seinen Fäusten Gebrauch machen, sollte die Situation es erfordern.

Gelassen schlenderte er auf die andere Straßenseite, schnippte Asche auf das Kopfsteinpflaster und blieb unter dem Schein der Laterne stehen. Der Mann hatte ihn sowieso schon längst gesehen, warum also nicht gleich voll ausleuchten?

Payne wollte etwas sagen, doch da rührte sich der Fremde, und er erhaschte einen flüchtigen Blick auf dessen Gesicht. Jetzt war ihm alles klar.

»Ich wusste gar nicht, dass Sie sich für Wikinger interessieren, Inspektor.«

Der Mann im Schatten sah aus, als wollte er erst nicht antworten, schien dann jedoch einzusehen, dass das dämlich war. »Ich habe Ihnen doch gesagt, dass ich Sie und Miss Frost nicht aus den Augen lasse, Mr. Payne. Verraten Sie mir, was Sie hier in York machen?«

»Wir wollen uns das Wikingerfest ansehen«, erwiderte Payne. »Ich interessiere mich brennend für Englands Geschichte.« Er konnte den Sarkasmus kaum verbergen. Dieser verdammte Inspektor. Seit dem Attentat auf den Duke und dem Bombenanschlag in Greenwich hatte er sie auf dem Radar und wollte unbedingt beweisen, dass sie eines Verbrechens schuldig waren. Payne konnte es ihm nicht verübeln, schließlich hatten Frost und er im letzten Monat ziemlichen Aufruhr veranstaltet, auch wenn sie dabei nicht die Hauptverursacher gewesen waren.

»Sparen Sie sich die Sprüche, Payne. Ich werde schon noch herausfinden, was hier vor sich geht.« Inspektor Flannagan trat ins Licht der Straßenlaterne. Unter dem Hut schaute sein grau meliertes Haar hervor, und die Pockennarben auf seinen Wangen standen in starkem Kontrast zum Rest seiner Haut.

Paynes Kiefer mahlten. Die Beharrlichkeit des Inspektors

könnte sich noch zu einem Problem entwickeln. Er war sich nur zu bewusst, dass Frosts Methoden sich nicht ganz im legalen Rahmen bewegten. Wenn der Inspektor sie auf frischer Tat ertappte, konnten sie sich schlecht herausreden.

Payne gähnte übertrieben und reckte die Arme. »Also, heute Nacht werden wir bestimmt nichts mehr anstellen, versprochen.«

Inspektor Flannagans Blick ging hinauf zu einem der hell erleuchteten Fenster des Hotels. »Weiß Ihre Frau, dass Sie sich mit Miss Frost ein Zimmer teilen, Mr. Payne?«

Payne folgte seinem Blick. In einem der Fenster sah er die dunklen, langen Haare Frosts, die offen über ihren nackten Rücken fielen. Sie streifte sich eben ein Nachthemd über.

Payne ballte die Fäuste. »Lassen Sie meine Frau aus dem Spiel, Flannagan.« Er war sich bewusst, dass der Inspektor ihn provozieren wollte, doch er fühlte sich ob seiner eigenen Gedanken ertappt. »Denken Sie, was Sie wollen.«

»Oh, das werde ich.«

Die beiden Männer starrten sich an. Payne nahm einen letzten Zug und drückte die Zigarette mit seinem Stiefel aus. »Gehen Sie schlafen, Inspektor. Vor morgen früh werden auch wir nichts anderes tun, verspochen.«

Mit zwei Fingern tippte er sich grüßend an den Hutrand und drehte sich wortlos um. Er spürte den starren Blick des Inspektors in seinem Rücken, bis er im Foyer des Hotels um die Ecke verschwand.

Vor der Tür zum Zimmer blieb er zögernd stehen. Ob Frost sich schon fertig umgezogen hatte? Für einen kurzen Moment zuckte das Bild ihres nackten Rückens und ihrer offenen Haare vor seinem inneren Auge. Er schüttelte den Kopf und verbannte es sofort. Solche Gedanken durfte er nicht haben.

Er klopfte an und trat ein, als Frost rief. Sie saß in einem der Ohrensessel vor dem winzigen Kaminfeuer, die Beine unter dem Gesäß. Das helle Nachthemd schaute am Kragen des Hausmantels hervor, den sie lose umgelegt hatte. Auf ihrem Schoß lag ein aufgeschlagenes Buch, in der Hand hielt sie ein Glas mit dem bernsteinfarbenen Whisky darin.

»Hallo, Payne«, sagte sie und klappte das Buch zu. Dann runzelte sie die Stirn und legte den Kopf leicht schief. »Zwei Dinge. Zum einen starren Sie mich an, zum anderen sehen Sie aus, als könnten Sie wirklich einen Schlummertrunk gebrauchen.«

»Wir haben ein Problem«, sagte er und ließ sich in den Sessel ihr gegenüber fallen. Frost beugte sich zum Beistelltisch neben ihrem Sessel und schenkte ihm einen Drink ein.

»Ich weiß, die Unterkunft ist alles andere als angemessen. Glauben Sie mir, auch mir ist das sehr unangenehm.«

Payne schüttelte den Kopf und hob die Hand, bevor sie weiterreden konnte. *Das* war nicht das Problem, das er meinte. »Wir haben Gesellschaft.«

»Gesellschaft? Inwiefern?«

Payne leerte das Glas in einem Zug und verzog das Gesicht, als der Whisky in seinem Hals brannte. »Inspektor Flannagan steht unten vor dem Hotel. Ich habe mich eben mit ihm unterhalten. Er ist der festen Überzeugung, dass wir wegen etwas schuldig sind, er muss es nur noch beweisen können.«

»Verdammt.« Frost schwang sich aus dem Sessel und stellte sich seitlich ans Fenster. Dann schob sie den Vorhang ein paar Zentimeter beiseite. »Verflixt, der Kerl steht tatsächlich da unten.«

»Ich habe ihm gesagt, dass wir vor morgen früh nichts mehr unternehmen werden.«

Frost seufzte und kehrte in ihren Sessel zurück. »Ich hasse

solche Kletten. Da wird man doch paranoid.« Nachdenklich schwenkte sie das Glas und schaute Payne lange an. Payne brauchte einen zweiten Whisky.

»Zum Glück suchen wir diesmal nur ein paar Bücher«, nahm sie das Gespräch wieder auf. »Das wird er uns kaum als Verbrechen anlasten können. Solange wir keine Leichen mehr hinterlassen, sollten wir keine Probleme haben.«

»Solange *Sie* nicht beim mirakulösen Einbrechen erwischt werden.«

»Stimmt, da sollten wir ebenfalls vorsichtig sein. Aber was der gute Inspektor nicht weiß, ist, dass ich die Beste in diesem Fach bin.« Frost grinste schelmisch und leerte ihr Glas.

5.

Inspektor Flannagans Beharrlichkeit machte ihnen zwar keinen Strich durch die Rechnung, doch es verkomplizierte ihre Arbeit. Frost hatte wenig geschlafen, vor allem wegen Paynes Geschnarche – dieser verdammte Pinkerton –, und erwachte noch vor dem Morgengrauen mit hämmernden Kopfschmerzen. Sie machte die Nachttischlampe an und stand auf. Wo hatte sie gestern Abend die Briefchen mit Schmerzpulver hingelegt?

Ein unartikuliertes Gemurmel Paynes ließ sie herumfahren, doch er hatte sich nur umgedreht und schlummerte munter weiter. Seine dunklen Haare waren völlig zerwühlt, ein Bein hing über die Matratze hinaus. Frosts Mundwinkel zuckten. Der Pinkerton sah beinahe niedlich aus.

Wenn er nicht so schnarchen würde.

Frost rieb sich die Nasenwurzel und schlurfte ins Badezimmer. Sie entledigte sich des Nachthemds und band ihre Haare zu einem losen Knoten. Der silberne Schlüssel baumelte an der Kette zwischen ihren Brüsten. Es war Zeit, ihr Herz wieder aufzuziehen. Heute würde vermutlich ein langer Tag werden, und sie wollte nicht riskieren, mitten auf der Straße zusammenzubrechen.

Madame Yuehs Ärzte hatten viele Jahre lang versucht herauszufinden, wie ihr mechanisches Herz genau funktionierte und warum sie überhaupt noch am Leben war. Es war offensichtlich, dass sie nicht damit geboren worden war. Laut den Ärzten grenzte es an ein Wunder, dass Frost einen derartigen Eingriff überlebt und keinen Schaden davongetragen hatte. Sie hatte die Bewunderung aus den Worten der Ärzte herausgehört. Und sie hatte Gespräche belauscht. Die Ärzte hatten sie, das Straßenmädchen ohne Gedächtnis, für weitere Untersuchungen und Experimente mitnehmen wollen. Sie hatten sie zum Wohle der Wissenschaft und des Fortschritts zu einer Laborratte machen wollen. Doch Madame Yueh hatte sich geweigert, Frost wegzugeben, wofür Frost ihr auf ewig dankbar sein würde.

Die Ahnung, dass mehr hinter den toten Jugendlichen mit den mechanischen Körperteilen steckte, als sie momentan vermuten konnten, kroch wieder in ihr hoch. Frost war sich sicher, dass der Schlüssel zu ihrer eigenen Vergangenheit bei diesen Kindern lag. Payne hatte recht. Sie mussten herausfinden, wer dafür verantwortlich war.

Doch die Suche nach der Bibliothek ging momentan vor. Je schneller sie diesen Auftrag abschließen konnten, desto schneller waren sie zurück in London.

Eine Stunde später saß Frost Payne gegenüber am Tisch und beugte sich über den Stadtplan, der mit dem Frühstück auf ihr Zimmer geliefert worden war. Neben ihr lag das Buch des Alchemisten.

»Jonah hat versucht, alle weiteren Hinweise, die im Buch versteckt sind, für uns herauszuschreiben«, sagte sie und schaute auf. »Payne, hören Sie mir zu?«

»Mhhm«, kam es von Payne, der sich soeben den wohl fünften Toast in den Mund gestopft hatte. Schwer kauend nickte er, worauf Frost seufzte.

»Okay, also: Der erste Hinweis soll sich in der alten Stadtmauer befinden, und zwar in einem der Türme in der Nähe des Münsters.« Sie fuhr mit dem Finger der Stadtmauer hinter dem Yorker Münster entlang. »Am besten brechen wir gleich auf. Wenn wir Glück haben, lungert der Inspektor noch nicht hier rum.«

Doch als sie wenig später das Foyer betraten, sahen sie die mittlerweile vertraute Gestalt des Londoner Polizisten vor dem Hotel. Er saß vor dem Restaurant gegenüber und las die lokale Zeitung. Frost und Payne hatten sich abgesprochen und würden bei der Wikingerstory bleiben. Und vor allem frontal angreifen.

»Guten Morgen, Inspektor«, grüßte Frost und winkte Inspektor Flannagan fröhlich zu, als sie an ihm vorbeigingen. »Herrliches Wetter, nicht? Perfekt für ein paar Ritterspiele und Wikingerabenteuer. Sehen Sie sich nachher auch das Schauspiel vor dem Museum an?«

Flannagan knurrte in seinen Bart und blätterte geräuschvoll die Zeitung um.

York war bereits auf den Beinen. Das Wikingerfestival lockte jedes Jahr Tausende von Touristen an, und die Altstadt innerhalb der römischen Stadtmauer schien aus allen Nähten zu platzen. Überall liefen kostümierte Menschen herum. Männer mit furchteinflößenden Helmen und klirrenden Kettenhemden, Frauen trugen wallende Gewänder oder waren als Walküren verkleidet. Kreischende und lachende Kinder rannten zwischen den Erwachsenen umher, bekämpften sich mit Holzschwertern und proklamierten, sie seien Ivar der Knochenlose, Eroberer von Northumbria.

Frost kam sich zwischenzeitlich etwas fehl am Platze vor, denn mit wollenen Pluderhosen, derben Stiefeln, Korsett, Bluse, Mantel, Schal und Hut gehörte sie eindeutig in die moderne Zeit. Doch die ausgelassene Stimmung steckte sie an.

»Wo befinden wir uns?«, hörte sie Payne fragen.

Sie holte die Stadtkarte aus ihrer Umhängetasche und schlug sie im Gehen auf. »Wir müssten gleich beim Münster sein. Sehen Sie, da vorne, das ist die römische Säule.«

Sie erreichten den Platz vor dem Münster. Marktstände säumten die Häuserreihen. Auf einer Bühne auf der Wiese daneben spielte eine Gruppe Musiker nordische Lieder.

Payne ging zur Säule und blieb davor stehen. Eine Plakette auf Augenhöhe besagte, dass sie einmal Teil des römischen Forts war und in einer großen Halle stand. Payne streckte die Hand aus und berührte den alten Stein.

Frost hob die Augenbrauen. »Was machen Sie da?«

»Ich berühre Geschichte.«

»Das ist lächerlich, Payne. Es ist nur eine sehr alte Säule aus Stein mit einer Plakette dran.«

»Im Gegenteil, Miss Frost. Die Römer waren ziemlich cool. In Amerika gibt es nichts derart Altes, das von Menschen errichtet worden ist.« Payne sah bewegt an der Säule hinauf.

»Okay, genug bewundert. Wir haben Arbeit vor uns.« Frost zog ihn am Ärmel von der Säule weg.

Vor ihnen ragte das Münster auf. Das große Eingangsportal im Mittelschiff war weit geöffnet, so dass die Besucher des Festivals ungehindert ein- und ausgehen konnten. Frost ließ die imposante Kirche jedoch links liegen und steuerte in die nächste Straße. Bis zur Mauer war es nicht mehr weit.

In einer verwinkelten Gasse mit mittelalterlichen Häusern blieben sie stehen, um den Stadtplan zu konsultieren. Bei den vielen Menschen und den engen Straßen konnte man schnell die Orientierung verlieren.

»Frost.«

»Was? Ich versuche gerade herauszufinden, wo wir sind.«

»Wir haben Gesellschaft.«

Frost schaute auf und folgte Paynes Blick. An der Ecke, um die sie eben gebogen waren, lungerte Inspektor Flannagan herum und beobachtete sie. »Dieser verdammte …«

»Sparen Sie sich die Energie«, meinte Payne und zündete sich eine Zigarette an. »Wir wussten, dass er uns folgen würde.«

»Trotzdem geht er mir auf die Nerven.« Frost bemühte sich, die brodelnde Frustration in ihrem Bauch zu unterdrücken. Sie durfte den Inspektor nicht so nahe an sich heranlassen. Nach einem tiefen Atemzug schaute sie sich um. Die Gasse war voller Menschen, die sich im Schritttempo an Läden und Imbissständen vorbeizwängten. Laut der Karte war die Mauer nicht mehr weit. »Wir könnten ihn in dem Gedränge abhängen.«

Payne nickte und folgte ihr sogleich. Ohne sich noch einmal umzudrehen, schlängelten sie sich an den Menschen vorbei. Frost machte sich dabei automatisch klein und sah, dass auch Payne schräg hinter ihr den Kopf einzog.

Als Frost hinter einem Stand eine schmale Öffnung in der Häuserwand sah, griff sie nach der Hand des Pinkertons und zog ihn mit sich. »Wir nehmen eine Abkürzung.«

»Lassen Sie meine Hand los, ich kann alleine gehen«, murrte Payne, folgte ihr jedoch bereitwillig in den engen Durchlass. Es war kaum Platz für zwei Personen nebeneinander. In der Mitte floss ein trübes Rinnsal in einer offenen Abwasserrinne.

Frost antwortete nicht, sondern rannte los. Ihre Schritte hallten von den hohen Mauern wider, und jedes Mal, wenn sie in das Rinnsal trat, spritzte das Wasser auf. Sie malte sich besser nicht aus, *was* für Wasser das war.

Nach zwei Abzweigungen standen sie plötzlich an der Stadtmauer. Der Weg endete abrupt vor dem grasbewachsenen Hang. Die Mauer war hoch und breit und oben mit dicken Zinnen bestückt. Ihr Bau reichte bis zu den Römern zurück und war im Laufe der Jahrhunderte erhöht, verbreitert und stärker befestigt worden.

Hundert Meter rechts von ihnen befand sich einer der runden Türme, die in die Mauer eingelassen waren. Frost wollte nicht wieder zurückgehen und einen anderen Weg zum Turm suchen. Der gute Inspektor würde ihnen ein paar unbequeme Fragen stellen, wenn er sie einholte. Ihr Ehrgeiz war geweckt. Flannagan sollte ruhig schmoren.

Kurz entschlossen ging sie den Hang hinauf und folgte dem Lauf der Mauer. Der Hang war rutschig, denn der Boden war aufgeweicht. Hinter sich hörte sie Payne fluchen, als er den Halt verlor.

»Das nennen Sie Abkürzung?«

»Seien Sie nicht so wehleidig, Payne. Ich bin mir sicher, Sie haben Schlimmeres erlebt.«

»Ich gebe zu, mich an halbwegs saubere Stiefel gewöhnt zu haben.«

Frost schnaubte belustigt. Vorsichtig ging sie Schritt für Schritt weiter, die linke Hand immer am Mauerwerk. Als sie den Turm erreichte, schaute sie grübelnd nach oben zu den Zinnen. »Jonahs Interpretation des Rätsels zufolge befindet sich der Hinweis *im* Turm«, meinte sie, während sie zur Kontrolle Dr. Nevilles Notizblatt aus der Tasche kramte.

»Sind Sie sicher, dass dies der richtige Turm ist?« Payne schob den Hut in den Nacken und schaute sich skeptisch um. Ein paar hundert Meter rechts von ihnen stand das Münster dominierend über der Stadt, daneben befand sich eine Art Park. Die alte Stadtmauer umschloss ihn. Von ihrem Standpunkt aus konnte man einen zweiten Turm ausmachen.

»Erst einmal müssen wir einen Weg hineinfinden.« Frost ging an der Mauer des Turms entlang. Auf der anderen Seite des Halbrunds entdeckte sie eine niedrige Holzpforte. Sie rüttelte an der Tür, doch nichts bewegte sich. »Abgeschlossen.« Frost bückte sich, um das Schloss zu begutachten, wurde jedoch enttäuscht. Es gab keines.

»Lassen Sie mich mal.« Payne schob sie beiseite und trat mit einem kräftigen Tritt die Pforte ein. Holz splitterte, und die Tür knallte gegen die Innenseite des Turms.

»Ich bin mir sicher, dass Sie gerade Kulturgut beschädigt haben«, meinte Frost bissig.

»Was soll ich sagen? Ich bin Tourist. Nach Ihnen, Miss Frost.« Payne grinste über das ganze Gesicht.

Sie traten ein und schauten sich um. Sie standen in einem gewundenen Treppenturm, der nach oben offen war und das Tageslicht einließ. Die Mauern waren von jahrhundertelanger Feuchtigkeit mit Moos und Algen überzogen. Keinerlei Geräusche drangen von draußen herein, trotz des offenen Daches. Nach einem kurzen Blick nach oben beschied Frost, dass ihr Ziel höchst wahrscheinlich unten lag.

Sie ging voran über die stellenweise glitschigen Stufen. Immer tiefer wand sich die Treppe, bis kaum noch Licht von oben herabfiel. Als sie den Grund des Turmes erreichten, konnte Frost kaum noch die Hand vor Augen sehen. Payne zog sein Feuerzeug hervor. Sie hörte das vertraute Klicken, das für sie mittlerweile einfach zu Payne gehörte, und eine helle Flamme leuchtete auf. Das Licht reichte gerade aus, um nicht zu stolpern oder gegen die Wand zu laufen.

Frost ging voran in den Tunnel, der sich vor ihnen wie ein schwarzer Schlund öffnete. Paynes kleine Flamme flackerte. »Das Gemäuer hier unten ist viel älter als der Rest der Mauer«, sagte sie und berührte mit der Hand den kalten Stein. Vermutlich war der Tunnel zur Zeit der ersten Mauer von den Römern angelegt worden.

Irgendwo tropfte Wasser. Ihre Schritte hallten als Echo

wider, als sie den Mauern folgten. Nach etwa fünfzig Metern öffnete sich der Tunnel zu einem kreisrunden Raum mit hohen Decken.

»Wir müssen im nächsten Turm sein«, vermutete Frost. Ihr Herz pochte vor Aufregung. Hier musste der Hinweis versteckt sein. Sie holte das Buch des Alchemisten und Jonahs Notizen aus der Tasche. Nachdem sie sich vergewissert hatte, dass der Boden trocken war, legte sie sie zusammen mit dem Stadtplan aus. »Payne, Licht!«

Payne ging Frost gegenüber in die Hocke und hielt sein Feuerzeug über die Papiere. »Wie finden wir den Hinweis?«

»Jonah schreibt, dass wir nach einer römischen Katakombe suchen sollen. Ich glaube, wir haben sie gefunden.« Sie warf einen schnellen Blick in die Runde. Paynes Licht vermochte nur einen Bruchteil des Raumes zu erhellen. »Dort sollen wir nach dem ›Gesicht der Fortuna‹ suchen. Was auch immer das heißen soll.«

»Fortuna war eine der beliebtesten Göttinnen der Römer«, meinte Payne und stand auf. »Vielleicht gibt es hier Fresken oder Mosaike.«

Nach wenigen Minuten wünschte sich Frost, dass sie eine Laterne mitgenommen hätten. Nur mit Paynes Feuerzeug bewaffnet dauerte es ewig, bis sie alle Wände abgesucht hatten. Fresken und behauene Steine gab es zuhauf, doch nichts sah aus, wie sie sich das Gesicht der Fortuna vorstellte.

»Wir werden morgen noch hier sein«, ächzte sie auf.

»Hier drüben«, hörte sie Payne nach einer Weile sagen und folgte dem Lichtschein. »Ich glaube, das ist es.«

Frost schrak zurück, als eine schattenhafte Fratze sie anstarrte. Payne hob das Feuerzeug. Die Fratze verwandelte sich in ein steinernes Gesicht. Die ganze Wand schien aus Gesichtern zu bestehen, großen und kleinen, jeder Stein der Mauer trug eines.

»Suchen Sie bis knapp über Augenhöhe, Payne. Es muss ein Frauengesicht sein. Fortuna ist sehr spezifisch, bestimmt hat man eines ihrer Attribute hinzugefügt.«

Das hatte man tatsächlich. Payne fand etwas, das wie ein Füllhorn aussah, darüber befand sich das feine Gesicht einer Frau. »Hier ist etwas in den Stein gehauen, das irgendwie nicht dazugehört«, murmelte er und hielt das Feuerzeug näher an die Mauer. »Sieht neuer aus. Alt, ja, aber neuer. Sie verstehen.«

»Kommen Sie auf den Punkt.«

»Es ist die Zahl 256.«

Frost hob die Augenbrauen und schob Payne beiseite. »Sie haben recht. Ich habe nirgendwo sonst auf den Gesichtern Zahlen gesehen.« Sie hielt inne. Ein Gedanke schoss ihr durch den Kopf. »Moment.« Vorsichtig tastend suchte sie das Buch auf dem Boden und blätterte aufgeregt darin. Payne leuchtete mit dem Feuerzeug. »Hier, Seite 256«, sagte sie triumphierend.

»Sie ist grün.«

»Das sehe ich auch. Merkwürdig.« Die ganze Buchseite war eingefärbt, als hätte jemand einfach großzügig darübergemalt. Rasch blätterte Frost durch den Rest des Buches, doch Seite 256 blieb die einzige Seite, die komplett in eine Farbe getaucht war. »Also, wenn das der nächste Hinweis sein soll, dann habe ich genauso viel Ahnung wie vorher.«

»Lassen Sie uns hier verschwinden, das Feuerzeug wird langsam ziemlich heiß, und ich würde meinen Finger gern behalten.« Frost starrte immer noch auf die seltsame grüne Seite, Payne nahm ihr das Buch sanft aus den Händen. »Ich glaube nicht, dass es hier unten noch etwas gibt.«

Frost nickte und hob Stadtplan und Notizzettel auf. Der

Weg zurück ging schneller, nun, da sie den Weg kannten, und gleich darauf sahen sie den Lichtkegel des Treppenturms vor sich. Payne klappte das Feuerzeug zu, sobald sie nicht mehr Gefahr liefen, gegen unsichtbare Wände zu rennen.

Frost wollte bis ganz hinauf auf den Turm steigen, um nach der dunklen Enge des Tunnels die Weite des Himmels für einen Moment zu spüren. Kalter Wind fuhr in ihre Haare, als sie ins Freie trat. Der Glockenturm des Münsters schlug die volle Stunde. Waren sie so lange dort unten gewesen? Sie hatte gar nicht bemerkt, dass so viel Zeit vergangen war.

Payne setzte sich zwischen zwei Zinnen und zündete sich eine Zigarette an. Sie lehnte sich an die Mauer neben ihn und holte das Buch aus der Tasche. Vielleicht konnte sie bei Tageslicht mehr auf der Seite ausmachen als unten in der Dunkelheit beim Licht eines Feuerzeugs. Doch Seite 256 blieb grün. Frost hob das Buch in die Höhe und hielt die Seite gegen die Sonne, doch unter dem Grün schienen keine Buchstaben versteckt zu sein.

»Grüne Seite, grüne Seite«, murmelte sie. »Was zum Teufel sollen wir damit anstellen? Das ist kein Hinweis, das ist eine Verarsche. Alchemisten sollen angeblich Genies gewesen sein, doch ich glaube, unser lieber Burlington war ein Idiot.«

Payne lachte auf. »Seien Sie nicht so hart, Frost. Burlington wollte bestimmt nur eines: Wer auch immer seine Bibliothek finden wollte, musste ebenso schlau sein wie er und sich die Bücher auch verdienen. Wir werden schon noch herausfinden, was diese grüne Seite bedeutet.«

Frost schnaubte und klappte das Buch hart zu. Himmel, sie brauchte dringend einen Kaffee. Der wenige Schlaf machte sich gerade sehr bemerkbar.

»Lassen Sie uns zurück in die Stadt gehen. Ich glaube, wenn

wir uns dem armen Inspektor nicht bald wieder zeigen, wird er noch die Kavallerie verständigen«, sagte Payne amüsiert und sprang von der Zinne.

Kaum hatten seine Füße den Boden berührt, knallte ein Schuss. Winzige Splitter der Mauer flogen durch die Luft. Payne duckte sich instinktiv und zog Frost hinter die Zinne, wo er sie schützend an die Mauer presste.

»Was war das?«, fragte Frost mit bebender Stimme. Ihr Herz raste, ihr Atem ging stoßweise.

»Jemand hat auf uns geschossen.« Payne klang beinahe beleidigt. Dann sah er auf Frost hinunter und löste sich von ihr. »Alles in Ordnung?«

Sie nickte und schluckte hart. Vorsichtig streckte sie den Kopf zwischen den Zinnen hervor. Gleich gegenüber befand sich der westliche Turm des Münters, der Glockenturm.

»Das war knapp«, hörte sie Payne sagen. Er ging aus der Deckung und fuhr mit dem Finger über das ansehnliche Einschussloch in der Zinne. Frost biss sich auf die Lippen. Das Loch befand sich genau da, wo Sekundenbruchteile zuvor noch Paynes Kopf gewesen war. Wäre er nicht von der Zinne gesprungen …

»Jetzt schauen Sie nicht so entgeistert, Frost, ich lebe noch«, brummte Payne. Etwas in seinem Blick hatte sich verändert. Wieder strich er mit den Fingern über das Einschussloch, als könnte er etwas daraus lesen. Dann folgte er mit den Augen einer unsichtbaren Linie. »Das war ein Scharfschütze. Vermutlich aus dem Kirchturm oder dem Dach eines der Häuser daneben.«

»Ein Scharfschütze?« Himmel noch mal, warum schoss ein Scharfschütze auf sie?! Inspektor Flannagan ging nicht so weit, sie einfach zu erschießen. Außerdem war er wohl kaum ein so guter Schütze, dass er auf die Distanz derart präzise schießen konnte. Nein, das war ein Profi gewesen. Doch warum?

Angst kroch in ihr hoch, als sie den Kirchturm und die Häuserdächer nach etwas Verdächtigem absuchte. »Sollten wir nicht lieber von diesem Turm runter? Payne!«

»Ich glaube nicht, dass wir noch in Gefahr sind, jedenfalls für den Moment.« Er wandte sich von der Aussicht ab. »Der Schütze hätte schon längst wieder geschossen, wenn er noch da wäre.«

»Das beruhigt mich ungemein«, gab Frost ungehalten zurück und machte sich daran, die Treppe hinunterzusteigen. »Ehrlich, Payne, seit ich Sie kenne, wird ständig auf mich geschossen, und ich glaube langsam, dass Sie der Grund dafür sind.«

»Jetzt tun Sie mir aber unrecht«, rief Payne ihr hinterher und beeilte sich, ihr zu folgen. »Sie stehen in enger Verbindung mit der chinesischen Mafia. Ich gehe jede Wette ein, dass Sie auch auf der Abschussliste einiger Leute stehen.«

Das war in der Tat so, doch Frost hatte augenblicklich keine Lust, dem Pinkerton recht zu geben. Es war gerade wieder einmal auf sie geschossen worden, ohne dass sie auch nur eine Ahnung hatte, warum.

Um den aufgestauten Frust loszuwerden, gab sie der bereits von Payne beschädigten Pforte einen kräftigen Tritt, der sie vollends auseinanderbrechen ließ. Frost hörte, wie der Pinkerton hinter ihr gluckste. »Wagen Sie es nicht, jetzt etwas zu sagen.«

Payne hob schmunzelnd die Hände und hielt Sicherheitsabstand. Frost trat aus dem Turm und drückte sich an die Außenmauer. Wenn sie denselben Weg zurückgehen wollten, wären sie dem Schützen deckungslos ausgeliefert. Der grasbewachsene Hang war rutschig, und sie wollte nicht riskieren, auf dem Hintern zu landen und ein noch besseres Ziel abzugeben.

So schnell und so vorsichtig wie möglich eilten Frost und Payne an der Mauer entlang und den Hang hinab, bis sie unbehelligt in der engen Gasse mit dem Rinnsal standen. Am anderen Ende der Gasse konnten sie die kostümierten Menschenmassen des Wikingerfestes vorbeiziehen sehen. In diesem Getümmel würde wohl niemand versuchen, auf sie zu schießen. Das Risiko, jemand Unschuldigen zu treffen, war viel zu groß. Hier waren sie in Sicherheit.

»Ich schlage vor, wir gehen jetzt Kaffeetrinken«, sagte Frost mit versöhnlichem Ton und drehte sich zu Payne um. »Und vielleicht sollten wir für Sie einen Wikingerhelm kaufen. Steht Ihnen bestimmt prächtig.«

Auf dem Glockenturm des Münsters blitzte das Zielfernrohr kurz im Sonnenlicht auf, als die Frau sich bewegte. Sie kniete vor der Balustrade einer sehr schmalen Galerie knapp unterhalb des Ziffernblattes. Das Gewehr fest in den Händen, schaute sie durch das Fernrohr. Im Fadenkreuz sah sie die beiden Personen auf dem Wachturm der Mauer. Der Mann schaute gerade hinter der Zinne hervor. Sie konnte die Emotionen in seinem Gesicht erkennen.

Sie selbst zwang sich, die Wut über den verpatzten Schuss über sich hinweggleiten zu lassen. Ihr Atem ging flach und langsam, ihr Herz schlug ruhig und regelmäßig. Nicht eine Faser ihres Körpers bewegte sich.

Der Mann stand nun genau zwischen den Zinnen. Der Zeigefinger der Frau spannte sich an. Diesmal würde sie ihr Ziel nicht verfehlen.

Doch als der Mann genau in ihre Richtung schaute, hielt sie für einen Atemzug inne. Oh, er war gut. Beinahe hätte sie gelächelt, doch das hätte die Spannung in ihrem Körper verändert.

Der Mann redete mit der Frau, die sichtlich erregt war. Dann verschwanden beide aus dem Fadenkreuz. Sie entspannte den Zeigefinger und gestattete sich einen tiefen Atemzug. Der Moment war vorbei.

Die Frau hob das Gewehr und stand auf. Der eisige Wind zerrte an ihrer engen Lederkleidung und wirbelte einzelne Haarsträhnen um ihren Kopf. Ohne das Fernrohr wirkten die beiden winzig klein, als sie an der Mauer entlanghasteten und den Abhang zu den ersten Häuserreihen hinunterstolperten.

Später. Sie würde noch mehr Gelegenheiten bekommen. Noch bestand keine Eile, die beiden auszuschalten. Sie hatte die ausdrückliche Erlaubnis, mit den beiden zu spielen.

Die Frau ging wieder in die Hocke und zog ihre Ledertasche heran. Mit wenigen routinierten Bewegungen hatte sie das Gewehr in seine Einzelteile zerlegt und in der Tasche verstaut.

Ein leises Lächeln zuckte über ihren Mund. Die Sache fing an, ihr zu gefallen.

6.

Constable Nilima Manju war frustriert. Sie saß an ihrem Schreibtisch im großen Gemeinschaftsraum des Yards und starrte auf die Beige Akten, die sich vor ihr auftürmte. Seit drei Wochen traten sie und Inspektor Jones auf der Stelle, was den Fall der mechanischen Kinder anging. Weder war eine neue Leiche aufgetaucht noch hatten sie verwertbaren Hinweise oder Spuren, denen sie folgen könnten. Inspektor Welsh, der den Fall vor 20 Jahren schon versucht hatte aufzuklären, hatte sie gewarnt.

Manju ächzte auf und warf den angeknabberten Bleistift auf den Tisch. Ihre goldenen Armreifen klirrten dabei. Während Inspektor Jones sich mit Commissioner Lovett zu einem Kaffeekränzchen traf, durfte sie den liegengebliebenen Papierkram erledigen.

Sie schielte zu Sergeant Trent hinüber, der auf der anderen Seite des Raumes an seinem Tisch saß und beschäftigt aussah. Trent war verheiratet und ihren Flirtversuchen gegenüber leider völlig immun. Manju verfluchte ihre Eltern jeden Morgen, weil sie sie dazu gezwungen hatten, den Sohn des Tuchhändlers zu heiraten. Gleiche Kaste und so. Es war schon schlimm genug gewesen (praktisch Weltuntergang), dass Manju darauf bestanden hatte, der Metropolitan Police Force beizutreten.

Also auch da keine Ablenkung. Trent war die Mühe nicht wert, obwohl er ziemlich gut aussah. Sie ertappte sich bei dem Gedanken, dass sie darauf hoffte, bald möge wieder eine mechanische Leiche aus der Themse gezogen werden. Dann hätte sie wenigstens etwas zu tun.

Nein, das war grausam und morbide. Diese armen Kinder hatten solch ein Ende nicht verdient. Aber Manju wollte den Mörder unbedingt schnappen. Sie war Inspektor Jones dankbar dafür, dass er ihr eine Chance gab, denn sie war neu im Yard und unerfahren. Sie musste sich erst beweisen. Wenn sie mithalf, den Mörder dingfest zu machen, käme sie der Beförderung zum Sergeant ein Stückchen näher.

Radau hinter ihr ließ sie aufmerken. Der Lärm kam aus der Eingangshalle. Neugierig und vor allem nicht ganz undankbar für die Ablenkung vom öden Papierkram stand Manju auf. Wahrscheinlich nur wieder ein paar Betrunkene, die meinten, Stunk machen zu müssen. Doch sie täuschte sich.

Es war eine in Tränen aufgelöste Frau. Drei Mädchen hingen wimmernd an ihren Rockzipfeln und beäugten die Beamten mit großen Augen. Manju blieb etwas abseits stehen und beobachtete das Schauspiel.

Der diensthabende Desk Sergeant Livingston versuchte verzweifelt, die Frau zu beruhigen und sah dabei so hilflos und überfordert aus, als wäre gerade die Schwiegermutter seiner Albträume unangekündigt bei ihm zuhause aufgetaucht. Manju schmunzelte vergnügt.

»Bitte, Sir, ich will doch nur, dass jemand nach meinem Jungen sucht!«, rief die Frau zum dritten Mal aus.

»Ma'am, setzen Sie sich doch erst einmal.« Livingston bugsierte sie zu einer Bank. »Wie heißt Ihr Junge?«

»Cassidy, David Cassidy. Ich bin seine Mutter.«

Natürlich war sie seine Mutter. Und die drei Mädchen waren offensichtlich seine Schwestern. Aber solche Kommentare hörten die Leute meist nicht gern, wie Manju in ihren ersten Tagen im Yard hatte feststellen müssen.

Livingston hatte nun sein Notizbuch gezückt. »Seit wann vermissen Sie den Jungen, Ma'am?«

»Seit etwa drei Wochen«, antwortete die Frau und fuhr sich abwesend durch die wirren Haare. Sie sah derangiert aus.

»Und Sie kommen erst jetzt zu uns?«

Die Frau schaute zu Boden und knetete ihre Hände. Manju wusste, warum. Es gab sehr viele Menschen in London, die der Polizei nicht vertrauten, gerade in den ärmeren Schichten. Diese Frau hatte wohl lange mit sich gerungen, ins Yard zu kommen – und dabei gehofft, dass ihr Sohn doch noch auftauchte.

»Okay, wie dem auch sei«, versuchte Livingston die Situation zu retten. »Also, Ihr Sohn heißt David Cassidy.«

Die Frau nickte. »Er ist 14 Jahre alt. Ich habe ihn zum Markt geschickt, um Brot zu kaufen, weil meine Jüngste hier krank war und ich nicht selbst gehen konnte. Danach sollte er zur Arbeit beim Schuster zwei Straßen weiter, aber dort kam er nie an. Wir leben in Whitechapel, Sir. Sie wissen, wie es da ist.«

Manju verschränkte die Arme und lehnte sich an den Türrahmen. Whitechapel war ein Slum. Die örtliche Polizeistation war völlig unterbesetzt. Aber dieses Problem bestand überall, selbst hier im Yard. Manju wusste bereits, dass viele Fälle niemals aufgeklärt werden, weil einfach das Personal dazu fehlte. Mit diesem vermissten Jungen wird es sich wohl ähnlich verhalten. Livingston würde eine Akte anlegen und sie, zusammen mit drei Dutzend anderen Fällen, an die Sergeants und Inspektoren des Yards weiterleiten. Dann würde sie im Gemeinschaftsraum auf irgendeinem Schreibtisch liegen bleiben.

Manju hatte genug gesehen und wandte sich ab. Auf ihrem eigenen Schreibtisch türmte sich der Papierkram. Leider erledigte der sich nicht selbst. Und bevor Jones zurückkam, sollte sie vielleicht doch einiges davon erledigt haben.

Frost war frustriert. Nichts ergab Sinn, und diese verdammte grüne Seite machte sie noch wahnsinnig. Zum wohl hundertsten Mal ging sie das Buch des Alchemisten von vorne bis hinten durch, zog Jonahs Notizen zu Rate, doch es blieb bei dem, was sie bereits wussten. Die Bibliothek war vor zweihundert Jahren versteckt worden, um die wertvollen Bücher und deren gesammeltes Wissen vor Cromwells Schergen zu verbergen. Der Apotheker Burlington, der eigentlich ein Alchemist war, hatte sie einem Adligen aus Yorkshire anvertraut und für den Fall, dass ihm oder diesem adligen Freund etwas zustieß, Hinweise in seinen Aufzeichnungen hinterlassen.

Die einzigen Hinweise, die sie hatten, waren die grüne Seite und die Stadt York. Frost hatte alle möglichen Tricks versucht, mehr aus dem bemalten Papier zu locken. Sie hatte die Seite vorsichtig gegen eine Flamme gehalten, falls Geheimtinte im Spiel war. Sie hatte das Buch über dem Dampf der frischen Teekanne geschwenkt, was nur zur Folge hatte, dass sich einige der Seiten wegen der Feuchtigkeit kräuselten.

Jonah würde sie garantiert umbringen, wenn sie sein Buch beschädigte.

»Ich gebe es auf.« Genervt legte sie das Buch beiseite und schaute aus dem Fenster. Es war früher Abend, und über den Dächern von York ging gerade die Sonne unter. Aus dem Badezimmer hörte sie die laufende Dusche.

Der Hinweis mit der grünen Buchseite musste etwas mit der Gegend hier zu tun haben, ging es Frost durch den Kopf. Oder die Farbe Grün hatte eine spezielle Bedeutung, die sie zum nächsten Hinweis führen könnte. Vielleicht die dominante Farbe im Familienwappen des unbekannten Adligen, der die Bücher für Burlington versteckt hatte?

Entschlossen stand sie auf und verließ das Zimmer. Sie wusste, wen sie fragen konnte.

Als sie die Hotellobby betrat, kam gerade eine Gruppe Wikinger herein. Frost blieb erschrocken stehen, schüttelte dann jedoch den Kopf. Das war töricht. Es waren nur verkleidete Besucher des Festivals. Betrunkene junge Männer, die sich als Krieger verkleidet hatten und Äxte aus Holz und Pappe schwangen. Zwei von ihnen machten anzügliche Bemerkungen, als sie an ihr vorbeigingen.

Frost hob nur abschätzig eine Augenbraue und wartete, bis die Lobby leer war. Der alte Mann hinter dem Tresen sah erleichtert aus, als die jungen Männer verschwunden waren. Sein Blick traf den von Frost, und sie schlenderte an den Tresen.

»Wie gefällt Ihnen das Festival bisher, Miss?«, fragte er höflich.

»Ganz gut«, antwortete Frost und lächelte. Das Wikingerfest war tatsächlich ein Glücksfall, dachte sie. Niemand würde naseweise Fragen nach dem Grund ihres Aufenthalts in York stellen. »Mein Begleiter ist sehr fasziniert.«

»Ah, ja, die Amerikaner haben nicht ganz so viel kulturellen Hintergrund wie wir, nicht wahr?«

Frosts Lächeln verbreiterte sich, im vollen Bewusstsein, dass ihr Lächeln falsch war. Dieser alte Sack sollte besser aufpassen, was er sagte. Sie räusperte sich und lehnte sich vertrauensvoll über den Tresen. »Sind Sie ein echter Yorkshire?«

»Mit Leib und Seele, Madam«, sagte er sichtlich stolz. »Ich bin drei Straßen von hier geboren.«

»Dann habe ich den richtigen Mann gefunden. Sehen Sie, ein Freund von mir hat sich einen kleinen Scherz mit uns erlaubt. Er liebt Rätsel. Wir sollen ihn für die Geburtstagsfeier seiner Schwester an einem geheimen Ort treffen, doch den einzigen Hinweis, den wir von ihm erhalten haben, ist eine grün eingefärbte Seite in einem Buch. Ich bin Londonerin und mit der Gegend hier nicht vertraut. Und mein amerikanischer

Partner ist nicht gerade eine große Hilfe bei der Sache.« Sie seufzte ergeben auf und wartete auf eine Reaktion.

»Eine grüne Buchseite, sagen Sie? Lassen Sie mich nachdenken. Grüne Seite, hm…« Der alte Mann strich sich nachdenklich über den grauen Bart. »Es gibt einen Ort namens Greenside, oben im Kohlegebiet an der Grenze zu Northumberland. Könnte es das sein?«

Frost hob die Augenbrauen. »Gut möglich. Mein Freund denkt sich immer solche dummen Dinge aus.« Sie zögerte. »Fällt Ihnen sonst noch etwas zur Farbe Grün ein? Ein altes Familienwappen vielleicht?«

Wieder überlegte der alte Mann, schüttelte dann jedoch den Kopf. »Es gibt einen Pub namens *Green Frog* in der Nähe des Münsters. Früher hieß das Lokal jedoch *The Drunken Monch*.«

Nein, das Pub war es kaum. Die Ortschaft namens Greenside klang da vielversprechender. Frost bedankte sich und war dabei, sich umzudrehen, als ihr noch etwas einfiel. »Sie haben nicht zufälligerweise eine Karte der Gegend?«

»Greenside, hm?«

Wassertropfen fielen mit einem leisen Plopp auf die Landkarte, die Frost vor sich auf dem Tisch ausgebreitet hatte. »Sie tropfen.«

»Oh, ’tschuldigung.« Payne grinste schief und rubbelte sich die nassen Haare etwas weniger vehement.

Frost schaute auf. Payne stand nur mit einem Handtuch bekleidet vor ihr. Die Narbe auf seinem Bauch, gleich unterhalb der Rippen, leuchtete rot. Sie hatte ihn eigenhändig verarztet, als er auf dem Weg in die Agentur zusammengebrochen war. Damals hatten sie und Helen sich jedoch auf das Wesentliche beschränkt und ihm das Hemd nur soweit ausgezogen, dass sie die Wunde nähen konnten.

Ihr Blick wanderte nach oben. Definitiv keine Hühnerbrust. Unterhalb der rechten Schulter hatte er eine weitere Narbe, rund wie von einer Schusswunde.

Auf einmal wurde Frost bewusst, dass Sie Payne anstarrte. Ungewollt stieg ihr die Röte ins Gesicht. »Ziehen Sie sich etwas an, Payne. Ihre Manieren lassen ziemlich zu wünschen übrig.« Sie zwang sich, sich auf sein Gesicht zu konzentrieren. »Es reicht, dass wir uns ein Zimmer teilen müssen.«

Als Payne sich zur Kommode umdrehte und anfing, in seinen Kleidern zu wühlen, atmete sie tief durch. Verdammt, er war verheiratet. Mit einer ziemlich coolen Frau sogar, der sie nicht einmal das Wasser reichen konnte, wenn sie gewollt hätte. Manieren hatte der Amerikaner wirklich keine. Besäße er auch nur einen Funken Anstand, würde er es nicht wagen, in ihrer Gegenwart halbnackt herumzulaufen.

»Also, dieses Greenside«, fing Payne wenig später wieder an, als er sich gänzlich angezogen zu ihr an den Tisch setzte. »Ist das weit von hier?«

Frost schüttelte den Kopf und tat so, als wäre er nicht vor wenigen Minuten noch tropfend vor ihr gestanden. »Weit ist relativ. Es ist noch in Yorkshire, jedoch nahe der Grenze zu Northumberland. Das Dorf liegt mitten im Kohleabbaugebiet, vermutlich gibt es eine Mine im Dorf selbst. Der Kohlebergbau ist hier oben die wichtigste Industrie.« Sie fuhr mit dem Finger einer imaginären Linie entlang, die von der Küste im Osten bis hinunter nach Leeds führte. »Greenside liegt hier. Morgen früh nehmen wir den Zug nach Newcastle-upon-Tyne. Von dort aus sollten wir eine direkte Verbindung nach Greenside haben.«

»Gut. Was ist, wenn uns der Inspektor wieder folgt?«

»Wir werden uns wohl etwas einfallen lassen müssen. Aber solange wir nicht wieder jemanden erschießen, kann er von mir aus beobachten, was er will. Er hat nichts gegen uns in der Hand.«

Payne griff nach seinem Tabaketui und begann, sich eine Zigarette zu drehen. Frost legte das Kinn auf die Hand und stützte den Ellbogen auf den Tisch. Sie musterte den Pinkerton neugierig. Ihr fiel auf, dass sie eigentlich gar nichts über ihn wusste. »Erzählen Sie mir von Ihrer Arbeit, von Amerika. Wie sind Sie zu der Schusswunde gekommen?« Sie spielte auf die Narbe auf seiner Schulter an.

Payne steckte sich die fertig gerollte Zigarette hinter das Ohr. »Da gibt es nicht viel zu erzählen. Ich habe einen Fehler gemacht und fast mit meinem Leben dafür bezahlt.« Er zögerte, sagte dann jedoch nichts mehr.

Frost bemerkte, dass er sich vor ihr verschloss und das Thema nicht weiter bereden wollte. Sie fragte sich, warum Payne nie etwas über seine Heimat erzählte, geschweige denn über seine Arbeit als Pinkerton. Die wenigen Amerikaner, die sie bisher kennengelernt hatte – meist neureiche Geschäftsmänner –, prahlten nur zu gern von der Größe und den Reichtümer Amerikas. Vor allem der Westen war seit dem Goldrausch vor vierzig Jahren das neue Wunderland. Payne hingegen schwieg beharrlich.

Die Narbe an der Schulter war ein knappes Jahr alt. Das musste passiert sein, kurz bevor er nach London gekommen war. Was war dem Pinkerton widerfahren, dass er seinen Job an den Nagel gehängt und nach London gereist war, nachdem er zwei Jahre lang damit gewartet hatte?

Doch sie respektierte seine Entscheidung, die Sache für sich zu behalten. Vielleicht würde er es ihr eines Tages erzählen.

»Schneller, Miss Frost! Wir können es noch schaffen.«

Ein lauter Pfiff hallte über den Perron. »Warum, zum Teufel, fährt dieser verdammte Zug zehn Minuten früher ab? Auf dem Fahrplan steht 8:46 Uhr!« Frost mühte sich mit ihrem Koffer ab und fluchte vor sich hin. Ihre Röcke verhedderten sich zwischen ihren Beinen und waren ganz und gar unpraktisch zum Rennen. Sie hätte doch besser die Pluderhose anziehen sollen!

Payne drehte sich im Lauf zu ihr um und nahm ihr den Koffer aus der Hand. »Sie können sich darüber aufregen, sobald wir in einem der Wagen sitzen. Kommen Sie.«

Wieder stieg ein durchdringender Pfiff von der Lokomotive auf. Dampf und schwarzer Rauch füllten den Bahnsteig. Dann ging ein Ruck durch die lange Wagenreihe. Der Schaffner stieß einen kurzen Pfiff aus seiner Trillerpfeife aus und stellte sich in die offene Tür des hintersten Wagens. Dann sah er Payne und Frost.

»Halt, warten Sie!«, rief Frost und winkte. »Wir müssen noch mit!«

Payne warf dem verdutzten Schaffner seine Tasche zu und dann Frosts Koffer hinterher. Er drehte sich halb zu Frost um und packte ihre Hand. »Los, rauf mit Ihnen.«

Frost bekam die Stange außen am Wagen zu fassen und hüpfte auf das Trittbrett. Payne sprang ihr hinterher und blieb keuchend neben ihr stehen.

»Also, ich habe ja schon viel gemacht«, sagte Frost und hielt sich nach Atem ringend die Seite, »aber auf einen fahrenden Zug aufgesprungen bin ich noch nie.«

Payne lachte auf, und Frost konnte nicht umhin mitzulachen. Das Adrenalin rauschte durch ihren Körper und verlieh ihr ein Gefühl des Überschwangs. »Das machen normalerweise ja auch nur wir Amerikaner.«

»Vom Pferd aus!« Wieder musste sie lachen. Dann bemerkte sie, dass der Schaffner immer noch neben ihnen stand und sie irritiert anschaute. »Guten Morgen, Sir«, sagte sie, »danke, dass Sie uns die Tür aufgehalten haben.«

»Äh …« Der Schaffner schaute zwischen Frost und Payne hin und her. »Ihre Fahrscheine, bitte?«

Der Schaffner war es auch, der ihnen auf dem Weg zu einem freien Abteil erklärte, warum der Zug früher abgefahren war. »Wir erwarten einen Sturm aus Norden.«

Frost hob irritiert die Augenbrauen. »Ich bin mir sicher, dass so ein Sturm den Bahnverkehr nicht sonderlich aufhalten wird, oder?«

Der Schaffner zuckte nur mit den Schultern und schob die Tür zum Abteil auf. »Ich wünsche Ihnen eine angenehme Fahrt.«

»Schon ein wenig merkwürdig«, murmelte Frost, als sie alleine waren. Der Zug beschleunigte, nun, da er den Bahnhof hinter sich gelassen hatte, und fuhr in die Weiten des Nordens von Yorkshire.

»Das Positive an der Sache ist, dass der gute Inspektor Flanagan den Zug garantiert verpasst hat. Ich habe noch gesehen, wie er hinter uns aus einer Droschke gestiegen ist. Er hat wohl nicht damit gerechnet, dass wir vom Ticketschalter aus direkt auf das Gleis rennen.«

»Ich hätte zu gern sein Gesicht gesehen«, meinte Frost und verstaute ihren Koffer über dem Sitz. Mit einem Seufzer ließ sie sich zurück auf die Bank fallen. Vor dem Fenster zog das Umland von York vorbei.

Sie wandte sich ab und kramte ihr Buch hervor. Sie mochte solch weite Landschaften nicht. Sie brauchte Häuser um sich herum, gepflasterte Straßen und das Zischen und Dampfen von Maschinen. Hier auf dem Land fühlte sie sich, als würde der Horizont sie aussaugen und in alle Himmelsrichtungen verteilen. Es gab nur endlose Hügel in verschiedenen Grün- und Brauntönen, vereinzelte Wäldchen, und vor allem gab es den weiten Himmel.

Sie vermisste London gerade schmerzlich.

Payne hingegen hing am Fenster, das Kinn auf die Handfläche gestützt. Frost konnte nicht nachvollziehen, was an dieser Landschaft reizvoll war. Es war irgendwo zwischen Winter und Frühling, alles war matschig, grau und braun und vor allem kahl. Sie fand die Vorstellung, die nächsten Tage in einem winzigen Dorf im Nirgendwo zu verbringen, nicht gerade reizvoll. Aber je schneller sie die Bibliothek fanden, desto schneller konnte sie wieder zurück nach London.

Schon von Weitem konnten sie die vielen Türme der Bergwerke sehen. Sie ragten wie Ungetüme am Horizont aus dem Nebel auf. Die riesigen Räder, an denen die Stahlkabel und die Kabinen hingen, verliehen den Türmen das Aussehen von Zyklopen. Greenside selbst schmiegte sich in eine Furche zwischen zwei Hügeln, eine Ansammlung von Häusern und Baracken. Das Dorf war größer, als Frost gedacht hatte, doch angesichts der riesigen Türme, unter denen sich jeweils ein Minenschacht befand, musste unter ihnen jede Menge Kohle lagern. Arbeit für sehr viele Menschen.

Am Bahnhof waren sie die einzigen, die den Zug verließen. Die Arbeiter waren längst unter Tage, und sonst gab es hier nichts, was auswärtige Gäste anlocken könnte. Auf den beiden anderen Gleisen warteten lange Güterzüge darauf, mit Kohle beladen zu werden, um diese dann über ganz England zu verteilen.

Überall war Kohle. Selbst die Luft fühlte sich schwerer an.

Auf dem Boden befand sich eine feine Schicht Kohlestaub, und die ehemals gelbe Fassade des Bahnhofsgebäudes hatte ein trübes Grau angenommen.

»Meine Lungen werden schwarz sein, wenn wir hier wieder abreisen.« Frost nahm ihren Koffer und ging voran. Hoffentlich gab es hier wenigstens Kutschen oder Droschken, die sie zu einem Hotel oder einer Herberge bringen konnten.

»Grün ist hier wahrlich kaum etwas«, stimmte Payne trocken zu und schulterte seine Tasche.

Natürlich standen keine Kutschen vor dem Bahnhof, um Passagiere zu fahren. Doch gleich auf der anderen Seite des Platzes, der obendrein die Dorfmitte war, stand eine Herberge. Daneben befand sich eine kleine Kirche, deren Mauern früher einmal weiß getüncht gewesen waren, sowie eine Kneipe. Die große Eiche in der Mitte des Platzes war kahl und wartete auf den Frühling.

Ein paar Dorfbewohner standen vor der Kirche beisammen und rauchten. Frost bemerkte ihre Blicke, als sie den Platz überquerten. Sie reichten von misstrauisch bis gerade heraus feindselig.

»Die Leute hier scheinen Fremde nicht sonderlich zu mögen«, bemerkte auch Payne.

»Wir sind ja auch angezogen wie bunte Städter.« Die Kleider der Dorfbewohner waren tatsächlich schlicht und vor allem gedeckt gehalten. Frosts dunkelblaue Robe fiel dadurch noch mehr auf.

»Kümmern Sie sich nicht um die«, rief ihnen jemand entgegen, und sie drehten sich verwundert um. Vor der Herberge stand eine matronenhafte Frau, deren riesiger Busen beinahe das Korsett sprengte. Sie hatte einen breiten Schal um die Schultern drapiert und trug ein mehrschichtiges Kleid aus brauner und grauer Wolle. Die grauen Haare hatte sie zu einem losen Knoten gesteckt, ihr rundes, freundliches Gesicht zierte ein schiefes Lächeln. »Die schauen selbst den neuen Priester misstrauisch an. Kommen Sie rein. Sie möchten bestimmt ein Zimmer mieten.«

»Zwei, wenn es geht«, korrigierte Frost die Frau und folgte ihr hinein in die Herberge. Sie wollte nicht wieder mit Payne ein Zimmer teilen. Es war einfach zu merkwürdig, vor allem, weil sie Geschäftspartner waren. Sie hatte jetzt schon viel zu viel Privates von Payne gesehen, auch wenn ihr das Gesehene gefallen hatte.

»Was führt Euch denn nach Greenside?«, fragte die Matrone, während sie ein paar leere Gläser von einem Tisch räumte. Die linke Hälfte des großen Raumes diente als Essplatz für Gäste. Zwei Männer nickten der Frau dankend zu und verließen die Herberge, wobei sie Frost und Payne musternd anschauten. »Habt einen guten Tag, Mr. Henry, Mr. Trench. Die beiden Gentlemen sind Vorarbeiter der Coal River Company und kommen nach ihrer Schicht immer auf ein Bier zu mir«, fügte sie erklärend zu Frost und Payne gewandt an.

Frost schaute sich um. Der weite Raum war mit dunklem Holz getäfelt, die obere Hälfte der Wände bedeckte eine helle, gemusterte Tapete. Auf der rechten Seite befand sich ein Kamin. Mehrere bequem aussehende, aber etwas in die Jahre gekommene Sessel standen davor. Ein Bücherregal zierte die Wand daneben. Von der Decke hingen zwei Kronleuchter mit Glaskristallen. Dicke Teppiche nahmen dem Steinboden etwas Härte. Die Herberge sah gemütlich und sauber aus.

»Wir sind im Auftrag eines Klienten hier«, sagte Frost und löste den Schal. Das Feuer verbreitete eine angenehme Wärme.

»Sagen Sie nicht, Sie sind Anwälte«, rief die Frau erheitert aus. »Aus London, ja?«

»Wir sind aus London, das stimmt.« Frost schmunzelte. Ihr Dialekt hatte sie wohl verraten. »Aber Anwälte sind wir ganz bestimmt nicht. Unser Klient hat uns damit beauftragt, etwas über seine Ahnen in Erfahrung zu bringen. Mein Name ist Lydia Frost, und dies ist mein Partner, Jackson Payne.« Sie deutete auf Payne, der kurz nickte.

»Also, von so etwas habe ich ja noch nie gehört. Ihr Londoner seid so exzentrisch.« Die Matrone kicherte kurz und stellte sich dann vor. »Ich bin Gladis McArthur, mir gehört diese Herberge. Ich bin mir sicher, Sie wollen sich von der langen Reise erholen. Warten Sie, meine besten zwei Zimmer sind zurzeit frei – Gäste haben wir hier oben selten, leider.«

Frost und Payne tauschten einen amüsierten Blick. Gladis McArthur musste der Sonnenschein von Greenside sein.

Die beiden Zimmer lagen direkt nebeneinander im Obergeschoss. In beiden befand sich eine identische Einrichtung, schlicht zwar, aber gemütlich. Frost schaute sich zufrieden um und machte sich daran, ihre Sachen auszupacken. Erfreut stellte sie fest, dass es eine Wanne gab. Vor dem Abendessen würde sie sich ein ordentliches Bad gönnen, um den Schmutz der Reise abzuwaschen.

7.

Das Abendessen war einfach, aber sättigend. Frost war sich sicher, dass Gladis McArthur selbst kochte, jedenfalls passte das Essen perfekt zu ihrem Wesen.

Payne und sie waren nicht die einzigen Gäste. Am Tisch hinter ihnen saßen zwei Männer in vornehmer Kleidung. Sie redeten leise miteinander. Frost hörte ihren kornischen Dialekt. Vermutlich waren sie auf der Durchreise. Am dritten Tisch saß eine Frau etwa in Paynes Alter. Sie besaß ein schönes Gesicht mit hohen Wangenknochen und markanten Augenbrauen. Ihre Lippen leuchteten in einem skandalösen Rot, und ihre Kleidung war derjenigen von Frost nicht unähnlich. Die langen blonden Haare hatte sie in einem Zopf gebändigt, der sich um ihren Kopf wand. Im Licht der Kronleuchter sah es aus wie ein Heiligenschein.

»Die Dame ist kurz nach Ihnen angekommen«, sagte Gladis leise und beugte sich vertraulich zu Frost und Payne hinab. »Sie muss mit demselben Zug gereist sein.«

»Ich glaube nicht. Wir waren die einzigen, die ausgestiegen sind, da bin ich mir sicher«, murmelte Payne und musterte die Frau verstohlen. Sie hatte bereits fertig gegessen und las nun in einem Buch.

»Na, wie auch immer. Lassen Sie es sich schmecken.« Gladis stellte ihnen beiden ein zweites Glas Bier vor die Nasen und ging zurück hinter die Bar, wo sie fröhlich vor sich hinsummte.

»Vielleicht sollten wir sie fragen, ob es hier in der Gegend einen alten Adelssitz gibt, einen Landsitz oder ein Anwesen, das einer gutbetuchten Familie gehört.« Frost wischte mit einem Kanten Brot Bratensauce auf. »Sind Ihnen die Bilder über dem Kamin aufgefallen? Sie zeigen alle das selbe Haus.«

»Ist mir aufgefallen. Normalerweise, wenn jemand mehrere Bilder vom selben Haus aufhängt, hat dieses Haus eine Bedeutung, entweder für den Besitzer der Bilder oder für die Gegend.«

Sie fragten Gladis, als diese ihre Teller abräumte. Die beiden Männer hatten sich mittlerweile vor den Kamin zurückgezogen, wo sie Zigarren rauchten und Sherry tranken. Die blonde Frau war hinauf in ihr Zimmer gegangen.

»Ach, das ist Millwood Farm«, gab Gladis Auskunft. »Ich weiß gar nicht, warum ich die Bilder nicht schon längst abgehängt habe. Sie gehörten meinem Vater.«

»Ist an diesem Haus denn etwas Besonderes?«, fragte Payne.

Gladis nickte gewichtig. »Es gehörte einst der Familie Gascoigne. Sie waren sogar im Parlament unten in London, im House of Lords. Mein Vater war ein entfernter Verwandter des letzten Barons.«

»Was ist mit der Familie passiert?« Frost war hellhörig geworden. Das könnte genau das Haus sein, das sie suchten. Hier gab es weit und breit nichts anderes als weite Felder, Minen und jede Menge Kohle.

»Der Krieg ist passiert, meine Liebe.« Frost wusste zwar nicht, von welchem Krieg Gladis genau sprach, doch es war auch nicht sonderlich wichtig. »Die Söhne sind gefallen, während die Väter verarmten. Der letzte Baron musste das Anwesen vor etwa fünfzig Jahren an die *Coal River Company* verkaufen. Seither steht das Haus leer und verfällt. Sie wollten es eigentlich abreißen, um einen neuen Zugang zu den Minen zu legen, doch mein Vater hat sich geweigert, die Papiere dafür zu unterschreiben. Er war bis zu seinem Tod vor ein paar Jahren Verwalter bei der *Coal River Company* und für die Erschließung neuer Förderfelder zuständig. Seine Sentimentalität gegenüber dem alten

Familiensitz seiner Verwandten hätte ihn mehrere Male beinahe seinen Posten gekostet.«

»Steht das Haus heute noch?«

Gladis nickte. »Die *Company* wagt sich nicht in die Nähe des Hauses, weil der Boden instabil ist. Sie haben dort zu viel und zu nah an der Erdoberfläche gegraben.«

»Ist Millwood Farm der einzige Landsitz in dieser Gegend?«, fragte Frost weiter.

»Der nächste ist Harewood und meilenweit entfernt.« Gladis lächelte verschmitzt. »Sie stellen viele Fragen, meine Liebe.«

»Das muss ich, wenn ich meinen Klienten zufriedenstellen will. Mr. Payne und ich glauben, dass Millwood Farm das ist, wonach wir suchen. Können Sie uns sagen, wie wir dorthin kommen?«

»Wie, ist Ihr Klient etwa mit den Gascoignes verwandt?«

»Genau das versuchen wir herauszufinden, Miss McArthur.« Payne lächelte gewinnend.

Gladis stemmte die Fäuste in die runden Hüften. »Hm. Dann wäre dieser Klient ja auch mit mir verwandt, über fünf Ecken vermutlich, aber dann könnte ich gegenüber diesen Wichtigtuern hier behaupten, ich sei mit einem *fancy* Londoner verschwägert.« Ihr Lachen war voll und ansteckend. Die beiden Männer vor dem Kamin drehten die Köpfe nach ihr um. »Nun denn, Millwood Farm liegt südlich außerhalb des Dorfes, etwa drei Meilen von hier. Es gibt einen Weiler in der Nähe. Die *Coal River Company* wollte den Weiler schon seit einiger Zeit räumen lassen, wegen des instabilen Bodens, wissen Sie, doch die paar Bauernfamilien, die noch da wohnen, weigern sich vehement. Eine Schande, sage ich Ihnen. Der Boden dort ist durchlöchert wie Schweizer Käse. Würde mich nicht wundern, wenn bald etwas passiert.«

Frost wollte etwas erwidern, als plötzlich der Tisch zu beben begann. Die Gläser auf den Regalen hinter der Bar klirrten und sangen, die Glaskristalle der Kronleuchter rasselten. Das Beben fuhr vom Boden in Möbel und Wände, drang bis ins Mark der anwesenden Gäste.

»Was ist das?« Frost klammerte sich mit weit aufgerissenen Augen an den Tisch und starrte Payne an, der kreideweiß geworden war. Das ganze Haus wankte. »Ein Erdbeben?« Ihr Herz raste.

Nach einer halben Minute war der Spuk vorbei. Gladis runzelte die Stirn und schaute aus dem Fenster. »Das sind die Minen«, sagte sie düster. »Seit letztem Frühjahr kommen die Beben immer häufiger. Die Schächte reichen mittlerweile bis unter das Dorf, doch niemand hört auf uns. Wahrscheinlich muss erst ein ganzes Haus im Boden versinken, bevor die reagieren.«

Frosts Herz pochte hart gegen ihre Brust. Horrorszenarien spielten sich vor ihrem inneren Auge ab: Mitten in der Nacht stürzte die ganze Herberge in einen Schlund, sie wurde lebendig unter Schutt und Kohle begraben und erstickte elendig.

»Es ist alles in Ordnung, Herrschaften«, rief Gladis den beiden Gentlemen am Kamin zu, die alarmiert aufgestanden waren und sich an den Sessellehnen festhielten. »Ich gebe Ihnen einen frischen Sherry aus, einverstanden?«

Es war bewundernswert, wie schnell die Frau wieder ganz zur gutgelaunten Gastgeberin wurde, als wäre das Beben nie passiert. Frost fing einen vielsagenden Blick Paynes auf. »Vielleicht haben wir morgen die Bücher bereits gefunden und können heimfahren. Millford Farm scheint mir vielversprechend zu sein.«

»Hoffentlich«, brummte Payne und leerte sein Bier. »Ich will nicht länger als nötig in dieser Gegend bleiben. Mir gefällt es hier nicht.«

Millwood Farm lag tatsächlich dort, wo Gladis es beschrieben hatte. Ein paar verstreute Häuser befanden sich zwischen zwei bewaldeten Hügeln, brach liegendes Farmland breitete sich dazwischen aus. Das Anwesen selbst stach aus der Umgebung heraus wie ein Pfau unter Hühnern. Es war aus hellem Stein erbaut worden, zwei Stockwerke hoch, und eine von Säulen gestützte Veranda überdachte das Eingangsportal. Die Häuser in der näheren Umgebung waren kaum mehr als einfache Hütten mit windschiefen Ställen.

Die Straße, die zum Anwesen führte, war überwuchert mit Gras. Hier war schon ewig keine Kutsche mehr entlanggefahren. Tiefe Schlaglöcher machten den Weg zu einer Gefahr für jede Radachse, und auf beiden Seiten befanden sich tief ausgewaschene Gräben.

»Was für ein Schrotthaufen«, murmelte Frost, als sie durch den verwilderten Garten gingen und sich umschauten. Aus den Angeln gefallene Fensterläden rotteten vor sich hin, die dunklen Vorhänge hinter den Fenstern sahen staubig und fahl aus. Das Ganze erinnerte an ein Geisterhaus aus den Penny Dreadfuls. Trotzdem war hie und da noch zu erkennen, wie prächtig der Landsitz der Gascoignes einmal gewesen sein musste.

Payne blieb vor dem Eingangsportal stehen und inspizierte die rostigen Angeln. »Soll ich wieder?« Er deutete auf die Tür und schaute Frost fragend an. Sie wusste, was er meinte. Er wollte die Tür eintreten wie die kleine Pforte in York. Doch sie schüttelte den Kopf.

»Warten Sie.« Mit gerunzelter Stirn schaute sie sich um. »Das geht irgendwie alles viel zu einfach. Seit Jonah mit dem Buch in der Agentur aufgetaucht ist, fällt uns praktisch alles in den Schoß.«

»Wie meinen Sie das?«

»Finden Sie es nicht auch seltsam, dass bisher nichts passiert ist? Wären wir in einer Geschichte, hätten die Leser das Buch schon längst beiseitegelegt.«

Payne legte den Kopf schief. »In York wurde auf uns geschossen.«

»Es war ein einziger Schuss, nichts weiter, seither ist nichts mehr passiert. Denken Sie mal nach. Die bisherigen Male, als auf uns geschossen worden ist, wurden wir gleich danach von schießwütigen Horden verfolgt.« Frost schaute sich wieder um, als erwarte sie, dass hinter der nächsten Hecke Banditen hervorsprangen. »Hier ist etwas faul, ich kann es riechen.«

»Nur, weil es diesmal scheint, als hätten wir einen einfachen Fall? Ach, kommen Sie, Frost. Sie sind zu misstrauisch.« Payne schmunzelte und verschränkte die Arme vor der Brust.

Frost war misstrauisch, ja, aber das hatte ihr bisher immer die Haut gerettet. Misstrauen und Vorsicht waren zwei der Dinge, die sie sehr früh gelernt hatte.

»Lassen Sie uns nachsehen, ob diese Bibliothek tatsächlich hier ist. Dann können wir nämlich aus diesem gottverlassenen Ort verschwinden.« Payne wandte sich ab und inspizierte wieder die Eingangstür. Er rüttelte daran, doch das ließ nur Holzstaub und Mörtel auf ihn niederrieseln. Er gab der Tür einen kräftigen Stoß mit der Schulter. Quietschend gaben die rostigen Angeln nach, und die Tür fiel mit einem lauten Krachen nach innen. Der Ton fuhr ihnen bis in die Knochen, so still war es in der Gegend.

Als sich der aufgewirbelte Staub gelegt hatte, betraten sie vorsichtig das zwielichtige Innere der ehemaligen Eingangshalle des Anwesens. Zerfallener Putz und Dreck knirschten unter ihren Stiefeln.

Direkt vor ihnen befand sich eine elegant geschwungene Treppe, die hinauf ins Obergeschoss führte. Links und rechts gingen je zwei Türen ab.

»Sollen wir uns aufteilen?«, wollte Payne wissen.

»Scht«, zischte Frost und legte den Finger an die Lippen.

»Was?«

»Hören Sie das auch?«

Payne runzelte die Stirn und schien angestrengt zu lauschen. »Was soll ich hören?«

Frost machte einige Schritte auf die Treppe zu. »Ich habe etwas gehört.«

»Bestimmt nur der Wind, der durch die vielen Löcher hier pfeift.«

Doch Frost war sich sicher, dass es nicht der Wind gewesen war. Mit vorsichtigen Schritten näherte sie sich der Treppe. Da, da war es wieder. Das Geräusch. Mitten in der Bewegung hielt sie inne und hob warnend die Hand. »Payne, da. Hören Sie das nicht?«

Payne blieb schräg hinter ihr stehen. »Das ist kein Wind«, wisperte er.

»Es kommt von unter der Treppe.« Sie näherte sich der getäfelten Wand. Das Holz war morsch und stellenweise löchrig. Wieder war das Geräusch zu hören, diesmal schon deutlicher. War das ein Winseln?

Sie ging vor dem größten Loch in die Hocke und bat Payne um dessen Feuerzeug. Zur Sicherheit nahm sie ihren Revolver ebenfalls zu Hand. Man konnte nie wissen.

Mit Bedacht beugte sie sich vor und schaute in das Loch. Das Winseln war diesmal deutlich zu hören. Dann leuchteten fluoreszierende Punkte in der Dunkelheit auf. Und sie kamen direkt auf Frost zu.

Vor Schreck ließ sie das Feuerzeug fallen und plumpste auf ihren Hintern. Rasch schob sie sich vom Loch weg und hielt den Lauf des Revolvers darauf gerichtet.

Dann lachte Payne auf einmal hell auf. Er ging neben ihr in die Hocke und griff mit beiden Händen in das Loch. Frost riss die Augen auf, doch als sie sah, was er lachend in den Händen herauszog, wäre sie am liebsten vor Scham im Boden versunken.

»Frost, das sind nur Welpen. Ich glaube nicht, dass sie bereits beißen.« Payne kicherte und hielt ihr das winselnde Häufchen entgegen. Ein zweiter Welpe tapste aus dem Versteck, dann die restlichen drei. Sie alle hatten ein schwarzweißes Fell und wirkten sehr lebendig.

»Das sind Border Collies«, stieß Frost hervor und lachte nun ebenfalls, vor allem über sich selbst. Doch was machten fünf Welpen in diesem verlassenen Haus? Und wo war die Mutter?

»Das muss ihre Wurfhöhle sein«, vermutete Payne. »Die Mutter gehört bestimmt einem der Bauern in der Gegend.« Er hielt den Welpen in die Höhe und betrachtete ihn ausgiebig. »Kleiner Racker.«

»Payne, wir können die nicht behalten.«

»Habe ich etwas gesagt?«

»Ich sehe, wie Sie den Welpen anschauen.« Frost rappelte sich auf, und sofort sprangen die Winzlinge aufgeregt an ihr hoch. »Außerdem mag ich Katzen lieber. Legen Sie ihn zurück.«

Payne seufzte gespielt auf und setzte den Welpen wieder auf den Boden.

»Kommen Sie, wir haben eine Bibliothek zu suchen.« Frost deutete auf die offen stehende Tür hinter ihnen.

Das leise, unsichere Winseln und Bellen der Welpen folgte ihnen durch das Haus, doch sie liefen ihnen nicht nach. Die große weite Welt war noch zu Furcht einflößend.

Der Raum musste einmal ein Wohnzimmer gewesen sein. Möbel waren mit gespenstisch anmutenden weißen Tüchern abgedeckt. Spinnweben hingen von den Leuchtern und den Gaslampen an den Wänden. Durch die halb geschlossenen Vorhänge fiel fahles Tageslicht.

Frost ging direkt zum einzigen Bücherregal im Raum und pustete Staub von den Buchrücken. Doch sie wurde enttäuscht. Keiner der Titel war von Belang. »Hier ist nichts. Sehen wir uns das nächste Zimmer an.«

Fündig wurden sie erst im letzten Raum, demjenigen direkt neben der Treppe. Von unten bis oben unter die Decke waren die Wände mit Regalen bedeckt. Buchrücken reihte sich an Buchrücken. Es roch nach modrigem Papier und altem Leder.

»Wir scheinen wieder Glück zu haben«, rief Payne, der eine Seite des Raumes inspizierte, Frost zu. »Der ehemalige Herr des Hauses hat alphabetisch sortiert.«

»Suchen Sie nach dem Namen Burlington. Oder nach allem, was alchemistisch klingt.«

»Alchemistisch? Das kann so ziemlich alles sein.«

Frost ächzte leicht auf. »Suchen Sie einfach nach allem, was seltsam klingt, okay?«

Sie nahm die rechte Seite und schritt langsam die Regale ab. Die Reihen begannen beim Buchstaben K. *Kaiserreich Deutschland. Kohle – Energiequelle Britanniens.* Drei weitere Bücher über Kohle. *Leviathan. Quelle des Nils, ein Reisebericht.* Frost war beeindruckt von der breitgefächerten Sammlung. Der letzte Baron hatte viele Interessen gehabt.

»Frost?«, rief Payne, nachdem sie eine Viertelstunde lang

schweigend gearbeitet hatten. »Ich glaube, ich habe etwas gefunden.«

Sofort eilte sie durch den Raum. »Haben Sie die Bücher?«

»Vorsicht, hier ist der Boden morsch«, warnte Payne sie und hob den Arm.

Frost schaute auf die Holzdielen und trat sanfter auf. Der Boden war tatsächlich morsch. Die Dielen bogen sich leicht unter ihrem Gewicht nach unten und knackten. »Zeigen Sie mal her.« Sie streckte den Arm aus und nahm eines der Bücher entgegen, die Payne aus dem Regal genommen hatte.

»Lichtwellenlehre, hm.« Der Titel war merkwürdig genug, um alchemistisch zu sein.

»Ich kann noch *Alchemistische Grundlagen*, die *Spur des Aethers*, *Die zehn Elemente* und *Der moderne Alchemist – Eine Betrachtung von Leonardo da Vincis Tagebüchern* bieten.«

Frost blätterte durch die Lichtwellenlehre. »Sieht eigentlich wie ein normales Buch aus. Harmlos. Uralt zwar – sehen Sie die Schriftsetzung? Und die Zeichnungen sind von Hand eingefärbt worden – doch harmlos.« Sie reichte das Buch an Payne zurück und zog einen Jutesack, den sie extra mitgebracht hatte, aus ihrer Umhängetasche. »Packen Sie sie ein, Payne. Ich sehe mir den Rest der Regale an, vielleicht gibt es noch mehr.«

Frost hatte den Satz kaum zu Ende gesprochen, da begannen die kristallenen Leuchter über ihnen an der Decke zu klirren. Der Boden bebte spürbar.

»Schon wieder«, stieß sie aus und hielt die Luft an. Nein, sie mochte Erdbeben ganz und gar nicht. Die Holzdielen unter ihren Füßen knackten und knirschten.

»Frost, nicht bewegen«, knurrte Payne und legte ganz langsam die Bücher, die er in der Hand hielt, auf das Regal neben sich. »Der Boden …«

Sie nickte, doch auf einmal schrie alles in ihr danach, so schnell wie möglich wegzurennen. Sie sah, wie Payne zwei vorsichtige und sehr langsame Schritte zurückmachte, näher an die Regale. Mit einer Hand hielt er sich an einem der Regale fest und streckte die andere Hand nach Frost aus.

Das Beben hatte endlich aufgehört, doch der Boden unter Frosts Füßen drohte jeden Moment nachzugeben. Sie schluckte den Kloß in ihrer Kehle hinunter. Sie hatte keine Lust, in unbekannte Tiefen zu fallen.

»Kommen Sie zu mir, ganz langsam, und geben Sie mir Ihre Hand.« Payne schaute sie fest an, und Frost nickte erneut.

Mit angehaltenem Atem hob sie den linken Fuß und machte einen winzigen Schritt. Das Holz bog sich und knarrte. Ihr Herz raste, kalter Schweiß brach ihr im Nacken aus. Paynes Hand war nur noch Zentimeter entfernt. Noch ein Schritt, ganz vorsichtig.

Dann brach der Boden durch.

8.

Inspektor John Flannagan stand auf dem Perron und fluchte vor sich hin. In der Ferne sah er den dunklen Rauchschweif der Lokomotive. Er hatte den Zug verpasst, und mit ihm diese Lydia Frost und ihren amerikanischen Partner.

»Verdammte Scheiße.«

Er war sich sicher, dass die beiden etwas vorhatten. Für seinen Geschmack war es viel zu auffällig, dass die beiden innerhalb kürzester Zeit für so viel Aufruhr gesorgt hatten. Aber er hatte auch recherchiert. Frosts Name tauchte bis vor wenigen Monaten in keinem offiziellen Dokument auf. Bevor sie das Ladenlokal, in dem sich nun ihre Agentur befand, gemietet hatte, hatte sie nicht existiert. Und das war, seiner Erfahrung nach, sehr verdächtig.

Flannagan beschloss, zurück zum Hotel zu gehen, in dem die beiden die Nacht verbracht hatten. Er musste herausfinden, wohin sie gefahren waren.

»Sie wollen was?«

»Eine Information über zwei Ihrer Gäste, die vor einer Stunde abgereist sind.« Flannagan zog seinen Ausweis aus der Innentasche seines Mantels. »Ich bin Inspektor John Flannagan von Scotland Yard.«

»Ach, du liebe Zeit!«, rief der alte Mann hinter dem Tresen aus und fuhr sich fahrig durch die Haare. »Dieses nette Paar waren Verbrecher?«

»Das habe ich nicht gesagt, Sir. Beantworten Sie einfach meine Frage. Haben die beiden gesagt, wohin Sie reisen?«

»Nicht direkt, Inspektor.«

»Ein bisschen genauer darf es schon sein«, meinte Flannagan trocken.

»Nun, sie erkundigten sich bei mir, ob ich wüsste, was eine grüne Buchseite bedeutet. Ein Freund hätte ihnen ein Rätsel aufgegeben. Das einzige, was mir dazu einfiel, war der Ort Greenside oben im Kohlegebiet, Sir. Könnte es das sein?«

»Eine grüne Buchseite?« Merkwürdig. Aber solche Dinge kümmerten ihn wenig. Greenside hingegen klang vielversprechend. Der Zug, den sie genommen hatten, fuhr nach Newcastle-upon-Tyne. Die grobe Richtung stimmte also, wenn sie ins Kohlegebiet unterwegs waren.

Aber was wollten sie da? Kohle scheffeln wohl kaum.

»Ich danke Ihnen, Sir. Einen angenehmen Tag noch.« Flannagan steckte seinen Ausweis zurück in den Mantel und nickte dem alten Mann zu. Jetzt musste er nur noch herausfinden, wann der nächste Zug hoch nach Newcastle fuhr.

»Frost?« Paynes Stimme hallte in die Tiefe. »Frost!« Auf Händen und Knien beugte er sich über das Loch, sich der Gefahr wohl bewusst, dass auch unter ihm der Boden jederzeit nachgeben konnte. Er konnte nichts erkennen, es war stockdunkel dort unten. Wie tief war Frost gefallen? Hatte sie sich verletzt? Warum antwortete sie ihm nicht?

»Frost, hören Sie mich?«

Das Schaben von Schutt auf Schutt, gefolgt von einem Husten drang zu ihm herauf. »Ich lebe noch«, kam es erstickt aus der Tiefe.

Payne atmete erleichtert auf. »Haben Sie sich verletzt? Wo sind Sie? Ich kann Sie nicht sehen.«

Wieder Husten. Der Einsturz musste ziemlich viel Staub aufgewirbelt haben. Payne hörte ein schmerzvolles Zischen, und für einen Moment sank ihm das Herz. Sie war verletzt.

»Ich glaube, mein Knöchel ist hin. Scheint aber nicht gebrochen zu sein«, rief Frost herauf.

»Können Sie sehen, wo Sie sind?«

»Könnte ein Keller sein. Stockdunkel. Hier steht so etwas wie ein Tisch, glaube ich.«

»Warten Sie, ich werfe Ihnen mein Feuerzeug hinunter.« Payne kramte in seiner Weste und beugte sich ein wenig vor. Die morschen Bretter unter ihm knarrten bedrohlich. Er hörte, wie unten Schutt verschoben wurde, dann kam Frost in den Lichtkreis. Unter dem Schmutz und Staub sah sie blass aus, und bei jedem zögerlichen Humpeln verzog sie das Gesicht, doch sie fing das Feuerzeug auf.

»Sehen Sie eine Treppe?« Frost verschwand außer Sicht, und Payne wartete, bekam jedoch keine Antwort. »Frost?«

»Jaja, warten Sie. Ich bin aktuell nicht so schnell unterwegs wie üblich. Hier stehen ein paar alte Gaslampen.« Payne sah, wie es unten Momente später heller wurde. »Sieht aus wie ein Labor. Aber ich sehe keine Treppe und auch keine Tür. Es gibt ein paar Bücherregale. Ich sehe mich einmal um.«

Payne stemmte sich auf die Fersen und überlegte. Keine Treppe, keine Tür. Ein Kellergewölbe unter einem verfallenen und seit Jahrzehnten verlassenen Anwesen, das keinen direkten Zugang zu haben schien. Vielleicht ein Geheimgang?

Er schaute sich in der Bibliothek um. Frost hatte gesagt, dass es auch da unten Bücherregale gab. Geheimgänge waren oft hinter Bücherregalen versteckt. Er musste nur noch das richtige Regal und vor allem den richtigen Hebel finden.

Doch selbst nachdem er die halbe Länge der Wand abgeschritten, Buch um Buch herausgezogen und sogar die Büste einer ihm unbekannten Persönlichkeit abgetastet hatte, fand sich kein Geheimgang. Da rief Frost nach ihm.

»Payne, Sie sollten sich das ansehen.« Sie klang etwas beunruhigt.

Er ging zurück zum Loch. »Haben Sie etwas gefunden?«

»Kommen Sie einfach hier runter, okay?« Jetzt lag ein schriller Unterton in ihrer Stimme.

Payne sah keine andere Möglichkeit, als durch das Loch hinunterzusteigen. Vorsichtig ließ er sich über den Rand gleiten, hielt sich an den morschen Holzbrettern fest und ließ sich nach einem tiefen Atemzug fallen.

Der Aufprall fuhr ihm hart in die Beine, und er fiel zur Seite. Doch der Fall war weniger tief gewesen, als er befürchtet hatte. Das Loch befand sich gute drei Meter über ihm.

Er rappelte sich auf und klopfte den Staub von seinen Kleidern. Dann schaute er sich um. Der Anblick verblüffte ihn derart, dass es ihm für einen Moment die Sprache verschlug.

Payne stand tatsächlich mitten in einem Labor. Tische aus Metall standen herum, auf einigen befanden sich Gerätschaften mit Reagenzgläsern und Bunsenbrennern. Trübe Glasflaschen mit vergilbten Etiketten reihten sich auf einem Wandregal aneinander.

Frost stand an einem der Tische, den Rücken Payne zugewandt. Er ging zu ihr hin, um sich anzusehen, weswegen sie ihn gerufen hatte. Es war eine metallene Schale, die sich auf dem Tisch befand, und darin lagen Werkzeuge. Zangen, Kneifer, Messer, die Werkzeuge eines Arztes. Etwas Dunkles klebte an einigen von ihnen. Payne wusste, was es war. Getrocknetes Blut.

Frost machte einen Schritt zurück und prallte dabei in den Tisch hinter ihr.

»Alles in Ordnung bei Ihnen?« Payne schaute sie besorgt an. Sie war weiß im Gesicht. Schweißperlen glänzten auf ihrer Stirn.

Ihr Atem ging stoßweise. Sie zitterte am ganzen Körper und klammerte sich an die Tischplatte hinter sich.

»Ich muss mich nur kurz hinsetzen«, stieß sie abgehackt hervor, den Blick starr auf die Instrumente gerichtet.

Doch sie drohte, zur Seite wegzukippen. Payne packte ihren Arm und führte sie zu einem Stuhl in der Ecke. »Ist es Ihr Herz?« Frost hatte ihm einmal erzählt, dass sie ihr mechanisches Herz regelmäßig aufziehen musste. Doch sie schüttelte den Kopf. »Okay, bleiben Sie einfach hier sitzen, und ich sehe mir die Bücher da drüben einmal an. Und dann suchen wir uns einen Weg aus diesem Keller, in Ordnung?«

Sie nickte und schaute kurz dankbar zu ihm auf.

Payne musterte ihr blasses Gesicht noch einmal und kam zu dem Schluss, dass sie ihm nicht gleich vom Stuhl kippen würde. Vermutlich stand ihr Körper unter Schock wegen des verletzten Knöchels.

Dieses versteckte Labor war unheimlich. Die Jahre des Verfalls hatten die gekachelten Wände schimmlig und grau werden lassen. In einer Ecke tropfte Wasser von der Decke, die Pfütze darunter war trüb und dick. Payne sah das ausgebleichte Skelett einer Ratte unter einem der Tische. Der Gestank nach Moder und alten Chemikalien stach ihm in die Nase.

Die Bücher, die er in den Regalen fand, waren feucht. Bei den meisten hatte sich das Papier halb zersetzt, oder die Seiten klebten aneinander. Doch einige befanden sich noch in erstaunlich gutem Zustand. Payne fand drei Bücher, die für ihn und Frost von Interesse sein könnten, und legte diese auf einen der Tische.

Beim nächsten Regal wiederholte er das Prozedere, wobei er jedoch immer wieder einen wachsamen Blick auf Frost warf. Sie saß immer noch auf dem Stuhl in der Ecke und starrte ins Leere.

Das machte ihm ein wenig Sorgen, er kannte diesen Blick. Sein eigener Vater hatte ihn getragen, so wie die meisten Veteranen des Bürgerkriegs. »Alles okay bei Ihnen?«

Frost zuckte zusammen und nickte dann. »Ja, es geht mir schon besser.« Und nach einer kleinen Pause: »Mein Knöchel schmerzt höllisch.«

»Sobald wir zurück in der Herberge sind, rufen wir einen Arzt«, erwiderte er und wandte sich wieder den Büchern zu. »Wenn wir Glück haben, hat einer der Bauern, die wir auf dem Weg hierher passiert haben, einen Wagen, den wir ausleihen können. Ist ein ziemlich weiter Weg bis nach Greenside.«

»Falls wir überhaupt aus diesem Loch herauskommen.«

»Es muss einen geheimen Zugang geben. Wie sonst hätte jemand dieses Labor unterhalten können?«

Etwas fiel zu Boden. Payne ging in die Hocke und hob es auf. Es war ein kleines Buch, in Leder gebunden, und sah ziemlich gebraucht aus. Vermutlich war es mit dem Buch, das er soeben aus dem Regal gezogen hatte, mitgekommen. Neugierig blätterte er darin. Es schien sich um ein Tagebuch zu handeln, die Einträge waren alle datiert.

Lose Seiten rutschten heraus und flatterten auf den Boden. Wieder bückte sich Payne, doch er hielt inne. Das waren keine losen Seiten, sondern Fotos. Fotos von Kindern und Jugendlichen.

»Frost?«

Auf einmal schlug ihm das Herz bis zum Hals. Die schwarzweißen Fotos waren vergilbt, doch die Gesichter der Jungen und Mädchen waren deutlich zu erkennen. In ihren Augen standen Furcht und Verwirrung.

»Was ist?«

Frosts Stimme war über ihm, und Payne zuckte zusammen.

Er hatte nicht gehört, wie sie zu ihm gehumpelt war. »Sehen Sie sich das an.« Er stand auf und reichte Frost die Bilder. Sie runzelte die Stirn. »Das ist ein Tagebuch. Hier, hören Sie sich das an:

23. August, 1873. Versuch Nr. 16 scheint positiv zu verlaufen. Objekt macht Fortschritte, Fieber ist gesunken. Die Wahl einer neuen Legierung und eine Verfeinerung der Mechanik waren richtig. Leider ist in der Nacht das Objekt aus Versuch Nr. 10 gestorben. Obduktion folgt, um die genaue Ursache zu ermitteln.

Wieder erweisen sich die inneren Organe als die größte Herausforderung, die sich mir stellt. Noch habe ich keinen befriedigenden Weg gefunden. Hätte ich Nr. 8 damals nicht verloren, wäre ich heute bereits am Ziel. Weitere Versuche folgen.«

Payne stoppte und suchte Frosts Blick. Sie sah ihn entgeistert an. »Verdammte Scheiße.«

Er brauchte nichts darauf zu erwidern, denn sie hatte genau das gesagt, was er ebenfalls dachte. Verdammte Scheiße. Dies war das Tagebuch des Kindermörders von London.

Rasch blätterte er an den Beginn des Buches. »Kein Name, nichts.«

»Sobald wir in London sind, übergeben wir das Buch dem Yard.« Frost reichte ihm die Fotos zurück.

Payne stimmte ihr zu und steckte das Tagebuch in die Tiefen seines Mantels. »Ich glaube, wir haben genug gesehen. Wir packen diese Bücher hier noch ein, und dann verschwinden wir von hier. Wo ist der Sack, den Sie mitgebracht haben?«

»Hier drüben«, sagte Frost und humpelte zum Schuttberg unter dem Loch in der Decke. Sie reichte ihn Payne, der sogleich damit anfing, die herausgelegten Bücher einzupacken. Frost stützte sich auf den Tisch und atmete langsam und tief. Sie war immer noch blass im Gesicht.

»Es muss einen versteckten Eingang geben, Frost. Irgendeine verborgene Tür oder so.«

»Die gibt es in der Tat.«

Payne gefror das Blut in den Adern. Das Klicken eines Kolbens hallte durch das Labor. Instinktiv fuhr seine Hand an den Gürtel, wo sein Revolver hing.

»Ah, ah, das würde ich an Ihrer Stelle lassen. Nehmen Sie die Hände hoch, ganz langsam. Sie auch, Missy.«

Payne tat, wie ihm geheißen. Frost schaute ihn alarmiert an, doch er schüttelte kaum merklich den Kopf. Sie verstand und hob ebenfalls die Hände. Jetzt war nicht der richtige Zeitpunkt für unbedachte Heldentaten.

»Legen Sie Ihre Waffen auf den Boden und schieben Sie sie fort. Langsam.«

Payne benutzte Daumen und Zeigefinger, um seinen Revolver aus dem Holster zu nehmen. Er nickte Frost zu, damit sie dasselbe tat. Ein Tritt mit dem Fuß, und die Waffe schlitterte über die dreckigen Kacheln.

»Umdrehen, ebenfalls schön langsam. So ist's gut.«

Wieder tat Payne, wie von ihm verlangt. Doch als er sah, wem er nun gegenüberstand, hob er erstaunt die Augenbrauen. Schräg hinter sich hörte er Frost scharf die Luft einziehen.

War das nicht…? »Sie?«

9.

Pflanzen, dicht wie in einem Dschungel, streckten ihre tiefgrünen Blätter und Ranken im Wintergarten aus. Cecilia saß mittendrin an einem Tischchen und blies in ihre Teetasse. Sie gab sich Mühe, den Rücken gerade zu lassen und Tasse sowie Untertasse elegant zu halten. Ihre Mutter saß neben ihr. Cecilia wusste genau, dass sie sie aus den Augenwinkeln beobachtete. Ihre Mutter legte sehr großen Wert auf Manieren, da sie selbst aus bescheideneren Verhältnissen stammte. Eine Frau sollte steht's Anstand und Haltung bewahren, egal in welcher Situation.

»Also ehrlich, Cecilia, ich verstehe nicht, wie du weiterhin an diesem schrecklichen Ort arbeiten willst«, rief ihre Mutter gerade aus und setzte damit das Gespräch fort, welches sie schon seit Cecilias Ankunft vor ein paar Tagen führten. Es drehte sich wie immer um zwei Themen: Cecilias Arbeit (ihre Eltern hatten eine leichte Abneigung, was das anging) und Jackson (ihre Eltern hatten eine definitive Abneigung gegen ihn).

»Bombenleger!«

»Mutter, ich bitte dich.« Cecilia zwang sich dazu, Ruhe zu bewahren, und stellte die Tasse auf den Tisch. »Du übertreibst.«

»Keineswegs«, erwiderte sie entschieden. Nach einer kurzen Pause atmete sie tief durch. »Dein Vater und ich sind sehr besorgt um dich, Cecilia. Seit du aus New York zurück bist, passieren schreckliche Dinge. Erst die Entführung von Annabella, dann das Verschwinden von Jackson, und nun das. So kann es nicht weitergehen.«

»Worauf willst du hinaus, Mutter?«

Wieder atmete ihre Mutter tief durch, und die nächsten

Worte fielen ihr sichtlich schwer. »Wir wollen, dass du dich von Jackson scheiden lässt.«

Cecilia hob den Blick. »Das ist absurd! Wie kannst du nur so etwas vorschlagen?«

»Dein Vater und ich haben uns wirklich Mühe gegeben, deine Wahl zu akzeptieren. Du bist unser einziges Kind, und wir wollen nur das Beste für dich, das weißt du.«

Cecilia schnaubte. »Mutter, ich weiß sehr genau, dass Vater und du Jackson noch nie gemocht habt. Weil er Amerikaner ist, weil er nicht aus einer angesehenen Familie stammt, weil er nicht vermögend ist, weil er ein Pinkerton ist. Soll ich noch mehr aufzählen?«

»Sei nicht kleinlich, Cecilia. Es steht dir nicht.«

Cecilia ballte die Fäuste und krallte ihre Finger in den Stoff ihres Kleides. Ihre Mutter schaffte es immer noch, sie innerlich zum Kochen zu bringen. Tu dies nicht, tu das nicht, benimm dich wie eine Dame, achte auf deinen Platz. »Jackson hatte nichts mit dem Verschwinden von Annabella zu tun, Mutter«, sagte sie und kämpfte um die Kontrolle über die aufkeimende Wut in ihrem Bauch und gegen die übermächtige Trauer, die sie wieder zu übermannen drohte.

»Natürlich nicht, aber er ist ein Pinkerton. Wer weiß, was für Feinde er sich drüben gemacht hat in all den Jahren?« Sie nippte an ihrem Tee, als hätte sie gerade über Stickarbeiten geredet. »Er hat dir nie erzählt, was genau er tut, nicht?«

»Jackson hat mir das Leben gerettet. Wären er und seine neue Partnerin nicht gewesen, säße ich heute nicht hier«, verteidigte Cecilia ihn.

»Das mag sein, und dafür sind wir ihm sehr dankbar. Dennoch glaube ich, dass er nicht ehrlich mit dir ist. Wir wissen nichts über ihn, nicht *wirklich*. Dein Vater und ich haben euch damals unseren Segen gegeben, weil wir gesehen haben, wie glücklich du bist. Auch wenn wir gehofft hatten, dass du eine bessere Wahl triffst.«

»Jackson ist ein guter Mann«, zischte Cecilia und fixierte ihre Mutter mit einem scharfen Blick.

»Oh, ich bin mir nicht so sicher.«

»Mutter, das reicht jetzt!« Cecilia stand auf und knallte dabei die Serviette auf den Tisch.

»Setz dich, Cecilia.« Die Stimme ihrer Mutter durchschnitt die Luft scharf. Cecilia setzte sich nach kurzem Zögern wieder hin. Das Gesicht ihrer Mutter wurde sofort wieder weich, die freundliche Maske kam zurück. »Wir möchten nur dein Bestes, Kind. Denk über meine Worte nach.«

Cecilia nahm ihre Teetasse wieder an sich und starrte in die dunkle Flüssigkeit. Die Worte ihrer Mutter sickerten durch ihre Abwehr, wie sie es schon so viele Male geschafft hatten. Nicht nur, was Jackson anging, sondern auch ihre Arbeit, ihren Beruf, ihr ganzes Leben. Cecilia war in den Augen ihrer Eltern eine Enttäuschung. Sie hatte weder gut situiert geheiratet noch hatte sie einen Beruf angenommen, der sich für eine Frau gehörte. Dann hatte sie es geschafft, das erste Enkelkind zu verlieren. Auch wenn ihre Eltern Jackson die Schuld dafür gaben – Cecilia spürte die stumme Anklage ihrer Mutter trotzdem.

Sie musste sich eingestehen, dass auch sie für eine lange Zeit Jackson die Schuld am Verschwinden von Annabella gegeben hatte. Wenn sie ehrlich mit sich war, tat sie das immer noch. Jackson hätte etwas tun sollen, irgendetwas. Doch stattdessen war er wochenlang abgetaucht und hatte weiß Gott was gemacht. Sie vertraute ihm nicht mehr so wie früher, das wurde ihr auf einmal klar. Die Mauer zwischen ihnen beiden wurde jeden Tag höher, daran konnte selbst seine idiotische Heldentat nichts ändern.

Cecilia räusperte sich und blinzelte mehrmals, um die Tränen zurückzudrängen. »Wann kommt Vater nach Hause?«

Ihre Mutter konsultierte ihre silberne Taschenuhr. »Er sollte eigentlich schon längst da sein. Es ist bald Zeit für das Abendessen.«

Als wäre dies das Stichwort gewesen, hörten sie Stimmen aus dem Foyer. Dann ein Männerlachen. Ihr Vater war nicht allein.

»Ah, hier sind meine Ladies.« Cecilias Vater, Walter Heynes, kam mit langen Schritten, ausgebreiteten Armen und einem Lächeln im Gesicht in den Wintergarten. Wie immer eine Präsenz für sich. »Bitte entschuldigt meine Verspätung, meine Lieben. Mr. Cosgrove und ich waren so sehr in unsere Gespräche vertieft, dass wir die Zeit vergessen haben.«

»Es ist gänzlich meine Schuld, Mrs. Heynes«, sagte der Mann, der hinter Cecilias Vater stand, und verbeugte sich galant.

Heynes führte ihn an den Tisch. »Nathan, darf ich Ihnen meine bezaubernde Tochter Cecilia vorstellen? Sie besucht uns derzeit aus London.«

»Sehr erfreut, Madam.« Nathan Cosgrove nahm Cecilias Hand und hauchte einen Kuss darauf.

»Die Freude ist ganz meinerseits.« Und das war es wirklich. Cecilia fand Cosgrove äußerst sympathisch. Er hatte etwas Erfrischendes an sich. Sie schätzte sein Alter auf etwa Mitte dreißig. Groß und attraktiv war er, mit vorzüglichem Kleidergeschmack. Sofort schämte sie sich ihrer feuchten Augen und verdrängte jeden Gedanken an Jackson.

»Nun denn, ich glaube, Mable wartet bereits mit dem Essen auf uns. *Shall we*?« Heynes hielt seiner Frau den Arm hin.

Mr. Cosgrove stellte sich als überaus unterhaltsame Gesellschaft heraus. Cecilia konnte sich nicht erinnern, wann sie zuletzt so viel gelacht hatte. »Sie besitzen also eine Reederei für Luftschiffe, habe ich das richtig verstanden, Mr. Cosgrove?«, fragte sie beim Dessert.

Cosgrove nickte. »Das ist richtig. Allerdings führt mein jüngerer Bruder die Firma. Er ist der Tüftler in der Familie. Mir steht eher der Sinn nach Abenteuer, weswegen ich Ihren Vater auch zu überreden versuche, meine nächste Expedition zu sponsern.«

Cecilia neigte neugierig den Kopf. »Expedition?«

»Zur Quelle des Nils.« Cosgroves blaue Augen fingen an zu funkeln, was vermutlich nicht nur am Kerzenlicht lag. »Livingstone ist vor sechzehn Jahren gescheitert, und seither hat es niemand mehr versucht. Ich bin mir sicher, hätte er eins meiner Luftschiffe gehabt, hätte er es geschafft.«

»Mr. Cosgrove, ich bitte Sie«, mischte sich ihr Vater ein. »Livingstone war ein großartiger Mann. Ich habe sein Buch gelesen. Ich fürchte, Sie unterschätzen die Sache. Afrika ist ein gefährliches Pflaster.«

»Mr. Heynes, verstehen Sie mich bitte nicht falsch. Ich bin ein großer Bewunderer von Livingstone. Ich wollte damit nur andeuten, dass wir mit den technischen Möglichkeiten von heute eine bessere Chance haben, die weiten Dschungel Afrikas zu erforschen. Wir müssen nicht mehr den ganzen Weg zu Fuß gehen und Gefahr laufen, schon unterwegs an Malaria oder Cholera zu sterben. Ganz zu schweigen von den einheimischen Stämmen.« Cosgrove unterstrich seine Worte mit einem Schwung seiner Dessertgabel. Dann wandte er sich wieder an Cecilia. »Sie verstehen, was ich meine, Madam, nicht? Sie sind Forscherin, wie mir Ihr Vater gesagt hat.«

Cecilia lachte leise. »Ich bin Forscherin, ja. Aber ich erforsche den Himmel und die Planeten.«

Cosgrove seufzte. »Die Menschen sind seltsam, finden Sie nicht? Sie schauen in die Sterne und erforschen die Umlaufbahnen von Mars und Jupiter, wo sie nicht einmal den eigenen Planeten vollständig kennen.«

Philosophisch war er also auch, dachte Cecilia und schmunzelte. Er gefiel ihr immer besser. »Warum reizt Sie das Abenteuer so sehr, Mr. Cosgrove? Haben Sie zu wenig Aufregung in Ihrem Leben?«

Cosgrove lächelte verschmitzt. »Oh, mein Leben ist aufregend. Aber die Sehnsucht nach fremden Welten und Abenteuern liegt mir im Blut. Jede Generation meiner Familie hatte mindestens einen Mann, der das Abenteuer suchte. Einer meiner Vorfahren war ein berüchtigter Pirat in der Karibik. Sein Kopf soll angeblich drei Monate lang im Hafen von Port Royal auf einem Pfahl aufgespießt gewesen sein.«

»Mr. Cosgrove!«, rief Cecilias Mutter aus und griff sich an die Brust. Sofort lenkte er charmant ein.

»Verzeihen Sie, Madam. Ich wollte Sie nicht beunruhigen.« Er lehnte sich verschwörerisch zu Cecilia hinüber. »Mein Urgroßvater hat dem französischen König die Pläne für eines der ersten Luftschiffe überhaupt gestohlen und nach England gebracht. Er war der Begründer von *Cosgrove Airships*.«

»Sie belieben zu scherzen, Mr. Cosgrove«, sagte Cecilia leise und musterte dabei sein schönes Profil. Oh, sie amüsierte sich köstlich.

»Keineswegs«, gab er breit lächelnd zurück. »Meine wahre Passion ist jedoch die Klatschpresse, muss ich gestehen. Ich habe vor einem Monat den *London Enquirer* gekauft.«

»Nein«, stieß Cecilia ungläubig und belustigt hervor. »Nicht dieses Schundblatt! Sie nehmen mich auf den Arm, Sir.«

Doch Cosgrove lächelte nur vielsagend und kratzte die letzten Reste seines Tortenstücks auf dem Teller zusammen. »Darf ich Ihnen eine persönliche Frage stellen, Cecilia?«, fragte er dann jedoch. Cecilia nickte. »Ist es wahr, dass Ihr Mann zuerst dem Duke of Edinburgh und dann Ihnen das Leben gerettet hat, innerhalb von nur wenigen Stunden?«

Ihre Finger krallten sich in die Serviette, die sie gerade neben den Teller legen wollte. »Ist das für Ihre Klatschpresse?«, verlangte sie zu wissen. Das minime Zittern in ihrer Stimme, das sie nicht unterdrücken konnte, machte sie wütend. Sie hatte schon genug Fragen deswegen beantwortet. Stundenlang hatte sie mit der Polizei und mit aufdringlicher Presse geredet. Sie hatte eigentlich gehofft, hier auf dem Land im Haus ihrer Eltern endlich Ruhe zu haben. Außerdem dachte sie nun wieder an Jackson.

»Bitte entschuldigen Sie«, ruderte Cosgrove sofort zurück. »Ich wollte Sie nicht bedrängen.«

Eine unangenehme Stille fiel auf ihre kleine Gesellschaft. Cecilia saß steif auf ihrem Stuhl und fing einen vielsagenden Blick ihrer Mutter auf. Doch Cecilia weigerte sich, wieder eine lockere Konversation anzufangen. Cosgroves dumme Frage und ihr eigenes Unvermögen, mit der Sache umzugehen, hatten die gute Stimmung verdorben.

Ihre Mutter faltete mit gestelzten Bewegungen ihre Serviette zusammen und legte sie neben den Teller. »Walter, möchtest du Mr. Cosgrove nicht ein Glas deines guten Scotchs anbieten, den du im Salon aufbewahrst?«

»Oh ja, natürlich«, stammelte Heynes und rückte laut mit dem Stuhl zurück.

Auch Cosgrove verstand das gesellschaftliche Stichwort und bedankte sich für das Essen. »Mrs. Haynes, ein Abend in Ihrer Gesellschaft ist wie immer vorzüglich.« Er wandte sich an Cecilia. »Ich hoffe, ich bin Ihnen nicht zu nahegetreten und möchte mich ausdrücklich für mein Benehmen entschuldigen.«

Cecilia unterdrückte ein Seufzen und lächelte zu ihm auf. »Ich nehme Ihre Entschuldigung an, Mr. Cosgrove.«

»Sie bleiben doch hoffentlich noch ein paar Tage hier, damit ich meine Sache wiedergutmachen kann? Ich würde Ihnen gerne meine Luftschiffe zeigen.«

»Ein paar Tage, ja.«

Zum Abschied küsste er wieder ihre Hand. Seine weichen Lippen hinterließen ein Kribbeln auf ihrer Haut. Cecilia spürte Verlegenheit in ihr hochsteigen und versteckte die Hand schnell unter dem Tisch. Wieder fing sie den vielsagenden Blick ihrer Mutter auf.

»Würdest du mich bitte ins Wohnzimmer begleiten, Mutter?«

Sie wartete, bis ihre Mutter hinter sich die Tür geschlossen hatte und drehte sich dann zu ihr um. »Ich weiß, was du vorhast.«

»Ich weiß nicht, wovon du sprichst«, gab ihre Mutter empört zurück.

»Cosgrove? Er ist dein Traumschwiegersohn. Du hast Vater gebeten, ihn heute zum Abendessen mitzubringen, damit ich ihn kennenlerne. Du vergisst allerdings, dass ich bereits verheiratet bin.«

»Cecilia, ich bitte dich. Außerdem, hat es etwas geschadet? Er mag dich. Und versuche nicht zu leugnen, dass du ihn auch magst. Ich habe gesehen, wie du ihn angesehen hast.« Sie faltete die Hände vor dem Körper und lächelte zufrieden.

Cecilia ächzte auf. »Einfach unglaublich. Ihr drängt mich

dazu, mich von Jackson scheiden zu lassen und präsentiert mir am gleichen Abend noch einen potenziellen neuen Ehemann, der euch gefällt.«

»Ich habe dich lediglich darum gebeten, darüber nachzudenken.« Ihre Stimme wurde sanfter. »Es war schön, dich so lachen zu sehen. Gute Nacht, Cecilia.«

Damit ließ sie sie stehen und verließ das Wohnzimmer. Cecilia schnaubte und drehte sich brüsk um. Unglaublich! Ihre Mutter war in manchen Dingen schon immer rücksichtslos gewesen, aber solche Dreistigkeit hätte sie ihr nie zugetraut. Ihre Eltern hatten Jackson noch nie gemocht, ihr zuliebe sich jedoch mit der Situation arrangiert; hauptsächlich, weil Cecilia und Jackson in Amerika gelebt hatten und sie hier. Aber seit sie wieder in London waren, ließ ihre Mutter keine Gelegenheit aus, an Jackson herumzunörgeln und ihm die Schuld für Cecilias Elend zu geben. In den Augen ihrer Mutter war Jackson der Grund allen Übels, vor allem seit dem Verschwinden von Annabella.

Cecilia seufzte und setzte sich auf die gepolsterte Fensterbank. Es hatte zu regnen begonnen. Statt des nächtlichen nassen Gartens vor dem Fenster sah sie jedoch nur ihr eigenes Spiegelbild. Ihre Augen sahen müde und eingefallen aus. Die Trauer hatte tiefe Furchen hinterlassen.

»Was soll ich nur tun?«, fragte sie ihre geisterhafte Reflexion im Fensterglas; in der Hoffnung, eine Antwort zu bekommen, denn sie selber hatte keine. »Was soll ich tun?«

10.

Michael Cho saß mit untergeschlagenen Beinen auf dem Boden und lauschte mit geschlossenen Augen den traditionellen Klängen aus dem Grammophon in der Ecke des Raumes. Seit einer Stunde versuchte er zu meditieren, doch seine Gedanken kamen einfach nicht zur Ruhe. Er spürte den gesamten Raum: die Bambusmatten, auf denen er saß; die Wände um ihn herum; das Licht, das durch die Fenster vor ihm fiel; die Musik, die durch die Luft glitt. Er roch die Räucherstäbchen auf dem Altar hinter ihm. Er hörte das leise Rauschen des Verkehrs vor dem Haus.

Seine Gedanken jedoch waren so laut, dass sie alles andere übertönten.

Cho gab auf und stieß langsam den Atem aus. Er faltete seine Beine auseinander und legte sich auf den Rücken. Die Aetherlampe an der Decke über ihm war gedimmt. Staubflocken tanzten in den Lichtstrahlen.

Das große Treffen, das heute Abend anstand, bereitete ihm Sorgen. Es war das erste Mal, dass er an einer Vollversammlung aller sieben *Lóngtóu* teilnahm. Der Druck, der seit seinem Aufstieg zu einem der Drachenköpfe auf ihm lastete, drohte ihn zu ersticken. Die anderen *Lóngtóu* waren allesamt alte Männer, äußerst mächtige alte Männer, die seit Jahrzehnten die Geschicke der Organisation leiteten. Er selbst war der Neue, der Jüngling, der den Posten nur geerbt hatte, weil sein Vater vorzeitig und plötzlich verstorben war.

Es klopfte an der Tür. Cho stieß den Atem langsam aus und setzte sich wieder auf. »Ja?«

Die Tür wurde aufgeschoben, und einer seiner beiden Leibwächter kam herein. »Boss, es ist Zeit.«

Cho nickte und stand auf. Er musste sich umziehen. »Wartet draußen.« Der Leibwächter nickte und schob die Tür wieder zu.

Das war auch etwas, an das er sich hatte gewöhnen müssen. Leibwächter hatte er bis vor wenigen Monaten keine gebraucht. Er war zwar seit seiner Jugend ein Mitglied der *Dragons*, doch bisher hatte man es nicht für nötig gehalten, ihn mit Leibwächtern auszustatten. Jetzt, als *Lóngtóu*, konnte er nirgendwo mehr ohne sie hingehen. Er war nun eine der sieben mächtigsten Personen innerhalb der Organisation, abgesehen natürlich von Madame Yueh.

Das Treffen fand in einem Restaurant statt, das einem der *Lóngtóu* gehörte und das man eigens für den heutigen Abend geschlossen hatte, damit man unter sich war. Cho verbarg alle Emotionen, die in ihm brodelten, hinter einer unbeteiligten, kühlen Maske. Emotionen konnten innerhalb der Organisation gefährlich werden. Die anderen *Lóngtóu* waren bereits da und sahen nur kurz auf, als er den Raum betrat und sich respektvoll verbeugte, wie es die Etikette verlangte. Die sechs alten Männer verfielen in Schweigen, als er sich zu ihnen an den Tisch setzte.

Wieder einmal hatte Cho das drückende Gefühl, dass er fehl am Platze war. Er war mit Abstand der Jüngste am Tisch und garantiert der Unerfahrenste von allen. Wie schon so oft in den letzten Wochen wünschte er sich, sein Vater hätte ihn besser auf diese Aufgabe vorbereitet.

»Gentlemen, willkommen«, sagte die sonore Stimme von Kammerherr Cheung und bedeutete den Dienern im Hintergrund, Tee auszuschenken. Kammerherr Cheung war kein Kammerherr im Sinne des Wortes. Es gab keinen Kaiser, dessen Haushalt er führte. Dennoch waren seine Aufgaben in Madame Yuehs Imperium ähnlich. Er war die neutrale Person im Raum, die alles beobachtete und notierte. Er war der steife Buchhalter, der diskrete Butler. »Dies ist das erste Treffen, an dem *Lóngtóu* Cho teilnimmt.« Ein schales Lächeln streifte seinen Mund, als er sich Cho zuwandte. »Im Namen der Organisation möchte ich noch einmal mein Beileid bekunden.«

»Danke«, erwiderte Cho und nickte dem Kammerherrn zu.

»Ich nehme an, Sie werden die Geschäfte Ihres Vaters weiterführen.« Das war Shen Renshou. Der alte Mann war seit über dreißig Jahren *Lóngtóu* und abgesehen von Madame Yueh die mächtigste Person innerhalb der Organisation. Er hatte eine untersetzte Statur, strahlte jedoch enormes Charisma aus.

»Ich bin noch dabei, mich einzuarbeiten, Mr. Renshou«, sagte Cho freundlich und zwang sich, eine unbeteiligte Miene zu bewahren. Er hatte unglaublichen Respekt vor dem alten Mann. »Mein Vater ist sehr plötzlich verstorben. Er hat mir wenig über seine Geschäfte als *Lóngtóu* erzählt.« Wieder wünschte er sich, sein Vater hätte es getan. Es waren sehr große Fußstapfen, die er füllen musste. Und die anderen *Lóngtóu* würden es ihm nicht einfach machen.

»Ihr Vater vertrat eine sehr strikte Linie, Mr. Cho«, sagte einer der anderen Drachenköpfe, Mr. Wong. Cho wusste so gut wie gar nichts über den Mann, außer, dass er für seine Geschäfte oft im Mutterland war. Es konnte gefährlich sein, nichts über sein Gegenüber zu wissen. »Wir hoffen, dass Sie dieser Linie treu bleiben. Damit alles seine Ordnung hat, Sie verstehen.«

»Ich verstehe.« Ah, darauf wollten sie also hinaus. Gleich zu Beginn drängten sie ihn bereits in die Ecke seines Vaters und machten ihm damit klar, dass er nichts zu sagen hatte. Er trug zwar den Titel eines *Lóngtóu*, doch in den Augen der anderen hatte er diesen Titel nicht verdient.

Es wäre klug, fürs Erste in dieser Ecke zu bleiben, dachte er. Er musste erst das vollständige Ausmaß der Geschäfte seines Vaters kennen und vor allem mehr über die anderen sechs Köpfe in Erfahrung bringen, bevor er seine Pläne in Gang setzen konnte. Solange sie ihn für eine Marionette hielten, die noch grün hinter den Ohren war, würden sie ihn als nicht gefährlich betrachten.

Cho hob das Gefäß mit dem tiefgrünen Tee darin und schaute in die Runde. »Ich fühle mich zutiefst geehrt, in Ihre Kreise aufgenommen worden zu sein, Gentlemen. Ich werde das Erbe meines Vaters ehren und mein Bestes geben, Ihren Anforderungen zu entsprechen.«

Seine Worte fielen auf fruchtbaren Boden und wurden wohlwollend aufgenommen. Cho hatte also richtig vermutet. Solange er nicht auffiel und fürs Erste tat, was von ihm als Sohn seines Vaters erwartet wurde, würden sie ihn in Ruhe lassen.

Die nächsten zwei Stunden verbrachte Cho damit zuzuhören. Ab und an wurde eine Frage oder eine Bemerkung an ihn gerichtet, was die Geschäfte seines Vaters – nun seine eigenen Geschäfte – anging. Er versuchte jeweils, so gut wie möglich zu antworten. Im Verlauf der Sitzung wurde ihm jedoch immer mehr bewusst, wie wenig er seinen Vater und die Mechanismen innerhalb der Organisation kannte. Er kam sich klein und unbedeutend vor, weil er keine Ahnung hatte, wovon gesprochen wurde. Selbst Kammerherr Cheung schien ihn zu übersehen, wenn er etwas in sein dickes Notizbuch schrieb.

Als Cheung sein Buch zuklappte, war dies das Zeichen, dass die Versammlung beendet war. Cho wollte sich gerade erheben, als *Lóngtóu* Renshou sie alle bat, noch einen Moment zu bleiben. Cho fing Renshous Blick auf, und ein ungutes Gefühl kroch ihm eisig den Rücken hinauf.

»Mr. Cho«, fing Renshou an und faltete geschäftig die Hände. »Waren Sie schon einmal im Mutterland?«

Cho runzelte irritiert die Augenbrauen. Was sollte diese Frage? »Nein, Sir.«

»Wie ich erwartet habe.« Renshou schaute kurz bestätigend in die Runde. Die anderen *Lóngtóu* schwiegen beharrlich. »Sie sind auf englischem Boden geboren und tragen einen westlichen Namen. Sie sind beinahe schon ein Weißer.«

Cho schluckte unbehaglich, verbarg jedoch seine Gefühle.

Renshou sprach weiter: »Ich möchte, dass Sie mir gut zuhören, Cho, und ich hoffe, Sie verstehen Ihre Muttersprache gut genug.« Er lachte kurz und leise, wurde jedoch sofort wieder ernst. Sein Blick war eiskalt. »Ihr Vater war ein guter Mann und wusste, wo sein Platz war. Er war ein fähiger *Lóngtóu*. Sie jedoch, Mr. Cho, sind ein Fremdkörper. Ich mag keine Fremdkörper, doch Ihrem Vater zuliebe akzeptiere ich das Unausweichliche.« Er rückte seinen Stuhl zurück und stand auf, doch die anderen fünf Männer blieben sitzen. Er war noch nicht fertig. »Um ein *Lóngtóu* zu sein, braucht es mehr, als nur das Erbe seines Vaters anzutreten. Sie sind kein *Lóngtóu*, Cho, und werden es auch nie sein.«

Renshou wandte sich ab, und nun standen auch die anderen Männer auf. Cho hatte den Blick gesenkt und erhob sich ebenfalls. In seiner Brust pulsierte ein heißkalter Schleimklumpen.

»Ach ja, noch etwas.« Renshou drehte sich im Hinausgehen noch einmal um. Mit gelassenen Schritten trat er auf Cho zu und blieb wenige Zentimeter vor ihm stehen. »Ein falscher Schritt von Ihnen, und Sie sind ein toter Mann. Verstanden?«

»Verstanden.« Cho hielt seinem Blick stand. Als die Männer endlich gegangen waren, fiel alle Anspannung auf einmal von ihm ab, und seine Knie wurden weich.

»Ihr Vater war in der Tat ein guter Mann.« Cho zuckte zusammen, als Kammerherr Cheung hinter ihm aus den Schatten trat.

Er hatte nicht bemerkt, dass der Mann noch da war. »Er hatte es nicht verdient, so früh zu sterben.«

»Wie meinen Sie das?« Cho betrachtete das fade, maskenhafte Gesicht des Kammerherrn. Wollte der Mann ihm damit etwas sagen?

»So, wie ich es gesagt habe. Ich wünsche Ihnen einen angenehmen Abend, *Lóngtóu* Cho.« Mit dem Notizbuch unter dem Arm ging er an ihm vorbei durch das Restaurant.

Cho wartete, bis er die Türklingel hörte, und machte sich ebenfalls auf den Weg. Aber er hatte keine Lust, zurück in seine Wohnung zu gehen. Dort würde er sich momentan viel zu eingesperrt fühlen.

Lydia sprang ihm durch den Kopf, doch dann erinnerte er sich, dass sie vor zwei Tagen nach York abgereist war. Ihr Hausmädchen Helen hatte ihm wie immer keine Details nennen können oder wollen. Aber offenbar war der Amerikaner mit ihr unterwegs.

Sie hatte ihm immer noch keine Antwort gegeben. Langsam, aber sicher kam er sich dämlich vor. Ja, er hatte wahrlich nicht den besten Zeitpunkt für den Antrag gewählt, aber in dem Moment war ihm das einerlei gewesen. Antrag war Antrag. Er hatte fest geglaubt, dass sie Ja sagte – zumindest nach einer kurzen Bedenkzeit, dafür kannte er Lydia zu gut.

Doch dass sie ihn über einen Monat lang hinhielt, damit hatte er nicht gerechnet. Es frustrierte ihn. Sie hatte so viele Gelegenheiten gehabt, ihm ihre Antwort zu geben. Ein Nein würde er akzeptieren. Er wollte sie zu nichts drängen. Doch gar nichts zu bekommen, das war hart.

Cho war es nicht gewohnt, nicht das zu bekommen, was er wollte. Aber Lydia hatte schon immer ihren eigenen Kopf gehabt. Er hoffte nur, dass sie keinen Mist anstellte. Jetzt, wo sie außerhalb der Organisation war, konnte er sie nicht mehr beschützen wie früher. Als *Lóngtóu* war die Sache nicht weniger kompliziert geworden. Und nach der Drohung von Renshou musste er noch mehr aufpassen. Eine Aktion, die Renshou nicht passte, und man würde ihn still und heimlich verschwinden lassen.

Er schaute verwirrt auf, als einer seiner beiden Leibwächter die Tür zu seiner Wohnung öffnete. Er war so in Gedanken versunken gewesen, dass er nicht bemerkt hatte, dass er doch zurückgegangen war.

»Ich brauche euch heute Abend nicht mehr«, sagte er zu den Leibwächtern, die ihm verstehend zunickten. Cho wusste zwar, dass sie weiterhin vor seiner Tür Wache halten würden, doch daran konnte er nichts ändern.

Er entledigte sich seines Mantels, den er achtlos über den Stuhl im Flur warf, und ging ins Wohnzimmer. Das Treffen mit den anderen sechs Köpfen der *Dragons* hatte ihn ausgelaugt. Er hatte im Vorfeld schon befürchtet, dass er in ihren Reihen nicht gerade willkommen war. Die wenigen Male, wo er sich mit einem oder zwei der anderen *Lóngtóu* geschäftlich getroffen hatte, hatten ihm das klargemacht. Doch er hatte nicht damit gerechnet, dass Renshou ihm offen drohte.

Er schenkte sich einen Drink ein und stand unschlüssig mitten im Raum. Er musste seine nächsten Schritte sehr gut überlegen. Wem konnte er vertrauen? Den Männern seines Vaters, die nun seine Männer waren? Wie loyal waren sie?

Und was hatte Kammerherr Cheung damit gemeint, als er gesagt hatte, sein Vater habe es nicht verdient, so früh zu sterben? Sein Vater war alt gewesen und hatte einen Herzinfarkt erlitten. Drei Ärzte hatten bestätigt, dass es sich um eine natürliche Todesursache gehandelt hatte.

Doch Cheungs Worte weckten Zweifel in Cho. Ob seine Mutter etwas wusste?

Seufzend schüttelte er den Kopf und nahm einen kräftigen Schluck aus dem Glas. Er wollte die nagenden Gedanken aussperren, denn wenn sein Vater tatsächlich nicht eines natürlichen Todes gestorben war, falls man ihn ermordet hatte … Nein, er wollte nicht darüber nachdenken.

Ein Stück Papier auf dem Couchtisch weckte seine Aufmerksamkeit. Das war garantiert nicht da gewesen, als er zum Treffen aufgebrochen war. Ein einzelnes Schriftzeichen in *Nushu*, der geheimen Schrift der Frauen, geschrieben in blauer Tusche, war darauf.

Ein Lächeln schlich sich in Chos Gesicht. Eine Nachricht von Jiao. Sie hatte ihm die Schrift beigebracht, obwohl es ihr verboten war. Kein Mann durfte jemals erfahren, was diese Schriftzeichen bedeuteten. Doch Jiao hatte mit den Traditionen gebrochen, damit sie und Cho sich geheime Botschaften zukommen lassen konnten. Damals war es ein Spiel unter Kindern gewesen. Doch jetzt, als Erwachsene, war es kein Spiel mehr. Sie benutzten *Nushu* nur noch, wenn es sehr wichtig war.

Cho drehte das Papier um und überflog die wenigen Zeilen, die sie geschrieben hatte. Sie wollte ihn treffen. Alleine.

Er zögerte. Wenn Jiao auf diese Art um ein Treffen bat, war es bedeutsam. Aber er konnte nicht einfach aus seiner Wohnung spazieren. Die beiden Leibwächter würden ihm auf Schritt und Tritt folgen.

Kurzerhand hielt er das Papier über die offene Flamme einer Aetherlampe. Knisternd fing es Feuer und zerbröselte zu Asche. Niemand durfte je eine ihrer geheimen Nachrichten entdecken. Cho wollte nicht riskieren, dass Jiao wegen ihm in Schwierigkeiten geriet.

Auf leisen Sohlen ging er zurück in den Flur und vermied die knarrenden Stellen des Parketts. Er konnte die beiden Männer vor der Tür leise miteinander reden hören, verstand jedoch nicht, was sie sagten. Rasch griff er nach seinem Hut und nahm den Mantel an sich.

Zurück im Wohnzimmer öffnete er eines der Fenster und schaute hinunter. Es war schon eine Weile her, seit er zuletzt durch ein Fenster abgehauen war.

11.

Ein kalter Nieselregen befeuchtete das Kopfsteinpflaster der Straßen, durch die Cho ging. Er hielt den Hut tief in die Stirn gezogen und wich Menschen wie Straßenlampen aus, so lange er sich in Chinatown aufhielt.

Doch sobald er die Themse erreicht hatte und mit einer Fähre übersetzte, hob er selbstsicher den Kopf und entspannte seine Körperhaltung. Auf der Südseite der Themse hatte die Organisation nur wenig Einfluss. Niemand würde ihn in den Spelunken der Seeleute erkennen.

Als Jiao und er sich zum ersten Mal auf diese Art getroffen hatten, waren sie beide knapp neunzehn gewesen. Jiao war von zuhause fortgelaufen, weil sie an einen Kaufmannssohn aus Peking verheiratet werden sollte. Sie war noch nie im Mutterland gewesen und hätte alles zurücklassen sollen für einen Mann, den sie noch nie gesehen hatte. Jiao war verzweifelt gewesen. Cho erinnerte sich noch gut an ihr tränennasses Gesicht, als sie ihn angefleht hatte, sie zu heiraten, damit sie nicht fortgehen musste. Cho und sie waren Freunde seit Kindertagen, und er hätte ihr jeden Wunsch erfüllt. Nur nicht diesen einen.

Jiaos Onkel war Shen Renshou. Man stellte sich ihm nicht in den Weg. Hätte Cho damals einer heimlichen Heirat mit Jiao zugestimmt, wäre er heute vermutlich nicht mehr am Leben. Sein Vater hätte ihm das niemals verziehen.

Es war ein Glück für Jiao gewesen, dass kurz darauf ihre Mutter starb und sie die Leitung des Haushalts ihres Vaters übernehmen musste. Cho wusste nicht, wie, doch sie hatte Renshou und ihren Vater überreden können, sie nicht nach Peking zu verheiraten, sondern hier in England einen passenden Ehemann für sie zu finden.

Seither hatten er und sie sich immer wieder heimlich getroffen, wenn es Dinge zu besprechen gab, die sie nicht offen erörtern konnten. Im Haushalt eines *Lóngtóu* hatten selbst die Wände Ohren.

Was Jiao wohl diesmal dazu bewegt hatte, dieses geheime Treffen zu arrangieren? Sie wusste genau, dass es für Cho als *Lóngtóu* nun viel zu gefährlich war, sich heimlich mit ihr zu treffen.

Der Nieselregen wurde heftiger, als er durch die Gassen ging. Chos Laune sank mit jeder Minute mehr. Das Treffen mit den anderen *Lóngtóu* hatte ihn zermürbt. Kammerherr Cheung hatte angedeutet, dass sein Vater womöglich nicht wirklich eines natürlichen Todes verstorben war. Und nun Jiao. Er hoffte inständig, es war wichtig.

Die Taverne, die zu ihrem geheimen Treffpunkt geworden war, befand sich in einer belebten Straße. Das Quartier wurde hauptsächlich von einfachen Seemännern, Matrosen und Künstlern bewohnt. Die Straßen waren schmutzig. Müll, Unrat und nicht geleerte Aschebehälter standen vor den Häusern. Aus ihnen drangen Lärm und Gesprächsfetzen. Es roch nach Kohle und Rauch, und ein Geruchsgemisch aus verschiedensten Kochtöpfen waberte durch die stickige Luft.

Cho betrat die Taverne. Mehrere Köpfe drehten sich neugierig zu ihm um. Sofort wurde er sich seiner teuren Kleidung bewusst, mit der er hier aus der Menge stach. Doch die anwesenden Gäste senkten die Blicke wieder. Er war offensichtlich nicht interessant genug.

Jiao saß an einem kleinen Tisch in der vorderen Ecke. Nah genug zur Tür, um im Notfall rasch die Flucht ergreifen zu können. Nicht, weil sie sich nicht gegen aufdringliche Männer verteidigen konnte – Jiao konnte vermutlich besser kämpfen als die meisten Männer hier drin –, sondern für den Fall, dass sie schnell und unauffällig das Weite suchen musste.

Sie hob kurz das Kinn, um ihm zu zeigen, dass sie ihn gesehen hatte. Cho ging zu ihr an den Tisch und setzte sich.

»Was hat dich aufgehalten? Ich warte schon seit einer halben Ewigkeit.« Jiao schaute ihn aufmerksam aus ihren schwarzen Augen an. Sie trug einfache Lederkleidung, eine lockere Pluderhose und hatte die langen Haare zu einem Zopf gebunden.

»Ich war beim Treffen«, erwiderte Cho. Mehr brauchte er nicht zu sagen, denn Jiao wusste natürlich, um was für ein Treffen es sich dabei handelte. »Weswegen willst du mich sprechen? Es scheint wichtig zu sein, wenn du mich hierherzitierst.«

Jiao verzog den Mund. »Wie, kein einleitendes Plaudern? Wir haben uns seit Monaten nicht mehr gesehen. Vielleicht wollte ich einfach nur in Ruhe mit dir quatschen.« Sie lächelte schief.

Cho fuhr sich mit der Hand durch die Haare. »Ich kann auch wieder gehen.«

»Hey, Michael, stopp. Das war ein Scherz, komm schon.« Jiao legte ihre Hand auf seinen Unterarm. »Ich wollte dich warnen.«

Sofort wurde Cho hellhörig. »Wovor?«

Jiao beugte sich etwas vor. »Es gibt einige Parteien innerhalb der Organisation, die es nicht gut finden, dass du ein *Lóngtóu* bist.«

»Ich weiß. Dein Onkel hat das heute Abend sehr deutlich gemacht und ist sogar soweit gegangen, mir zu drohen.«

»Du bist zu jung und zu westlich erzogen worden. Für sie bist du ein Außenseiter. Und du weißt, wie die Organisation mit Außenseitern verfährt.«

Cho musterte Jiaos Gesicht. »Da ist aber noch etwas, habe ich recht?«

Jiao zögerte und knabberte an ihrer Unterlippe. »Es geht um deinen Vater.«

Cho runzelte die Stirn. Zum zweiten Mal an diesem Abend kam sein Vater zur Sprache. Warum? Und warum jetzt und nicht vor drei Monaten?

»Ich wollte dir eigentlich nichts davon sagen, weil ich das Andenken deines Vaters nicht beschmutzen wollte. Aber mein Gewissen meldet sich immer stärker.« Sie holte tief Luft. »Ich glaube, dein Vater war in etwas verwickelt, das ihn das Leben gekostet hat. Und ich befürchte, dass diese Sache auch dein Leben kosten könnte, wenn du nicht aufpasst.«

»Was für eine Sache? Wovon sprichst du, Jiao?« Cho stellten sich die Nackenhaare auf. Der Lärm der Spelunke um ihn herum verschwand in den Hintergrund, wurde unbedeutend. Das Blut rauschte ihm in den Ohren. Die unbestimmte Ahnung, die er vorhin noch gehabt hatte, wurde mit jedem Wort von Jiao zu einer unerträglichen Gewissheit.

»Ich habe meinen Onkel mit einem der anderen *Lóngtóu* sprechen hören. Ich weiß nicht, wer genau bei ihm war, und es ist über ein Jahr her. Aber sie redeten darüber, dass dein Vater sie alle verraten wollte. Dass er dem Vorhaben, wie sie es nannten, ein Ende bereiten wollte.«

Widersprüchliche Gefühle brandeten in Cho auf. Trauer und Wut, aber auch Misstrauen und Abwehr. »Mein Vater war kein Verräter«, brummte er und ballte die Fäuste. Was Jiao da sagte, war unmöglich. Sein Vater hatte der Organisation immer treu gedient und war ein guter *Lóngtóu* gewesen. Sie musste falsch gehört haben.

Jiao lehnte sich zurück. »Ich sage dir nur, was ich gehört habe. Ich kann mich auch irren. Der springende Punkt allerdings ist, dass du das Erbe deines Vaters angetreten und damit seine Aufgaben, seine Geschäfte und seine Pflichten übernommen hast. Onkel Renshou wird vermuten, dass du auch über die anderen Dinge, die dein Vater gemacht oder nicht gemacht hat, Bescheid weißt. Und damit bist du eine Gefahr für ihn und die Organisation.«

Cho fuhr sich wieder durch die Haare. »Verdammt.« Das steckte also hinter der Drohung von Renshou. Es war nicht nur sein Alter oder seine westliche Erziehung. Renshou sah in ihm ebenfalls einen Verräter, denn er war seines Vaters Sohn. Doch Cho hatte keine Ahnung, worum es ging und was die Gründe seines Vaters waren, die Organisation zu verraten. Falls diese Anschuldigung denn stimmte.

»Michael, hör mir zu. Dein Vater war ein guter Mann. Ich glaube nicht, dass er wirklich ein Verräter war. Aber sein Tod war kein Zufall. Du musst herausfinden, wer dein Vater wirklich war, bevor mein Onkel beschließt, vorsorglich zu handeln.« Jiao legte wieder ihre Hand auf Chos Unterarm. »Es tut mir leid.«

Chos Gedanken wirbelten wild durcheinander. Sein ganzes Weltbild, das Bild seines Vaters, seiner Familie und der Organisation zerfiel vor seinen Augen und rieselte wie Sand durch seine Finger. Er konnte, wollte nicht glauben, was Jiao ihm eben gesagt hatte.

»Was willst du jetzt tun?«, fragte sie. Cho hörte das Mitleid in ihrer Stimme.

»Ich weiß es nicht«, gab er zu und schaute nachdenklich aus dem Fenster. Er wusste wirklich nicht, was er tun sollte. Nachforschungen anstellen? Seine Mutter ausfragen?

Oder die Sache einfach ignorieren und vergessen?

Nein, das konnte er nicht. Er musste herausfinden, wer seinen Vater ermordet hatte und warum – falls es denn stimmte.

»Hast du etwas von Lydia gehört?«, fragte Jiao auf einmal im Plauderton. Cho war ihr dankbar dafür, dass sie das Thema wechselte. Es lenkte seine kreisenden Gedanken ab. »Ich habe sie nicht mehr gesehen, seit sie aus der Organisation ausgetreten ist, weil ich es nicht gewagt habe, sie zu besuchen. Du weißt ja, was mein Onkel von ihr hält.« Ein schiefes Lächeln huschte über ihr Gesicht.

»Ich habe sie ein paar Mal getroffen«, sagte Cho und lächelte ebenfalls. »Sie ist jetzt wohl so etwas wie eine Privatdetektivin. Momentan ist sie mit ihrem neuen Partner in York.«

»Partner?« Jiao lehnte sich schmunzelnd nach vorne. »Hast du sie also schon aufgegeben?«

»Geschäftspartner«, brummte Cho und wich Jiaos Blick aus. »Ein Amerikaner. Und ich weiß nicht, wovon du sprichst.«

»Ach, komm schon, Michael, jeder weiß, dass du, seit du dreizehn warst, in sie verknallt bist.«

Cho seufzte. »Ich glaube, ich gehe jetzt besser wieder. Man darf nicht herausfinden, dass ich ohne meine Leibwächter unterwegs bin.« Er stand auf und blieb dann zögernd stehen. »Danke, Jiao.«

»Halte mich auf dem Laufenden, ja? Und pass auf dich auf.« Sie drückte kurz seine Hand.

»Werde ich. Grüße deinen Mann von mir.«

Cho setzte seinen Hut auf und schob seinen Schal über Mund und Nase. Die kalte nächtliche Luft drückte den Smog in die Straßen hinunter. Irgendwo schlug eine Kirchenglocke die halbe Stunde. Eine Straßenbahn ratterte Funken sprühend an Cho vorbei, als er über eine Kreuzung eilte. Tief in Gedanken versunken ging er die Gasse zur Uferpromenade hinunter. Niemand kam ihm entgegen. Durch den Nieselregen sah er die einsame Aetherlaterne am Steg, wo die Fähre vertäut lag. Der

Fährmann döste auf einem Stapel Kisten vor sich hin, dick eingemummelt in Mantel und Schal.

Cho gab ihm einen sanften Tritt gegen die Wade. »Setzen Sie noch einmal über?«

»Kostet extra«, brummte der wettergegerbte Mann und rappelte sich auf. Cho zückte einen Geldschein, worauf der Mann zufrieden nickte.

Während der Überfahrt stand Cho am Heck und schaute zurück nach Southwark. Von nun an musste er extravorsichtig sein, ging es ihm durch den Kopf. Obwohl er selbst zu den mächtigsten Männern der Organisation gehörte, hatte er es mit Kräften zu tun bekommen, denen er sich kaum gewachsen fühlte. Sein Vater war womöglich ermordet worden, weil er angeblich ein Verräter gewesen war. Cho wollte es nicht glauben. Aber er musste es wissen. Er musste Nachforschungen anstellen und die Unschuld seines Vaters beweisen.

Aber was, wenn sein Vater wirklich ein Verräter gewesen war? Zu was machte es dann ihn?

12.

Frost starrte die fremde Frau erschüttert an. Die Mündung einer doppelläufigen Pistole grinste ihr entgegen. Die Waffe kam ihr merkwürdig bekannt vor, die Frau ebenso. Dann fiel es ihr ein, zumindest was die Pistole anging. Die Waffe sah dem vor einem Monat gestohlenen Prototypen sehr ähnlich. Aber es war nicht das Original. Jemand produzierte also bereits Nachahmungen.

»Hübsches Spielzeug, nicht?«, meinte die Frau, als sie Frosts Blick auf der Waffe bemerkte. »Ich bevorzuge jedoch mein Gewehr. Praktisch, altmodisch, ohne diesen neuen Firlefanz mit elektrischen Impulsstrahlen.«

Warum kam ihr die Frau so bekannt vor? Frost dachte angestrengt nach, doch sie konnte sie einfach nicht zuordnen. Blonde lange Haare zu einem Zopf frisiert, hübsches Gesicht, rot geschminkte Lippen, Lederkleidung…

»Folgen Sie uns seit London oder erst seit York?«, fragte Payne düster.

»Oh, seit London. Ich wusste, dass der fette Bibliothekar gleich zu Ihnen beiden rennen würde.« Sie lächelte breit und sah sehr zufrieden mit sich aus.

Die Frau aus der Herberge! Frosts Gedanken begannen zu rasen. »Habe ich Ihnen nicht gesagt, dass die Sache zum Himmel stinkt, Payne?«, zischte sie.

»Viel zu einfach. Wie sind Sie hier reingekommen?«

Die Frau zuckte mit der Schulter. »Versteckter Aufzug in dem Bücherregal dort drüben«, antwortete sie lakonisch.

»Wer zum Teufel sind Sie, und wer hat Sie geschickt? Und ich hoffe für Sie, Missy, dass Jonah kein Haar gekrümmt worden ist.« Frost starrte die Frau feindselig an. Sie waren direkt in eine

Falle gelaufen, ohne es zu merken. Das kratzte an ihrem Ego. Außerdem war Jonah ein Freund. Dieses Biest hatte ihn ausgenutzt, um an sie heranzukommen.

»Oder sonst was?«, fragte die Frau eisig zurück. »Sie vergessen, Miss Frost, dass ich diejenige bin, die gerade eine Waffe auf Sie gerichtet hat.«

Frost presste die Lippen aufeinander und warf Payne einen Blick zu. Sie befanden sich in der denkbar schlechtesten Position. In einem stickigen Keller Schrägstrich Labor mit einem geheimen Zugang, den sie immer noch nicht entdeckt hatten, unter einem baufälligen Haus, das sich auf einem durchlöcherten Grund befand. Ohne Waffen, mit höllisch schmerzendem Knöchel, auf dem sie kaum gehen konnte, in Schach gehalten von einer beinahe akkuraten Kopie des gestohlenen Prototyps. Klasse.

Frost musterte die Frau. Sie war ruhig, sehr ruhig. Die Hand, die die Waffe hielt, war so ruhig wie die eines Uhrmachers. Ihre grauen Augen waren kalt, doch ein Funke Amüsement flackerte immer wieder kurz auf. Das hier war Routine für diese Frau. Und es schien ihr Spaß zu machen.

»Sie sind der Scharfschütze, der in York auf Payne geschossen hat«, sagte Frost und passte ihre Stimme der Ruhe der Frau an. Sie musste innerlich gelassen bleiben und vor allem die Nerven bewahren. »Sie sind gut.«

»Ich bin sogar die beste«, erwiderte die Frau nicht ohne Stolz. »Es wäre mir ein Leichtes gewesen, euch beide vor der Mauer abzuknallen wie Kaninchen. Aber ich war neugierig.«

»Neugierig worauf?«, fragte Payne.

Die Frau legte den Kopf schief. »Darauf, wie weit ihr kommt. Zu weit, wie ich eigenstehen muss.«

»Payne, sie ist eine Auftragsmörderin«, zischte Frost dem Pinkerton zu.

»Als hätte ich das nicht längst bemerkt!«, zischte Payne zurück, worauf die Frau hell auflachte.

Frost runzelte die Stirn. »Wer sind Sie? Für wen arbeiten Sie?«

Das Lachen verschwand aus dem Gesicht der Frau, und ihre Augen wurden wieder kalt. »Mein Name ist Selena«, sagte sie in einem Ton, als stelle sie sich gerade einer neuen Bekanntschaft vor. »Mein Auftraggeber ist jemand, der sich meine Dienste leisten kann.«

»Was wollen Sie von uns?«, warf Payne sofort die nächste Frage hinterher. Selenas graue Augen fixierten ihn scharf.

»Sie haben es, nicht?« Sie legte den Kopf leicht schief. »Geben Sie es mir.«

»Ich weiß nicht, wovon Sie sprechen«, knurrte Payne.

Sie will das Tagebuch, schoss es Frost durch den Kopf. Natürlich. Die Suche nach der Bibliothek des Alchemisten war nur ein Vorwand gewesen. Jemand hatte *gewollt*, dass sie und Payne das Tagebuch fanden. Aber warum? Hatte etwa der Mörder selbst Selena damit beauftragt, es zu finden? Weil er es verlegt hatte?

Beinahe hätte Frost laut aufgelacht. Diese ganze Angelegenheit war eine Farce. Und sie waren darauf hereingefallen. Jemand spielte ein Spiel mit ihnen. Es machte von vorne bis hinten keinen Sinn.

»Natürlich wissen Sie, wovon ich spreche, Mr. Payne. Sehen Sie, mein Auftraggeber hat eine sehr hohe Summe dafür bezahlt, dass ich es ihm bringe und Sie beide dafür aus dem Weg räume. Okay, eigentlich nur, dass ich Sie beide aus dem Weg räume. Das Buch will ich trotzdem, als Andenken.«

Frost sah, wie Payne hart schluckte. Das Tagebuch befand sind in seiner Westentasche. »Sie wird uns nicht lebend hier rauslassen, Payne. Sobald Sie es ihr geben, wird sie uns erschießen.«

»Verdammt, Frost, das ist mir klar.«

»Okay, okay. Sie brauchen nicht gleich grantig zu werden, Superhirn.« Frost schnaubte und verlagerte das Gewicht. Ihr Knöchel pulsierte schmerzhaft, und so langsam, aber sicher wurden ihre Arme lahm.

Ihr Revolver lag drei Meter links von ihr zwischen Schutt und gleich neben dem weißen Skelett einer Ratte. Selbst mit einem schnellen Sprung würde sie die Waffe nicht rechtzeitig erreichen. Diese Selena würde Payne sofort erschießen, sollte Frost auch nur andeuten, dass sie an ihre Waffe wollte.

Verdammt. Sie hasste solche Pattsituationen.

Selena bewegte den Arm und zielte nun direkt auf Frosts Herz. »Geben Sie es mir, Payne, oder sie stirbt. Ich weiß, dass Sie es in ihrer Tasche haben. Sie haben fünf Sekunden. Und schlagen Sie sich die dummen Gedanken gleich wieder aus dem Kopf. Sie wissen genau, dass ich schneller bin als Sie.«

Payne starrte Selena düster an. Dann drehte er den Kopf zu Frost. »Es tut mir leid.«

»Schon okay«, gab Frost zurück. Welche andere Wahl hatten sie? Er musste ihr das Tagebuch geben. Erschießen würde Selena sie so oder so.

Payne nahm langsam den rechten Arm herunter und zeigte Selena die offene Handfläche. Nach kurzem Zögern griff er in die Weste und zog das ledergebundene Buch heraus.

»So ist's brav. Legen Sie es auf den Tisch neben Ihnen, und dann treten Sie drei Schritte zurück.«

Payne bewegte sich in Zeitlupe. Als das Tagebuch auf dem Tisch lag, trat er wie verlangt drei Schritte zurück und stand nun direkt neben Frost.

Selena kam gelassen näher, die Waffe immer noch auf Frost gerichtet. Sie behielt Frost und Payne scharf im Auge, während sie ihre Hand nach dem Tagebuch ausstreckte.

Da ging ein harter Ruck durch das Haus. Von tief aus der Erde kam ein Grollen, das Frost bis ins Mark fuhr. Der Boden begann zu beben, stärker als je zuvor. Frost, sowieso schon auf einem Bein balancierend, wurde gegen den Tisch hinter ihr geworfen. Selena hielt inne und schaute hinauf zur Decke. Putz begann sich zu lösen und rieselte auf sie alle herab.

Wieder bebte das Gebäude. Glasbehälter fielen zersplitternd auf den Boden, Bücher rutschten aus den Regalen. Frost klammerte sich an die Tischkante und suchte Paynes Blick. Er verstand sofort. Selena war abgelenkt.

Mit zwei großen Schritten war Payne am Tisch und krallte sich das Tagebuch. Gleichzeitig gab er der überrumpelten Frau einen kräftigen Stoß, sie taumelte. Frustriert knurrte sie und feuerte.

Der blendende Lichtblitz verfehlte Payne knapp. Das Bücherregal hinter ihm explodierte in brennende Einzelteile. Damit hatte Frost die Bestätigung, dass es sich bei Selenas Pistole tatsächlich um eine Kopie von Dr. Baxters Prototyp handelte.

»Frost!«, rief Payne und packte ihren Arm. Unsanft zog er sie aus der Schusslinie. Wieder explodierte etwas, diesmal die hintere Wand des Labors. Immer noch bebte alles, und das Rumpeln aus der Tiefe schien lauter zu werden. Bruchstücke der Decke fielen herunter. Ein Riss tat sich im Boden auf, genau zwischen Selena und Frost und Payne. Selenas Gesicht war eine kalte Maske.

»Das Haus bricht gleich zusammen«, stieß Frost zwischen zusammengebissenen Zähnen hervor. Sie keuchte vor Schmerzen auf, als sie den verletzten Knöchel belasten musste, um das Gleichgewicht zu halten.

»Wir müssen hier raus«, stimmte Payne ihr zu. »Dumm nur, dass der Aufzug hinter ihr ist.«

»Das war ein Fehler, Mr. Payne«, rief Selena über den Lärm hinweg. »Sie werden sowieso nicht lebend hier rauskommen.«

Sie hatten keine Gelegenheit, etwas darauf zu erwidern. Denn in diesem Moment stürzte das Haus über ihnen ein.

to be continued ...

Glossar

Aether: Neben Erde, Wasser, Luft und Feuer das fünfte Element. 1823 von Dr. Barneby Knight entdeckt, revolutionierte der Aether den bisherigen Gebrauch der Dampftechnologie. Das Element ist sehr leicht manipulierbar und kann daher breit eingesetzt werden. In Gasform beleuchtet er die Straßen Londons. In flüssiger Form treibt er in Aether-Dampf-Fusionsmotoren Luftschiffe, Straßenbahnen und Aetherbikes an. In ätherischer Form dient er als Nachrichtenübermittler. Neue Entwicklungen beschäftigen sich mit gefrorenem Aether und mit Kombinationen von Elektrizität und Aether, doch da steckt die Forschung noch in den Kinderschuhen.

Aetherbike: Motorrad, das von einem Aether-Dampf-Fusionsmotor angetrieben wird.

Dragons: Mafiaähnliche Organisation unter der Führung von Madame Yueh. Die Chinesen beherrschen weite Teile Londons und kontrollieren den Opiumhandel.

Großer Streik: Der *Great Strike* vom Herbst 1883 legte ganz London lahm. Die Gewerkschaften forderten die Sanierung der stadtweiten Tunnel der Tube, höhere Löhne und bessere Arbeitsbedingungen für die Angestellten der Metropolitan Railway Company. Der Aufstand wurde blutig niedergeschlagen. Seither maroden die Tunnelsysteme vor sich hin und Fahrten mit der Tube sind gefährlich geworden.

I Ging: Jahrtausendealter chinesischer Wahrsagungstext, gilt als einer der ältesten chinesischen Texte überhaupt.

Lichtbild: Fotografie

Lichtgraph: Fotograf

Lóngtóu: wörtl. Drachenkopf. Den Dragons stehen sieben Bosse vor, meist die Oberhäupter von einflussreichen Familien. Lóngtóu ist eine Respektsbezeichnung. Stirbt ein Drachenkopf, gehen Titel und Position an dessen ältesten Sohn über.

Die Organisation: siehe *Dragons*.

Pinkerton: Die Pinkerton Detective Agency wurde 1850 in Chicago von Allan Pinkerton gegründet. Die Pinkertons sind Detektive, Spezialagenten, Sicherheitsleute und Bodyguards in einem.

Tube: Londons Untergrundbahn.

Aether: Neben Erde, Wasser, Luft und Feuer das fünfte Element. 1823 von Dr. Barneby Knight entdeckt, revolutionierte der Aether den bisherigen Gebrauch der Dampftechnologie. Das Element ist sehr leicht manipulierbar und kann daher breit eingesetzt werden. In Gasform beleuchtet er die Straßen Londons. In flüssiger Form treibt er in Aether-Dampf-Fusionsmotoren Luftschiffe, Straßenbahnen und Aetherbikes an. In ätherischer Form dient er als Nachrichtenübermittler. Neue Entwicklungen beschäftigen sich mit gefrorenem Aether und mit Kombinationen von Elektrizität und Aether, doch da steckt die Forschung noch in den Kinderschuhen.

Aethercom: Eine Art Handy.

Dragons: Mafiaähnliche Organisation unter der Führung von Madame Yueh. Die Chinesen beherrschen weite Teile Londons und kontrollieren den Opiumhandel.

Chloroform: Betäubungsmittel, das 1830 als Narkosemittel entdeckt wurde und bis in die 1960er bei Operationen verwendet worden ist.

Commissioner: Oberster Chef von Scotland Yard.

Lichtbild: Fotografie

Lóngtóu: wörtl. Drachenkopf. Den *Dragons* stehen sieben Bosse vor, meist die Oberhäupter von einflussreichen Familien. Lóngtóu ist eine Respektsbezeichnung. Stirbt ein Drachenkopf, gehen Titel und Position an dessen ältesten Sohn über.

Die Organisation: siehe *Dragons*.

Pinkerton: Die Pinkerton Detective Agency wurde 1850 in Chicago von Allan Pinkerton gegründet. Die Pinkertons sind Detektive, Spezialagenten, Sicherheitsleute und Bodyguards in einem.

Tube: Londons Untergrundbahn.

Strong water: Englische Umgangssprache für Salpetersäure. Ein *strong water handler* ist jemand, der damit arbeitet.

Aether: Neben Erde, Wasser, Luft und Feuer das fünfte Element. 1823 von Dr. Barneby Knight entdeckt, revolutionierte der Aether den bisherigen Gebrauch der Dampftechnologie. Das Element ist sehr leicht manipulierbar und kann daher breit eingesetzt werden. In Gasform beleuchtet er die Straßen Londons. In flüssiger Form treibt er in Aether-Dampf-Fusionsmotoren Luftschiffe, Straßenbahnen und Aetherbikes an. In ätherischer Form dient er als Nachrichtenübermittler. Neue Entwicklungen beschäftigen sich mit gefrorenem Aether und mit Kombinationen von Elektrizität und Aether, doch da steckt die Forschung noch in den Kinderschuhen.

Astronomer Royal: Direktor des royalen Observatoriums von Greenwich und Mitglied des königlichen Haushalts.

Dragons: Mafiaähnliche Organisation unter der Führung von Madame Yueh. Die Chinesen beherrschen weite Teile Londons und kontrollieren den Opiumhandel.

Commissioner: Oberster Chef von Scotland Yard.

Cromwell, Oliver: 13. April 1599 – 3. September 1658, politischer Führer und späterer Lord Protector des britischen Commonwealth, Schottland und Irland. Wird von vielen Historikern als Diktator angesehen. Cromwell ging radikal gegen Katholiken vor, und war zudem mitverantwortlich für die Exekution von König Charles I, um den 2. englischen Bürgerkrieg zu beenden.

Fleet Street: Straße in Londons Innenstadt. Zentrum der Presse, alle Zeitungen und Verlage haben dort ihren Sitz.

Ivar, der Knochenlose: Wikinger und Sohn des legendären Ragnar Lodbrok. Eroberte 865-867 zusammen mit seinen Brüdern weite Teile Northumbrias, um sich für den Tod seines Vaters zu rächen. York gilt seither als Wikingerstadt.

Lóngtóu: wörtl. Drachenkopf. Den *Dragons* stehen sieben Bosse vor, meist die Oberhäupter von einflussreichen Familien. Lóngtóu ist eine Respektsbezeichnung. Stirbt ein Drachenkopf, gehen Titel und Position an dessen ältesten Sohn über.

Die Organisation: siehe *Dragons*.

Pinkerton: Die Pinkerton Detective Agency wurde 1850 in Chicago von Allan Pinkerton gegründet. Die Pinkertons sind Detektive, Spezialagenten, Sicherheitsleute und Bodyguards in einem.

Weitere Hit-Serien der Greenlight Press

DAS ERBE DER MACHT
MACHT - MAGIE - UNSTERBLICHKEIT
DAS ERBE DER MACHT
SCHATTENCHRONIK
1
DAS ERWACHEN
ISBN: 978-3-95834-226-2
DAS ERBE DER MACHT
SCHATTENCHRONIK
2
FEUERBLUT
ISBN: 978-3-95834-239-2
www.erbedermacht.de

CHRONIKEN
SEELEN WÄCHTER
VOM JÄGER ZUM GEJAGTEN.
UM DIE KREATUREN DES
SCHATTENS ZU BESIEGEN, MUSS ER
DAS BÖSE ENTFESSELN…
DAS BÖSE IN SICH.
SERAPH
2015
Wir sind nominiert!
Longlist 2015
„ENTFESSELT DEN JÄGER“
WWW.DIE-SEELENWAECHTER.DE
WWW.GREENLIGHT-PRESS.DE
greenlight
Press